U0694958

魅丽文化　桃夭工作室

一念微甜

伊安然 / 著

Yinian Weitian

百花洲文艺出版社
BAIHUAZHOU LITERATURE AND ART PRESS

图书在版编目（CIP）数据

一念微甜 / 伊安然著．— 南昌：百花洲文艺
出版社，2019.11
ISBN 978-7-5500-3421-1

Ⅰ．①一⋯ Ⅱ．①伊⋯ Ⅲ．①长篇小说－中国－当代
Ⅳ．① I247.5

中国版本图书馆 CIP 数据核字（2019）第 230567 号

一念微甜
伊安然 著

责任编辑	郝玮刚 程慧敏	
选题策划	刘思月 曾 枰	
特约编辑	曾 枰	
封面设计	熊 婉	
出版发行	百花洲文艺出版社	
社 址	南昌市红谷滩新区世贸路 898 号博能中心 A 座 20 楼	
邮 编	330038	
经 销	全国新华书店	
印 刷	湖南凌宇纸品有限公司	
开 本	880mm×1230mm 1/32 印张 10	
版 次	2019 年 12 月第 1 版第 1 次印刷	
字 数	291 千字	
书 号	ISBN 978-7-5500-3421-1	
定 价	36.80 元	

赣版权登字 05-2019-284
版权所有，侵权必究

网址 http://www.bhzwy.com
图书若有印装错误，影响阅读，可向承印厂联系调换。

目录 / CONTENTS

序章
他似神迹乍临

苏一念赶到梧桐路的时候，已经是上午九点过八分，距离老大通知她九点在电视台大厅会合的时间已经过了整整八分钟。

眼看着信号灯从绿转红，明明 Z 市电视台的双子座大楼已经近在咫尺，她却不得不刹车停步："完了完了，看来我这个月的全勤奖金要泡汤了！"

视线越过马路看向电视台门口时，苏一念才发现对面巨幕 LED（发光二极管）屏上正在播放"《言而有心》第二季，10 月 12 日，星战升级！"的宣传广告，屏幕上的年轻男子正在水墨山水画般的背景前说着什么。那张清俊的脸，第一时间便攫住了她的视线。

"不是吧！"苏一念猛地从车座上站了起来，激动得顺手摘下了头盔，"今天就是传说中《言而有心》第二季第一期录制的时间吗？那我今天岂不是有可能在电视台见到沈老师本尊？"

她左前方的斑马线上，有个人显然是听见了她的这声惊呼，微微侧目瞥了她一眼，便低头又往前走了两步，却在即将从她面前横穿而过的时候蓦然停了一下，旋即转头认真看向了苏一念。

他身形高大，却似有意隐藏行迹，头戴一顶鸭舌帽，就这么忽然站在了人潮如织的人行道上，比停车站定在斑马线旁的苏一念刚好高出一个头。

这样一个人站在自己正前方，很难不引起苏一念的注意，于是她也下意识地抬头看向了对方。

男人手里还擎着个现磨咖啡的纸杯，虽然头部微微抬起，但面容还是被黑色口罩遮去了大半，仅露出的上半张脸，眉眼细长，鼻梁高挺，有一种佻达的飞扬磊落。尤其是那双明亮的黑眸，刹那间便让苏一念平稳的心跳骤然乱了拍子。

"沈……沈……沈……"苏一念犹自扶着车头，呆呆看着这人，脑中除了一个再熟悉不过的名字，便只剩一片被震惊冲击出来的空白。

约莫是男子这突然的停顿太过打眼，同样停在苏一念附近的几个人也注意到了他，甚至有人开始低声道："噫，这人好面熟啊！"

"像是哪个明星吧……"

苏一念一听这话，连忙抿紧了自己的唇，将那个到了嘴边呼之欲出的名字生生咽了回去，也不知她哪儿来的胆子，居然不假思索地就把自己刚摘下来的白色头盔直接递到了他的面前，颤着嗓音道："买杯咖啡买这么久，一会儿老大扣你奖金看你怎么办！"

男子的瞳底分明闪过一丝明亮的光，深深看了她一眼，又瞧了瞧她手上的头盔，竟然很是配合地摘了自己的鸭舌帽顺势扣到了苏一念的头上，然后才接过了她的头盔扣到自己的头上，连同那双明艳眉眼一并掩在头盔里。

苏一念只觉人影一闪，一个极富磁性的男性嗓音在她耳边响起："既然打算江湖救急，就要麻烦小姐亲自送我到电视台了。"

这个声音啊，苏一念在电视里听过、在手机里听过、在她那台音质不错的笔记本电脑里也听过，可是那些透过机械发出的声线，远不及此时此刻这还在耳中萦缠的醇厚嗓音亲昵。那感觉，犹如夏日午后，趴在清凉竹席上，手法老到的采耳师傅拿着上好的鹅毛棒在耳蜗里打了个旋儿……

艰难咽了下口水，明晃晃的晨光里，苏一念却开始怀疑自己是在做梦。

然而，靠着小电驴的腿忽然感觉到车子后座一沉，显然，那人直接坐在了她的后座上。

"绿灯了！"见她还是一副回不过神的样子，他开口提醒，语气里带着浅浅笑意。

与此同时，身后也有喇叭声催促起来，她这才慌不迭地重新落座，坐下的一瞬间，明显感觉到身后的人极绅士地往后退了退。

"你……你真的是沈渝之？"她结结巴巴，好不容易问出一句完整的话。

视线不自觉地移向后视镜，恰好对上头盔镜后他那双同样打量自己的漆黑墨瞳。

那眼神啊，幽深得宛若一口古井深潭，仿佛瞬间便能淹没一切陷落其中的事物，若不是置身街头车流中，苏一念几乎要在这样专注的视线里溺毙。

"我包得这么严严实实，你都能认出来？"隔着头盔，他提高音量，声音却还是有些瓮声瓮气。

苏一念却终于找回了一丝理智："当然认识，现在国内谁不认识你啊？我……我是从《言有而心》第一季就开始粉你的，我……我……"

她说到一半，隐隐觉得他眼里的光分明暗了几分，当下声音弱了半分，脸上却扬起了个于有荣焉的骄傲笑容："我超喜欢你的辩论风格的！"

对方似是从头盔里发出一声低低轻笑。

好吧，其实苏一念不确定他笑了，但他眼角微微弯了弯，分明就是在笑的样子。然后，她才真切地听见他说了声："超喜欢就好。"

不愧是自己粉的偶像，这么温柔亲切又谦逊绅士，简直是圈粉啊。

苏一念心里这样想着，兴奋得小脸也泛起红光，很激动地握紧了车把。

明明入秋了，她却觉得周遭一切生机勃发，宛若初春。

第一章
沈渝之其人

沈渝之，国内辩论圈顶级大咖。

一年前，凭借火爆全网的语言类辩论综艺《言而有心》常驻嘉宾主持的绝佳表现而被观众熟知。

明明长了张英俊得堪比当红小鲜肉的帅脸，声线却低沉极富磁性，且逻辑缜密，让人不由自主被蛊惑。他在节目里引经据典，天文地理似乎无所不通，看待事物的角度总是出奇的刁钻古怪，永远第一时间一针见血地挑出对方的逻辑漏洞，深度诡辩，各个击破，堪称滴水不漏。

但也是这个人，一旦从辩论模式切换出来，便只是个惜字如金的面瘫小哥哥，在荧幕外低调得吓人。网络百科上，连他的身高数据都是粉丝们根据他与他合作过的艺人对比评估出来的。

粉上这么个偶像后，在苏一念的认知里，一睹偶像本尊风采，和他对视说话这种事，是想也不敢想的事。谁知道今天，她攒了二十几年的好运突然爆发，她不仅亲眼看见了沈渝之，还亲自骑着小电驴护驾救急，在众目睽睽下和沈渝之并肩走进电视台。

电视台门口挤满了闻讯赶来应援的粉丝，好在人虽然多，但大家都很有秩序地举着应援牌乖乖等候沈渝之的到来。苏一念激动得小腿肚子都有些抽筋，却强作镇定道："别怕哈，我带你进去，肯定不会有人发现的！"

话音刚落，身旁的沈渝之居然毫无预警地牵住她的手，大步流星地越过众人，顺着大厦前的台阶拾级而上。

苏一念惊得差点咳嗽出声，一边走，一边低头看着被他牵住的手，只觉小心脏扑通扑通，跳得几乎要从胸腔里蹿出来似的。直到走进 ZTV 大厦的大厅，听见好几声"小苏？小苏！苏一念！"，她才猛地回过神。

抬头一看，同事纪小佳正一脸不耐烦地远远冲她招手："苏一念，怎么还迟到了？沈总等你半天了，你搞什么？"

"啊！"苏一念看了看身侧还戴着自己卡通头盔的沈渝之，满心的粉红泡泡和狂喜激动，被纪小佳强行吹散，瞬间回到现实。

慌不迭地抽回手，苏一念将沈渝之先前扣在自己头上的帽子往他手里一塞："那个……这个还你，我……我还有事，先走了！"说完，顾不上看沈渝之的反应，便飞奔着跑向纪小佳，"对不起，对不起，我路上遇到个……呃，遇到个熟人，耽误了点时间……"

"喏，给你，沈总让你来了直接去十九楼的会议室找他，赶紧的！"纪小佳没好气地将手里的黑色电脑包和来宾工作证递给她，又漫不经心地看了眼她来的方向，"刚才那个男的，是你朋友？"

"嗯！"苏一念心虚地接过东西，却不敢像她那样回头看，只能轻咳一声，"那你呢？"

"我这次的任务是替咱们 SZ 科技全体女同胞去各个演播厅找偶像要签名啊！"纪小佳说着，将刚从接待处领来的来宾牌往胸前一挂，"别说我不照顾你，我记得你这个不追剧的怪咖唯一的偶像就是沈渝之吧？一会儿要是看到他，要不要我帮你要个签名？"

"签……签名？"苏一念这才反应过来，自己刚才居然连签名都没找沈渝之要一个。

纪小佳见她一脸恍惚，索性扭头踩着高跟鞋自顾自离开。

"不要紧，不要紧！"苏一念捏了捏拳，开始自我安慰，"我可是载过沈渝之的'欧皇粉丝'，要是让小舒知道她的专用后座被沈渝之坐过了，估计得赖在我的车后座上不肯下来了吧？"

这么一想，她忍不住翘了翘嘴角，待"叮"的一声轻响，电梯门徐徐打开，这才急急赶到十九楼的会议室。

上到十九楼，找到走廊尽头的会议室后，苏一念刚一推门便发现会议室里坐满了人。百叶窗拉得严丝合缝，投影仪的光柱打在幕布上，她的顶头上司沈知遥正站在幕前，向众人做着演示讲解："根据你们的使用需求，在这款互动软件里，我们还特别加设了记录热度值的功能。也就是每档节目开播时，观众互动的频率统计、话题的搜索热度……"

苏一念关上门，悄无声息地溜进会议室，找了个角落的位子坐下，才如释重负地松了口气。正当她习惯性地鼓起腮帮子吹了一口气纾解紧张情绪时，沈知遥的视线也恰好看了过来。

于是，她鼓着腮帮子像条金鱼般的小脸和额前刘海飞扬直立的呆萌表情，被沈知遥逮了个正着。沈知遥微微愣了一下，旋即便有些忍俊不禁地扬起了嘴角。

他长相本来就清俊儒雅，这一笑顿时惹得参与会议的那几个年轻女编导目光火热，视线越发不舍得从他身上移开。

苏一念心里一阵发虚，忙收敛神色坐直身子，神情专注地看向笔记本电脑。只不过正经不过三秒，她肚子里便发出"咕噜"一声轻响。

身为万年起床困难户，苏一念今早为了准时赶到与公司相反方向的电视台，生生错过了早餐时间。而随着沈知遥开始细致全面地介绍美食节目与美食地图的串并功能，投影屏幕画面也变成了满屏的美食图片。

苏一念如坐针毡地捂着肚子，听着自己五脏庙里擂鼓不断。

好不容易撑到会议结束，苏一念顾不得等沈知遥和电视台的领导们寒暄结束，凑到沈知遥身边道："头和胃不舒服，我可不可以先撤？"

沈知遥"嗯"了一声："我和顾台还有些事谈，晚点我这边结束了再找你。"说完，还极体贴地接过了她手里的电脑包，示意她先走。

苏一念如蒙大赦，走出电视台时，先前堵在电视台门口的沈渝之粉丝都已经走光了。苏一念却还是不可避免地想着，就在不久前，自己居然和沈渝之牵手从这里走过，心里不由得生出一丝得意和骄傲。

就这么一路傻笑着走到电视台对面，附近有一家看着不太起眼的手工饺子馆，闻着店里飘出高汤独有的肉香，苏一念才想起自己是出来觅食的。

大概是因为过了早高峰时段，店里空无一人，只有一个老板模样的中年大叔坐在柜台后敲着计算器。

"大叔，给我来碗三鲜饺子，加颗卤蛋，谢谢！"饿得两眼发晕的苏一念对柜台后的中年老板喊了一声，便在窗边的一张空桌旁坐了下来。

老板笑应了一声，苏一念则有些百无聊赖地翻看起桌上的餐牌。

还没等她的饺子上桌，就听门口有个气息不太稳的男声喊了一声："老板，两碗饺子！"接着便有脚步声由远及近。

苏一念埋头翻看着餐牌上的内容没太留意，只隐约觉得有两个人从身旁走了过去，在她前面一排的位置上坐了下来。

只听刚才那个男声接着又道："对了，师兄，虹嘉传媒早上又打电话来了，还是想邀请您这周六下午过去给他们公司的艺人谈谈关于应对采访话术方面的技巧，这已经是他们这周的第三个电话了……"

"虹嘉？上次那个酒后失态的女老板？"另一个同行的人也开了口，只不过这一开口，那清越响亮的干净声线立时让苏一念抬起了头。

这个声音……怎么这么耳熟？

她好奇地瞄向了邻桌的俩人，正对着她的是个娃娃脸的年轻男人，他手边还放个公文包，苏一念觉得他看着有些面熟，一时却想不起在哪儿见过。

而背对着她的那位穿着一身黑色正装，肩平背直的挺拔坐姿衬得身形越发完美，让苏一念心跳立时漏了一拍。

对方不用回头她也能确定，眼前这个让人赏心悦目的背影绝对属于沈渝之。

不是吧！这么巧？她昨晚是梦游去外太空拯救了银河系吗？

她难以置信地掐了自己一把，视线却有些忘形地注视着那个背影。对方身子微微侧了一下，像是要回头往这边看来，苏一念想也没想就低下了头，佯装忙碌地调整起桌上的纸巾和醋瓶的摆放位置。

偏偏视线还有些不受控制地偷偷用眼角余光去瞄了人家一眼，结果发现自己果然是做贼心虚。事实上，人家似乎只是换了个轻松些的坐姿。

她松了口气，顺手拿过桌上的餐牌挡着脸，看他微微侧身翻动娃娃脸男子递来的资料时露出的左手修长纤瘦，手腕处一枚银色袖扣衬得他下颌的线条棱角分明。苏一念忍不住握紧了手里的餐牌，心里暗自打气，犹豫着哪个时机适合上前，要不要去找人家要个签名。

结果，那人竟毫无征兆地回过身来看向了她，眸光明暗闪烁，嘴角微扬："苏小姐这是认不出我了，还是不打算打招呼？"

苏一念手一哆嗦，餐牌无声从胸前滑到了腿上，她手忙脚乱捡起餐牌摆回原处，才急急解释道："我……我是看您挺忙的，怕打扰到您工作……"

"不忙，"他嘴角微扬，居然轻拍了拍身边的空位发出邀请，"一起坐？"

"可以吗？"苏一念心花怒放，嘴上象征性地客气着，人却已经像讨糖的孩子般站了起来，喜滋滋地打算挪向他那桌。

偏偏就在这时，她随手搁在桌上的手机忽然嗡嗡振动起来，安静的小店里充斥着手机振动的声音，吓得她顾不上看是谁打来的，迅速接起了电话。

刚按下接听键，就听纪小佳语气不善地问道："在哪儿呢？我这正忙着找人签名，沈总忽然发个信息说你胃痛出来找药了，让我陪你一起照应一下，可我看这外面也没药房啊，你上哪儿买药去了？"

苏一念没想到沈知遥会让纪小佳来陪自己，忙压低声音解释道："我早上没来得及吃早餐，饿到现在实在受不了，所以先出来找点吃的垫垫肚子……"

纪小佳马上炸了："你跟沈总说你胃痛，其实是跑出来吃东西？"

"对不住，对不住！"苏一念迭声道歉的同时，眼角余光里发现老板端着一碗热气腾腾的饺子从后厨走了出来。

纪小佳怨气不小，不耐烦地打断她的道歉："算了算了，你在哪儿？反正我这儿也没戏了，我去找你吧！"

"我？我在电视台对面的贺记饺子……"苏一念脱口而出，却发现老板把她那碗饺子端到了她先前坐的那张桌上，正想开口让老板端回来，纪小佳那边却是直接挂了电话，显然是听清了苏一念说的地址后，直接往这边来了。

"同事要来？"沈渝之挑了挑眉。

"就是先前在大厅里叫我的那个同事……"苏一念这才开始担心，纪小佳倘若也出现在这里，沈渝之会不会不太欢迎。正犹豫着怎么开口问他介不介意，却发现他正若有所思地看着自己碗里的那颗卤蛋："胃痛的人不适合吃卤蛋。"

苏一念迟疑片刻："叫都叫了，浪费粮食不好吧？"

沈渝之又挑了挑眉，直接起身取了个酱碟，将她碗里的卤蛋舀了出来："我帮你解决它，就不算浪费了。"

"欸？"她呆住。

这算怎么回事？眼馋她的卤蛋，变着法儿地抢食儿吗？

顺走了她的卤蛋后，沈渝之像是全然不记得先前邀她同坐一桌的事，很认真地端着原本姓苏的那颗卤蛋回了自己的座位。

苏一念有些挫败地看了看面前那碗被人截和了一颗卤蛋的饺子，又看了看背对着自己，已经开始津津有味享用食物的沈渝之，心下一阵郁闷。

纠结了一会儿，到底没那个狗胆直接挤到沈渝之那桌去，苏一念只能乖乖坐回到自己的座位上。而饺子馆的门再次被人推开，纪小佳来势汹汹："好你个小苏，工作时间摸出来吃东西……"

她话说到一半，忽然定定看向正微笑着向上菜的老板道谢的沈渝之，足足盯了半分钟，才低呼出声："是沈渝之！"

说着，她已经翻出包里早就准备好的照片，三步并作两步地越过苏一念，停在了沈渝之的桌边："沈先生，您好，我刚才还在电视台满世界地找《言而有心》的演播厅找您签名呢，没想到居然在这儿见到您了！"

"谢谢！"沈渝之客气地点头，神色却略显疏离。

"每期《言而有心》我都会追看，我也是您的超级'芋圆'（沈渝之的粉丝）呢。"纪小佳毫不气馁地将手中的照片放到了桌上，"能不能麻烦您帮我签个名？"

沈渝之的视线却似漫不经心地扫了一眼邻桌的苏一念，发现苏一念正呼哧呼哧地吹着饺子，准备大快朵颐了。当下，他眸光微暗了暗，却没再说什么，接过纸笔在照片后签起名来。

纪小佳高兴地又往他身边凑了凑，异常精准地举起手机迅速对焦，趁他认真签完名抬起头的一瞬间，"咔嚓"一声按下了快门，手机屏幕上完美定格了二人并肩的一刻。

沈渝之黑眸沉沉地扫了一眼纪小佳，虽然什么都没说，纪小佳却莫名觉得心头一凉，吓得连忙站直了身子，有些尴尬地缩了缩脖子，道了声谢，退回到了苏一念桌边后，忍不住小声道："沈渝之本尊原来这么高冷啊，一点也不可爱啊！"

眼见纪小佳和沈渝之成功合照，苏一念好不容易才藏起自己这张吃不到葡萄的狐狸脸，准备化悲愤为食量，可一听纪小佳的吐槽，心里马上就得意起来。

一点也不高冷啊！他坐了我的车，牵了我的手，刚才还是他主动跟我打的招呼。哦，对了，他现在吃的那颗卤蛋，也是我的！

这样一想，苏一念的脸色转阴为晴，忍不住"嘿嘿"笑了两声："来来来，吃什么？我请你呀！三鲜饺子好不好？这家的饺子口感特别好……"

她边说边笑，笑声有点憨，在有些冷清的小餐馆里异常清晰地荡漾开来。让背对着她的沈渝之，嘴角也不自觉跟着微微翘了翘。

正看着手表焦灼无比的助理桑蒙，在后台看到手里还抱着个白色头盔，姗姗来迟的沈渝之时明显松了口气。

"刘导听说你怕门口人多被围堵，在前面路口下了车自己步行过来，急得直跺脚，你要是再晚几分钟，他没准亲自带保安出去找你呢！"桑蒙紧走两步，正打算接过沈渝之手上的头盔，却见他藏宝贝似的将手中的头盔移向身后，一脸正色道："找人问一下，刚才的临时访客名单里，有个叫苏一念的女孩子是哪儿来的？现在在哪儿？是来干吗的？"

"啊？"桑蒙一脸茫然，"苏一念？这名字没听过啊！"

"女孩，身高大概170cm，穿着件黄色卫衣，三分钟前还在接待大厅。你现在赶过去说不定还能看到她。"沈渝之说着，又补充了一句，"今天的录影你不用跟着我了，帮我留意她的动向就行。"

"留意她的动向？"桑蒙直接听愣了，"可是咱们今天就是来拍个宣传片头，顶多半个小时就能走了。你不是还约了……"

桑蒙的话还未说完，便接收到沈渝之眼神里的催促之意，只好硬着头皮讨价还价："不是，师兄你看，你让我查到她现在在哪儿这个容易。关键是留意她的动向，那不就是要我监视人家吗？师兄，这……这么猥琐的事儿咱不能干吧？我觉得我还是跟着你……"

"我是让你留意她的动向，"沈谕之眯了眯眼，转头瞥来，"怎么做到不猥琐地留意一个女生的动向，取决于你这个助理的能力。"

桑蒙一缩脖子，马上举手做投降状："行行行，我马上去，现在就去……"

第二章
"加班狗"的惊魂夜

舒颜的电话是在苏一念结束加班，骑着她那辆半旧小电驴回家的路上打来的。

因为已经是深夜，非机动道上车辆不多，苏一念减速后直接按下蓝牙耳机的接听键，舒颜标志性的娇嗲嗓音立时充斥耳膜："苏一念，你见到了我男神沈渝之居然没告诉我？"

"你怎么知道？"苏一念微讶，自己忙了一整天，压根还没来得及告诉她这件事呢。

"有个沈渝之的粉丝发了张和沈渝之的合影，还在微博上艾特（符号@的音译，指提到或通知某个人）了沈渝之，结果被沈渝之翻牌点赞了。就在我放大图片想好好欣赏路人视角下，我男神依旧帅气的盛世美颜时，你猜我看到了什么？"

苏一念隐隐猜到什么，却装傻道："不会是拍到我了吧？"

"你！"舒颜被她气得一时语塞，深吸两口气才道，"你见到我男神了，就是这么个反应吗？你知不知道多少人做梦都想跟他同框？这么大的事，你居然提都没跟我提！"

苏一念叹了口气，很是拖腕道："我有什么办法，我没找着合适的机会啊。他跟纪小佳合影后，就在吃东西。我又吃得比他快，总不能吃完了还赖在那儿不走吧？"

"对方是沈渝之耶，你活了二十多年唯一的偶像耶，赖在那里又怎么样！"

苏一念转念想了想自己一天之内和沈渝之偶遇两次的经历："其实

合不合影、签不签名什么的也没啥，相比起大多数只能舔屏的芋圆，我觉得我能见到他本尊，就已经很幸运了吧！"

电话那端的舒颜安静了几秒，然后带着满腔怨念地咆哮了一句："你看见沈渝之的第一时间，就一点儿也没想到我这个只能舔屏的死党吗？苏一念，你太让我失望了！我要和你绝交三天……不，七天！"

苏一念笑了笑："好啊，本来我还想告诉你，今天沈渝之是坐着我的小白去的电视台，就坐在平时你坐的后座……"

舒颜尖叫一声，连声叫着："苏一念，你给我听好了，我男神坐的那个地方，你不准动！等我明天下班了去找你，除了我，以后谁也不准坐那个位置……"

苏一念笑着，顺便提出了一系列请吃饭、陪逛街的要求，又被舒颜逼着，从头到尾把事情的经过给重复了三遍，那头的小祖宗才终于放过她。

挂上电话时，手机屏幕上的时间显示已经是深夜时分，苏一念禁不住摇头苦笑，加速骑进了自己租住的小区。

小区里稀稀落落的几盏路灯看着有点冷清，远处传来的几声犬吠却让苏一念觉得很踏实。

她现在租住的这间单身公寓离公司很近，租金公道，交通便利，唯一的缺点就是房子老旧了些，物管更是形同虚设。楼道的声控灯坏了足有半个月了，物业公司都没派人来换，要不是今天加班，苏一念都已经打算亲自动手去换灯泡了。

刚把车子停在楼下花坛边，她就听见楼道里传来一阵急促的脚步声。等她把车子锁好，随手塞在口袋里的手机却因为弯腰下车时动作太大而从口袋滑了出来，"啪"的一声掉在了地上。

苏一念一阵肉疼，凭着声音估测着手机掉落的地方，蹲下来摸索半天才找到手机。

想看看手机有没有摔坏，她起身的同时也按亮了屏幕，结果却被刚从楼道里狂奔出来的一个男人重重撞了下肩膀。

那人大约是没留意到这黑漆漆的楼道前还蹲了个人，冲出来的时候乍一看到忽然从地上"冒出来"的苏一念和她被手机屏幕映亮的苍白倦容也吓了一跳，可惜身子还是因为惯性往前扑了两步，就这么直接撞到了苏一念。

"不好意思，我吓到你了！"苏一念见他脸色发白，以为他是因为撞到自己而慌张，忙主动道歉。

借着手机屏幕的微光，依稀可见这个有些冒失的中年男人，穿着一身外卖员的工作服，满脸都是慌张。他在听了她的道歉后，竟是一句话也没回便快步跑开，发动机车后扬长而去。

"现在的外卖小哥都这么高冷了？"苏一念小声嘀咕着走进漆黑的楼道里，手抚着楼梯扶手往上走去。

刚到二楼上三楼的拐角，她就发现 301 的住户居然敞开着大门。

屋里灯光明亮，一个中年女人正捂着肚子蜷在客厅茶几旁的地板上，指缝间赫然还有汩汩鲜血往外涌着，地上还有一把带血的水果刀和散落着的几个苹果。

苏一念心知不妙，急忙冲进屋里："小姐？小姐？"

她在女人身边半跪了下来，唤了几声却发现女人的眼睛已经开始向上翻，伤口处更是血流如注。

顾不上多想，苏一念伸出左手一边用力按住她腹部的伤口，一边手忙脚乱翻找刚才放回包包里的手机打了 120。

"救……救……"女人用尽全力地抓住苏一念的手，面无人色地颤声喊出两个"救"字后，双腿猛地一蹬，旋即手上的力道也骤然松开，整个人都瘫在了地上，双眸竟还是圆睁着失了焦距地盯着虚空中的某一处。

看着自己手腕上留下的两个血指印和还在女人伤口处已经被血水浸染的手掌，苏一念的身体不由自主地打了个哆嗦。与此同时，手机里传来话务员甜美的嗓音："你好，120 急救中心！"

"你好，这里是幸福里小区 13 号楼 2 单元，有人腹部受伤，出血量极大，请……请快点过来！"她全身颤抖得厉害，连声音都有些发虚，却还是完整说出了具体地址和情况。听着对方说车子会在十分钟内抵达，她才动作僵硬地挂上电话，屋子里顿时陷入了死一般的寂静。

她看着女人那张定格了表情的苍白脸庞，忍不住伸出另一只手，小心翼翼地探向女人的鼻间，却发现已是没有了任何气息。

苏一念缩回手，全身的血液都冻结了一般，通体生寒，脑中一片空白。

直至那只刚才染了血的左手指端传来一阵几不可察的坠感，一滴血液落在她的裤子上，沁进衣料里带来微温，她才连连换了好几口气恢复了些许理智。

她捏紧了拳头，极力忽略手掌的湿滑黏腻，迅速按下110，听着电话里的"嘟"声响了两次后，有人接起了电话："你好，Z城110接警中心！"

"你好，我……我一分钟前，好像目击了一个入室行凶逃逸的杀人犯！"她强作镇定，脑子里却嗡嗡作响，连电话那端的回复都有些听不真切。

与此同时，公安局刑侦二队队长江锋的办公室里。

"你这么晚跑来我这儿蹭茶喝，就为了让我利用职务之便，去替你查一个女生的出境记录？"江锋一脸嫌弃地看着坐在自己对面椅子里的沈渝之。

"晚是晚了点，但是白天我俩都忙，只好连夜过来麻烦你。"沈渝之将手上一张折得四四方方的便笺推到他面前，"我只是想确认一下，她是不是我当年在新加坡遇到的女孩子。只要能确定当年那个时间段她的确去过新加坡，就基本可以确定我没认错人。只凭她的声音和笑脸，我也大致能确定她就是当年那个女孩……"

"行了，行了！"江锋没好气地打断他，伸手拿起桌上的电话，"喂？小钟？我这儿有个身份证号码，你帮我查一下出境记录，查到了送到我办公室来！"说着，他报出了便笺上的一串数字。

电话挂断后，他又看了看对面的沈渝之："你也是，我能力范围内的事，你打个电话就行了。以你现在这身份，犯得着为这么点小事郑重其事地亲自跑一趟？"

沈渝之抬头看向江锋，一本正经道："跟她相关的事，在我这儿都不是小事。"

江锋有些意外："哟嗬，怎么着？听这语气，你这么多年念念不忘，别是惦记上人家小姑娘了吧？"

沈渝之沉默了片刻，才幽幽道："还没想好！"

"什么叫没想好？没想好，你这么火急火燎地跑来找我？"

"只是觉得，多年前欠她那么大一份人情，这些年还时常想着，兴许哪天能找到她……"

"那要真是她呢？你打算怎么着？是还她个人情，还是……以身相许？"江锋说到最后四个字时，明显带了几分调侃的语气，沈渝之却听得抿紧了双唇，一副陷入沉思的样子。

"你这是什么表情？合着你还真想过以身相许啊？"江锋一脸震惊，"你沈渝之也能有今天？成！就冲这姑娘对你的杀伤力，我怎么着也得帮你把人找出来。只要确定是她，将来我一定要睁大眼睛看她怎么收拾你！"

沈渝之轻笑了一声，伸手便将那张便笺又拿了回来，江锋却正色道："哎，对了，你说你弄得到人家姓名电话我不意外，可是，连人家的身份证号码你都能弄到，这是什么级别的撩妹技能？"

"机缘巧合罢了。"沈渝之卖个关子，却是将便笺卷成个小纸筒，若有所思地在指间盘玩起来。

"你现在这痴男怨女的表情，可一点不像您沈大神的风格。"江锋受不了地揉了揉手臂，从抽屉里翻出一份牛皮纸卷宗递给了沈渝之，"人都来了，我手头正好有个案子，嫌犯都已经落网了，却咬死了不肯招供。要不，劳您大驾，帮我去过两招？看能不能帮忙撬开他的嘴？"

沈渝之幽幽看了他一眼："据我所知，你们警队现在在犯罪心理学和犯罪侧写这方面，都有专设岗位由专人负责了，哪还用得着我这个半桶水的非专业人士？"

"这不是僧多粥少，你又刚好话术了得吗？互帮互助才能让友谊地久天长不是？"江峰不由分说地将卷宗塞给他。沈渝之一边无奈摇头，一边接过卷宗，却还是低头认真翻看了起来。

不等他把内容全看完，江锋已经急不可待拉着他往外走："行了行了，人就在二号审讯室，我现在就带你过去。我跟你说，只要你帮我把这家伙嘴撬开了，今晚消夜算我的！"

沈渝之皱眉道："你不是让人帮我查资料吗？万一人家送资料来……"

"哎，放心，我这儿不就这么大点地方，小钟来了知道上哪儿找我的。"江锋不由分说地，拉着他直接进了二号审讯室。

约莫半个小时后，审讯室的门被人敲响，叫小钟的小姑娘从门外探出头来，恰好看到江锋坐在审讯室外间的办公桌前，他重重一掌拍响了桌子："去他的，总算摆了！"

"江队，您要我查的资料都整理好了……"小钟话才说一半，审讯室的门被人从里面打开。

眼见从里面走出来的人是沈渝之，小钟眼睛立时瞪成了铜铃，嘴里还在问着"您是现在看，还是我先放到您办公室……"眼睛却是一眨不眨地盯着沈渝之，双手捏紧了手里的资料，连语速都慢了下来。

沈渝之脸上原本略有些疲态，见到小钟，马上快走两步："钟小姐是吧？辛苦你了，资料给我就好了，谢谢！"

"啊？"小钟看着他伸过来的手，脸上飞起两团红云，毫不犹豫地便要将资料递给沈渝之，却听江锋不满地低"哼"一声，劈手夺下资料："干什么？长得帅了不起啊？是我要资料，还是他要资料？局里的纪律都忘了是吧？"

小钟这才一脸挫败地低下头："那……那我先走了！"

结果她前脚刚走，后脚沈渝之就又把资料抢了回来，以最快的速度看了一遍手中那张轻飘飘的打印纸。几秒后，他忽然抬头看向江锋："她这些年只出境一次！"

江锋正抬手示意属下将里屋已经供认罪行的嫌犯带走，一听这话有些没反应过来："什么意思？"

"她唯一的一次出境记录，就是当年8月去新加坡的记录！"沈渝之握着纸页的手松开又握紧了几次后，低笑了一声，"我就知道，肯定是她！"

"是她就好啊！"江锋搞定了嫌犯，心情也是大好，直接钩着他的肩往外走去，"这么大的喜事，怎么着也值得你陪我喝两杯吧！"

办公室里人不算多，除了两个值班的小刑警，就只有一个穿着制服的警员正在和一个年轻女子轻声交谈。

"苏小姐，针对您说的情况，咱们再来做下最后确认。"问话的是公安局刑侦科一个年轻的徐姓警官。

他一边翻看着刚刚记录的笔录，一边问面前的女子："您在楼道外遇见的男子，身高约莫175cm左右，体形偏瘦，身穿一件红色外卖服，年纪四十多岁，没错吧？"

"是！"女子手中捧着一次性纸杯，哪怕指尖温度渐渐流失，却也一直没舍得松开。

"那么，您进入房间后，没有碰过任何东西，只是按住了死者的伤口，是吗？"

"是！"

"就您观察的情况，当时死者屋中的茶几上放着一个削了一半的苹果，但死者身旁的地上还有散落的苹果和被打翻了的酸奶盒，对吗？"

女子更紧地捏了捏纸杯，以至于杯口都有些微变形："是，还有一个我不敢百分之百确定的情况。我当时好像瞥到客厅另一边地上还有一把蓝色美工刀，凶案现场出现两把刀，其实有点奇怪吧？"

她说到这儿，一直苍白的脸上终于泛起一层淡淡红晕："我是不是不应该主观臆测什么？这样会影响你们对案情的分析吧？"

"没事，您的叙述已经很客观了，笔录里的内容我们也会认真核实，会和现场勘查的结果比对的。"徐警官说着，又笑着补充一句，"您已经做得很好了，很少有女孩子像您这么胆大心细的！"

她不无挫败地摆着手："我一直也以为我胆子挺大的，平时一个人走夜路从来没怵过，谁知道像今晚这样，忽然看到一个有体温能说话的人转瞬死在自己面前时，才发现我的心理承受能力似乎远不如我想象中的那样。"

说到这儿，她下意识揉了揉自己的鼻子，仿佛鼻息间都充斥着挥之不去的血腥气，连呼吸都不敢用力。

徐警官将那份笔录本往她面前推去："您看一下，如果确认记录无误的话，签个字就可以回去了。"

"好的！"她应了一声，草草看过便伸手去拿笔签字，结果被自己满手已经干涸的血迹吓了一跳。就在她拿起笔的同时，身后传来一个清越男声："苏一念？"

听到有人唤自己的名字，她这才抬头，茫然的眸子不期然撞入沈渝之惊疑不定的黑眸。

在确定苏一念的身份后，再次看见她，沈渝之脸色微变，急走两步到了近前，目光更是上下检视着她身上的血渍。待看到她那双血迹斑斑的手后，他眉头一拧，极自然地拉过她的手腕看了看："出什么事了？你受伤了？"

苏一念连忙摇头："不不不，不是我受伤。就是我回家的时候恰好遇上宗命案，原本是想帮伤者叫救护车，结果发现人已经不行了……"她说到这儿，脑海中不自觉浮现了那具尸体双眼圆睁的模样，当下身子又僵了僵。

沈渝之的手还握着她纤瘦的手腕，自然能感觉到她身体的变化，眸中的忧色更浓，沉声问向徐警官："她是不是能走了？"

"可以可以，当然可以！"徐警官似乎对沈渝之很是尊敬，"苏小姐因为是这起命案的目击者，所以才被我们请回来做笔录的，现在笔录做完了，当然可以回去。"

原本和沈渝之一起站在办公室门口的江锋，在看到苏一念后，忍不住轻打了个呼哨，他双手环胸，倚在门边看了一会儿才上前："渝之，这不是……"

沈渝之不等他说完，一记警告的目光如刀般剃了过来。江锋这才清了清嗓子，换了一脸严肃的表情："这该不会是你女朋友吧？"

"不不不，我……我充其量也只能算是沈先生的'脑残粉'！"苏一念连连摆手，脱口而出。话一说完，她就发现沈渝之的眉头已经微微挑了起来，而他身侧的江锋更是直接不客气地笑出了声。

她脸上微微发热，头一次深刻意识到自己这颗自打从事编程工作后，就退化到只会二进制运算的脑袋，确实已经越来越不擅长交际了。

"先去洗洗手吧？"沈渝之开口，虽然是商量的语气，大掌却是毫不客气地拉起了她的手，直接牵着她往茶水间走去。

苏一念呆望着近在咫尺的背影和身前紧握的双手，那种不真实的虚幻感又油然而生。

明明之前接舒颜电话时，她还在想，和沈渝之在电视台的偶遇，简直是幸运之神对她的特殊眷顾，是老天爷给多年独立生活的她的一颗水果糖。没想到转眼工夫，她这个刚吃过水果糖的幸运儿，就又被喂了块小甜饼？

公安局的茶水间有些简陋，好在光线明亮，沈渝之拧开水龙头后，便直接将她的袖子向上挽起，小心翼翼地替她一层一层地卷平压好。

这些动作，他做得自然且熟练，以至于苏一念有一瞬错觉，仿佛他从前也无数次这样帮自己挽过袖子。

他动作很轻，握着她的手放到水龙头下冲洗后，又取了些洗手液在掌心搓出白色的泡沫，才拉住她的手搓揉了一会儿。看着泡沫颜色转深，而苏一念的手恢复光洁，他才用清澈的自来水拂去她手上那些血色的泡沫。

苏一念脑中闪过无数念头后，忍不住打破沉默："沈先生对所有粉丝都这么好的吗？"

"粉丝？"沈渝之反问了一句，并未直接回答。

头顶的白炽灯照亮他全神贯注的侧颜，垂下的睫毛在眼睛下投出一层淡淡的阴影，五官美好得如同静止的油画。

苏一念忽然就想起舒颜不止一次地在她面前说过，像沈渝之这样长得好看还洁身自好，对女性永远释放出高冷磁场的男人，将来绝对是个宠妻狂魔。

她忍不住想象了一下，将来能成为他太太的女人得优秀成什么样子？

这样想着，她的目光也呈胶着状盯着沈渝之。

确定指间血污都清洗干净了，沈渝之才关上水龙头，好整以暇地看向她："苏小姐觉得，我在一天之内，遇见同一个粉丝三次的概率有多大？一个和我这么有缘的粉丝，我不对她好一点，会不会太辜负老天爷的安排了？"

明明是陈述事实的一句话，苏一念却硬是听出了一丝难以名状的甜蜜感。

她抿了抿唇，佯作镇定自若的样子："我只是觉得你本人和电视上的形象好像有点不一样，大家都说你高冷啊，可是……可是我觉得你特别亲切，特别随和，特别绅士……"

"嗯哼？"他拖出长长尾音，转头看了看苏一念，目光尽是戏谑，

"所以，你刚才的问题，只是想求证一下，这么特别的我，是不是只对你一个人如此特别？"

她睁大眼睛，再次生出一种强烈的遐想，尤其沈渝之将"特别"和"你一个人"加了重音，话语里竟隐隐带了几分撩拨暗示的意思，听得她耳根子都烧起来，下意识伸向湿漉漉的手捏向发烫的耳垂。

沈渝之看着她的动作，先是一愣，旋即竟然哈哈笑了起来。

笑声在茶水间里带出一阵回音，苏一念却看得移不开眼。实在是他在镜头前鲜有这样展颜大笑的样子，乍见之下，眸中欢喜明艳犹如火树银花。

偏在这时，徐警官极煞风景地从门外探进半个脑袋，试探着递出一包手帕纸："苏小姐，这么晚了，要不，我开警车送您回去吧！"

苏一念连忙摆手："不用不用，我自己可以打车……"

"我反正没什么重要的事，"沈渝之看向先前与自己同行，现在正在认真翻看苏一念口供的江锋，"我捎你一段吧，好歹你今天也护送了我一程，就当是礼尚往来！"

江锋虽然看懂了他的暗示，却冲苏一念颔首道："苏小姐是吧？你好，我叫江锋，是渝之的高中同学。坦白说，从安全方面考虑，其实我的人比渝之更适合送你的……"

沈渝之"哼"了一声："这么晚了，我们不浪费你们这有限的警力资源了，你也别耽误人家回家了！"说着便脱下自己的外套直接披在了苏一念肩上，语气里透着不容置疑的笃定，"我们走！"

见沈渝之已经率先往外走去，苏一念忙挥手跟江锋和徐警官告别，亦步亦趋地跟着他往外走。

刚出公安局大门，迎面一阵呼呼的夜风便吹得她打了个哆嗦，下意识裹紧了身上的外套，苏一念才察觉出沈渝之的衣服上隐隐传来淡淡的柠檬马鞭草的味道，沁凉而陌生的男性气息顺着夜风钻入她的鼻息，成功将充斥在她记忆中的血腥味驱散。

沈渝之替她拉开副驾的车门："上车吧，外面风大！"

苏一念乖乖上车，把包包抱在胸前，一副目不斜视正襟危坐的模样，努力掩饰自己的紧张和拘束。沈渝之却并没有立时替她关上车门，默默看了她几秒突然倾身靠近。

这突然靠近的俊颜把苏一念惊得睁大了眼，但她很快发现，沈渝之只是在替自己系安全带，接着她又发现他身上的气息和自己现在正披着的衣服上的味道一模一样，明明并不熟识的两个人因为一件衣服，似乎突然就有了某种无法言喻的牵连和亲昵。

她下意识屏住了呼吸，视线更是急急转向黑漆漆的车窗外，耳边充斥的竟是自己狂乱的心跳声，几乎震耳欲聋。

沈渝之绕到驾驶座，却并没有直接上车，而是发动汽车打开了音乐，柔声问她："在车上等我一会儿，马上回来。"

苏一念连忙点头，待他关上车门，大步走向公安局外的黑暗夜色之中，才后知后觉地打量起车里的情况。

沈渝之参与大型活动时，被媒体无数次拍到他从车里走出来。所以他这辆车，苏一念其实之前就在贴吧看过，但当时她怎么也想不到，有朝一日自己能坐上这辆车。

车子的内饰简单大方，出风口的香薰机里有淡淡的近乎海风般的清凉香味释出，很像沈渝之给她的感觉。因为是深夜，周遭的环境异常安静，她静坐不到一分钟，那种新鲜的好奇心便被静默中生出的不安取代。在看见车窗上倒映出自己苍白的脸庞后，她好不容易放松下来的身体再度紧绷了起来，先前那些不愉快的记忆也随之蠢蠢欲动。

苏一念连做了好几次深呼吸："镇定点，只不过是一个人没了呼吸而已，没什么大不了的。人嘛，总归都是会死的啊，不怕不怕！"

她拉高衣领埋首在身上这件陌生却好闻的男性外套里，试图转移自己的注意力，于是闭上眼睛喃喃默记："3.141592653……"

这是她从小养成的习惯，紧张或者失眠时就背圆周率，通常背到一百来位的时候，她就差不多可以放松下来，或者直接入睡了。

而几分钟后，当沈渝之脚步匆匆地从公安局隔壁的 24 小时便利店拎着一瓶热牛奶回来时，他看见的却是苏一念头歪在椅背上，星眸半合，气息平稳，只是双手还牢牢地抓着他那件外套的襟口，半张小脸几乎都埋在了他的衣服里，俨然已是沉沉睡着的模样。

他神色缓缓柔和下来，小心翼翼地上车，又轻轻带上车门，动作极小，唯恐会惊破身旁人的美梦。他将那瓶牛奶放在苏一念的身边，然后便长久地看着她的睡颜，片刻也不舍得移开视线。

车内温暖的黄色柔光里，他幽深如井的目光悉数投注在眼前人的身上，淡若无痕地发出一声轻叹，语气里是浓得化不开的失落："果然，一点都不记得我了吗？"

压片水果糖

几天后，苏一念特意跑了三四家商场。

不同香水专柜的柜台上，但凡是有马鞭草和柠檬成分的男士香水几乎都被她闻了个遍，直闻得嗅觉神经都差点错乱了。

"你到底要买什么样的嘛！"连向来爱逛街的舒颜都有点不耐烦了，"你说出来在哪儿闻得到，最多我再陪你去闻闻！"

苏一念噎了噎，再去闻闻？她倒是想啊！

可那也得有机会才行啊！

"而且你一向不注重这种东西的啊，干吗忽然抽风，这么执着地要找这种香型的香水？你到底在哪儿闻到的？"舒颜似是隐约察觉出不对，好奇地开始打量起她来。

苏一念忙咳了两声："没有，上个月无意间路过品牌方搞街头推广，送了张香片。后来被我随手拆了包装闻了闻，就丢在包包里没管了。最近不是因为那件事情，有点失眠吗？我在包包里看到香片，才想起当时推广人员说过这个香氛有助眠作用，就塞进枕头里试了试，结果……结果出奇好用。可是已经不知道是什么牌子的了，香片上只印了香型……"

"这么厉害？"舒颜闻言也来了兴致，"那我上网查查看！"

看着好友一脸认真地查起资料，苏一念用力揉了揉鼻子，不过是抱着那人的衣服睡了一夜，这鼻子，这脑子，居然就深深记下了那个味道。现在夜里一闭上眼，鼻息间就萦绕着那股气息……

好没用！

第三章
沈先生的甜系实验

苏一念醒来的时候，车窗外的天空已经泛起了一层鱼肚白。她揉了揉眼睛，看着灰色车顶才想起自己还在沈渝之的车上，当下便直接从座位上弹了起来。

"醒了？"沈渝之的声音在身边响起，略微有些暗哑，深晦如海的眸正静静凝望着她。

苏一念腾地坐了起来，身边的牛奶骨碌碌滚落下地，她这才发现自己的座位已经完全被放倒了，身上赫然还盖着沈渝之的外套。

沈渝之伸手捡起牛奶瓶，随手放了一旁："看你昨晚吓得不轻，想说喝瓶热牛奶能让你放松些，没想到回来时，你已经睡着了。"

"啊？"苏一念下意识揉头，自己都不敢相信，她居然会在目睹凶杀案后，这么轻易地在短时间内迅速入睡，还就此赖在人家车上睡了一整晚。

"不好意思，害你陪了我这么久，其实你可以叫醒我的……"她向来引以为傲的白皙皮肤随着意识的觉醒而漫上一层淡粉色的樱绯，连带着语气都心虚不已。

正看着她的沈渝之不自觉地蜷起手掌，食指和拇指轻轻搓揉了两下，似要压抑心下那骤然升腾而起的触碰她脸颊的冲动。

"看你睡得香，没舍得吵你。"他面容平静地转过视线，只是声音似乎比刚才暗哑了一分。

没舍得？

苏一念听得心脏一跳，有些不好意思地迅速把座位调回正常状态，不无心虚地试探道："我昨晚睡着的时候，还算正常吧？"

"正常？"沈渝之转头看向她，"你的意思是，你睡觉有什么不正常的怪癖吗？"

"小舒说我睡觉不太老实，经常说梦话……"苏一念艰难开口，"我昨晚，没有说梦话吧？"

"小舒？"沈渝之的眉角几不可见地轻跳了一下，"男朋友？"

苏一念连忙摇头："小舒是和我从小一起长大的闺密，她也是你的超级芋圆。事实上，昨晚我发现命案前，还接到她特意打来质问我跟你同框却没要你签名的事，还骂我心大……"

她说到这儿，视线看到后视镜中的自己，一副睡眼惺忪、蓬头乱发的样子，不由自主就将视线偷偷瞄向了身侧的男人。结果发现一夜未眠对沈渝之而言，除了下颌一圈新生的青黑胡茬为他平添了几分男性特有的成熟气息外，丝毫无损他的清俊英朗。

此刻的沈渝之一身休闲打扮，连稍微正式点的薄外套都脱给了苏一念，整个人看上去也和上次要去录节目时的一本正经完全不同。苏一念没来由地想起纪小佳向他要签名时，他周身都透着那种生人勿近的气场，与此刻的他分明判若两人。

正胡思乱想间，被她盯着的人毫无预警地伸出右手，大掌落在她头顶轻揉了一下，竟是替她拨了一下头上的一绺发丝。

透过后视镜，苏一念才发现自己头顶上一绺倔强的飞毛在他移开手的瞬间又翘了起来，连忙伸手自己压住头顶："我自己来，我自己来就好了！"

不知是否是她的错觉，沈渝之眼底似乎有一瞬的笑意掠过，待她侧头细看时，又恢复了先前的淡然。

车子驶出公安局后，在路口的红灯前停了车，沈渝之扶着方向盘悠然开口："还不打算告诉我你家的地址？就不怕我直接把你带回我家？"

苏一念连忙报出自己的住址，有些不好意思道："害你一整晚没睡，还要送我回来，真是不好意思！"

沈渝之却是话锋一转："你一直是一个人独居？家人不在Z城？"

"很小的时候父母就相继去世了，我在孤儿院长大的，没有家人！"

苏一念笑得没心没肺，"不过，我从小胆子大得很，高中的时候还特意学了跆拳道，独居对我来说毫无压力。"

沈渝之"嗯"了一声便许久都没再开口，车里的气氛一时有些凝滞。

眼见拐过路口便要到自己住的小区，苏一念忙轻声提醒："我住的小区有点老旧，住了很多三姑六婆。万一有起得早的阿姨大婶看到沈先生这种名人，搞不好会把你当成大熊猫围观的，一会儿我就在离小区不远的路口下车就可以了。"

沈渝之握着方向盘的修长手指轻弹了一下，苏一念觉得他这个动作大概是用手指代替了点头，于是放下心来。

苏一念所住的幸福里小区外已经有早起的老人进进出出，苏一念眼见车子越来越接近小区大门，沈渝之却没有半点要靠边停车的意思，只好再次开口提醒："沈先生，停这儿就可以了，我自己走进去……"

"你住几栋？"沈渝之不由分说地将车子开进了小区。

苏一念只好乖乖指路，又报出了具体门牌号，沈渝之的车子便一路开到了她住的单元楼下才稳稳停住。

苏一念忙解开安全带，心里犹豫着是要再真诚道谢一番，还是直接告辞下车。沈渝之却已经抢先下车绕到副驾驶座替她拉开了车门，站在车边扬了扬下巴："我看着你上去了，再走。"

"啊？"苏一念有些意外，但还是"哦"了一声，乖乖转过身，在沈渝之的目送中往自家单元楼的楼道走去。

没走几步，她便停在了昨晚遇见那个外卖员的地方，心头居然不可抑制地发起慌来。一阵接着一阵的压迫感让她有一瞬的恍惚，仿佛四周还是漆黑的暗夜。

她咬牙，努力闭上眼定了定神才重新睁开眼睛，强压下心头的阴影又往前走了几步。最终却在自家楼道看清地上那一小摊昨晚急救人员抬人下来时，还没来得及冲洗的滴落状血迹后，彻底手脚僵硬，全身冰凉了。

她以为在经过一夜的平复后，心里的不安应该消退得差不多了。可是现在站在这里，闻着空气中隐约残存的血腥气息，脑海中仿佛电影的慢镜头回放般，她清晰记起昨晚跟着医护人员往楼下跑时，漆黑楼道里响彻的慌乱脚步声……

正犹自心惊胆战时，沈渝之的声音再次在身后响起："要不要跟我做个试验试试？"

"欸？"她讶然回头，成功被他的话吸引了全部注意力。

"闭上眼睛。"他冲她微微抬了抬下巴，以极富诱惑力的嗓音示意她依言照做。

"现在？"苏一念一脸疑惑，"什么试验？"

"试验结束才能告诉你结果，"沈渝之看她一眼，似有些挑衅之意，"敢不敢接受挑战？"

苏一念半信半疑，但想到人家在车上等了自己一整晚，还送自己回家，也说不出什么拒绝的话了："好！"

他满意地点头："很好，乖，闭上眼睛！"他那声乖说得很温柔，苏一念听得莫名有些脸红，索性乖乖地闭上眼睛。

结果下一秒，右手再度被他轻轻牵起："试着把自己当成个暂时失明的盲人，认真听我指令，并试着记下我告诉你的信息，最后我会出题考你。"

"哦！"苏一念忙点头，心里一阵甜丝丝的感觉向周身扩散，左手还抱着他的外套拢在胸前，右手却能真切感受到整个手掌被他握在了掌中。四周的空气里充斥的全是陌生又熟悉的男性气息，让她感觉满心欢喜、雀跃激动，随之心里又涌出一股复杂情绪，可她却来不及细细体察。

"我叫沈渝之，现住太平里1期的观鱼台，是之乎工作室的负责人兼老板。生日是9月15日，身高187cm，体重61kg，喜欢吃的食物是……饺子。注意转弯，到二楼了！"沈渝之语气平静，视线扫过台阶上斑驳的血渍，不自觉紧了紧手中的柔荑。

苏一念起初还有些紧张，每次迈步都有些小心翼翼。走了十几步后，她才渐渐放松，不得不承认，沈渝之的声音极富感染力。他声音浑厚，却有别于寻常的主播腔，而是带着一种自然演绎般的魔力，让人不自觉地就静下心来，认真去倾听他说的话。

苏一念虽然颇为感慨，但还是努力在心里默记下他说的内容，直到沈渝之轻轻松开了一直握着自己右手的大掌。肌肤相贴的温暖骤消，她有些茫然地睁开双眸，却见沈渝之正静静地看着自己。

"从楼下到我家的台阶一共75级，期间沈先生介绍了你的姓名、生日、住址和一应个人信息……"她张口便将沈渝之说过的所有内容完整无误地报了出来，待沈渝之眼中浮现赞赏之色时，忍不住露出几丝得意，"说吧，你要考我什么？"

"看来苏小姐的瞬间记忆力确实不错，"沈渝之毫不吝啬地夸赞，"那不知道苏小姐还记不记得我们相遇的具体时间和日期？"

苏一念微怔了怔："昨天在电视台对面的红绿灯路口啊！"

沈渝之盯着她足足看了半分钟，才叹了口气，遂扬起眉朗声道："我问的是具体时间和日期，按照你这个思路，你应该回答我，在10月27日上午10点29分！"

居然精确到了分钟？

苏一念呆呆看向他："你……你该不会是电视里那种对数字有强迫症的……"

沈渝之并不回答她的问题，只是声音骤然低了几分，似诱哄又似催促，连眸色都开始转深，黑漆漆的满是期待："苏小姐人生中有没有哪年的8月13日，发生过什么特别的事？"

"8月13日？"苏一念摇头表示无解，"是什么特别的日子吗？还是……啊，我记得是不是有一年暑假下过一场狮子座流星雨啊！"

沈渝之再次沉默，只一径凝望着她，直盯得苏一念心里发虚："我……记错了吗？呃……那容我再想想……"

"我该恭喜苏小姐通过本次试验才对。"沈渝之这次倒是没等她说完，就站直了身子，"作为奖励，我决定回答你之前的那个问题。"

他拿出手机在她面前晃了晃，明亮的手机主屏上，正是在车里熟睡的苏一念。从外套里露出来的半张小脸睡得通红，除了纤瘦的身体在车座上蜷曲得有些厉害外，看着居然很是粉嫩可爱。

"你昨晚睡容安静，除了一直抱紧我外套的动作略微有些缺乏安全感外，其他一切正常！"说完，他收回手机努了努嘴，示意她开门，"进去吧，我等你关好门就走！"

苏一念原本还有些意外他居然偷拍了自己的睡颜，结果一听他要走忙追问道："那你刚才所说的试验呢？到底是要试验什么？"

"心理学上有一种说法，叫作'空间记忆覆盖效应'。从专业的角度来说有点深奥，具体操作上来说，就是当你在某时某地有了让你不舒服的记忆时，制造出更具冲击力的记忆来覆盖它是最好的办法！"他说到这儿，"试验如果成功的话，你以后走这段路，想起的就都是我牵着你的手，送你回家的场景了。"

苏一念愣了愣，脑子里已经很自然地回忆起，刚才二人手牵手时那温暖的触感了。可她更奇怪的是，自己居然对和沈渝之牵手这件事接受得这么自然。难道这么快就被牵到熟能生巧了吗？可明明昨天自己才跟他认识啊！

"当然，如果条件允许，我觉得你还是考虑搬到一个安保条件更好一些的地方去住。"沈渝之顿了顿，又报出一串数字，"这是我的手机号码，记得住吗？"

苏一念很是听话地跟着重复念了一遍，然后才想起眼前这人是现下风靡万千少女的辩论圈里的大神级人物，与自己这近乎奇幻的一天交集已经让她自觉运气爆棚了，现在，沈渝之居然还要主动给自己联系方式？这么平易近人的偶像，和他平时那种高冷男神的表现简直就是判若两人啊！

正想着，沈渝之再度开口道："我的手机这几天会24小时保持开机，如果有什么紧急情况，随时可以打给我。是随时，懂吗？"

"哦！"苏一念看到他的动作表情都无比认真关切，她心中那种隐约蠢蠢欲动的情绪越发强烈起来。

她低头不敢再与沈渝之的视线对望，掏出钥匙开门进屋时，忽然看到自己怀里还抱着沈渝之的外套，忙转头递还给他："对了，你的衣服……那个，真不好意思，耽误你这么久，还麻烦你亲自送我回来……"

也不知是她这语气太过见外，还是她递给他的外套皱得太难看，沈渝之的眉头皱了皱，并没有马上伸手来接。

苏一念顿觉尴尬，转念间却是眼睛一亮："呃，衣服被我弄得皱巴巴的了，要不等我洗过了再还你吧！"

沈渝之这才点头，把门轻轻合上，隔着门还不忘再简短叮嘱一次："自己注意安全！"

"知道了！"苏一念隔着门应了一声，却没有马上换鞋进去，而是等到楼道里的脚步声彻底听不见了，才长舒了一口气，抱紧了怀里的外套，直接在原地打了个圈，"古人诚不欺我！古有白素贞借伞不还，今有我苏一念留衣为念！有了还衣服这么光明正大的借口和理由，就算他不愿意为一件衣服再见我一次，起码，我得了沈渝之一件衣服啊！哈哈！"

她越想越开心，最后，是哼着歌换了鞋往屋里走去的，因为心情过于激动，以至于最后洗过澡躺到床上时，满脑子都还是沈渝之的脸。

直到快要睡着时，她才忽然意识到，沈渝之说的那个什么"空间记忆覆盖效应"好像还真有点用。至少，在此之前，她的的确确一点也没想过那桩凶杀案了。

苏一念有一次无意中发现，沈渝之居然把当年自己在他车上睡着时偷拍的那张照片用作与自己的微信聊天背景，于是又美滋滋地向舒颜吹嘘此事。

舒颜在电话里恨铁不成钢道："怪不得人家说，不怕恶人心肠坏，就怕反派长得帅。以当时的情况来说，一个跟你压根儿不熟的男人趁你睡着的时候偷拍了你，你怎么还有心情乐成这样？这也就是沈渝之，换成全天下任何一个除他以外的男人，我舒颜第一个把他当成死变态，你信不信？不打得他变猪头，我跟他姓沈！"

苏一念闻言急了："你什么意思？想挖我墙脚是吧？你跟他姓沈？沈什么？沈太太吗？"

舒颜静默三秒，撂下一句："你就等着哪天被卖了，还替沈渝之数钱吧！"便直接挂了电话。

苏一念看着手机屏幕，一脸茫然地转头看向身侧喝着咖啡写稿子的沈渝之："我说错什么了吗？咱俩之间，要卖也是我卖你吧！明明你比较值钱啊！上次让你签的那沓照片，我放网上都卖了一万元巨款耶……"

沈渝之右手不停，伸出左手揉了揉她的脑袋，笑着露出一排整齐白牙："全天下，也只有你苏一念能让我花一万块买自己的签名照了！"

"那些照片都是你买的？"苏一念险些从沙发上摔下来。

"怎么？"沈谕之斜睨了她一眼，"想试试再把我的东西挂网上的后果？"

苏一念一听，默默将那句"亏我当时还好奇那个收件人为什么这么'壕'，一口气出价一万块买了你全部签名呢，差点想去地址上的D城大酒店，看看你那个死忠土豪粉到底长什么样呢！"咽回了肚子里。

现在想来，当时他不就在D城出差吗？

"喂？苏小姐吗？"电话那端，传来一个年轻男子的声音，"这里是Z市公安局，我是徐青文，就是上次帮您做笔录的那个！"

"记得记得，徐警官，你好！"察觉到自己提到徐警官后，好几个同事纷纷投来的好奇目光，苏一念忙起身从座位上站了起来，随手拿起桌上的保温杯悄然转至茶水间。

"是这样的，上次因为太晚了，我们这边的画像专家已经下班，就没安排您做嫌犯的画像。您看什么时候方便的话，能来协助我们做一下您说的那个外卖员的画像吗？"

跟那个男人毕竟只是在昏暗光线下擦肩而过时打了个照面，苏一念经过几秒短暂回忆，确定记忆中的面容并未因为时间的推移变得模糊，才爽快答应下来。

结果，她才刚挂上电话，身边便有人凑了过来："什么警官？"

"小佳？"苏一念完全没察觉到纪小佳的靠近，微讶道，"你特意跑来这儿偷听我打电话？"

"茶水间是公共场所，我是过来泡柠檬茶的！"她扬了扬自己手里的马克杯，又满脸好奇地接着问道，"你刚才接电话的时候，确实是称呼人家警官啊！怎么？你在和警察相亲吗？上次光叔说给你介绍男朋友，不会就是个小警察吧？"

苏一念和纪小佳虽然是整个工程部仅有的两个女生，但纪小佳的性格和她实在不算合拍，所以同事一年也没到交心的程度。此刻对上纪小佳这张明显只想八卦的脸，苏一念摇了摇头："你听错了。"

"不说算了！"纪小佳不悦地撇了撇嘴，"要不是最近才看到沈渝之微博发了张公安局外面的夜景，转头又听你说什么警官，我才懒得问你呢。我就不信你有这么好的狗屎运，在电视台偶遇他就算了，还能在公安局那种地方偶遇他……"

真不好意思，我还真就有这样的狗屎运！

苏一念暗自吐槽了一句，迅速将手机收好，又从柜子里取了个茶包去泡茶，顺便和纪小佳拉开距离。

谁知纪小佳又凑了过来："哎，我跟你说，早上我看同城新闻，就咱们公司附近有个小区好像发生命案了。我记得你是跆拳道黑带对吧？你住哪个小区？要是顺路的话，以后咱俩一块上下班吧，真遇上坏人，你也能保护我呀！"

"公司想当你护花使者的人可多了去了！"苏一念笑了笑，"你想找人保护，还不是一句话的事！"

纪小佳扫了一眼阿K的座位一脸嫌弃："公司这些人？你说阿K他们啊？你看他那细胳膊细腿，一看就缺乏锻炼。"继而约莫是听出苏一念话里的推脱之意了，她妆容精致的脸已经有些阴沉起来，扬起眉狐疑道，"不过是问你住哪里，想叫你凑个伴回家，互相照应一下嘛，你这么小气做什么？不愿意就明说，大不了我叫我爸接送上下班就是啦！"

"我不是那个意思！"见她真生气了，苏一念只好坦言道，"你刚才说的命案就发生在我住的那个小区。那个死者，还是在我面前咽气的。最倒霉的是，我可能看到凶手的样子了。你刚刚也听到了，公安局那边让我下班后再去一趟，做个罪犯画像……"

"这么说，你是这桩凶杀案的目击者了？"纪小佳低呼了一声，"那怎么办？既然是擦肩而过，凶手也知道你看到他了吧？"

苏一念耸了耸肩："知道也没办法，这又不是演电影，还真能找我杀人灭口呀？"

纪小佳一脸看怪物般的表情看向她："你这家伙的脑部构造是不是有问题？发生这么大的事，你怎么还跟个没事人一样？你到底有没有什么害怕的事呀？"

苏一念知道她在笑话自己，却佯作认真地思考了一下："好像还真没有！"

"嘁！"纪小佳挥了挥手，转眸看向沈知遥的经理办公室，"我看，我还是去探探沈总的口风吧。公司附近的街区发生这种事，以沈总的性格，八成会同意让我蹭下他的顺风车！"

正说着，原本虚掩的办公室门从里拉开，沈知遥端着咖啡杯向这边走来。

纪小佳连忙理了理头发和套裙上的褶皱，飞快地从柜子里取出咖啡豆，待沈知遥进了茶水间，马上挂起一脸乖巧甜笑："沈总要喝咖啡吗？我帮您煮！"

沈知遥笑着递过杯子道了声谢，又看了眼气色欠佳的苏一念："小苏怎么看起来没什么精神？"

纪小佳马上抢白道："这几天加班加得昏天黑地，谁不是人仰马翻啊！您看我这黑眼圈也是两层遮瑕才……"

"这阵子确实是辛苦大家了！"沈知遥抬腕看了看手表，"听说城西新开了一家餐厅味道很不错，今天就不用加班了。下班我请大家吃饭吧，小佳，你去打电话提前订个位吧！"

"真的？"纪小佳大喜，兴冲冲地朝办公室的其他人喊道，"沈总说今晚请吃饭，要犒劳咱们哦！"

办公室里顿时欢呼声四起，苏一念却是小脸一垮："完了，那我又完美错过了一顿大餐！"

沈知遥正将纪小佳刚打开的咖啡罐凑到鼻尖嗅了嗅，一听苏一念这话不由得好奇道："怎么？你今晚有约？"

"她一个万年单身狗哪里会有约？"纪小佳抢白道，"是她住的那个小区出了命案，小苏刚才还在这儿说呢，那个死者好像还是在她面前咽气的，而且她还看到了嫌犯的长相。刚才她就和负责的警官约好了，今天下班再去公安局做个嫌犯画像。"

"命案？"沈知遥皱了皱眉，"昨晚发生的命案，你在现场？我记得你入职时填的住址离公司挺近的啊，怎么治安这么差吗？"

"只是意外啦，之前一直都住得挺好的。"苏一念一副不甚在意的样子，说话间便打算回自己的座位，"总之，你们今晚吃得开心点，我先回去做事……"

沈知遥不等她走出茶水间，便神色严肃地问道："我没记错的话，小苏你是独居吧？"

苏一念点头："是啊！"

"最近晚上你就别加班了，如果真像你说的，见过凶嫌的话，你最好找个人一直陪着你……"沈知遥说着已经掏出手机，"我有个亲戚在公安局有熟人，我帮你问问看能不能请公安局派个人来保护你，实在不行……这段时间，你上下班我去接送你吧。"

"啊？"纪小佳又羡慕又嫉妒，一把拉住苏一念的手，"不如这样吧，小苏你先去我家借住几天，我让我妈也过来陪我们几天，沈总要接人的话，到时候到我家接……"

"别别别，真没那个必要！"苏一念把头摇成了拨浪鼓，"我没事，真没事！老大，你一片好意我心领了，我自己会注意的。况且，真到了要借住的地步，我也有地方可以去，不用麻烦你和小佳了！"说完，她一溜烟跑回自己的格子间。

沈知遥拢着眉头，目光却追着苏一念，犹豫数秒后，他点了点头，冲身旁正冲着咖啡却竖着耳朵在留心自己的纪小佳沉声道："咖啡煮好了送我办公室来！"

说着，他也抬步往自己的办公室走去，边走边拨出了一个号码："是我，在忙吗……嗯，有件事要请你帮个忙，我记得你好像有个姓江的高中同学现在在市局工作？我们部门有个女孩……"

电话那边的人不知说了句什么，让沈知遥原本准备关门走进办公室的脚步蓦地停住了，视线猛地转向已经回到座位，埋首于工作中的苏一念，经过好几秒的错愕，才顺手关上办公室的门。

"你的性格可不像是为这种事特意去求老同学的人，怎么？忽然变得这么乐于助人，看上人家了？"

明明是开玩笑的调侃，沈知遥却在听到对方的回复后愣住了。

过了好一会儿，他才收敛神色坐了下来，随手拿起签字笔，一下一下轻轻戳向光滑的桌面，说："怪不得人家常说无巧不成书，你大概还不知道，苏一念是我当年在大学生计算机大赛现场看中的人。以我对她的了解，你想追她，怕是要费一番大力气啊，渝之！"

桑蒙象征性地敲了敲门，推开沈渝之办公室门的时候有一瞬的惊讶。

因为向来工作认真的沈渝之，此时一反常态地没在座位前，而是窝在办公室的那张蓝色沙发里，低头摆弄着那个白色头盔。

"师兄，今天晚上六点，跟百利传媒那边……"

"改期吧！"沈渝之头也没抬，只是手指频频跳点着头盔光滑的漆面。

"这么说，下班直接送你去公安局？"桑蒙笑得一脸暧昧，"我都听到了，江队长给你打了电话吧？约了苏小姐下班后去做画像是不是？咱这次是去还头盔了吧？"

"知道你为什么现在都没有女朋友吗？"沈渝之嗤笑一声，将头盔抱起，小心翼翼摆在了自己办公桌的一角后，拿起外套，"等哪天你真遇到喜欢的姑娘，就会发现，但凡从她那儿得来的东西，一星半点，都不会想着还人家。陈非……"他抬头，一边嘴角已经高高扬起，"直到某一天她都属于你了！"

桑蒙呆住："哈？"

"走啦！"沈渝之套上衣服，顺手在他后脑勺轻拍一下。

"去哪儿？"

"最近的五金店！"

"欸？"

第五章
偶遇，又见偶遇

　　第二次从公安局出来，和徐警官挥手告别后，苏一念长舒了一口气，迎着西边咸蛋黄般的夕阳，骑着自己的小电驴出了公安局大院。

　　路过公安局旁那家24小时便利店时，突然听见音响里正放着一首很热门的小情歌。

　　她想起那晚沈渝之给自己买来，自己却没喝上的牛奶，莫名就觉得有点可惜了。心念一转间，她的身体已经有自主意识般把车停到了便利店前。

　　在便利店转了一圈，很快找到了和那晚一样的瓶装牛奶，苏一念拿起牛奶瓶得意道："看什么看？再看你也是难逃一劫！"

　　等苏一念走到收银台准备结账时，她的身后忽然伸来一只手放下几个硬币："我这儿有零钱！"

　　虽然戴了个口罩，遮了半张脸，但苏一念还是马上认出了沈渝之那双漆黑明亮的眼睛，听出了他那独有的低沉明朗的声音。

　　苏一念心里莫名一阵发慌，呆立在原地，看着那只几乎是靠在自己腰侧的手臂，语无伦次道："这么巧？怎么在这里也能遇见你？"

　　沈渝之并未答话，只是拿起她选的牛奶："那天晚上我随手拿的牛奶正好是你喜欢的？"

　　"我只是……有点口渴，觉得这个包装有点面熟，随手拿的，碰巧而已！"苏一念心虚地干咳了两声，总不能告诉人家，她是惋惜那晚因为贪睡错过的牛奶，才特意跑进来买的吧？

　　"确实很巧！"沈渝之挑了挑眉，意味深长道，"我路过公安局，有点口渴，在附近买饮料正好看到你进来！"他说着，扬了扬手里的纸杯咖啡。

大概是他的声线太具辨识度，苏一念发现柜台的收银员从沈渝之出现后，似乎就一直在盯着他看。随着沈渝之越说越多，收银员的表情也越加亢奋起来。

那闪闪发亮的眼神，让苏一念下意识就拉住了沈渝之的衣袖："算了，我们出去再说吧！"

沈渝之低头看了看被她拽住的衣袖，又看了看她老母鸡护食般，边走边警惕地回头看向收银员的表情，眼中泛起淡淡笑意，很是配合地跟着她走出便利店。

路边的车窗里，有人正笑眯眯地冲苏一念挥爪子："嗨！"

"我助理，桑蒙！"沈渝之介绍得很简单。桑蒙却是个自来熟，迅速下车跟苏一念握手，"又见面了，苏小姐！你好！"苏一念忙跟着点头，刚要伸手跟桑蒙握手，沈渝之却将那瓶牛奶直接塞到了她手里，自己则顺手接过桑蒙递给他的外套穿了起来，漫不经心地问道："苏小姐是来公安局办事儿的？"

"啊？呃，来做嫌疑人画像的。"苏一念看着车边抖开风衣再穿起来的沈渝之，视线中的人衣袂被风吹起，顾长影在夕阳的余晖里挺拔瘦削，气质好得出奇。白皙修长的手指，自衣领处往下整理前襟的动作，更让她觉得视线已经明显不听使唤地黏住他。

沈渝之倒像是对她的注视毫无察觉，只是在扣上风衣时，蓦然回头看向她："说起来，我有件外套好像还在苏小姐那里？"

苏一念立时也想起他借给自己披了一夜，被自己弄得皱巴巴的那件外套，心里一阵肉疼，脸上却是含笑道："对对对，我……我本来还想着等周末有空了再打电话给你，给你送过去的！"

"我今天不忙，既然遇到了就自己去取好了，也省得你来回跑一趟！"沈渝之的语气轻松自然，仿佛是一时兴起决定去散个步。

"啊？"苏一念有些发蒙，"又去我家？不……不太好吧？刚才那个收银员好像都认出你了，万一去了我们小区……"

沈渝之冲桑蒙使了个眼色，桑蒙不由分说地拿过苏一念手上的钥匙：

"苏小姐放心，一会儿咱们就在你楼下会合。我先出发，你们随后赶到呀！"说着长腿一跨，骑着苏一念那辆轻便的女式电动车便直接走了，临走还不忘回头给沈渝之比了个加油的手势。

沈渝之嘴角抽了抽，直接打开副驾驶座的车门，冲苏一念挑眉："上车吧！"

自己的坐骑都被人半路劫走了，苏一念只好跟着沈渝之上了车，只不过坐上车后，她仔细想了想，沈渝之都不介意了，她更没什么好介意啊。

反正只是取件衣服而已，他坐在车里自己上楼取了还给人家就算完事。虽然收藏衣服的计划落了空，可是有机会和偶像独处一会儿，也不算太吃亏吧？

苏一念坐在沈渝之身旁，摸着包包时，忽然想起先前舒颜骂自己的那些话，犹豫片刻还是鼓足勇气问出了口："那个……好像一直都没跟沈老师要签名，如果方便的话，可不可以给我签一个？"

"嗯？"沈渝之发动车子，缓缓驶离便利店，"以我们俩的交情，没这个必要了吧！"

"我……我们俩的交情？"苏一念差点咬到自己舌头，"我们……我们已经算有交情了？"

他侧过头来看向苏一念，那双漆黑如墨的眸子如同盛夏的古井映月般熠熠生辉，还泛着柔波涟漪："怎么？你觉得不算？"

明明是很平常的问话，可苏一念却隐隐觉得如果自己敢说不算，沈渝之八成要马上给她表演个翻脸比翻书还快。

可是，她怎么可能说不算？眼前这人，可是她在人世三千弱水里，唯一觉得看着就很甜的那一瓢。

见他还盯着自己，苏一念忙讪笑了两声，扭头看向窗外，心虚地嘀咕道："说起来好像可以算，毕竟我们都偶遇一二三四次了，还同乘一车，独处一夜。可是……可是我是你的脑残粉啊，哪敢肖想跟自己的偶像有交情？"说到最后，她压低嗓音，碎碎念叨，"没交情的情况下，要做到目不斜视，心如止水都很难了；要是有交情了，那还得了？"

沈渝之似是没听见她的絮语，只是不着痕迹地藏起已经开始上扬的嘴角，微抿着唇继续看向前路。

暮色四合里，沿途的街景飞快向后退去，入秋后的天黑得很快，随着夜色转深，车窗上清晰地倒映出苏一念的脸，也映出了她身侧的沈渝之那张棱角分明的侧颜。

眉眼间梨魂清露般的疏淡气质，饶是她从小语文成绩就只是差强人意的水平，也忍不住记起高中时，谢顶的语文老师曾经说过的一句酸词——

暗想玉容何所似，一枝春雪冻梅花。

那晚，很少发朋友圈的苏一念难抑激动心情，在朋友圈里发了两句酸词——暗想玉容何所似，一枝春雪冻梅花。

怕公司那些同事看见了会嘲笑自己，她还特意分组屏蔽了同事。

五分钟后，她切了个苹果再回房间拿起手机时，发现舒颜给她点了赞，还回复了三条评论。

评论一：度娘说，这是韦庄的诗句，意思是暗自猜测美人的容颜用什么做比较才合适，却看到一束被春雪包裹的梅花。暗指美人的美与她内里高傲脱俗的品性和雪中梅花有异曲同工之处。

评论二：画重点——度娘说了，这两句如果是男的写给女方，那就是赞美你高贵品质和美丽动人的魅力；如果是女子写给男的，意思就是我在风雪中独自为你绽放，你可以追求我了！！！

评论三：苏一念，你是不是还有什么瞒着我没坦白？发生了什么，给了你这么大的狗胆，竟敢肖想我男神来追你吗？

第六章
初登门的小乌龙

适逢晚高峰，路上小堵不断，沈渝之的车到得比桑蒙骑走的小电驴还晚。

也正因如此，苏一念还没来得及下车，就远远看到了自家楼下正举着瓶防狼喷雾、拽着桑蒙衣角不肯撒手的舒颜。

"糟了！"苏一念低呼一声，车子刚一停稳便拉开车门，冲向还扭在一起的两人，"小舒，你干什么呢！"

舒颜一看到苏一念，眼睛都亮了："苏苏，你可算回来了！我跟你说，我们小区停电了，我来找你蹭饭，结果一到你楼下，就发现这家伙推着你的小电驴鬼鬼祟祟……"

"小姐，你讲点道理好不好？我那是在找停车棚，怎么就成鬼鬼祟祟了？"桑蒙一边衣服被揪得死紧，说不出的狼狈，偏偏对手是一介一副未成年少女状的弱质女流，让他想发火都觉得下不去手。

苏一念也懒得解释，上前夺下舒颜手里的防狼喷雾，又扳过她的脑袋，让她看向刚下车的沈渝之："你先看看那是谁？"

舒颜先是一惊，旋即第一反应竟是将视线从沈渝之身上转回到桑蒙身上，又来回看了两次后，猛地倒退了一大步："你……你是我男神的助理小哥哥？"

桑蒙一愣，旋即眉毛一挑："你男神？你也是芋圆吗？你认得我？"

舒颜"啊"地尖叫了一声，然后居然头也不回地冲进了楼道，高跟鞋叩击地面的声音响彻整栋旧楼。

"她就是你之前说的小舒吧！"沈渝之讶然问道。

苏一念用力点头，就听桑蒙问道："她没事吧？"

"大概……一时接受不了第一次和自己的男神突破'次元壁'，就是以泼妇的形象登场吧！"苏一念耸了耸肩，"她肯定是先上去给你们开门了。"

她边说边往前走去，楼道里的感应灯亮起的一瞬，苏一念眼前没来由地浮现了那天沈渝之牵着自己上楼的情形，当下忍不住又偷瞄了沈渝之一眼，结果发现他居然也在看自己。

"怎么？还会害怕？"沈渝之开口，"按照你给自己的'脑残粉'的人设逻辑来说，牵着偶像的手回家这种事，刺激程度应该不逊于先前的恐怖经历啊，难道……"他顿了顿，停下脚步，一脸认真地问道，"我高估了自己在你心目中的分量？"

明明挺暧昧的一句话，偏偏被他说得一本正经，苏一念张了张嘴，憋了半天才挤出一句："没有高估！"

"那就是……牵手还不够刺激？"他嘴角隐有笑意，微微弯腰靠近她，最后几个字的声音略略低了几度，温热气息几乎要扑到苏一念的脸上。

"没……没有，我不是害怕，我……我就是忍不住想偷看你一下！"她好想哭，好想捂脸，好想假装没看到停好车也走进楼道的桑蒙憋笑的脸。

沈渝之眼里的笑意渐深，却不动声色地挑了挑眉，略略抬手，"确定不用我再牵一次？"

"不用不用！真的不用！"苏一念涨红着脸，逃也般加快脚步跑到四楼，却见舒颜不知何时站在了自家门口。舒颜挂着一脸招牌甜笑，双手交叠在身前，看到她和沈渝之之后，以前所未有的温柔语气道，"苏苏回来了！"

在接收到舒颜甜蜜笑容背后，那个"敢坏我好事，就杀了你"的警告眼神后，苏一念也特别正式地给沈渝之做了个介绍："呃，这是我死党，舒颜！"

"舒小姐不介意我也叫你小舒吧？"沈渝之主动伸出手来。

舒颜两眼放光，忙伸出小肉爪紧紧握住他，语无伦次道："不介意、不介意，男神您想怎么叫就怎么叫，我……我都可以的！"

一旁的苏一念看得眼角抽动，心里一阵失落。

原来他私底下就是个很亲切随和的人，和她们这些女粉丝出于礼节性地握手什么的也很稀松平常。所以，她也不必因为他对自己的关切有任何遐想！

　　"桑蒙是我的助理，也是我同校的师弟。刚才在楼下他好像吓到你了。"沈渝之指了指随后赶来的桑蒙，眼角余光里却发现有人正一眨不眨地盯着自己与舒颜握着的手，表情隐有失落怅然。

　　他眼底有光闪动，手却不着痕迹地从舒颜掌中抽离，把桑蒙拉到身前："我先代他向你道歉吧！"

　　舒颜立时把头摇成了拨浪鼓："我道歉，我道歉才是！我刚才不分青红皂白就怀疑你是我不对，小哥哥你千万别往心里去。你看，要不我们加个微信，你哪天有空了，我请你喝茶吃饭，赔礼道歉！"

　　被她这么一说，桑蒙明显有些不好意思了："不用不用，太客气了。我刚才也有不对……"

　　"苏小姐这个门镜，是不是坏了？"沈渝之忽然打断了这两个人的客套，抬手轻轻敲了敲苏一念的大门。

　　"啊？对！"苏一念看了看门镜，满不在乎道，"我搬进来的时候就是坏的，反正我这儿平时也没人会来……"

　　"你一个人独居，这也算是个安全隐患了。"沈渝之说着，转头看向桑蒙，"桑蒙，你下去找找看，附近有没有卖门镜的，顺便替苏小姐把这个换了吧！"

　　"啊？不……不用……"苏一念来不及阻止，桑蒙已经二话不说地往楼下跑去。

　　"只是顺便罢了，"沈渝之说得一脸轻松，"他最近正在减肥，能让他跑跑腿，比他去健身房撸铁有意义多了！"

　　舒颜轻轻撞了撞还有些没回过神的苏一念，一脸花痴状地小声道："怎么样、怎么样？就冲我男神这一百分的颜值和这超级暖心又细腻的性格，我粉他一辈子！"说着，居然是早有准备地拿起玄关柜上的一本记事簿递向沈渝之，"男神，可不可以给我签个名？"

　　"哎，这不是我的备忘录……"苏一念刚想抗议，被舒颜狠狠瞪了一眼后，只好抿紧双唇，暗自郁闷。怎么谁都能想到找他签名，偏偏自己这个见他最多的人，到头来连他的签名都没得到？

沈渝之异常爽快地点了头，却并没有接舒颜手里的本子："我车上还有工作室的专用手帐。舒小姐不嫌弃的话，一会儿我让桑蒙顺便也拿一本上来，我再给你签在新本子上吧！"

舒颜一听，激动得两眼放光，笑得合不拢嘴："工作室专用的？那是自家人才能用的吧！"

"那我呢？我……我……"苏一念再也忍不住了，嫉妒得小脸通红地举起小手刚想附议，沈渝之却是拿出手机，一边给桑蒙发信息，一边往屋内看："手机快没电了，借用一下充电器可以吗？"

"当然可以！"舒颜连声应着，把人请进屋里的同时，还不忘一推身边的苏一念，"你干什么？让客人在门口傻站着，像话吗？"

"你现在这副满脸谄媚的嘴脸，简直可以媲美大清第一太监，你知道吗？"苏一念白了她一眼，小声吐槽的同时，倒不忘从鞋柜最底层找出双糖果色的棉麻拖鞋递给沈渝之。

沈渝之接过鞋子刚要换，就发现苏一念脚上刚换的那双拖鞋和自己手中的拖鞋是一模一样的同款。

苏一念见他盯着鞋子看，忙解释道："放心，鞋是新的。这是我们公司去年年会时的安慰奖。我们公司的董事长和董事长夫人是模范夫妻，平时热衷于在公司'虐狗'，搞个奖品还成双成对，简直丧心病狂。"

"贵公司的董事长和夫人显然颇有眼光！"沈渝之看着那双拖鞋意味深长地笑了笑，这才换了鞋往屋里走去。

舒颜一溜小跑去苏一念房里给沈渝之找了充电器后，又跑到正在烧水的苏一念耳边撂下一句狠话："你俩啥时候都熟到能来你这儿串门儿的地步了？组织上的原则你是知道的，坦白从宽，抗拒从严，今天晚上我不走了，你给我从实招来！"

苏一念翻了个白眼，还没来得及开口，就听桑蒙的声音从门口传来："师兄，门镜买好了！"

"咦？这么快？我记得附近最近的五金店，也在小区外两三百米吧？"舒颜好奇地瞥了眼面不改色的桑蒙，"桑助理运动神经可以呀！"

看到舒颜，桑蒙粲然一笑："给舒小姐的手帐也带上来了，师兄签个名就行了！"

"我先帮她签个名吧！"沈渝之应了一声。舒颜高兴得怪叫一声，便跑去接收自己的礼物了。

苏一念忍不住也探出半个头，本来只是想看看桑蒙带上来的是一本还是两本，会不会有自己的份，结果却发现沈渝之给舒颜签过手帐后，居然直接挽起袖子从桑蒙手里接过一个纸袋，取过工具，替她换起门镜来。

苏一念忙放下手中的茶杯，跑了出去："我来吧，这种事情……"

她本来想说，这种事哪能让你来做，结果沈渝之只是回头轻飘飘地瞥了她一眼："麻烦给我一杯咖啡，谢谢！"

"啊？"她愣了一下，见他转头动作娴熟地转着螺丝刀，心里升腾起一股奇怪的暖意，呆呆又应了一句"哦"就听话地回了厨房。

三秒后，厨房里再次探出半个头来："那个……我不太喝咖啡，家里没有咖啡豆，速溶的可以吗？"

"那我去买吧，来时路上看见路口那边有家咖啡店……"向来熟知沈渝之对咖啡的挑剔程度，桑蒙忙起身准备去买。谁知，沈渝之只是看了苏一念一眼："客随主便，依你的意思来就行了！"

桑蒙惊得被自己的口水呛了一下，苏一念却莫名觉得那句"依你的意思来就行"从沈渝之嘴里说出来，有些奇怪的宠溺意味。于是，她用力点了点头，一边冲着咖啡，一边还不自觉地哼起歌来。

舒颜抱着有沈渝之签名的手帐冲进来炫耀："苏苏，你看，男神工作室的特签啊，还是他亲手交给我的呀！"

苏一念好奇地凑头看了一眼，扉页处果然龙飞凤舞写着一句简短的话——"致舒颜小姐，愿挚友之谊，恒久温暖！"署名处签了沈渝之的名字和今天的日期。

她不无嫉妒地冲抱着本子傻乐的舒颜"哼"了一声："是是是，了不起哦！你男神这么好也不见你投桃报李？要不等会儿这咖啡杯你来洗？"

舒颜一听，忽然想起什么似的，转头冲还在门口帮沈渝之递工具的桑蒙道："你们还没吃晚饭吧？冰箱里有饺子，不如我给你们煮饺子吃吧？"

苏一念看出她努力"挽尊"，想营造出心灵手巧美少女的形象，但实在对她的厨艺没什么信心，只好顺着她的话补充了一句："或者，你们不喜欢吃饺子的话，咱们去外面吃也可以。我知道附近有家不错的餐厅，地段虽然偏，但菜做得还不错。"

沈渝之正站在门前确认门镜安装是否到位，脸凑近门镜打量外面，语气随意道："桑蒙下班的时候不是还在问我要不要一起去吃饺子吗？我看，就在家吃饺子吧，挺好的！"

一旁还穿着皮鞋站在玄关处，像个可怜保安似的桑蒙经过三秒的短暂沉默，马上点头如捣蒜："对对对！我爱吃饺子，我最爱吃饺子的！"

说完这些，他看向沈渝之的眼神里，已经油然而生钦佩之情。

倘若他没看错的话，自从遇上这位苏小姐，沈渝之的脸皮厚度就以光速膨胀 N 倍了！

放在从前，这种在别人家蹭饭吃的事是绝对不可能跟他这位清冷疏离的师兄扯上半毛钱关系的。

可是现在呢？

桑蒙百分百确定爱吃饺子的人，从来都是沈渝之，更不用说什么下班时还问他要不要吃饺子这种鬼话了，可是看沈渝之现下这副淡定坦然的表情，桑蒙只觉五体投地。

真不愧是他师兄呢，不要脸起来的样子，都透着一股低调的奢华！

沈渝之喝咖啡的口味有多挑剔，桑蒙是最有发言权的。

平时在外面工作，主办单位少不得有准备咖啡，但沈渝之通常都只选矿泉水，只有桑蒙知道，他是怕喝到劣质咖啡。

当沈渝之助理的第一天，他告诉桑蒙的第一件事就是，如果在外面工作的时候，他让自己去买咖啡，最起码是星巴克 Bourbon（波旁，一种咖啡）级别的。后来桑蒙才知道，沈渝之住所常备的巴西庄园圣伊内斯咖啡的价格已经贵到一小包就够让寻常人喝一年的普通咖啡了。

可想而知，听到这么个对咖啡口感要求严苛、没有合适的咖啡宁愿不喝的人，面不改色地对苏一念的那杯速溶咖啡说"客随主便"时，桑蒙内心的震荡了。

那些年，他为了替沈谕之买咖啡淋过的雨，绕过的路，因为停车被开的罚单，算是全成笑话了！

第七章
怕狗啊？牵手吗？

直到和沈渝之并肩站在小区便利店的调味区时，苏一念心里还是有些不太适应，小心翼翼地看向身旁的男人："其实我们小区这个时间段是最安全的，你看外面跳广场舞的大妈都成群结队的，就算真有坏人，也不敢在这种地方乱来！况且，我从初中开始学跆拳道，现在已经是黑带水平。别的不敢说，真到了危急关头，对付三两个像你这样细胳膊细腿的长竹竿还是没问题的！"

沈渝之挑了挑眉，不置可否地"嗯"了一声，视线在一排排醋瓶子上掠过后，拿起其中一瓶醋："桑蒙和小舒在楼下闹了这么一出，相处起来难免尴尬。好歹要留点时间和空间，让他们两个缓和一下关系。我要是还戳在那儿，他们估计都不好交流。"

苏一念这才恍然大悟，转头见他手里拿好了醋，忙抢了过来："选好了？那我去买单！"

沈渝之也没和她抢，乖乖跟在了她身后到了收银台。

因为是小区的便利店，收银的大婶认出苏一念后，自然也留意到了她身旁跟着的沈渝之。她毫不掩饰自己的好奇，盯着沈渝之问道："哟，小苏有对象了？"说着，还很热情地冲沈渝之摇了摇手，"怪不得之前刘阿姨她们嚷着给你介绍男朋友你不要，敢情有这么个又高又帅的男朋友？哟，这是感冒了？是不是听说小苏楼下出事了，特意来陪她的？"

苏一念连忙摆手，刚想否认，身后的沈渝之却是坦然应了一声："还没多谢你们平时照顾小苏呢！"

"这有什么，远亲不如近邻嘛！"收银大婶的目光在沈渝之脸上来回打量，跟扫描枪似的，"哎呀，我瞧着你挺面善啊，好像见过呀，是不是小苏以前带你回来过？"

"方阿姨，我们还有事，先走了哈！"苏一念顾不上跟她客套解释，飞快付钱，拖着沈渝之的手便走了出来，直到离便利店有两三米远，才意识到自己情急之中，居然拉了人家的手。她有心松开，又有些不舍，索性佯装不知道般故作轻松道，"你知不知道，我们小区里所有八卦的传播中心就在这里了。方阿姨每天守着便利店无聊得不行，只要有客人，她都能拉着人聊半天的。幸好她平时只爱看肥皂剧，不然，就她这双认人的眼睛和传播八卦的大嘴巴，要是刚才认出你来，你信不信她能在三分钟内喊遍全小区的人来围观你？"

沈渝之安静地看她像个小麻雀般叽叽喳喳，似是也完全没发现二人手牵手的现状，甚至还主动接过她手中的醋瓶子，柔声问道："冰箱那些饺子，都是你一个人做的？"

苏一念以为他是奇怪自己一个人住还包那么多饺子，忙解释道："呃，小舒平时很少自己做饭，所以我经常做些饺子在冰箱冻好，她有空了就自己来取！"

"白菜荸荠猪肉馅……是你独创的吧？"沈渝之顿了一会儿，忍不住半隐半露地抛出一条线索，试探着道，"我后来吃过很多地方的饺子，几乎没见过其他人会包这种饺子！"

"欸？还没吃你就知道是什么馅的了？"苏一念没留意到他刻意加重语气的"后来"二字，而是被他说中饺子馅的事惊住了，旋即又恍悟道，"是小舒告诉你的吧？她就没顺便告诉你白菜荸荠猪肉馅是我们三春园独创的吗？"

"三春园？"

"对呀，我不到六岁时，就被送到孤儿院。'三春园'就是我所在的那家孤儿院的名字，小舒的妈妈就是我们的园长。小时候，三春园种了很多荸荠，有一回过年忘了买香菇，园长妈妈就地取材，用荸荠代替香菇丁做了这种白菜荸荠猪肉馅的饺子，结果出乎意料地受欢迎，我们都很喜欢吃。园长妈妈去世后，小舒就只吃这种馅的饺子了。"

沈渝之点了点头，颇有感触似的回了一句："记忆中的美味，总会让人吃出温暖满足感的！"

"小舒也常说吃我做的饺子能吃到妈妈的味道。"苏一念点头，露出老母亲般欣慰又无奈的表情，"也不知道她是在夸我，还是在损我！"

两人正说着话，冷不防从黑暗的小巷里冲出一只体形庞大的圣伯纳犬，见了苏一念很是亲热地扑上来，一个飞身把她撞得退了两步。原本暗戳戳拉着的大掌也就此脱手，偏偏始作俑者还异常兴奋地呼哧呼哧跟她摇尾巴打招呼。

"奥利奥！"苏一念只好弯腰揉了揉它的脑袋，"你又出来遛弯了！"

"汪！"那狗显然与她很是熟稔，仰起头在她手心蹭了好几下，视线却有些好奇地看向苏一念身旁站着的沈渝之。

苏一念这才发现，从奥利奥跑出来以后，沈渝之似乎就站在原地没动过，黑眸中虽然看不出什么情绪变化，但整个人的身体和这突如其来的静止动作，怎么看都有些僵硬。

"奥利奥，我们该走了！"一个十分富态的老太太一边招呼奥利奥，一边跟苏一念打着招呼，"啊呀，小苏，这么晚了你怎么还一个出来？你楼下的那个 301 不是刚出事吗？你可当心着点！"

"我知道的，谢谢梁阿姨！"苏一念甜笑着应了一声，待那狗走远了，才见沈渝之慢慢跟了上来，心里刚才生出的怀疑似得到验证，她轻咳了两声，"沈先生该不会是有点怕狗吧？"

沈渝之斜了她一眼，路灯下的俊颜恍似加了层近乎妖孽的美颜滤镜："你觉得呢？"

"我觉得是！"苏一念忍不住嘴角上扬，"小舒小时候也怕狗怕得要死呢，一看到狗狗就整个人弹到我身后，牵着我的衣角……"

沈渝之沉默着，只一径看着她的笑颜，神色专注，看得她有些不知所措，只好轻咳两声佯装不觉："现在这个点，小区里很多阿姨叔叔都会出来跳广场舞。这些老人家还都挺喜欢养狗的，一会儿搞不好还会遇到哦！"

苏一念一时说得兴起，扬起外套的衣角看着他："哪，要不要借你牵牵我的衣……"

"衣角"二字她还没来得及说完，刚刚被奥利奥撞开的小手便再度被人牢牢牵住。

"那就多谢你一番好意了！"说着，沈渝之面不改色地拉住了她的手。

"欸？"苏一念脸上一烫，轻轻挣了挣，却被他的大掌握得更紧，定睛瞧去却看见前面不远处，果然有个老太太正牵了只泰迪往这边走来。

连泰迪都怕吗？

脸上的抗议和讶然被笑容取代，她忍不住低笑出声，踮起脚尖，抬起没被握住的另一只手，学着当年哄舒颜的动作，伸手轻拍了一下他的头顶："乖，别怕，在这一片，我罩你！"

沈渝之黑眸如墨，转头盯住她，旋即忽然笑了起来，用力紧了紧拉着她的手："走了，回家！"

那温柔宠溺的语气听在苏一念耳中，不啻一颗投入平静湖心的小石子，当下一颗心便极没出息地一阵小鹿乱撞起来。

他们丝毫没发现，四楼的窗边有两颗脑袋正挤在一处朝他们这边张望。

"我家男神现在这个状态，怎么越看越像是想追苏苏啊！"舒颜拿着手机调整变焦，看着屏幕上被拉近的身影。虽然因为光线的原因只依稀能看到二人并肩而行，但也足以让她亢奋得声音都尖了几分。

"这个……可能吧！"桑蒙强忍着险些脱口的，"不用看了，这就是啊！"，绷着一脸严肃的表情，"师兄向来都是走高冷路线的，几乎从不跟任何异性单独相处，苏小姐很明显是个特例。"

"那是！"舒颜不无得意地翘起红唇，颇有几分与有荣焉的架势，"就第一季的最后一期，去年那个演了部超火偶像剧的女主角担任《言而有心》的嘉宾，各种找我男神搭话，还说要力荐男神当她下一部戏的男主时，我男神的回答简直帅炸了！"

桑蒙闻言，临时起意，立刻学着沈渝之的低沉语气，清了清嗓子才凝神道："梁小姐的话给了我一个新启发，不如，我们就把今晚的决赛辩题改成——可以靠脸吃饭的人，是选择物尽其用，还是该坚持发挥己长吧？借这个机会我们好好讨论一下颜值高低在当下社会的意义？"

"哎哟喂，不愧是我男神的助理，学得有模有样啊！我现在想起当时那个女星的表情，都还想笑……"舒颜咯咯直笑，笑到一半却忽然话锋一转，"那个……其实，我……我要跟你道个歉。刚才在楼下我太冲动了，我平时还是很淑女的，真的！"

桑蒙有些意外，愣了好几秒，才连连摆手道："小事而已，犯不着这么一本正经地道歉。老话都说，不打不相识嘛！咱们现下不是相处得挺好的嘛！"

"够爷们儿！就冲你这句话，以后我男神和苏苏有什么风吹草动，我一定第一时间跟你共享！"舒颜笑得像个小狐狸般晃了晃手机，"那不如，咱们先加个微信？"

桑蒙眯了眯眼，之前在楼下被舒颜抓过的胳膊还隐隐作痛，可是面对这灿如春华的笑容，居然毫不犹豫就点了头："好啊！"

那晚，沈谕之最终还是没能拿回他的外套。

苏一念给出的官方原因是，干洗店的店员漏洗了苏一念送去的这件衣服，所以衣服还未拿到。而真实的情况是，那件外套压根没送洗。它还保持着皱巴巴的状态，残留着沈谕之身上淡淡的气息，被挂在了苏一念的衣柜里。

一挂就挂成珍藏多年的定情物了。

第八章
嫌犯的眼泪

　　商场的一家眼镜店里，舒颜拉着苏一念直奔柜台，请店员取出其中一副眼镜框，兴致勃勃地晃了晃，问累得瘫坐在沙发上的苏一念："这个怎么样？"

　　苏一念没好气道："你不是裸眼视力1.5吗？干吗忽然想买眼镜？"

　　"我想给桑蒙小哥哥送个礼物，上次在你楼下把他当坏人又扯又打的，总觉得有点过意不去啊，这不是恰好看到觉得挺适合他吗？"

　　"你什么时候变得这么有良心了？"苏一念"哼"了一声，"我看送礼是假，收买是真吧？"

　　舒颜对着镜子端详了一下，很是满意地付钱买单，这才伸手钩住苏一念的胳膊："看你说得，我要收买也是收买你呀。桑蒙只是沈渝之的助理，我收买他有什么用？你就不一样了，你可是说不定哪天就能把我男神拿下的潜力股……"

　　"你说的'拿下'，不会是我想的那个'拿下'吧！"苏一念看疯子似的看着她。

　　"不然还能是哪个'拿下'？"舒颜一脸花痴地捧起脸。

　　"滚！"苏一念一把拍开她的手，抢先接过店员递来的包装好的纸袋，不由分说地拖着舒颜进了对面的甜品店点了两份甜点后，才如释重负地坐在座位上，一脸凝重道，"我这阵子一直在留意看新闻频道，我楼下那个案子好像还是没什么进展啊……"

　　"这才刚过几天啊，警察也是人啊，哪能说破案就破案的？"舒颜没心没肺地整理起自己逛了一上午的战利品，"你有空操心这种事，还不如好好想想你自己的事！"

"我有什么事？"

"你也不小了，撩汉技能真的不考虑修炼一下吗？对方可是沈渝之啊！你难道一点都不心动？"

苏一念白了她一眼："撩你个头！你当是拍偶像剧啊！心动有什么用？你看娱乐圈也好，文体圈也好，有几个偶像和自己的粉丝修成正果的？"

"你的智商是都被代码吃了吗？"舒颜恨铁不成钢地戳着她的额头，"我男神是什么人？他这种人，不是对你有好感的话，犯得着亲自给你装门镜？"

"那你怎么不想想，他有什么理由来跟我套近乎？"苏一念不甘示弱地指了指自己的脸，"我这张脸，看起来像那种一眼就能迷得你男神七荤八素、神魂颠倒的类型？"

听她这么一说，舒颜居然用力点头："像啊！我要是汉子，早就娶你了！我还认真考虑过，要是你实在嫁不出去，我就委屈一点，和你做一辈子拉拉……"

"去去去！"苏一念翻了个白眼，恰好服务员把她们点的甜品送了过来，苏一念以绝对威胁的口吻道，"你有两个选择，要么闭嘴吃东西，要么一会儿你买单！"

见她恼羞成怒，舒颜识相地举手投降："我穷我闭嘴，还不行吗？买单的都是大佬！"

苏一念还想再警告她几句，包包里的手机却响了起来。手机屏幕上显示的是个陌生号码，苏一念迟疑着接了起来，却听话筒里传来一个语速极快的利落男声："苏小姐你好，我是江锋！有个紧急情况要通知你一下。"

"啊？"苏一念很快想起这个声音的主人，正是那晚在公安局见过的那位沈渝之的高中同学，忙连声应道，"江队，你好！怎么了？"

"是这样的，幸福里301的案子发生后，考虑到你是案子的唯一目击证人，为了确保你的安全，这段时间以来，我们一直有警员在你上下班时暗中保护你。"

苏一念握着电话一阵愕然，居然还真有人暗中保护自己？

"事实上，我们经过这段时间的调查走访，已经基本锁定嫌犯是死者的前夫卢明明。"江锋说到这儿，苏一念心念一动，急忙问道："是我之前做过画像的那个男人吗？"

江锋轻"嗯"了一声："这家伙自从死者出事后就一直没再露面，我们正在到处找他。但是二三十分钟前，那个保护你的警员断联了。他在跟我的最后一次通话里曾向我请示，说是在你们现在所处的商场里，看到了疑似卢明明的男子。问我是继续保护你，还是先跟踪卢明明？"

苏一念听到最后，终于明白江锋的语气为何这么严肃："你的意思是，那个我那晚见到的男人叫卢明明？他……他现在，也在商场？"

江锋又"嗯"了一声："准确地说，在我让负责保护你的警员先跟踪卢明明后的十几分钟后，那名警员突然失联了！"

"失联？"苏一念握着手机的右手立马收紧，脑中瞬间闪过了各种可能导致这种情况的原因后，马上起身离座，准备四下看看有没有那个叫卢明明的男人。

一旁的舒颜自然也听见了她刚才说的话，见她神色大变还站了起来，忙跟着站了起来："什么失联？谁失联？"

"公安局那边的江队长说，他们有位负责暗中保护我的警员失联了。那人失联前刚汇报过，说是好像看见……"苏一念心不在焉地和舒颜解释，眼睛却穿过甜品店的透明玻璃墙，在人群中迅速寻找起来。

结果，她视线绕了一圈回到舒颜身上时，却乍见舒颜身后的玻璃门外有一张略显惊慌的男性脸庞正隔着玻璃盯着自己。

四目相对的瞬间，苏一念马上认出这人正是那晚在小区门口遇见的外卖员，也就是江锋刚才所说的那个卢明明。

他身上甚至还穿着那件外卖员的工作服，头发蓬乱，脸上胡茬密布，双目失神还有重重的黑眼圈，一看就是很久没有好好休息过了。

男人似乎也发现苏一念看到自己了，转头马上要跑，结果正好和兴冲冲边聊边走的两个女生撞了个满怀。

其中一个女生被他撞得倒退了两步，手里拿着的章鱼烧也直接洒了一地。

"我的章鱼烧！"女生欲哭无泪地看着男人，"你怎么搞的，走路不看路的吗？"

想到眼前这个看着木讷寡言的男人极有可能是个杀人犯，还在不久之前放倒了一个警察，苏一念连忙疾步上前，生怕他会突然暴起伤害这个女生。

卢明明却一把推开那两个女生往前逃去，边逃边还时不时回头确认苏一念和自己的距离，憔悴面容上写满了惶乱和恐惧。

苏一念只犹豫了半秒，便将手机往跟上来的舒颜怀里一塞："帮我回拨刚才的号码，告诉江队我看见卢明明了。我现在就去拦下卢明明，让他马上派人来商场吧！"

说完，自己转头便朝卢明明逃离的方向追了出去。

"派人暗中保护她？"江锋听到电话那端沈谕之的要求后，差点气乐了，"怎么？你当我们公安局这些人，都是天天坐办公室里喝茶、玩扫雷的主是吧？"

"有难处？"沈谕之不急不缓地将笔记本电脑合上，"那也成，那你把电话给江妈吧。她上次托我给你介绍女朋友的事，我一直挺上心，正好可以把那几个女孩子的情况跟她好好说说。"

"不是，你什么意思？"江锋怔住，"这算是威胁我？"

"你想多了，你不愿意，别把电话给江妈就成了。"沈谕之语气里是满满的无辜，"我也知道，你有你的难处。你手底下那么多人，真正听你话的估计也就那么一两个……"

"得！"江锋气得一抬手，也忘了自己是在接电话，沈谕之压根看不到自己的动作，手指在空中虚点数下，"我告诉你，我妈要是再拿结婚的事来烦我，你负责给老子摆平！"说完，恶狠狠撂了电话还气不过地揉了揉头发，才走出办公室，没好气道："徐青文呢？又死哪儿去了！让他给我滚回来，告诉他，从现在开始，直至幸福里小区那个杀人案告破之前，他都要出外勤，去保护……保护目击证人！"

第九章
别怕，一切有我

　　苏一念从小手长脚长，加上学了跆拳道的缘故，体能较之寻常女生更是要好很多，几乎是没费什么力气，卢明明就被她堵在了商场正中的一个圆形漂浮景观台前。

　　"你就是卢明明吧？"苏一念停下脚步，竭力保持平静，"你把那位跟踪你的警官怎么了？他人呢！"

　　"你别过来！"卢明明操着一口带了浓浓南方口音的普通话，气喘吁吁地退到景观台的边缘，背靠着一米多高的玻璃护栏，"你再过来，我……我就从这里跳下去！"

　　苏一念连忙退了两步，柔声道："别别别，你冷静点。我既不是警察，也不是死者家属，我不会把你怎么样的。"

　　"我认得你！"卢明明红着眼瞪着她，"你是那天晚上我在楼下撞见的小姑娘，要不是你，警察怎么会到处找我？我那天看到了，有警察拿着我的画像到我以前住的地方找房东打听我的事，只要我一露面，他们一定会把我捉走的。"

　　"哟，原来是通缉犯啊！"四下顿时响起了一阵嗡嗡的议论声。

　　眼见卢明明情绪越发失控，苏一念手心都急出了汗来："我只是把我看见的说出来而已，你有没有杀人要看警方的调查……"

　　卢明明的嘴角神经质般抽搐了两下："调查？警察都到处抓我了，还有什么好调查的？我最好的结果也就是坐一辈子的大牢了……我……我……"

　　他忽然站直了身子，双手撑着景观台的护栏用力一翻，竟摇摇晃晃地坐在了景观台一米多高的护栏上。

苏一念一颗心顿时提到了嗓子眼。这家呈回字形设计的商场正中是直达39层顶楼的透明穹顶式设计，每层的中间都有个飘出一米的半圆形景观台。商场最底层的中央还竖了个十多米的抽象雕塑，卢明明如果从他现在所坐的地方跳下去，搞不好就会直接摔到雕塑正上方。

那个画面，苏一念只是想想都瞬间寒毛直立："卢明明，你难道没有其他家人朋友吗？你想想看，你要是这么做了，你的家人怎么办？你想过你的父母吗？"

"万念俱灰的人，自然也顾不上父母和孩子的未来。"低沉浑厚的男性嗓音忽然在苏一念的身后响起，仿若一阵雄浑有力的鼓点敲响在了苏一念的耳边。

苏一念如蒙大赦般转头看向不知何时出现的沈渝之，心中虽好奇他怎么会出现在这种地方，但眼下也顾不上这种事，只好给了他一个满是求救意味的眼神。

他胸膛微微起伏，似是一路疾奔而来。一身修身衬衣和西裤衬得身形颀长挺拔，黑眸正定定看着卢明明，似乎并没看见自己。可是走到她身旁时，他却是不着痕迹地将她拉到了自己身后，微微侧身的动作俨然是保护者的姿态，以只有二人才能听见的声音安慰道："案子的情况，江队在电话里都跟我说过。别怕，一切有我！"

前一句，让苏一念知道他是被江队请来救场的，后一句却让她鼻子有些不受控制地发起酸来。

长这么大，她向来是信奉一切靠自己的处事原则，即便是有舒颜这个最好的朋友一直在身边，她也是努力充当着保护者。

她之所以学厨艺，学跆拳道，独居，节俭，都是因为她深知自己无人可靠，从来不敢有依赖的念头。可是，跟她说"一切有他"的，沈渝之还是第一个。

苏一念心思恍惚了数秒，沈渝之却已经转身望向卢明明："没有勇气面对自己闯下的祸，临死之前留下遗言的勇气总该有吧？要不，我帮你录一段遗言，还是直接把你想说的话记下来？"

卢明明神色明显有些悲戚起来，尤其听见沈渝之说到"遗言"二字时，更是嘴角微垂，眼圈发红。

见他双拳紧握一言不发，沈渝之挑眉道："怎么？人世走一遭，活到这个年纪，连遗言都没有？"

"我有！我当然有！"卢明明急急道，话里的乡音更重了几分，"但我不想让他们看见我现在这个窝囊样！"

他神色哀戚地低下了头："我……我对不起我爸妈，叫他们别难过，只当没生过我这个儿子。他们都是当老师的，一辈子受人尊重，可惜我不争气……"

沈渝之扬眉，身体又侧了几分，直接将苏一念整个挡在了身后："还有吗？"

"还有……还有我儿子！"提到儿子，卢明明眼泪都流了出来，"求你们别让他知道这件事，就说我是在城里做工时摔死的……他成绩好又懂事，可惜摊上我这么个没出息的爹。"卢明明说到这儿，抬起袖子狠狠揩去自己脸上的泪。

"只是因为你觉得自己让他们面上无光就想死吗？"沈渝之停下动作，"那你有没有想过，你现在一死，未来的十年二十年后，你父母可能疾病缠身，无人照顾。而你儿子也随时有可能失去爷爷或奶奶成为孤儿？"

"我有什么办法？警察都找到我上班的地方了，我这几天跟只老鼠一样，东躲西藏……"

眼见他情绪有越来越狂乱之势，沈渝之直接打断了他的话头，指了指苏一念："你跟踪她，是因为她是指证你曾在凶案现场出现的目击证人？"

"我现在吃饭都成问题，哪有工夫跟踪她？"卢明明面容惨淡，"这几天我无处可去，都是在地铁通道里跟乞丐窝在一起。今天也是听人家说这家商场有蛋糕店开业，会免费送面包吃才跟他们混进来的。"

说着，他又眼神怨恨地看向苏一念："你根本什么都不知道，就跟警察乱说，就是你害死我的！"

苏一念脸色一变，刚想说什么，沈渝之却适时回头，递给她一个安慰的眼神。

苏一念强迫自己冷静下来，学着他用缓慢而平稳的语气对卢明明道："我跟警察说的，都是我看见的事实。我当时确实是在楼下遇到你，也确实是在楼道里看见房门大开的。我走进去时，屋里好像有两把刀，一把是离死者有些距离的玄关处的美工刀，还有一把则是捅死了死者的水果刀。地上还有个削了一半的苹果，地上也有打翻的酸奶。"

"酸奶是她自己打翻的，我是去求她跟我复婚回老家的。她不同意，还拿削了一半的苹果砸我，酸奶也是她生气时碰翻的！"卢明明像是忽然找到了为自己申诉的角度，"我根本不是去杀她的，我怎么舍得动她？她是我儿子的妈啊！"

"即使同样是杀人，在我国的法律层面上，也被划分了不同种类——有主观刻意的蓄谋杀人，也有不小心造成的过失杀人。"沈渝之的语气比刚才温和了几分，似乎能让人不自觉地放下心防，"你刚才的解释，是想表示你虽然带了刀去，但其实只是想吓吓她，而不是蓄意带刀前去伤人，是吗？

"我没有带刀去找她。我那晚是找她谈复婚的，可她嫌我没钱没用，还叫我滚。我当时脑子一热，就拿了她鞋柜上拆快递的小刀想逼她跟我回去。"卢明明说到这儿，痛苦地伸手抱住头，"可她不仅不让步，还拿削了一半的苹果砸我，她让我要死也死外面去，别弄脏她的屋子。那瓶酸奶也是那时候被她碰翻的。"

"我记得她伤在肚子上……"

"是她拿着水果刀先来追我的，我随手推了她一把就把她惹急了。她扑上来就扯我头发跟我打了起来，刚打了我两拳，忽然就滑了一脚。当时她拉着我……我……也跟着摔了下去，然后……然后我就发现那刀扎进了她的肚子……"

就在他语无伦次地说着事情经过时，楼上景观台却天降神兵般跃下两名武警战士，几乎是一人一脚踢到了卢明明的双肩，将他从护栏上直接踢了下来。而人群里也飞快奔出几名便衣警察，将摔得有点发蒙的卢明明直接铐起来。

卢明明不顾一切地冲沈渝之喊道："我刚才说的都是真的，我真没想杀她！"

沈渝之不无同情地看着他："与其让你儿子以为爸爸杀了妈妈，不如回公安局说明一切，承担你应该承担的责任吧？"

"那，我真的还能回家吗？"卢明明满脸仓皇和不安，泪水爬了满脸。

沈渝之上前，递给他一条格纹手帕，又拍了拍他的肩以示鼓励："至少，跳下16楼肯定是回不了家的，对吧？"

眼看这场危机解除，围观的路人立时一窝蜂般将沈渝之和苏一念团团围在了中间。

"沈先生，可不可以帮我签个名啊！"

"沈老师，我是芋圆啊，上次在机场我们还见过面的，你记不记得？"

苏一念何曾见过这样的架势？还没等她反应过来，已经被沈渝之一把护在了怀中。

沈渝之接到江锋的电话，得知卢明明正跟踪苏一念，而保护苏一念的徐青文忽然断联后，脸色陡然就变了。

那日在ZTV电视台的马路边，沈渝之看见骑着小电驴、摘了头盔的苏一念时，立刻想起了自己当年遇见的小姑娘。在公安局那晚，真正确定了她就是自己心心念念想找的人后，他也就坦然接受了内心那翻腾不止的奇怪冲动——压抑不住想接近她，多了解她的冲动。

那晚她在车上睡着了，睡容恬静，他居然就那么看了她一整晚。想象她在做什么梦，揣测她的生活圈，好奇她的性格是否还和当年一样温暖善良。

他清晰地听见内心有个声音，让自己千万别放手，再不能让这个女孩子消失在自己的世界里了。

但这些渴望和冲动加在一起，都不及江锋说的这番话带来的冲击。

他几乎是在听到江锋说明情况的同时，便脑补出了她出了意外的样子，那日她满手血污的模样和她家楼道里地上斑驳的血迹，如同一把火在一瞬间灼痛他心尖。

也是在这一刻，他发现，他这些年对异性始终冷淡疏离，大概不是因为他无心男女之事，而是，早在多年前自己的心就遗落在那张灿烂笑脸里了。

第十章
对称强迫症之吻

"放心吧，没事了！"

虽然已经坐进警车里，但苏一念还是一副惊魂未定的模样，小脑袋更是时不时往车后回望。待车子驶远，她才忽然低呼道："糟了，小舒还在商场呢！"

"放心吧，她联系不上你，直接打电话给桑蒙了。"沈渝之将手机递给她，"刚才场面太混乱，她挤不进去，就发信息给桑蒙了，说是让我先送你回去，她会自己回去的！"

苏一念这才松口气，坐正身子时恰好看见后视镜里自己那张如释重负的脸，不由得有点想笑。

想她堂堂一个跆拳道黑带，向来自诩面对三五个壮汉也没带怕的。谁能想到今天她居然被一群逛商场的妹子和大姐吓破了胆呢？

副驾驶的徐青文显然也看见了她刚才的尿样，低笑不断："苏小姐吓坏了吧？没办法，沈先生现在这个人气，走到哪儿都是人山人海的。我们江队有一回晚上和沈先生在一起吃消夜的时候被人拍到，还在微博上被挂，好多人怀疑他们俩有'基情'呢……"

徐青文说到这儿，马上接收到身侧来自队长大佬的一道冷冷目光，连忙收住话头："总之呀，你慢慢习惯了就好了呀！"

沈渝之却是语气不善地开了口："我倒是比较好奇，你们江队说你断联这事是什么情况？"

一听这话，徐青文脸上浮现一抹尴尬，看了看正在开车的江锋，一改刚才轻松八卦的表情："你们是不知道，那些在商场抢免费蛋糕的大妈简直战斗力惊人，我在现场直接被挤得差点出不来……"

江锋"哼"了一声，冷意森森，听得后排的苏一念都察觉出一股大事不妙的杀气。

"我手机估计也是那时候被扒手摸走的……"徐青文的声音又弱了几分，语气更是带了几分小心翼翼，"话说回来，我后来赶到现场虽然晚了点，但好歹是我充当临时保镖把你们从里面救出来了嘛，也算将功补过吧？"最后那句话，他是看着正在开车的江锋说的，话里明显带了浓浓的讨好意味。

"一个警察被小偷扒走了手机，还有脸跟我说将功补过？"原本专注开车的江锋斜瞥了他一眼，"整个刑侦二队全队出动，还惊动了人家沈渝之，你还有脸说自己将功补过？一会儿回队里审完了卢明明，再跟你算账！"

苏一念听着这些话，忍不住看了看身旁的沈渝之，发现他正低头看着手机，长指在屏幕上滑动了几下，低垂着眼帘让人有些不辨喜怒。

察觉到苏一念的视线，他抬眸看向她："通常女孩子遇到喜欢的包包和衣服，不是应该想办法赶紧买回去吗？"

"啊？"苏一念呆呆看着他，一时没明白他怎么忽然谈起购物的话题。

"你现在这个表情，和我母亲隔着橱窗看包包时的眼神很像！"沈渝之收起手机，似笑非笑道，"苏小姐该不会也在想着什么时候把我买回家，明目张胆地进行 360 度无死角地全景观摩吧？"

苏一念窘得差点咬到自己舌头，她倒是想，可他也不是个咬咬牙饿几个月就能买得起的包啊！

她不自然地咳了两声："我……我是在想，你们都是大忙人，不如在前面的南京路找个地方让我下车，我自己打车回去好了！"

"好！"沈渝之很干脆地点了点头，轻拍了一下江锋的车座，"那就在南京路长赋园门口停车吧！"

江锋"嗯"了一声，坐在后排的苏一念却恰好看到他从后视镜里看了一眼沈渝之，眼里居然也有意味深长的笑意。

苏一念被他这么一笑，更是心虚得很。好在这时，沈渝之放在座位上的手机响了起来，他拿起手机似是犹豫了一会儿才接起来。

苏一念忙转头佯装去看车窗外的风景，耳朵却不自觉地留意起身后的动静来。

"放心吧，我们都没事。"沈渝之言简意赅地说完这话后，沉默了一会儿，竟是看了苏一念一眼，对着电话幽幽道，"当然是真的，以你对我的了解，我像是会拿这种事开玩笑的人吗？"

电话那端似乎也静默了一会儿，然后不知说了句什么，沈渝之"嗯"了一声便挂了电话。恰好警车也在这时驶过路口，直接停在路边的一个公园门前。

江锋冲坐立不安的徐青文瞪了一眼："去帮苏小姐找辆车……"

苏一念连声婉拒："不用不用，已经很麻烦你们了，我自己在这儿等一会儿好，这里叫车很方便的！"

就在她说话的工夫，身旁的沈渝之却径自绕到苏一念的车门边替她开了门，招手示意她下车。

苏一念一头雾水，下了车却见他直接冲江锋挥手："改天一起喝茶！"

"茶就算了，我比较喜欢喝酒！"江锋似是意有所指地扔下这么一句，便挥了挥手，扬长而去。

"那个……"苏一念轻咳了一声，强作淡定平静，"沈先生也要在这附近办事？要不要我帮你也约一辆车？"说着，伸手便想去摸口袋里的手机，却只摸到空空如也的口袋。

"你身无分文，手机都没带，万一到了舒颜家，她还没到，你预备让出租车司机和你一起等舒颜回来付车费？"沈渝之看着她忽然僵住的动作。

苏一念这才想起自己在商场时就把包和手机都放在了舒颜那儿，正暗自懊恼，沈渝之却忽然低低唤她："苏一念！"

"什么？"她讶然抬眸时，对上沈渝之灼灼的漆黑眸光，顿时觉得四周空气的温度直线攀升，害她有点不敢正视眼前的人。

对上她小鹿般慌乱无措的表情，沈渝之眼底闪过一丝戏谑，表情不变，声音却是微扬："有个问题，上次就想问你了！"

苏一念心里一紧，发现眼前人黑眸如玉，一旦与之对视就有些错不开眼，只好故意装傻轻移脑袋，开始四下观瞧转移注意力，视线扫过两个花圃，正要转向更远处，却发现一辆熟悉的车子进入视线范围，迅速停在了他们面前。

车窗摇下，桑蒙一脸激动道："师兄，怎么样？快不快？激情时速啊！我可是一收到你的信息，就从工作室狂飙过来的，我……"

苏一念正暗自庆幸桑蒙出现得及时，打破了刚才的诡异气氛。沈渝之却是眼皮都没抬地直接无视了桑蒙的到来，俊颜再次逼近她："我的电话号码，还记得吗？"

"记得！"苏一念感觉，此时的沈渝之充满侵略性，她尿得压根不敢跟他对视。

沈渝之见她低头，语气竟有些挫败，眸底有掩不住的无奈："苏一念，这么多天了，你一次都没有打过我的电话，也没尝试加我微信，这样的你让我很困扰啊！"

"困扰？"苏一念一脸蒙圈，竟觉得他眼底的确颇有几分委屈巴巴的感觉。

"你现在这种行为和反应，确定你是我的粉丝吗？"沈渝之声音低沉如同羽毛拂向她的脸庞和心尖，"你对我的态度，和我理解层面上的粉丝可是大为不同。我很难不注意到这种区别，也很难不在意这其中的原因啊！"

他说这话时，脸上有一瞬失落，仿佛真的很在意苏一念没给他打过电话的事。苏一念就只剩下摇头的份了："我有加你微博的特别关注，你和桑助理每次发微博我都会看到，所以很清楚你最近好像特别忙……"

"我这不是怕真黏着你骚扰你，会引起你的反感吗？"她小拳头捏紧，紧张得明显脑子有点不够用的样子，含混不清地小声抱怨，"况且，你什么都不做，我什么都不说，都够我喝一壶了。要真和你过从甚密，我这小心脏还要不要了？"

"你说什么？"他微微弯腰凑近，像是想听清她的碎碎念，连带着声音也似轻鸿落雪，极尽轻柔低缓。

苏一念只见他唇色水润近在咫尺，只要再近半分便能碰到自己的双唇，顿时双唇微颤着，脑中一片空白，呆呆看着他，心头竟有一个极其大胆的声音叫嚣起来——

苏一念，踮脚！只要一个踮脚，你就亲到他了！

"怎么？我脸上有东西？"沈渝之抬手，用拇指自嘴角轻拭过自己的唇瓣，视线却始终盯着苏一念，显然是发现她目光一直锁定自己双唇了。

他这个动作做得极慢，极具诱惑意味，苏一念感觉自己的脸颊比刚才更烫了，慌得迅速转开脸，旋即才发现自己不知何时，居然真的踮起了脚。而随着这一转脸，她的双唇居然有一瞬是贴着沈渝之的下颌轻刷而过的。

刹那间，她整张脸仿若被丢进油锅的虾子，白瓷般匀净的肌肤霎时转作熟虾红，难以置信地看向了刚才被自己揩了油的沈渝之的右脸。

她居然，真的亲到沈渝之了？

这么一想，她做贼心虚地转头去看车上的桑蒙，只见桑蒙正双眸圆睁地在车窗边看着他们。

"阿西！"苏一念捂脸发出近乎哀号的一声叹息，却听沈渝之沉声对着桑蒙那道，"我昨晚准备带回家的U盘好像掉了，我记得我带上车了，你帮我在车上找找看。"

桑蒙愣了愣，觉出沈渝之眼中的锋芒一闪，忙一脸严肃道："收纳箱里找了吗？座椅下面有没有？我找找看！"说着，倾身弯腰，低头认真翻找起来。

"我……我要回家了！"虽然心里糗得恨不能找个地洞钻，苏一念却像个女金刚般，攥着双拳，强装坦然地想逃离大型丢脸现场。

结果小脑袋却被人从头顶压住，她脚下一滞，沈渝之近乎耳语般轻笑一声："不好意思，我有对称强迫症！"

下一秒，他左脸凑近，在她的唇上轻轻一印。

苏一念只觉自己脑子里火花四射，彻底死机般陷入空白状态。

沈渝之眼中的笑意越发明亮，在听到车内不识时务的桑蒙发出受不了的轻嘶声后，才将右手拢到唇边轻咳了一声，轻揽过苏一念的肩膀，将她送上车："舒颜她这会儿应该也快到家了，桑蒙会直接送你回去。"

"谢谢！"苏一念头几乎埋进了胸口，说什么也不敢再看他。

沈渝之却似故意般，虽然替她关上了车门，却以手撑在车窗边柔声道："今天事出突然，微博上好像已经有人发出了咱们在商场的视频，貌似好像有不少人在揣测我们的关系了……"

"那怎么办？要不，你赶紧发个声明澄清一下吧？"苏一念这才想起刚才被徐青文护着艰难离开商场时的情形，刚一抬头，对上沈渝之刀削斧凿般的完美面部线条，便又想起刚才的事，一缩脖子又想低头。沈渝之却伸手直接撑住了她的额头，异常认真地叮嘱她，"听我说，这件事我会处理。你记得，如果网上有什么对你过激的评价和言论之类的，一定不要理会。你不是商品，没有供人参观评价的义务，更不用将那些偏激的言论当真，懂吗？"

苏一念满不在乎地挥手道："评论我？我一个小透明，有什么好评论的？"

说完这话，她又感觉到他温热掌心还在自己额际，连带着觉得他现下看自己的眼神居然都有些热度般，声音立时低了下来："顶多有个别'柠檬精'会嫉妒我可以跟你站一起，总不至于因为我俩站一起了，就怀疑我跟你有什么吧？要真有这么不开眼的，你澄清一下再安抚一下不就好了！"

沈渝之音调微扬："澄清什么？安抚什么？"

"当然是澄清我们的真实关系，安抚那些狂热的女友粉，别真把我当成了你的女朋友，省得她们伤心难过了……"她话说一半，忽觉自己这话里隐隐透着点酸意，一听就是容易让人误会的语气，忙停住了话头。

"我不认为这件事有什么需要澄清的地方。"他顿了顿，嘴角有浅浅笑意荡漾开来，"不过，如果你认为有什么需要解释澄清的地方，我个人愿意把全部解释权移交给你！"

苏一念被他这突如其来的灿烂笑容晃得大脑再次短路，呆望着他，半天移不开眼睛。

沈渝之对她这个反应很是满意，低头看了看手表，才冲前排的桑蒙叮嘱道："行了，先把苏小姐安全送回家吧。"

从"奉命找U盘"后就全程缩在前排，生怕再不小心破坏气氛得罪老板的桑蒙连忙比了个OK的手势，一拧钥匙发动车子朝苏一念家驶去。

在看到后视镜里神情恍惚、脸色阵阵发红的苏一念后，桑蒙忍不住开口道："我当师兄助理快三年了，想亲近他的人我见多了。什么醉酒倒贴啊，近水楼台的柔情攻势啊，我师兄从来就没正眼对待过。最近看他跟苏小姐相处的时候，倒好像忽然开了窍似的呢。"

被他这么一说，苏一念忍不住回头看了看，却发现沈渝之还站在原地，正若有所思地看着他们离开的方向，目光温柔，乍眼看去，居然有几分含情脉脉的样子。

她抬手就抓起自己一把头发，在心里默默念了起来。

他喜欢我？不可能吧，他可是沈渝之啊，怎么可能会喜欢我？

那就是不喜欢？

可是，他这样的态度，要是不喜欢我，岂不就是典型的渣男？

她用力捂住脑袋，发出一声痛苦的低呼："啊！脑袋要炸！"

那天，苏一念整个人都有些恍惚，脑子稍一放空就不自觉想起沈渝之的脸，尤其是下颌的线条和他的唇形。

早前她看《言而有心》，曾看到有人在弹幕上说，想当沈渝之的"对方辩友"。据说，站在"对方辩友"的角度看沈渝之是标准的"女友视角"。

因为，他每次一说这四个字，视线便会落到对方身上，深邃明亮的眸子静静望着对方，而不断开合的红唇使得每次镜头给他特写时，满屏都是"快别说了，吻我！""你长得帅，你说什么都对！"的字眼。

那时候的苏一念虽然也会对着屏幕上的沈渝之不自觉露出姨妈笑，内心却隐隐有些瞧不起那些人的言论。

可是这天，见识过沈渝之近距离的红唇诱惑后，她终于知道

不是未到腿软时，只是未遇倾城色。

第十一章
雪崩时乌云蔽日

"当我拜托你好了，就算要搬回去也还是要留意一下周边条件好一些的公寓有没有空房。你现在住的那个小区实在太不靠谱了，连个保安都没有，看门的还是个六十多岁的退休老大爷……"

"好好好，我知道了！"苏一念头也没抬地敷衍道。

舒颜一脸八卦："这么不耐烦？是不是我男神已经叮嘱过你了？话说，你们俩是不是有什么事情还没诉我啊？我男神还搂着你的肩膀保护你离开，我现在都还在嫉妒得想掐你的边缘……"

苏一念把桌上自己那几瓶护肤品一股脑扫进包包，听她这么一说忍不住停下动作。

舒颜被她忽然定身般的动作吓了一跳，抬头看向她："怎么了？"

"大概是最近忽然跟他接触了好几次，我觉得我现在的状态有点危险。我居然也开始肖想他喜欢我了！"苏一念难得换了一脸严肃的表情，"你以后不准再胡乱开我和他的玩笑了，人家沈渝之和咱们明明就是两个世界的人。"

"哪来的两个世界？你们明明都是炎黄子孙！"舒颜居然正襟危坐，一副比她还认真的架势，"你不觉得男神看你的眼神、对你的态度都特别真诚吗？而且今天在商场，我男神出现时拉着你的那种感觉，怎么形容呢？以我粉他这么久，对他的了解来说，我敢断定，他对你的目的绝对不单纯！"

"你少来！我告诉你，我要真对沈渝之动了什么非分之想的念头，那才叫完蛋，懂不懂？你想看我失恋，还是想看我陷入恶性单恋？"苏一念原本是想让她帮自己冷却一下自己蠢蠢欲动的小情芽的，一看舒颜的态度，当下决定提前结束谈话。

她拿起收拾好的行李走了几步，却发现舒颜居然完全没有要送自己离开的意思。

舒颜止步于门前，见她狐疑地看着自己便抬起手机："今晚是我新近粉的小哥哥打榜冲击冠军的紧要关头，现在嫌犯都落网了，尘埃落定，天下太平，我就不送你了！"说完，冲苏一念甜甜一笑，挥手道别后，居然直接就把门给关上了。

苏一念气得差点跳脚，拍着门放了段狠话："你个见色忘友的家伙，你给我记住，下次来我家蹭饭的时候，你看我理不理你！"

屋内传来舒颜老神在在的笑声："有本事你这个万年铁树不开花的母胎单身狗，也赶紧找个男朋友来报复我呀！我也迫不及待想了解一下，有个见色忘友的死党是什么感受呢！"

苏一念被怼得一句话也说不出，恨恨磨着牙出门坐地铁回到了自己的公寓。走进楼道时，她下意识又想起那天沈渝之送自己回来的情形，心里只觉五味杂陈。

结果就在这天晚上，苏一念临睡前收到了舒颜发来的两张截图，都是网友今天在商场时拍下的她和沈渝之同框的照片。

舒颜发来了两条长达五十九秒的语音："苏苏，你摊上大事了，今天在商场发生的事，居然上热搜榜榜首了！全网芋圆都在猜这个和沈渝之并肩作战的小姐姐是谁？现在我男神微博下面的评论简直都炸了！吃瓜派已经迅速分成了两大阵营——一些人认为沈渝之今天在商场牵着你的手，态度暧昧的表示你们私交不错，只是迫于当时形势危急，单纯为了安抚那个男人而已。因此大赞他人品好和情商高；另一派就厉害了，有个沈渝之的老粉发了个长帖，长篇大论地发表了一番分析。从网上流传的那段视频里，截取了多达十几处的细节，包括沈渝之出现后，将你护在身后的下意识动作，还有你和卢明明说话时，沈渝之看你的眼神，说到你们私交时，转动眼睛的角度和频率，直接用心理学的大数据说话，力证男神对你百分百真情流露。

"我跟你说，苏一念，你看了那些分析，绝对就不会怀疑沈渝之对你的感情了！我敢用我钛合金的闪亮狗眼向你保证，沈渝之对你绝对是从心，从心你懂吗？"

苏一念听到这里已经是睡意全消，一骨碌从床上坐了起来，打开微博想找到舒颜说的那个老粉的长帖看看，结果翻开沈渝之那条微博底下的评论后，看得她原本满心的不安尽消，几乎差点要笑场。

长江以北：沈渝之的太太团们十秒后抵达战场，坐等绯闻女友被人肉！

用户12543：商场小姐姐好可爱，被芋圆军团包围时，男神拼命把她往身后拉，她见男神被人拽住了衣服，居然还像小母鸡一样，伸手去替男神挡驾啊有没有！

胡歌正版老婆：对不起，我想歪楼（转移话题）！求商场小姐姐的口红色号！脸红的时候，看起来很想亲的感觉啊！

苏一念又囧又好笑，还没来得及接着往下看，屏幕上忽然亮起好几条微信提示，几乎是同一时间，有好几个不同的人给她发来信息。

她随手点开其中一条，居然是公司营销部一个关系一般的同事发来的："什么情况？苏一念？微博上那个跟沈渝之一起的女孩子是你吧？"

另外还有多年不见的初中同学："苏一念，你好，我是你初中同学赵小楠。前年同学会的时候，我加了你的微信负责收AA制（各人平均分摊所需费用）餐费的那个。下午看到微博还有点不太确定，原来你现在跟沈渝之一起了？厉害啊，我的苏！"

苏一念正看得头大，手机又一振，居然是舒颜直接打电话来了。

"又怎么……"她刚按下接听键，电话那端随之响起的除了舒颜焦灼的低呼，还有"嘟嘟"的忙音提示，她还在犹豫是否移开手机看看是谁同时打来电话，却听舒颜疾声道，"出事了，苏苏！"

苏一念没好气道："哪，我丑话说在前面，如果是你家水管又漏水了的话，我上次帮你记了那个水电工的电话，就抄在你……"

"你听我说，就刚才，大概几分钟前，沈渝之的那条微博下面，有个人直接曝光了你的个人信息，包括你的姓名、年龄、住址和电话。还……还有一张你和一个男同事在办公室里的照片。你那个男同事的脸被打了马赛克，但你的脸却很清楚……"

苏一念呆了呆，下意识笑了起来："你少来了，谁会那么无聊……"

"苏一念！"舒颜怒道，"我有那么无聊吗？拿这种事跟你开玩笑？我跟你说，沈渝之也是有一小部分偏激粉的，你现在情况很麻烦好不好！有人认出今天在商场的你和上次沈渝之点赞纪小佳微博里的你是同一个人，已经有人扒出你是 SZ 科技的员工了！"

苏一念将电话从耳旁移开，看着屏幕上那些跳动的来电号码和电话里"嘟嘟"不停响着的来电提示音，其中还夹杂着舒颜有些模糊但异常急切的声音："喂！喂？苏苏？你到底有没有在听我说话？"

"我知道了，我手机现在有很多电话打进来，我先把手机关机，晚点我微信联系你！"苏一念说着直接收线把不停振响的手机关机，又打开笔记本电脑，准备上微博看看情况。结果沈渝之微博下最新的热门回复里，她看到了舒颜说的那个小号。

小号昵称很简单，是七个阿拉伯数字和几个字母，看起来毫无意义，但是发布的内容却让她看得触目惊心一阵发慌。

除了那些年龄、住址之类的真实信息之外，最让她觉得匪夷所思的是那张照片。

照片拍得不算特别清楚，是她和沈知遥在经理办公室时被偷拍的。照片里的沈知遥正捧着她的手，认真地帮她清理手上的仙人掌刺。她微红着眼睛，正可怜兮兮地看着自己被握着的手。

事实上，那次一同在沈知遥办公室的还有另外两个男同事，他们在一起就最新的一款程序的设定调整效果做综合评测。当时大家都围在沈知遥的电脑前，只不过她一时马虎，伸手想指出某处故障时，不小心碰倒了他桌上那盆仙人掌，下意识伸手去接，结果仙人掌虽然捞起来了，她的手也被扎得不轻。

这才有了沈知遥拿了医药箱替她做紧急处理时，看似暧昧的这一幕。

而在短短两分钟内，这条信息底下的回复量已经大得惊人，回复的内容更是让她脸色发白。

篮板球小姐：看不出来，商场小姐姐的职场属性居然是"绿茶"呀！

王聪明：公布的号码目前通话中，先导探路队持续拨号中！

"这不可能！绝不可能！"苏一念握着手机的手捏得死紧，紧到指端都微微发起麻来。

　　苏一念完全不相信公司里有哪一个同事会在明知道当时真实情况的前提下，把自己抹黑成这样。但是理智也在同时告诉她，能拍到这张照片的人，只会是她不相信的这些人中的其中一个。

　　苏一念只觉通体生寒，连带着她的微博也不断接收到陌生人的私信，各种谩骂质疑和求证如龙卷风般向她飞来，她握着鼠标的手都禁不住颤抖起来。

　　有件事，苏一念一直不知道。

　　网络信息曝光事件里，她的手机一共收到了上万条短信，由于事后被一次性清空，她压根设看到其中有一条消息，来自一个没有存进手机通信录，却被她牢记在心的电话号码。

　　那是沈渝之发给她的第一条短信，只有寥寥五个字——

　　"我会负责的！"

第十二章
你不用来了

屋里的灯关了，苏一念将房门反锁，双手抱膝坐在沙发里，她觉得脑子里似乎拧了一团乱麻。她在将那几个同事的嫌疑都梳理了一遍，却找不到半点头绪后，只能起身如同困兽般在房间里来回踱着步。

她一边近乎机械地背着圆周率，一边暗暗祈祷舒颜说沈渝之也有一些过激粉的事只是舒颜一贯的夸张说法。

然而，不多时，门铃便被人紧急按响，与此同时，一声熟悉的低唤从门外传来："小苏？小苏，你在吗？小苏？"

苏一念过了好几秒才觉得声音有些熟悉，不太确定地走到门镜前，悄悄往外看去。

在确定光线昏暗的楼道里站着的确实是沈知遥后，她有些讶然："沈总？"

"谢天谢地，你没事吧！"门外，沈知遥似乎长舒了一口气。

苏一念这才壮着胆子开了门："怎么是您？"

"你朋友舒小姐说你电话打不通怕你出事，就打电话去了公司。我正好在公司加班，就先过来带你离开这里。"沈知遥指了指楼下，"我来的时候，小区门口有两个记者正在找人打听 13 号楼，可能就是冲着你来的。如果被他们堵到就麻烦了，我先带你离开这里吧！"

苏一念听得脸色发白："好，您等我一下，我拿个包！"

她飞快进屋拿了桌上的钱包和钥匙，犹豫三秒后，又从枕头下摸出已经被关机的手机，这才跟着沈知遥仓皇下楼。

下楼之后，刚坐进沈知遥的车，她便看到有两个记者模样的人正东张西望地往她住的这边走来，看情形，约莫是还没确定13幢的具体位置。

苏一念惊魂未定地看着窗外："想不到有生之年，我还能有这么万众瞩目的一天！"

"沈渝之毕竟是公众人物，我还以为，你选择跟这种人走得近了，自然是已经做好成为焦点的心理准备了呢！"沈知遥挑了挑眉，见苏一念神色委顿，表情也随之凝重了起来，"这么说，你和渝之的关系……不是外人想象的那样？"

苏一念苦笑道："那可是沈渝之啊！沈总认为我和他能是什么关系？抛开粉丝和偶像的关系的话，我才认识他几天而已，怎么可能会是情侣！"

沈知遥静默片刻，待车子停在路口红绿灯时，居然拿起手机迅速拨出一个号码。

他戴着蓝牙耳机，饶是在车里，也听不见任何声音，但苏一念出于礼貌，还是将头转向车窗，尽量不去注意他打电话。

可是，沈知遥一开口，她还是吓了一跳。

"苏一念的个人信息在网上被人曝光了，你知不知道？"

电话那端的人，不知说了什么，却马上被沈知遥打断："这不是你在最初就应该预见的情况吗？刚才我去接她的时候，已经有记者闻风而动，找到她的住处了。我再晚到五分钟，那些人可能就要把她堵在家里了……"

苏一念愕然回眸，沈知遥这语气，莫非……电话那边的人是沈渝之？

沈知遥向来温和，此时语气微愠，眉眼也多了几丝怒色，看起来竟和平时有些判若两人："网上已经有网友人肉出她是SZ的员工了，我怎么可能把她带回公司？"说到这儿，他嘴角越发紧抿，"渝之，不管你是无意还是有心，小苏被你拖下水是既成的事实。她是我们SZ科技的员工，也是我的得力爱将，我还是之前的看法，你的身份特殊，别回头害了人家小姑娘，现在的网络喷子、键盘侠有多大威力，你应该比我更清楚！"

沈知遥说完直接收线，神色间颇有几分余怒未消的意思，转头发现苏一念一脸惊疑不定，这才哑然失笑："怎么？我吓到你了？"

苏一念连忙摇头："头一次看老大发火，有点不太习惯！"

沈知遥无奈道："在这件事上，我绝对站在你这边。以他的身份，明知道自己的一举一动都有人关注，他根本就不应该这样草率地在公众场合对你表现出这种不合时宜的亲近。这次的事虽说是由那个神秘账号曝光你的个人信息而扩大恶化，但说到底，源头上的问题，还是出在渝之身上……"

苏一念从他口中听到沈渝之的名字才想起这两人不仅同姓，上次沈知遥提到的"一个有警察朋友的亲戚"还极有可能是沈渝之，忍不住开口求证："那个，沈总和沈渝之是亲戚吗？"

沈知遥笑了笑："渝之和我其实是堂兄弟，公司里人人都知道我和董事长是叔侄关系，觉得我是 SZ 的半个当家人。但其实渝之是董事长的亲儿子，他才是我们 SZ 科技名正言顺的继承人。我可是听说，他还亲自找公司 HR（人力资源顾问）打听过你呢。怎么，他没跟你提起过这事儿？"

"打听我？什么时候？"

见苏一念一脸震惊不似作伪，沈知遥倒是一语带过："我也是偶然听人无意提起，所以并没有细问。不过，渝之早几年和老爷子的关系有点僵，从大学时代就不太跟外人提起自己的家世了。这几年下来，已经鲜有人知道他是咱们 SZ 正儿八经的太子爷了。他不跟你说，你就装不知道好了。"

苏一念"嗯"了一声，心里虽然对沈渝之打听自己的事充满好奇，却还是把注意力转回到现在面临的最大问题："其实，我比较在意的是，公司哪位同事这么恨我？毕竟，那张照片只能是咱们部门的人才会拍得到。"

"暂时还是先不要胡乱猜疑公司的同事，毕竟也不能排除是咱们部门的人在微博或朋友圈公开过这张照片，这次被有心人翻了出来。"沈知遥一转方向盘，将车子直接驶进了酒店的地下车库。

"希望如此。"苏一念不无感慨地叹了口气，"我原先一直觉得公司的工作氛围很好，入职以来，大家对我都很照顾，所有人相处得都很和谐。如果这次真是咱们部门哪个同事的杰作，我倒真要怀疑自己做人到底是有多失败了……"

"不管结果如何都不是你的问题！"沈知遥停好车，才异常认真地看向苏一念，"当初在大学生计算机大赛上第一次见你时，我就觉得你特别有潜力。这一年以来你的工作表现、处事态度，我都心中有数，就算你要因为这小小意外怀疑自己，也不能怀疑你老大的眼光！"

苏一念不无动容："也是，您还是我的伯乐呢！当初是您亲自把我从大学生编程大赛上签进 SZ，有您这个人帅、个高、脾气好的老大做我的顶头上司，也是我的福气！"

"行了、行了！"沈知遥被她这么一说，原本还算真诚的脸上写满苦笑，"虚伪谄媚可向来不是你的风格！"

见沈知遥很体贴地结束了这个话题，苏一念这才松了口气。

但这种时候，她已经提不起精神讨论这些了："不知道沈总方不方便送我去我朋友家？"

"舒小姐吗？她现在也在赶来与你会合的路上，我来找你之前，给酒店打过电话，让他们留了个房间给你，当务之急是先避开那些记者！"沈知遥见她神情严肃，又柔声安抚道，"放心吧，事情没你们想得那么严重，顶多也就是招来些娱乐记者，冲着渝之的名气向你打听些八卦花边……"

苏一念满心内疚道："对不起，这么晚了还麻烦沈总您亲自跑这一趟。"

"这是什么话？"沈知遥瞥她一眼，"我这么火急火燎地跑来找你，就是为了听你说这种客套话的吗？"

苏一念吐了吐舌头："不管怎么说，还是要谢谢沈总的！"

身为沈知遥的下属，她很清楚他最近有多忙。

公司不久前才和最大的电商平台签约开发了一款人工智能搜索引擎"猎心"，而这个项目是沈知遥全权负责的。单是前期的研发工作就已经让整个团队忙得焦头烂额，连她这个部门最菜的新人，最近的加班频率也明显提高了不少。

沈知遥却是极为绅士地让她先进了电梯间，语气轻松道："今天订房的时间有点晚，只剩下商务套间了，你觉得 OK 吗？如果不喜欢，我们也可以换到别家去看看！"

"OK 啊，很 OK 了！"苏一念维持着脸上的笑容，小手却捂向了自己的钱包。这家酒店是 SZ 科技平时合作的一家五星级酒店，通常都是用来开发布会或者招待客户高层的，即使只是沈知遥口中的普通商务套间，住一晚也不知道要大几千。不用等明天结账，她就已经不受控制地在脑中盘算起下个月该如何省钱。

"晚饭吃了吗？这边顶楼餐厅的牛排还不错，要不要……"

"不用不用，"苏一念拼命摇头，"我已经吃过晚饭了，你别看我平时从来不喊减肥，其实也是怕胖的！真的！"

正准备走出电梯的沈知遥故作受伤地看了她一眼："我今天才突然发现，我在你面前好像一点男性魅力都没有？邀你吃顿饭而已，你用不着这么如临大敌吧？咱们共事一年，我好像还从没跟你单独吃过饭啊！"

"这不是非常时期吗？平时在公司，又有纪小佳隔三岔五对你明示暗示的告白和关注，我哪敢造次？"苏一念苦笑着，边说边凑到柜台前办理入住手续。

当着前台小姐的面，沈知遥倒也没再说什么，只是静静站在旁边。

待房卡到手，苏一念客气地向前台小姐道谢并转头看向他时，沈知遥才抬腕看了看表："你朋友从她住的地方到这里的话，大概要多久？"

"她可能没那么快吧，现在这个点好像也没地铁了，她打车过来要绕点路……"苏一念摸了摸口袋里的手机，却没有勇气开机。

"那我先送你回房间吧！"沈知遥点头，转身便打算走回电梯，苏一念却叫住了他，"沈总，这么晚了麻烦您送我过来已经很不好意思了，您还是早点回去休息吧。我自己上去就行了，也怕再生出什么误会来。"

沈知遥在听到她那句误会后，摇头轻叹道："好吧，那你自己小心点，有事就给我打电话。这两天如果情况没得到控制，别急着回去上班。等我回公司仔细查问清楚了，一定给你一个交代，到时候，我让罪魁祸首亲自跟你道歉！"

苏一念心下感动，目送他离开才转身准备搭乘另一部电梯上楼，但是转念一想却又走回前台："不好意思，我忘带手机出来，可以借用一下电话吗？"

"当然可以！"前台小姐露出个职业化的甜美笑容，将电话移给了她。

苏一念拿起话筒，做了个长长的深呼吸，才按下一串记得很清楚的手机号码。

电话那边却始终是占线状态。

她不死心，又打了两次依旧没打通，第三次打过去时，她已经决定再打不通就算了，结果话筒里刚说完"对不起，您拨打的电话正忙……"

便忽然跳转到了沈渝之的声音："你好！"

"是我！"电话突然接通，苏一念却一时愣怔，不知怎么开口了。

电话彼端，沈渝之"喂"了两声，却忽然低唤了一声："一念？是你吗？"

苏一念没想到沈渝之会忽然用这种亲昵的方式唤出自己的名字，一时听得怔住了，但也马上回过神来，牢牢握紧左拳："沈总打电话给你的时候，我就在旁边，我……我知道你不是有心的，但是我……"

"你现在在哪儿？"沈渝之有些急躁地打断了她的话，语气沉凝，像是走到了一个更为安静的地方。

苏一念想到先前在自家小区楼下徘徊的那两个记者模样的人，犹自心有余悸，连声音都有些发颤："我打电话过来，就是想跟你说清楚。我觉得现在这个情况，你可以直接发个声明，明确澄清一下我们的关系。一来，可以避免你的粉丝情绪激动；二来，我觉得没必要为了我这么个小透明，给记者们那么大的想象空间，对吧？"

电话那端，沈渝之的气息有几秒钟的短暂空白："我过去找你吧，你在哪儿？"

"你不用来了！"苏一念急忙拒绝，"我……我……我觉得眼下这种情形，我们不适合见面。总之，我就是你一个小粉丝而已，等事情冷却两天，大家稍微一动脑子就会知道，我们本来没什么的，对吧？你放心，我没事，真的！你放心好了！"

她说完这些，沈渝之那边也就此沉默了下来，苏一念隔着话筒都能明显感觉到气氛陷入一种让人窒息般的僵冷。

好在这时，酒店的旋转大门处突然传来舒颜的急呼："苏苏？你没事吧？"

"我……我先挂了，小舒来找我了，再见！"她直接挂断电话，自己也无法厘清此刻一团糨糊般的脑中那些缠绕着的复杂情绪。

舒颜见她安然无恙，一把拉住她的手："明儿一早我带你去祥福寺烧头香。你说你这是走的什么衰运？这一波未平一波又起的，是想吓死我呀？"

苏一念惨然一笑："我没记错的话，几个小时前，还有人拿沈渝之拼命涮我啊！这下知道，贸然接近不应该接近的人，是什么后果了吧？"

"得得得！"舒颜钩住她的胳膊，"我错了，我认错还不行吗？要让我知道那个发布你真实信息的家伙是谁，我一定要狠狠赏他几个大嘴巴！幸好你们部门那个沈经理靠谱又仗义，要不然这次真就翻车了！"

苏一念仓皇地挤了抹笑，心绪却是始终难以平静……

接到苏一念的电话时，沈渝之正忙着让桑蒙联系舒颜，打听苏一念的情况，没想到苏一念会主动打电话给他。

从苏一念的那句"是我"传进耳朵里，他的手就不自觉收紧。

待她说清来电的用意，内疚、生气、忧心，齐齐涌上心头，他整个人都有些坐立难安起来。听到她拒绝自己去找她后，又直接挂断电话，他焦躁不安的心更是瞬间沉入谷底。

"我们本来也就没有什么吗？"他还握着"嘟嘟"响着忙音的手机，嘴角噙了抹少见的佞笑，"既然是我们，有没有什么，就不是你一个人说了算的吧！"

他放下手机，迅速抄下刚才苏一念的来电号码，重新拨通了桑蒙的电话，直接报出了这串数字："帮我查一下看看，能不能找到这是哪里的电话号码？"

桑蒙应了一声，电话都没敢挂，一通噼里啪啦敲击键盘后，急急道："查到了，是宝丽酒店！对了，舒颜小姐那边……"

沈渝之"嗯"了一声："辛苦了！"

说完，他已经拿起外套，大步流星朝外走去……

第十三章
沈式暖心·话术

苏一念洗了个澡从卫生间出来后，便发现舒颜有点如坐针毡地在房间里走来走去。

"怎么？网上那些人越骂越难听了？"苏一念佯作轻松地整理着刚吹干的头发，裹紧浴袍缩进了沙发里。

舒颜不置可否地"哼"了一声，磨蹭着坐到她身旁："洗了个热水澡是不是好受一点了？"

"好多了！"苏一念揉着湿漉漉的长发，眼睛盯着电视屏幕上的卡通人物，心却不知飞去了哪里。

"那……如果，我是说如果哦，如果沈渝之现在想见你……你要不要见？"

舒颜话音未落，苏一念便已经盯住了她："你说什么？"

被她这么一盯，舒颜吓得连忙举手："我没让他进来呢，人就在外面，我知道……我知道你生他的气呢，你不同意，我怎么敢让他进来。我这就让他走，马上走！"说着她人已经从沙发里蹿了起来。

房门被轻轻拉开，苏一念呆坐在沙发上，耳朵却似有自主意识般，努力分辨着门外的动静，结果房间的隔音好得出奇，居然什么也听不清。

她心里抓挠得难受，握着遥控器来回换台，连换了十几个台后，还是没忍住，起身三步并作两步走到门口，结果正好看到舒颜关上门。

"他人呢？"

"刚走啊！"舒颜指了指房门一脸谄色，"你不想见的人，我绝对不会放进来的，你放心，我可是你亲闺密，就算对方是沈渝……哎，你干什么？你……"

苏一念拉开门，果然看见沈渝之背对着她正往电梯口走去，有心想叫住他，却又有些不知如何开口。正犹豫不决时，原本已经走出三五米远的沈渝之居然停了脚步忽然回头看来。

见到呆站在门口的苏一念，他也有些意外，旋即深晦黑眸里便翻起了明媚的浪花。

他急转回身，却在离她还有两步远的地方站定，一言不发地看了她好一会儿，才扬唇微笑道："我就是想亲眼确定一下你是不是真的没事，顺便当面跟你说一声对不起的。"他说着，声音越发低沉，又郑重其事地道歉，"对不起！"

乍听见这三个字，苏一念竟有些出乎意料地鼻子发酸了。

其实，自始至终她明明没有半点迁怒他的意思，唯一一点不自在，也是因为听说他是SZ的太子爷，又曾暗中打听过自己，生出一些怀疑。可是现在他这么一道歉，她居然真的开始觉得有些委屈起来。

"是我太激进了，在商场的时候，我其实可以把事情处理得更好一点的。那样，你也不会一下子成为众矢之的……"沈渝之的声音依然很低，眉眼低垂时衬得眼下那圈青黑十分明显，连带着倦色深深，是和以往完全不同的文弱气质。

"其实，不关你的事！"苏一念眼圈不受控制地发红，"那张照片一定是公司的人发的，拍照的人心里明明很清楚当时沈总办公室的真实情况。我当时满手都是仙人掌刺，沈总恰好离我最近，很自然地就帮忙处理起来。我其实最在意的是，这件事只会是我那群朝夕相处的同事中的其中一个做的……"

她眼泪大颗大颗地掉，那种泪珠簌簌和嗓音微微哽咽，连抽泣都透着倔强坚强的姿态，落在沈渝之眼中似一只无形的手，扯动他心中某根已经泛滥汹涌的情弦。

他伸手抓着她的一只手，食指安抚般来回摩挲过她的小指外侧，见她不仅没有停止落泪，反而泪水越发汹涌，只好弯下腰看她，乌黑的瞳眸里净是歉疚："苏一念，别哭了！"

苏一念抿紧双唇，努力想控制情绪却并不成功，结果，沈渝之马上跟着抛出一句："你再哭的话，我就当你是在邀请我亲亲抱抱求安慰了！"

苏一念顿时一噎，半仰起脸看向他，只疑心自己听错了。

因威胁生效，沈渝之棱角分明的好看脸庞终于浮现一抹浅笑，他眼角微微垂下，温柔神色也从脸颊蔓延到了嘴角，语气却带着浓浓的叹息之意："谢天谢地，眼泪终于收住了！"

明明是在自言自语地感慨，可从他口中说出来，却让苏一念生出一种他好像比自己还要难过的感觉。

那一瞬，苏一念脸上温度又开始不受控制地攀升，沈渝之却直起腰收敛笑意："知道为什么男性身高普遍要高于女性吗？"

"啊？"苏一念茫然地看向他。

"为了让你们女孩子知道，就算天塌下来，也有人会替你们先顶着！"他说着，轻揉了揉她的刘海，"回房间好好睡一觉，睡醒了一切都会没事的。我保证！"

苏一念"嗯"了一声，乖乖走回房间，关房门时忍不住偷又看了他一眼，发现他果然还站在原地，正若有所思地看着自己。

心里又暖又慌，她逃离般迅速关了门，却见舒颜正认命地抱着被子蜷在了沙发上。

"你干什么？"

"我有罪！我没能抵御我男神的百万伏特电击诱惑，出卖了我至亲闺密的藏身之所，这种色令智昏的行径，搁战争年代就是汉奸走狗，是会遭万民唾弃的。"舒颜越说越劲，"你放心，我很自觉，我从今晚开始睡沙发，床归你，我要为我的行为赎罪，直到你消气原谅我为止！"

苏一念抄起一个抱枕砸到她身上："别以为随便卖乖，我就会心软不怪你，你这个叛徒！"她一边说，一边自顾自熄灯上了床。

黑暗中安静了几秒，就听一阵窸窸窣窣，几秒后舒颜摸到床上，没脸没皮道："我仔细想了想，我还是贴身保护你比较好。今天发生这么多事，万一你受了刺激，夜里再说梦话做噩梦什么的，我也能就近安慰你。"说着，人也钻进了被窝里。

苏一念没好气地"哼"了一声，转个身佯作生气，脑子里却是将今天发生的一切在脑中倒带了一遍，原以为自己会很难入睡，结果不知不觉间，居然很快沉入了梦境。

临睡前，隐约听见舒颜语重心长地表白："其实，我这么狗腿地出卖你，真的是因为，我觉得沈渝之对你不一样。如果他真的是那种会欺负你或者伤害你的人，我一定会是这世界上第一个跳出来把他打成猪头的人，你信不信？"

苏一念懒得答她，只是垂下一条手臂，任由身旁的胆小鬼如获至宝似的圈住自己的胳膊，心里有点滴暖意缓慢释放扩散。

不过这一夜还真被舒颜这个乌鸦嘴说中，苏一念睡得极不安稳，反复做了一堆乱七八糟的噩梦不说，最后还是在迷迷糊糊中被舒颜接电话的声音吵醒的。

"记者要是都照他们这么当的话，不如都改叫编剧啊！他们怕都是昨天才知道有小苏这号人吧，居然也能这么信誓旦旦地看图说话……最可气的还是那些键盘侠，简直有病……我知道，我都请好假了，这两天就在酒店陪她，哪儿也不去……放心吧，坚决不会让她碰到手机的……好，你们也加油！"舒颜大概是怕吵醒苏一念，压低声音吐槽了几句便匆匆收了线。

苏一念的脑子迅速清醒过来："又出什么事了吗？"

舒颜被她吓得手机都差点扔下床："你醒了？"

"到底怎么了？"

"没什么呀！就是……就是网上那些人嘛，吃饱了撑得没事干还在七嘴八舌地讨论你和沈渝之……"舒颜强作镇定地坐到沙发里，并试图转移话题，"你醒了也好，我肚子有点饿呢，叫人送点吃的上来吧，你想吃什……"

"小舒！"苏一念苦笑着打断她，"在你心里，我就是这么扛不起事儿的人吗？"

"话不是这么说，你不知道……"

苏一念耐性用尽，摊了摊手示意她交出手机："是你自己交给我，还是要我过去抢？"

见她这样，舒颜也急了："苏一念，你别好赖不分，这些事你知不知道根本没有任何意义……"

苏一念索性下了床，光着脚走到她面前，一言不发地再次伸出手。

"怎么？你还想武力镇压是不是？"舒颜气得抱着手机一溜烟躲进了卫生间，可惜动作不够敏捷，被苏一念直接拉住了衣袖。几秒后，卫生间里传来杀猪般的尖叫，苏一念则拿着手机，面无表情地走了出来。

"苏一念！你弄坏了我新做的指甲！你个母老虎！"舒颜又气又急跟了出来，还想垂死挣扎，却见苏一念的手指滑开屏幕后，眉头立时拧了起来，显然已经看到那些内容。

微博页面还停留在舒颜先前浏览的那条新闻。某娱乐周刊的八卦大V（网络平台上，"粉丝"众多的贵宾帐户），把昨晚苏一念和沈知遥一同从某酒店地下停车场走进该酒店电梯的照片贴了出来，并配上了一篇他们臆测的短文，大意是沈渝之新晋绯闻女友，深夜与豪车高富帅密会开房。

图片拍得十分清楚，照片的角度也抓得极好，正好可以看到苏一念微笑着跟沈知遥并肩步入电梯。倘若不是当事人清楚自己当时挤着笑有多苦涩，苏一念都忍不住要为这张暧昧的照片点赞。

她嗤笑出声，读出下面几则热门评论。

"心疼我家沈男神，莫不是被下降头了吗？向来爱惜羽毛的人，居然栽阴沟了，和这种货色的女人扯上关系！"

"凭什么这种女人前脚被沈渝之抱，后脚还能和高富帅开房？这个开房的小哥看起来明明也帅啊！为什么这么想不开？"

"芋圆军团稳住！我们能赢！不传谣，不信谣，坐等沈老板发声明吧！我觉得以沈老板的智商，这种妖艳货色迟早会现原形的！"

"哪，苏苏，你听我说，这种时候呢，最好的办法就是装聋作哑……"舒颜听她面无表情地读着这些话，急急劝慰的同时，趁她一个没防备，上前夺下手机，"你就安心在酒店休息两天，其他的什么都别想……"

苏一念白了她一眼："我没你想得那么脆弱，昨天晚上的事情发生得突然，我才慌了手脚。现在想想，我是真觉得这些人无聊。今天能这么轻易地被一张照片、几段文字煽动情绪，明天自然也会有别的新闻爆出来煽动他们更激烈的情绪，反正我自己问心无愧就行了！"

"我给我老大打个电话，"她说着，拿起柜子上的电话，迅速拨出一串号码，"他好心好意来帮我的，结果还被我拉下了水……"

电话那边的沈知遥很快接听电话，恰好听见苏一念这句"被我拉下了水"，沈知遥显然也听出是苏一念的声音，试探着道："小苏？怎么？谁被你拉下水了？"

"微博上那些乱七八糟的东西我都看到了，沈总肯定也看到了吧？有家叫东明娱乐周刊的官博，曝光了您送我来酒店时的照片，现在可是有不少网民在猜测您的身份呢。咱们公司主页上就有您的照片，我估计，离您惨被人肉的那一刻也不会太远了。"

"所以，你这是找我道歉来了？"沈知遥轻笑出声，"那也太没诚意了吧，不说负荆请罪，你起码得请我吃顿大餐才够！"

"请请请，一定请，砸锅卖铁也得请！再苦不能苦领导，再饿不能饿恩人啊！"苏一念听得出他的语气轻松，心里也异常感动，"老大您放心，我以后一定任劳任怨，争做'加班狗'……"

"行了，行了！"沈知遥笑着打断她，"你就安心在酒店待着吧，好好珍惜这个得来不易的假期。单就我这次对你的帮助来说，你就是请我吃三顿大餐也不为过，你就等着被我敲诈吧！"

"哎，等一下！"苏一念听他语气似是打算收线，忙叫住他，"沈总，我有个想法想跟您说一下！"

"呃？"

"那个在网上恶意公布我真实信息的人的身份，我始终很在意。我想了很久，心里有些眉目了，但是，这个怀疑的对象和您恰好有点渊源。我……我刚才看到东明周刊的照片，觉得或许我们可以利用一下这个新闻！"

沈知遥大概没想到苏一念会有这番说辞，迟疑了好一会儿才说："你也认为是纪小佳？"

苏一念抿了抿唇："我知道我这样猜疑人家是不对，但是以我对公司同事的了解，如果必须怀疑一个人的话，我只能说，结合现实情况客观评估后，她的可能性是最大的。"

"你希望我怎么做？"

"以小佳的性格，她看到那种消息，八成已经旁敲侧击地找您打听过事情的真相到底如何了吧？"

沈知遥叹了口气："她进来送过两次咖啡，是有点欲言又止，不过都被我打发了。"

"那如果她再进来，您就告诉她，您昨晚送我来了宝丽酒店，但现在照片曝光，怕我在这里不安全，让她帮我在威斯特另订一间商务间。"

"你打算试探纪小佳的反应？"沈知遥反应极快，"如果她只是对你有所不满，现下看你落难，顶多幸灾乐祸；可如果她真是那个公开你真实信息的人，知道你现在的行踪，又亲自确认了我帮你订房间的关切举动，就绝对会更加妒火中烧，不顾一切地痛打落水狗！"

苏一念苦笑着"嗯"了一声，脸上已经多了几分凄惶之色。连她自己都觉得有些可悲，明明是一场同事，却要落得设计"攻心计"的地步。也不知道是该气自己做人太失败了，还是要气纪小佳心胸太狭窄。

"我知道该怎么做了！"沈知遥沉声应了下来，"放心吧，这件事，我一定会给你一个交代的！"

"谢谢沈总！"苏一念用力握紧话筒，由衷感激。

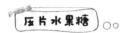

沈老爷子的书房里，桑蒙第三次抬手拭了拭额上的冷汗，第五次偷偷打量了一下书桌前无声对峙近三分钟的祖孙二人，对于这次沈渝之来请老爷子帮忙的计划，着实没什么信心。

"你拿这么个东西来给我看，是什么意思？"沈老爷子看了看面前那份"设计意向书"，皱了皱眉。

"江医生上次跟我说了一下您的体检报告，您这脑部反应速度有退化的可能性，建议我们别让您活得太省心太轻松了。"沈渝之说到这儿，还刻意压低了几分嗓音，"否则，会有老年痴呆的可能。"

"嘿，你个小浑蛋！"沈老爷子腾的一下从书案后蹿了起来，"你这拐着弯骂谁呢？"

"骂自己的话都能脱口而出了，显见逻辑能力和认知能力都大不如前……"沈渝之摊了摊手，冲身旁的桑蒙做了个"果然不出我所料"的表情，桑蒙却是吓得连连摇头。

"你穿开裆裤的时候，老子就这么骂你了！"沈老爷子气得差点拍桌子。沈谕之却是一脸平静地抚过自己手中的笔记本电脑："您是C2科技的创始人，说代码是您第三个儿子也不为过。这不是二十多年没碰过了吗？我从我爸那儿找了个公司刚接的业务让您练练手。听说知遥那边的技术员，24小时内就完成了，您这一把年纪了，时间上我也就不限制您了，能做出来就算是证明您宝刀未老！"

说着，他大手在电脑上轻拍了一下："对了，要是觉得代码太复杂，我还可以帮您约几个人回来打打麻将，那玩意儿省事儿，也一样能动脑子……"

"你少给老子来这套！老子写代码的时候，你爸都还没出世！"沈老爷子说着，用力冲外面喊了一声，"范妈，给我把这个不成器的家伙丢出去！别让他再给我添堵！"

第十四章
祝福吗？不祝送法院那种？

这天傍晚，一个午觉直接睡到天黑的苏一念再醒来时，窗外已是霓虹点点如星。

原本坐在电视机前嘎吱嘎吱咬着薯片的舒颜不知去了哪儿，取而代之的，是侧身坐在沙发里看一档法制节目的沈渝之。

屋里没开灯，电视也没有声音，以至于苏一念乍见这一幕时，以为自己是在做梦，于是卷着被子将身子蜷得更紧了些，刚想换个姿势接着睡时，却听沈渝之的声音响起："醒了？"

她转过脸，想起昨晚在酒店走廊上，他温柔得近乎宠溺的安抚和道歉，忽然有些不知如何跟这人相处，只好闷闷应了一声："嗯！"

"那就起床，好不好？"他声音温柔如水，惹得她耳膜里无端发痒，莫名有些生气。

他怎么能用这种应该是新婚小夫妻才有的闺房甜腻语气，跟自己说话？

于是，不等沈渝之再多说一个字，她便干脆利落地从床上下来，一面故作镇定自然地去洗漱，一面问道："舒颜呢？"

"她和桑蒙在处理我们俩手机里的垃圾信息。"沈渝之的声音也恢复了正常，只是隐有笑意。

苏一念"哦"了一声，却忽然想起什么，从卫生间里探出头来："我手机开机了？"

他从沙发里站了起来，关了电视，才老神在在地回了一句："放心吧，不会再有骚扰电话打到你这里来了。"

苏一念满腹狐疑，飞快漱完口洗了把脸后，连手上的水都没擦干净就往外间走，打算问问舒颜是不是又发生什么事了。

结果外间的客厅里充斥着满满的水果香，嘴边还有红心火龙果汁的舒颜正义愤填膺道："哇，这个好贱！说话这么毒，一定是个生活坎坷，备受命运摧残的人！"

"这算什么？你看看这个怎么说我师兄的，粉转黑就算了，还黑得这么狠！还真是翻脸不认人！"桑蒙看了看舒颜递过去的手机，同仇敌忾地指着自己手上的手机屏幕。

苏一念看得有点懵："你俩干吗呢？"

"苏苏？！哎，你别过来，先别过来，马上好！"舒颜一看苏一念，忙推了桑蒙一把，桑蒙忙挡在她前面冲苏一念道，"苏小姐放心好了，我师兄说了，那些不负责任的情绪垃圾不值得你亲自过滤，我们马上就删完了。"

"不对啊，舒颜，你什么时候知道我手机密码的？我就奇了怪了，我又不是你男朋友，你老偷看我手机干什么？"苏一念佯怒着叉起腰。

"行了行了，还你就是！"舒颜毫无愧色，确定所有信息全部删除才伸手把手机递回给苏一念，冲她身后的沈渝之挤了挤眉，"男神放心，圆满完成任务！"

"辛苦了，"沈渝之笑着点头，"回头叫桑蒙请你吃哈根达斯！"

"我请？不是在帮师兄你干活吗？"桑蒙不满道。

"怎么？请我吃哈根达斯很为难你吗？你请我还未必去呢！"舒颜杏眸一瞪，桑蒙立时举双手投降，"请请请，舒小姐肯赏光是我的荣幸！"

眼见二人扯皮，苏一念却拿着手机有些回不过神，手机信息箱里空空荡荡，未接电话记录也被清空，确实不见号码呼入，看起来，似乎的确是恢复正常了。

"为什么……"苏一念疑惑地将目光转向身后的沈渝之，却发现他正出神地看着自己，当下不由得脸上发烫，强作镇定地咳了一声。

"过程不重要，重要的是现在没事了，放心吧！"他语气笃定，有让人心安的魔力，顾长的身影像一株挺拔清瘦的柏树，好看得让人移不开视线。

离开酒店的时候，一行虽然有四个人，苏一念心情却还是很忐忑："其实，我还是觉得，就在酒店里随便吃点就好了，中午他们送上去的饭菜挺不错的，没必要……"

"我男神可是刷脸才订到一味斋的座儿，一味斋啊，大兄弟！咱们Z城的网红私厨馆，每天只接三个单，一般人想吃起码要从一个月前开始排队预约的好吗？"舒颜在她腰上轻捏了一下，"这么千载难逢的机会，你跟我说你想在酒店随便吃点？"

"我住宝丽酒店的事，可是今早才被曝光的……"苏一念心虚地压低声音道，"万一还有记者在这儿蹲守怎么办？这种时候我还跟沈渝之同框，再被人拍到的话，天晓得会被人写成什么呢！"

"拍就拍，咱们这不是有四个人吗？我倒要看看他们这次能编出什么新故事来！刚闹过秘恋绯闻，总不可能这么快就早生贵子，喜结连理喽！"舒颜口无遮拦，声音不小，听得沈渝之都微微侧目，苏一念恨不得直接捂住她的嘴。

谁知沈渝之闻言，眉眼微弯，竟是春风满面地接了话头："早生贵子的话，应该是在喜结连理之后吧？虽说现在不讲究这些，但我个人还是觉得对喜欢的女孩子一定要珍而重之，名正言顺才好开枝散叶，对吧！"他笑望着苏一念，问得很是自然。

苏一念下意识点了点头，旋即又觉得他看着自己提这种问题，是不是有什么特别用意？这一联想，心里便又开始脑补起各种画面。

等到了停车场，才发现他们这次开来的是一辆陌生的白色捷豹。

"平时开的那辆车是工作室的，太打眼了，怕再开出来又给你添麻烦。"大概是发现了苏一念的讶然，沈渝之解释道，"这是我自己的车，没被媒体曝光过，放心吧！"

听他这么一解释，苏一念反而有些不好意思，轻"嗯"了一声便低着头下意识地走到副驾驶座门前，手刚摸到车门，就听身后舒颜那暧昧的啧啧低笑："哟，传说中的副驾同志很自觉嘛！"

苏一念忍不住低骂了自己一句，跟扔掉烫手山芋般撒开手，飞快拉开后座车门坐了进去。

谁知刚一坐定就发现沈渝之从后座的另一侧拉开车门，长腿一跨，竟是在她身旁坐了下来。

苏一念低头盯着二人几乎贴着的裤管，跟触电般迅速弹到了一边，紧贴着车门，心中连呼不妙，偏偏前排的舒颜还不怕死地发出一阵低低的贼笑，气得她从车门旁的缝隙里探出手去掐了舒颜胳膊一把。

舒颜痛呼一声却并不生气，反倒笑得更高兴地从前座把自己的手机递给了苏一念："行了行了，别生气了，我给你听个好听的，保管你听完心情大好！"

苏一念刚想看看她放的是什么东西，开着外放的手机里已经传来沈渝之极具磁性的男性嗓音。

"您好，我是沈渝之。首先谢谢您对我和手机号主人的关注。如果您支持或祝福我们的话，请按1号键开始留言，如果是想进行人身攻击的话，请按2号键。"

苏一念瞪大双眼，看了看身边的沈渝之，舒颜却咯咯笑着，伸手在屏幕上按下了2号键。

手机再次被放到了苏一念的耳边："您好，我是沈渝之，如果您能听到这段录音，表示这个电话号码已在后台被记录一次，也就是说，这是您第二次蓄意骚扰该手机号拥有者。根据《中华人民共和国治安管理处罚法》第四十二条第五项的规定，多次发送淫秽、侮辱、恐吓或者其他信息，干扰他人正常生活的，可以处五日以下拘留或五百元以下罚款；情节较重的处五日以上十日以下拘留，可以并处五百元以下罚款。此后您再拨打一次本机号码，我的律师便会在稍后的24小时内，将您的留言内容和电话号码直接呈报警方备案。感谢您的来电！"

苏一念呆呆听着随之响起的"嘟嘟"声，盯住身侧的沈渝之，心里好像被什么东西狠狠戳了一下似的，说不上是想哭还是想笑，唯一可以确定的是，她觉得，自己好像真的有点心动了。

不是那种粉丝对偶像的喜爱，而是那种独行太久，偶然被一个人珍而重之地保护过后，忽然觉得自己手软脚软，遇事再也无法独立承担，只想躲在他身后的脆弱。

"惊不惊喜？意不意外？"舒颜一脸慈祥欣慰的"姨妈笑"把苏一念的理智拉回，她当下就赏了舒颜一记白眼。

这短短一天一夜的时间，从录制这些音频到和电信部门的沟通转接业务，甚至包括这个后台识别拨号记录的小软件的制作……他，是怎么办到的？

"你那天晚上，从酒店回去后，就一直在忙这个事？"苏一念一开口才发现自己声音发涩。

沈渝之看了她一眼，轻描淡写道："我还好，我只负责录了两段音频。这个智能识别主叫号码的程序，你是做这一行的，应该知道，这种级别的小程序算不上难。"他说到这里顿了顿，在车后镜里看到桑蒙那张嘶嘶吸气的脸，知道桑蒙这是先前在老爷子那里吓出来的后遗症，也懒得管桑蒙，只接着道，"至于跟电信部门的沟通接洽，怎么呼叫转移，怎么屏蔽短信息，都是桑蒙处理的。这次的危机公关，要记他一记大功。"

桑蒙听得干笑了两声："我就是跑了跑腿！"心里却暗暗加了一句："主要还是你的激将法使得好，出动SZ科技一代大佬为你熬夜赶代码，我哪敢抢功？"

"其实不用这么麻烦，"苏一念既感动又惭愧，"我这个人，其实没什么朋友，对你们来说换电话号码可能挺麻烦，但对我这种没什么朋友的技术宅来说，换个号码就能解决的事实在不值当你们这么大费周章。"

"这怎么一样？"桑蒙一脸义愤填膺，"自己想换号码和被人逼得你不得不换号码是两回事儿。况且，那些攻击你的人有不少都是不明真相的键盘侠，把你当成想蹭师兄热度的心机女，现在师兄这套电话公关的方案一出来，就是正式官宣你是他护着的人，用实际行动表明了他对你的态度和立场！"

苏一念哭笑不得："这才一起待了一个下午，你就被舒颜带坏了？怎么连胡说八道的架势，都跟她一模一样！"

"哎，这是什么话？怎么我躺着也中枪？"舒颜将手机往她面前一塞，"什么叫民众的呼声？我告诉你，我男神这拨电话公关操作都上热搜了。群众的眼睛才是雪亮的，你自己看！"

说着，她随手点开了微博上关于沈渝之的最新话题，果然满屏都是清一色的好评。

衣不再蓝：什么叫支持和祝福你们的话？什么时候只属于万千芋圆的你，就有了"你们"了？明明被沈渝之电话公关这拨突如其来的炫技表白打击得不想吃饭了，到头来却为了多听几次沈先生的声音，给小姐姐发送了108条花式祝福！心疼地抱住自己，请商场小姐姐对我男神好一点！

欧洋洋洋：男神三观正到炸裂，沈渝之电话公关这拨反攻键盘侠的操作我是服气的！

花猫泰亨：手动点赞沈渝之电话公关我是男神脑残粉，推荐我男神去为狗粮品牌代盐！我先预订一百斤！

Z局童工徐先森：你好，我是沈渝之，这里是沈渝之电话公关。祝福我请按1……什么？不祝福我？喂，110吗？这里有人不祝福我！（已经感受到沈先生的强势宠溺）转头，喂？110吗？这里是大型虐狗现场，快派一队英俊帅气的小哥哥来保护我们单身"汪"！

"噗！"苏一念看得忍俊不禁，她这一笑，舒颜更嗐瑟了，"我正式宣布一下，经过这次的合作，我决定和桑助理搞个组合。主要工作就是为你和我男神排忧解难，扫清你们恋爱道路上的一切障碍，守护你们感情的小苗苗，确保让你们开花结果，终成眷属，三年抱俩……"

"你闭嘴！"苏一念眼角余光瞟到沈渝之嘴角的笑意，恼羞成怒地侧身要去打她，舒颜却反捉住苏一念的手，"你急什么，我还没说完呢！我们这个组合名，我都想好了，就叫'鲶鱼护卫队'！"

这话一出，原本还想打人的苏一念都凝滞了。

"厉害吧！把你师兄和我家苏苏的名字都嵌入了组合名！人家有银河护卫队，咱们有鲶鱼护卫队，既接地气又高大上……"舒颜小脸满是得意地搭上了桑蒙的肩膀，"桑助理觉得怎么样？"

桑蒙看看舒颜那只搭在自己肩膀上的手，指尖修得尖尖的，让他觉得上次被拉住袖子时，不小心被指甲掐伤的手腕都隐隐痛痒起来。

他艰难地咽了口唾沫："鲶……鲶鱼护卫队是吗？"

"对呀！你觉得棒不棒？"舒颜喜滋滋地看着他，活脱脱像个讨糖的孩子。

"棒！"桑蒙咬着牙，握着方向盘的手迅速抬起亮出个大拇指，不着痕迹地成功将肩膀拉离舒颜十厘米，才龇出一个嘴角上扬15度的标准微笑，"舒小姐脑洞清奇，创意十足，就叫鲶鱼护卫队好了！"

压片水果糖

苏一念为了报答沈谕之数次相助，在网上查了三天相关资料，最终选定了某牌子的钢笔，觉得送给经常写字的沈谕之很是适合。

可是最终在款式的选择上，还是有点吃不准。

犹豫再三，她偷摸着给桑蒙发微信，把自己觉得不错的七种不同款式的图片发给桑蒙。末了，加上一句："以你对沈先生的了解，他会喜欢哪个？"

发完之后，等了大概一分钟，手机振了一下。

她连忙打开，就见上面回了三个字"第四张"。

"第四张？"她连忙把聊天记录往上滑了两下，找到第四张图，却发现自己刚才一时手滑，居然还点到了一张自己的自拍。

当下愣了愣，她以为桑蒙看错了，发了个问号过去："你是说第四款吧？自拍乱入，不好意思啊，我也觉得第四款挺好看，可这支是价格最便宜的，送沈先生会不会显得太没诚意了？"

这次桑蒙很久没回，等了许久，苏一念收到一条语音。

"是苏小姐送的话，哪一款我都喜欢。"

她怔住，仔细看了看，自己没发错，微信号确实是桑蒙的，但声音的的确确，是沈谕之的。

第十五章
身边的黑手

因为记挂着先前和沈知遥的约定，这天晚上，苏一念犹豫一番后，还是给沈知遥打了个电话。

"看来，渝之的电话公关很成功啊！"沈知遥接起电话时语带笑意道，"我还以为，你遇到这么大的麻烦，没有十天半个月怕是上不了班呢！"

"小舒她们都认为我最好还是搬个家。毕竟，上次出了恶性杀人案件，我们那栋楼也有几家住户搬走了。所以，我打算再多请两天假，找到新住所安顿好了再销假上班！"

"没问题！"沈知遥答应得很爽快，"如果有其他需要我帮忙的，也可以随时开口！"

苏一念道了声谢，便直接将话题转向了正题："那个，我跟您说的事……"

"我就知道你是为这事儿打电话给我。"沈知遥声音稍稍低了一些，稍稍停顿像是在犹豫要如何措辞，"电话里也不好说，要不，明天我去接你吧？你来公司一趟，有些话正好大家当面说清楚，你觉得呢？"

苏一念心里沉了沉，以她对沈知遥的了解，他没有直接告诉自己猜错了，多半便是真相被自己猜中了。

第二天一早，舒颜骑着车亲自把苏一念送到公司楼下："你确定不用我陪你上去？"

"我没记错的话，咱俩认识这么多年，每次都是你被人打哭了，要我陪你去讨说法吧？"

舒颜一脸不放心："所以啊，好不容易有我陪着你去讨说法的机会，你确定不用我这个美女保镖随行吗？"

"好啦！"苏一念转身往里走的同时挥了挥手，"我又不是真的去打架，况且还有沈总和其他同事在呢！"

"那我在这儿等你凯旋！"舒颜中气十足地喊了一句，也让苏一念心里暖意十足。转身刚一走进公司大门，苏一念就被前台的两个女孩和其他部门的几个同事围住了。

"呀，是小苏！"

"小苏，你可真行啊，不声不响的，居然是沈渝之的女朋友！"

"小苏，我特意冲洗了几张沈渝之的照片，可不可以麻烦你让他帮我签名？我同学和我妈都很喜欢他呀！"

苏一念起初还解释几句，后来被吵得挪不开步子，也有些着恼了，手上用了力，架开众人："对不起各位，我……我还有事要跟沈总报告，回头……回头联系！"说着，看准时机，一溜烟冲进了电梯间。

"哇，你干什么？百米冲刺来的？"正在门边碎纸机旁的阿K被忽然冲进办公室的苏一念吓了一跳。

"脸色这么难看？看来这次真是把这丫头吓惨了！"光叔一脸同情地看着顶着两只熊猫眼的苏一念，很是关切地递给她一盒牛奶，"来，我儿子喝剩的一盒牛奶，赏你了！"

"你少来！哪有剩一整盒牛奶的？"苏一念接过牛奶，既感动又好笑，进办公室之前心里的那点硌硬和不安，也在众人的哄笑声里无声消弭。

说笑几句后，她视线越过众人向沈知遥的办公室看去，却发现沈知遥办公室大门是关着的，百叶窗也拉得密密实实的："沈总还没来？"

"沈总昨天一大早就到公司把我们挨个叫进办公室审了一遍，谁知道审到一半，网上就爆出了你们在酒店的视频和图片……"光叔说到这儿，用力拍了拍她的肩膀，"没事，小苏，虽然你和小佳是我们部门仅有的两个女生，但其实归根究底，你更像是我们的兄弟，我相信你和沈总一定是清白的！沈总一看就是直的，不会喜欢上你这种同类的。"

"我谢谢您啊！"苏一念佯怒般把本来准备喝的牛奶都塞回他手里。

"不过，你跟沈总那张照片到底是怎么回事？昨天一整天，我看纪小佳那样子，跟丢了魂似的，开始是坐立不安地在沈总办公室门口瞭来望去，后来更是红着眼睛从里面出来，好像在洗手间哭了足有半个小时，然后就请假回家了……"阿K话说到一半便忽然停住，看向苏一念身后，面露尴尬地笑了笑，"沈总，早！"

众人齐齐回身，这才发现沈知遥不知何时到的，正站在研发部的门口看着他们。

苏一念发现，他看起来满面倦容，气色也不太好，只是在看到苏一念后，微微点了点头："来了？到我办公室聊吧！"

苏一念忙答应一声，正想跟在他身后去他办公室，结果沈知遥一走动，她才发现沈知遥身后还跟着纪小佳。

她今天穿着一身米色职业套装，眼睛肿得厉害，正死死地盯着自己目露怨恨，旋即又想起什么似的迅速移开视线，跟着沈知遥进了办公室。

苏一念只是深吸了一口气，步子有些发沉，等进了沈知遥的办公室，才发现纪小佳已经坐在了沈知遥对面的沙发上。

苏一念也懒得兜圈子，开门见山道："沈总同时叫我和纪秘书进来，是不是表示，事情已经真相大白了？"

沈知遥看了看纪小佳："小佳她，想当面跟你道个歉！"

"是吗？"苏一念虽然在心里不停地告诫自己要冷静，可是听沈知遥证实一切真是纪小佳所为后，平日里挂在脸上的标志性笑容都不见了。

她转头看向纪小佳，心里虽然五味杂陈，脸上却是一脸平静道："好啊，我准备好了，纪秘书可以开始道歉了！"

她平时在公司待人接物很是开朗，逢人未语先笑。纪小佳还是头一次看到这样的苏一念，愣了好半晌才期期艾艾地开了口："那个，我那天其实就是有些脑子发热，并不是有意想害你。"

"所以，你也知道自己是在害我吗？"苏一念皱眉，觉得她这个道歉的态度让人很不舒服。

"我说了，我不是有意的！"纪小佳有些愤愤地解释道，"我平时就觉得公司里每个男同事都跟你很亲近，连沈总也对你格外关照。自从你在公司犯过一次胃病后，只要加班，沈总就必定会提醒我务必按时订餐，生怕会饿着你似的……我真是搞不懂，凭什么啊！"

苏一念怎么也没想到，自己被诬陷也就算了，说好的道歉还会变成理直气壮地声讨。她一时不由得气极反笑："我没听错的话，刚才沈总说的是，你想跟我道歉吧？"

"对不起，对不起，我跟你说对不起，这总行了吧？"纪小佳眸中含泪，说完三声对不起后，居然开始低头拭泪，"我只是一时冲动说了几句气话而已。况且，你和沈渝之不清不楚不是事实吗？那次在电视台对面的小餐馆，我就觉得你和沈渝之眉来眼去的感觉很奇怪。同事一场，你当时明明就可以告诉我你们的真实关系啊！但你呢？两面三刀的，在公司装出一副人畜无害的样子……"

"两面三刀？我？"苏一念气极反笑，无力地摇了摇头，"你还真看得起我！"

"总之，沈总要我道歉我也道了，该说的不该说的，我也说了。我背后中伤你确实不对，可你现在一边和沈总交往，一边还能哄着沈渝之亲自为你洗白，只凭你这点手段，我就甘拜下风了！"纪小佳说着，幽幽看了沈知遥一眼，便要往外走。

"等一下，"苏一念虽然生气，但还是听出了话里的异样，一脸诧异地看向沈知遥，"什么叫我和沈总交往？"

沈知遥蹙眉道："小佳看到网上那些我送你去酒店的照片后，情绪就一直不太稳定。后来，我按照咱俩的约定，让她帮你订一间威斯特酒店的房间，她……她显得很激动，一直追问我跟你的关系，为什么要这么关心你，问我是不是真的在跟你交往？我当时想试探出她对你的真实看法，所以顺着她的话头，告诉她，如果你真是我的女朋友，一旦让我查出是谁这样中伤你，一定会直接让始作俑者走人。没想到她当时就崩溃了……"

苏一念一时哑然，有些无力地深吸了一口气。结果，纪小佳比她更激动，忽然扑上来揪住了苏一念的衣服："什么约定？又是你吗？你在沈总面前到底说了我多少坏话？你故意让他猜忌我、设计我对不对？我就知道，我就知道……"

"放开我！"苏一念抿紧了唇，静静看着纪小佳，"你最好拎清一点，我们两个，到底是谁在说谁的坏话，谁在设计谁？"

"就算我把你的个人信息公开有什么不对的地方，可我本来也没什么恶意啊！我不过是发泄一下对你的嫉妒和不满。我哪知道我随手发的一条评论会被顶上热评，引起这么大的轰动？相比之下，你不觉得你的行为恶心多了吗？有了沈总还不知足……"

苏一念忍无可忍，扬手一记耳光，重重打在了纪小佳的脸上。

整个办公室瞬间陷入死寂之中，纪小佳更是捂着脸，难以置信地看着她。

"你压根没觉得你错了是吗？"苏一念忍不住眯起了眼，"侵犯他人隐私的行径是可以根据性质恶劣程度被拘留甚至追究刑事责任的，你总该是知道的吧？"

听她这么一说，纪小佳的眼中有一抹狠戾掠过，却在看到皱眉不语的沈知遥时，旋即化作满眼虚弱。

她眼眶含泪："说什么承认交往是故意刺激我，是表示你们并没有在交往？那你为什么还这么护着她？她现在这副咄咄逼人的样子，你看不见吗？这种女人，你还要喜欢她？"

"我让你道歉，是因为你做错了事，而且由于你所谓的冲动行为还影响了公司的声誉。我现在代表公司正式通知你，纪小佳，你被解雇了！"沈知遥从抽屉里拿出一个白色信封平放在桌面，"至于你和小苏的事，因为小苏是受害者，她有权决定事情的定性……"

"沈知遥！"纪小佳大声打断他，双眸通红地看着沈知遥尖叫了起来，"我到底是因为谁才会变成这样？"

"我很确定我很早就明确告诉过你，我们之间不可能。"沈知遥说到这儿，看向一旁的苏一念，"我和小苏的事，我昨晚跟你解释过了一次，刚才当着小苏的面也还是这么说，从头到尾，你对她的偏见和讨厌，都是你的不甘和嫉妒在作祟！"

"你怎么能这样对我？"纪小佳扑到沈知遥的办公桌上，将那封辞退函用力撕碎，"你明知道我喜欢你，对公司所有人却都比对我好。她有麻烦，你就站出来力挺她，那我呢？我公开的照片，难道是我虚构出来的吗？她在接近沈渝之，难道也是我虚构出来的吗？我这么喜欢你，为了你，留在你身边端茶倒水地伺候你，拼命在你面前表现自己，你真的一点感觉都没有吗？"

苏一念皱眉一把拉住她的手，阻止她的撒泼行径："同事一场，你不会希望我们叫保安把你赶出去吧！如果你要选择用这么不堪的方式离开公司，我也不介意！"说完，她拖着纪小佳往外走。纪小佳犹自挣扎，奈何力气不如苏一念，只好拼着另一只手怒喊："你放开我，苏一念，你放手……"

苏一念一把拉开办公室门，外间所有人便都齐齐回头看了过来，纪小佳的动作也随之一滞。

众人一对上纪小佳那张哭花了的脸，马上又极有默契地低下头自顾自忙了起来。纪小佳却似在这片沉默里找回了理智。

"苏一念，你给我记住！"她用力甩开苏一念的手，恨恨扔下这句话，临走还不忘用肩膀重重撞苏一念一下。苏一念被撞得倒退两步，左腰正好撞上办公室的门把上，疼得倒吸一口气，然后便听见高跟鞋叩击地面时重重的脆响。

"没事没事，例行放个狠话而已！"阿K见苏一念脸色一白，以为她是气的，小声安慰道。

苏一念忍着痛却是开口叫住了纪小佳："纪小姐！"

纪小佳听见她的呼唤，只顿了顿却并没有回头。

苏一念索性也不理会她的反应，径自道："你微博上晒的那张和沈渝之的合影里拍到了在后面吃东西的我，请你在今晚之前删了它。我已经打算委托律师针对你这次恶意诽谤，侵犯我个人隐私的行为提起诉讼。当然，如果你不介意留下侵犯我肖像权的直接证据的话，就另当别论了！"

纪小佳难以置信地回头看了苏一念一眼，微肿的眼眸里尽是愤怒，但最终只是握紧双拳冷笑了一声，才以近乎跺脚般的赌气步伐离开。

见她走了，苏一念才松了一口气，冲众人报以歉然一笑才告辞先走。

离开时，她在电梯里就给沈渝之发了条短信，告知了事件的始末后，便打算把这次的事情抛到脑后。没想到刚放下电话，沈渝之的电话马上就打了过来。

"我没记错的话，你说的纪小佳，是上次那个在贺记饺子馆跟我合照的女生？"沈渝之的语气里有些讶然。

"是的！"苏一念下意识点头，将声音略略压低，"不过，她曝光我的事，本质上来说和你没什么关系。她只是你的路人粉，但她喜欢沈总两三年了。她之所以会这么对我，也只是看网上的评论后心理不平衡，大概觉得我运气太好了，所以才想给我添点堵。"

沈渝之静默了片刻，他接电话的地方大概很安静，隔着话筒都能听到他的气息。但这种安静，却让苏一念有些莫名不安。也是这一刻，她忽然意识到，自己居然还在担心沈渝之会因为这次的事自责。

可是，是从什么时候开始的？她这么在意他的感受了？

"知道我上次为什么会给她签名，还点赞她发的那条跟我合照的微博吗？"

"啊？"苏一念愣了几秒，记忆中好像确实听舒颜提到过，沈渝之点赞过那条微博。

"因为，"沈渝之顿了顿，才幽幽道，"她说，她是你的同事！"

苏一念眨了眨眼，脑子高速运转了好几圈后，心跳忽然加速，却结结巴巴、小心翼翼地问："因为是我的同事，所以才给纪小佳签名？那……那是表示……什么呢？"

虽然那呼之欲出的猜测被自己用理智狠狠压住了。但电话彼端这个人啊，怕是知道自己早已心弦难守，偏还要拿这样的话来撩拨她？

难道他真的不怕自己也和纪小佳一样，有了贪占的念头，将来会一发不可收拾？

"是啊！那是，表示什么呢？"沈渝之特意拉长尾音，"麻烦苏小姐你好好想一想！"

这次，沈渝之没说再见，就直接挂了她的电话。

可是，苏一念紧紧攥着电话，心里却像打翻一瓶热蜂蜜般，不断有甜甜暖暖的黏稠感从心房里溢了出来，电梯的透明厢板上映出她绯红的脸颊……

挂上电话，沈渝之重新走回到办公室里。

那位某青年杂志的女记者忙起身堆起一脸职业化微笑看向他。

"不好意思，有个很重要的电话要回，让你久等了！"沈谕之一边做了个请的姿势，一边在记者对面的宽大沙发上坐了下来。

女记者忙连连摆手，见他坐下了才跟着落座："沈老师言重了，现在离咱们约定的时间还有好几分钟呢。都说您是圈里出了名专注守时的人，看来果然名不虚传！"

沈谕之笑了笑，随手将手机屏幕朝上放在了身侧，一旁的桑蒙留意到他这个动作，又听到女记者那句"专注"，莫名有些想笑。

"沈老师最近好像行程排得很满，接下来还受邀担任即将在D城举办的全国青少年辩论锦标赛的评委导师，不知道这样的工作强度下，您还有什么其他的发展意向吗？"

"发展意向？"沈谕之做沉思状，手指在手机屏幕上轻敲了两下，"是要说真心话吗？"

女记者愣了愣，忙点头道："当然！"

"真心话的话，我最近心中春江风波起。最大的发展意向就是希望工作能少一点，好让我尽快实现跟我喜欢的人一起逛逛超市的小愿望。"

"嗬！"干练又优雅的女记者一个不小心，手里拿着的录音笔掉在了地上，难以置信地看着眼前这位传闻中低调神秘、不近女色的辩圈大神，心中暗暗扼腕不已。

看来，又一位国民男神惨遭偷心，名为"沈谕之"的精美城池，已经沦陷。

第十六章
一个人的藏宝图

"你是不是又带错路了,这片住宅区的租金都不便宜吧?一间起码要顶我原来的公寓三间!"苏一念好奇地看了看前后方向,有些不太确定地看着身边拿着手机、研究导航线路好半天的舒颜。

"应该……应该没有吧!"舒颜说完,弱弱嘀咕道,"网络不好,这个导航也有问题。这都走了好半天了,刚才说步行距离七分钟,现在走了半天怎么反倒还要二十分钟了?"

"鲜花桥56号?"苏一念劈手抢过手机一看,气得差点想掐她脖子,"又走反了啦!下次拜托你自觉一点,别再说什么'我来带路'这样的傻话了,行吗?"

舒颜忙拿回手机,"嘿嘿"笑了两声:"没事没事,反正这边环境也好,咱就当吃饭消食!"

"真是服了你了,让你给我看地址偏不给,还神神秘秘说什么到了就知道。我就知道让你带路不会有什么好下场的!"苏一念原路返回,步子迈得极大,"其实我还是觉得我那个小区挺好的,我都住了一年多不也就这次出了事吗?哪里就有你说得那么危险了?那么多大爷大妈不都住得好好的吗?"

舒颜倒是没再搭腔,只是在后面小跑着跟上她。她个子娇小,速度自然比苏一念慢了点,偏偏她还一点都不着急,走路时还不忘拿着手机神神秘秘地回着信息。

好不容易找到目的地,舒颜看着老街深处那座独栋的小洋楼时,马上高兴地指着那面爬满绿箩的花墙:"是这儿,是这儿,就是这儿了,跟图片上一样的绿笋墙！"

苏一念走近两步，隔着半开的铁艺大门，发现院子里有点空，只放了几盆已经枯死的铁树，葡萄架上也是光秃秃的，看起来有些荒凉，没什么人气。

屋里亮着灯，大约是听见了舒颜刚才的叫声，有人从屋里走了出来，见到舒颜和苏一念，忙招手示意："你们来了？快进来吧！"

"什么情况？"苏一念看着笑盈盈的桑蒙，疑云满腹地捅了捅身边的舒颜，小声道，"什么情况？你们这是又在唱的哪一出？"

"看房子呀！"舒颜不由分说地拉着她进了院子，"不进来你怎么知道合不合你心意？"

桑蒙忙在一旁帮腔道："是啊，苏小姐，这房子的房龄和你现在租住的公寓差不多，但是配套的设备和安保都比那里好得多。你反正是要租房子，不如考虑一下这里吧？"

苏一念拧了拧眉，有些怀疑地看着桑蒙："这是……你的房子？"

"不不不，是我一个朋友家的老宅子。"桑蒙推开了两侧的窗户让屋里通风，"先前是请了人每周来打扫一次的，苏小姐如果搬过来住，打扫的工作就要由你负责。至于租金的话，按照这附近的行情，再减掉请钟点工的钱，跟你原先租住的小区租金相差也不会很大……"

大概是见桑蒙说得一板一眼，没什么诱惑力，舒颜直接祭出了撒手锏："最重要的是，这里离你上班的地方步行大概只需要十五分钟，你不是最喜欢赖床吗？如果搬到这里来……"

"行，你们跟沈渝之说，我搬过来。"苏一念伸手摩挲着那些红木家具上光洁的漆面，很痛快地拍板决定。

桑蒙和舒颜先是齐齐眼睛一亮，旋即便见桑蒙有些无措地摸了摸后脑勺："你都知道了？我师兄不是说不让你……"

"你傻呀！"舒颜一拉他的袖子，一脸恨铁不成钢，"看着挺大个人，怎么这么笨？她这不是明显拿话诈你呢吗？"

"沈渝之让你们骗我的？"苏一念轻"哼"了一声，朝院子里探头看了看，"他人呢？"

桑蒙叹了口气："师兄在路口等我们呢，他说你要是知道这是他的宅子，不一定会答应搬过来。"

苏一念撇了撇嘴，索性掏出手机，找到沈渝之的微信，直接发了段语音："租金就按现在市面的行情价，交三押一，你记得把账号发给我。我以后每个季度定期把钱汇到你帐上好了。"

说完，她像是想起什么似的，又补了一句："顺便告诉你，我没你想得那么傻，这种好事我才不会拒绝呢。我搬过来，你也能省下不少请钟点工的钱，双赢的好事，我有什么理由拒绝？"

听她这么一说，舒颜冲着身边的桑蒙一通挤眉弄眼，还摊开小手看着他。

"什么？"桑蒙有点懵，总觉得这位舒小姐的脑回路异于常人。

"钥匙啊，你傻呀！"舒颜二话不说，抬手就在他脑门上戳了一下，"真不知道我男神那么聪明的人，怎么找了你这么个呆子助理！"

桑蒙这才明白过来，掏出钥匙正式移交给了苏一念，然后就煞有介事地介绍起屋里的情况。

因为行李不多，所以苏一念确定要搬过来后，舒颜就张罗着连夜回了苏一念的公寓，替苏一念打包行李，结果累得第二天上班都险些迟到。

苏一念不想在酒店久住，就在网上约好了搬家公司，联系他们把东西都搬来了老宅。

等搬家公司的人帮她把那十几箱东西堆满客厅离开后，苏一念才发现参加工作后，自己的家当似乎呈日渐增多的趋势。

她挽起袖子给自己打了打气，看了看最大的一个纸箱。那里面装的都是她以前厨房里添置的小电器，虽然这些东西沈渝之这间老宅里都有，苏一念向来节俭惯了也没舍得扔，就都打包带过来了。

老宅虽然分上下两层，但楼下唯一的房间是沈渝之外公当年住的，楼上则是两间客房、一个书房和一个略小一些的杂房。

苏一念先前特意去楼上看过，书房还保留着沈渝之外公生前的摆设，她自然不好意思使用。剩下的两个客房和杂房三选一的情况下，她选了东边有大衣柜的那个房间住，而这箱旧物，她决定先放到另一间闲置的客房去。

吃力地用纸箱撞开房门后，她打开衣柜，准备将纸箱移进衣柜时，

106

却意外地在衣柜里发现了一套挂着的校服。

校服上的校徽苏一念看着很是熟悉，正是她当年也读过的Z城一中的高中校服，只不过款式和她读高中时的不太一样。

不是说这间宅子是沈渝之外公的家吗？为什么这间房间又是漫画又是高中生校服？

难道……这件校服是沈渝之的？

她越想越觉得可疑，便上前从衣架上取下了校服。

她记得一中的校服都会在校服内侧绣上学生的名字，她将衣服抖开一看，上面果然清清楚楚绣着三个隶书小字——沈渝之。

这个猜测一经确认，苏一念便觉得这个房间的一切都变得有些暧昧了。视线也不由自主地在房间搜索起沈渝之的生活痕迹来，结果这一看还真有不少发现。

靠近阳台的书桌旁还立着个很大的书架，书架上零零散散放了几本少年漫画，最难得的是居然还有一整套她小时候也很喜欢的《名侦探柯南》，而书桌的抽屉里，赫然放着好几本沈渝之高中时代的笔记本。

苏一念看着笔记本上工整有力的字迹，忍不住想象了一下当年的沈渝之坐在书桌前认真学习的样子，鬼使神差地就冒出个念头来。

她决定了，她就住这个房间！

打定主意后，她下楼将原本准备放到南边客房的床单和棉被都搬进了这间小客房。第一时间把床铺好后，忽然又想到这可是沈渝之睡过的床啊！

她有点莫名焦渴，一扭头，视线却落在角落的卫生间上，眼前居然不受控制地浮现出少年沈渝之裸着上半身，只裹了条浴巾从门内走出来，边甩着头上湿漉漉的长发，边走到床边，然后抬起头冲自己站的方向看了过来。

"疯了吧！"苏一念忍不住低低骂了自己一句，脸上跟着了火似的，当下用力拉开房门冲楼下去准备喝口水冷静冷静，结果刚一下楼，便看见正要往楼上跑的沈渝之。

"怎么了？出什么事了？"沈渝之一进院子便听见楼上房间传来苏一念的低呼，当时就吓了一跳。正要上去察看，便见苏一念双颊绯红，神色慌乱地出现在楼梯口。

刚才还在臆想中的人，忽然就这么出现在面前，虽然衣着整齐，但还是让苏一念心慌了一把，语气自然也就带了几分恼羞成怒："你怎么在这儿？"

"我没记错的话，这是我外公的老宅吧？"沈渝之看着她数秒后挑了挑眉，"你现在这个状态怎么有点做贼心虚？刚才在楼上做什么坏事了？"

"你才做坏事！我……我现在是这间房子的租客，我光明正大，能有什么可疑的？倒是你，房子既然租给我了，怎么可以自己闯进来？你才叫可疑吧！"

"邻居大妈不知道我把宅子租给你了，刚才打电话给我，说是今天看到搬家公司的大货车停在门口，怕家里进贼了。我猜可能是你提前搬家了，所以就过来看看有没有什么需要帮忙的。"他扬了扬手里的钥匙，"对了，我这里只有院门的备用钥匙，大门你刚才没关，但密码锁的密码是可以改的……"

"我当然要改！"苏一念嗔怒着"哼"了一声，忙跑到门边嘀嘀地更换起大门密码来。待密码改好，却发现沈渝之正似笑非笑地站在楼梯间看着自己，越发心虚起来，结结巴巴道，"你看什么？我……我脸上有东西吗？"

"只是觉得，你现在对我越来越不客气了。"沈渝之摇了摇头，见她向自己走来，居然还伸手揉了揉她的脑袋，"我很开心你这个转变！"

苏一念一时语塞，以一个粉丝的身份来说，她现在对沈渝之这个偶像，的确是相当不客气了。可是……可是，她现在也不是普通的粉丝了啊！她是即将要睡他睡过的床的粉丝啊！

一想起这事儿，她心里又是一阵火烧般的不自在，低头就往房间走："我有好多东西要收拾，你自便好了，冰箱里还有水果……"

"我是来帮你的，不是来做客的！"沈渝之边说，边将袖子往上捋了捋，跟着苏一念走了几步发现她进了东边的客房后，表情有些微妙，"你怎么选了这个房间？对面那个房间虽然大小差不多，但是有个小阳台，你们女孩子不是应该更喜欢住那种房间吗？"

苏一念原本就在心虚这事，听他这么一问，脱口而出道："谁规定了女生就一定喜欢小阳台？小阳台那么好，你当年怎么不住那间？"

话一出口，她才猛然醒悟，抬手咬住了自己的食指，涨红着脸恨不得把自己打晕。再看沈渝之时，发现他正站在书架前翻看那套《名侦探柯南》，他以满含回忆的口吻道："我高中的时候才开始喜欢上辩论，家里的长辈认为我这是不务正业，我拿的奖越多，老爷子越是生气。那时候我还小，还不太能体察他的心情。只觉得从小最疼自己的人却这么不理解自己，很是委屈。吵得多了，难免说几句伤人的话，最后闹得收不了场，被赶出家门……"

沈渝之说到这儿，脸上隐有悔意："那段时间，老爷子下令全家上上下下都不许帮我，还对我进行经济制裁，以至于我整个大学期间都不得不独居在外公这间老宅，靠在网上做中文外教来赚钱……"

苏一念这才恍悟："我听小舒说，你十八岁就捧回了超级明星冠军奖杯，几乎成了圈内的神话人物，可你急流勇退，忽然变得异常低调，毫不恋栈盛名。敢情，只是因为穷得要去赚生活费了？"

沈渝之在听她提到超级明星杯时，目光微闪了闪，却被最后那句穷得要去赚生活费逗乐："小姑娘，你知道得太多了，当心被我灭口！"

苏一念得意地"哼"了一声，刚想再说什么，却发现沈渝之步步逼近向她走了过来："你知道这是我住过的房间，还把东西搬了进来！楼上明明有三个房间，你却偏偏住进了我住过的客房。该不会……"

"才没有！"苏一念大声打断他，急急推开他，"我……我是搬进来以后，才看到衣柜里有你的校服的，你……你少臭美了！"

"只是看到我的校服，就能让你面红耳赤地逃到楼下去？"他眼中的笑意深得几乎能淹没苏一念，"那我倒真有点好奇，要是看到我的别的什么，你会是什么感觉？"

"你别太过分啊！"她虚张声势地倒退了一步，却涨红着小脸看着他，"我叫了小舒来给我帮忙的，说不定她马上就会来了……"

"舒颜是你的死党，自然会处处向着你。说起来，她上次还跟我说，你这个人慢热得很，看着虚张声势很有一套，"沈渝之见她一双鹿眼忽闪忽闪，口中虽然还在提醒自己，俊颜却不由自主地越靠越近，近到呼吸相闻，她身上那淡淡的水果甜香若有似无，几乎占据了他全部思绪，连带着声音都不自觉喑哑了几分，"其实内里虚得很，她还让我有什么话，不要太着急说穿，省得吓着你……"

苏一念磨牙："她这是变相假公济私，废话那么多，不过就是想和你多说几句话而已。搁战争年代，都能定她个卖友求荣的罪名了！"

沈渝之一本正经道："不瞒你说，她已经跟我提议，以后我们如果生了儿子，她就一定要生个女儿嫁给咱们儿子……"

"放屁！"苏一念语带微酸，"你们俩这么志同道合，不如以后我来给你们俩做红娘啊，你可以直接贿赂我……我也可以告诉你她的所有怪癖和黑历史！"

他显然来了兴致："我没记错的话，你好像也是我的粉丝吧？怎么你就这么特别？从来不想怎么亲近我？"最后"亲近我"那三个字，几乎是对着她的耳畔吹出来的。

苏一念全身一滞，越发觉得有他在的空气都变得危险极了，隐隐有一种什么东西要点燃的预感。

沈渝之似有无限惆怅般垂下眼眸："坦白说，你是不是不喜欢我了？"

"喜……"喜欢啊，怎么可能不喜欢？

险些脱口而出的一句话，在说出一个"喜"字后，戛然而止。

苏一念忽然抿紧了嘴，发现自己差点一头跳进了他挖的坑，气得咬唇瞪着他。

明明在人前那么梨魂清露的一个人哪，怎么在自己面前就把偶像包袱扔了个一干二净！连现在这副怨妇脸都能装出来了，还敢怪她没有粉丝滤镜了！

"看你这副咬牙切齿的样子，果然是不喜欢了啊！"沈渝之撇了撇嘴，一副颇为受伤的样子，"亏我还拿出我外公的老宅来贿赂你呢？原来现在的粉丝都这么不好哄了！"

她缩了缩身子，右腰不小心靠到门后，上次在沈知遥办公室撞痛的伤处又是一阵隐痛，这才让她稍稍恢复了些理智。

"我懒得理你！"她气急败坏地推开他，"我还有一堆行李要拆啦！"

说着，一边一手扶腰，一边继续搬箱子上楼，沈渝之也不多言，上前替她把笨重的大件一一往楼上搬："站着别动，等我来！"

苏一念哪里肯依，另搬了个箱子就跟了上去，沈渝之无奈摇了摇头，倒也没再坚持。

两人就这么一起动手把十来个箱子都拆解得差不多后，苏一念给他拿了瓶水，便自顾自坐在地板上整理起其中一个箱子里的衣服来。

沈渝之拿着水却没有喝，只是站在门边很安静地看着苏一念忙碌，许久许久，突然有些没头没脑地唤她名字："一念！"

"呃？"苏一念愕然抬眸。

"你有没有试过多年的憧憬希冀，一朝成真？"他眸光异常温柔。

"什么？"苏一念一头雾水。

"没什么。"他像是猛然回过神般，挤出抹笑来，神情失落。

虽然不知道他为什么会忽然说出这种莫名其妙的话，但苏一念忽然便想起那件校服来。

联想起他从初见时就对自己表现出异乎寻常的亲切关怀，似乎他们早年有什么渊源，便试探着问："你也是一中的学生？我当年也是一中的学生，可惜我们好像不同届？"

"我大你三岁，应该是我毕业那年，你刚好入校吧！"沈渝之挽起袖子，找出把剪刀，替她划开脚边那个写着"三春"的纸箱。

"我们以前是不是认识的？"苏一念终于忍不住问出在心底盘桓许久的问题。

沈渝之身躯一震，原本暗淡无光的墨瞳瞬间被点燃："你想起来了？"

"这么说，我们以前真的认识？"苏一念捕捉到他脸上狂喜的光芒，暗暗心惊。

沈渝之嘴角牵动了几下，蹲下身子帮着她将面前的箱子打开，眉眼低垂似是不想让她看见自己的失落："你不记得我了，自然就算不得认识。"

"可是你可以告诉我，提醒我一下啊，兴许我想得起来呢？"她语气急切，她有在网上查看过沈渝之少年时比赛的照片，虽然和现在一样帅气，但遍寻记忆长河，自己若曾与这么优秀明亮的少年有过交集，应该不会全无印象吧？

沈渝之似是没听见她的话，而是从箱子里拿出个略显拙劣粗糙的手工陶土人偶，一看便知是出自小孩子的手笔，冲她晃了晃："这是……你小时候做的？"

苏一念看出沈渝之不想继续刚才的话题，只好摇头答道："不是，是三春园的孩子送的。"

提到三春园，她表情也不自觉地温柔含笑："我每年生日，他们都会给我自制贺卡和礼物。我小时候也会做这种礼物送给院长妈妈，也就是小舒的妈妈。她以前有个柜子，专门用来放这种东西的，我觉得特别有心，所以也学她把这些东西都留了下来。"

"因为对你们来说，这些都是很重要的东西，所以即使再粗糙简单都会想要好好收藏。"沈渝之点头表示理解，却又忽然转头看着她，"就像我和你的那部分记忆，由于对我特别重要，所以不管过去多少年，我都牢牢记着的。"

"我……"苏一念听他这样一说，心里有些没来由地愧疚，张嘴刚想说什么，却被他制止。

"你会忘记，就说明那些对你来说只是稀松平常的经历。那么，不记得就不记得了吧！"他伸出右手，轻轻抚了抚她汗湿的刘海，"过去的记忆就当是我一个人的藏宝图，指引我找到你，才是它最大的意义！"

鲜花桥的老宅对沈渝之来说，是他的世外桃源。

当年为了继续打辩论，被老爷子认为不务正业，祖孙二人闹得势同水火。最后，他毅然搬到了外公留给母亲的这处老旧小宅里，度过了一段有点晦暗，但满是胜利和热血的时光。

包括后来，他在新加坡遭遇人生最大的低谷，也是将自己反锁在这处宅子里，听歌看书。院子里，那些绿植，都曾是他的朋友，见证过他无数心事。

而现在，他喜欢的那个人啊，就在里面……

沈渝之站在屋外的阴暗里，倚着绿箩墙，单手插袋听着屋里动静的同时，随手刷新了微博，悄悄关注人里，舒颜"委婉"透露给桑蒙的苏一念新注册的小号居然更新了一条微博。

其实只是一条求水逆退散的锦鲤迷的转发微博，沈谕之却直接转发了她这条微博，并郑重配文："众筹好运，今后的心愿是当锦鲤本鲤，让你每个心愿都成真！"

第十七章
俏房东与飞蛾与影

在沈渝之的助力下，深夜十一点多的时候苏一念搬来的全部家当就都归整妥当了。不过，她自己也累得瘫在沙发上不想动弹了。

眼见沈渝之熟练地收拾起屋子里整理东西后留下的垃圾，苏一念强撑着上前将打扫工具抢了过来："这种事放着我来就好了。"

沈渝之气定神闲地瞥她一眼："这种事让你来，那什么事应该是我来？"

苏一念看了看面前衬衣袖子挽得一丝不苟，露出半截白皙胳膊，腰身匀称的沈渝之，再次强烈察觉出他今晚从头到脚都极具侵略性，尤其此刻看着自己的眼神，分分钟让她有种想逃的冲动。

"你是我偶像啊，让自己的偶像替自己收拾垃圾的画面，怎么想怎么违和嘛。"她艰难地咽了咽口水，想从他手中抢走那一大袋垃圾，"求求你了，我带来的垃圾，让我自己收拾！"

"都忙活这么半天了，连偷懒都不会吗？"他低笑了一声，苏一念只觉自己还残留细汗的额头，忽然被他温热的手心覆上，然后他手掌一个轻推便将她压回到沙发里。

他拎着垃圾袋，又拿起随手放在客厅茶几上的车钥匙和自己脱在沙发上的外套挂在臂弯："我要走了，垃圾是顺便帮你带走的，你早点休息吧，已经很晚了！"

"啊？"眼见人家给自己当了这么久的劳工，就这么水都不喝一口地走了，苏一念心中颇为过意不去，当下脑子一热，"那我……我送送你吧！"

"我又不是舒颜，走夜路还怕有流氓不成？"沈渝之瞥她一眼，眼波如同一泓清水，"倒是你，虽说这里治安比你原先住的地方好得多，但一个姑娘家的，晚上还是少出门。"

他语气里是浓浓关切叮嘱的意味，苏一念心里暖得一塌糊涂，嘴上却是轻"哼"了一声："谁说女孩子才会碰到流氓？至少，我这么多年走夜路从来没遇到过流氓，但是像你这种醉酒后还有人倒贴的帅哥就很难说了！"

"醉酒倒贴？"沈渝之听得缓缓点头，立时接了一句，"看来，桑蒙上个月被我扣发奖金不是全无道理了！"

"不关桑蒙的事，"苏一念悔意顿生，"不是他告诉我的，我……我是听别人说的！"

"别人？"沈渝之笑容蔓延到了眼睛里，停下脚步兴致勃勃转头看向她，"你向多少个别人打听过我的事？"

苏一念一听，恨不得咬掉自己的舌头，结结巴巴道："我……我是在八卦新闻里看到的！"

"网上那些消息，可信度能有多高？"他换了副极富蛊惑性的低沉嗓音，"我这么大个活人就在你面前，你有什么好奇的、想知道的、想了解的，都直接问我，不是来得简单得多吗？"

"其实，也……也没什么好奇的。就是无聊的时候，看……看了一点！"苏一念有点受不了心脏的怦怦狂跳，僵着身子，努力维持平静镇定。

偏偏像是看穿她的伪装，沈渝之伸出一根手指，顺着她额角滴落的一颗汗珠，轻滑到她的脸颊，声音也如同掺了蜂蜜水般，一字一顿，抑扬顿挫："临渊羡鱼，不如退而结网啊，一念！"

结什么网？我又不是蜘蛛，还能吐丝结网把你这条鱼网住不成？

苏一念正努力靠着心中吐槽来维持理智，却被他最后这声"一念"叫得筋酥骨软，忙扶住了大门的扶手："什么鱼？我学理科的，语文从小学得差……"

沈渝之也不着急，盯着她一眨不眨地瞧了好一会儿，才轻叹了一声，有些挫败地拉起她的左手，毫不客气地将脸埋在她的手心："近来我经常在纠结，如何让一个人看到我的好，又不会因为我的好而有任何压力。

其中的分寸把握，还真是难度不小啊……"

后面这句话他说得颇为动情，声音隐含失落，让这深宵宁静小院里的空气都暖昧了起来。尤其是他的脸，就贴在她热乎乎的手心，脸庞却是全然不同掌心暖意的微凉，这奇怪的触感却叫她整颗心都发起烫来。

"苏一念！"

"嗯？"苏一念被这么一唤，不由得茫然回望。这一望之下，发现他眼中因为带着若有似无的笑，眼角微微扬起来，黑眸如满墨的砚台里映出一池星光。

似是被她这副迷蒙憨傻的样子逗乐，沈渝之眸色越渐沉沉，下一秒却轻声道："别动，你头上有只飞蛾！"

"哈？"苏一念愣住，刚想伸手去赶，却被他一把捉住了挥动的手腕。

"乖！"他柔声制止她，"别动！"

苏一念呆呆站在原地，只觉他上前一步，胸膛几欲撞上她的鼻尖。他左手抚上自己头顶，右手仍牢牢牵着自己的手，苏一念脑中一片空白，耳畔却似有震耳欲聋的心跳声，也不清楚到底是她的，还是他的。

空气中，漫溢着他衣襟上那股独有的柠檬马鞭草的香味，害她只觉呼吸困难，眼睛下意识地瞥向他身侧，却见屋檐前的空地上，灯影拉出两个相拥的身影。

他的手还搭在她头上，却是轻轻低头，在她头顶发丝间，轻吻了一下，倏忽如蜻蜓点水，旋即松手，头顶有低低男声响起："没事了，飞走了！"

苏一念仍呆呆看着地上重叠的人影，"哦"了一声后，看他转身走向院门，替她从外面将院门掩上："早点睡！"他声音清越，自夜色中传来，已恢复平素的从容疏淡。

待院门"咔"的一声落了锁，她才似被解了定身咒般，"嘭"的一声把院门关上，拖鞋踢踢踏踏在厅中响了一阵后飞奔上楼，将房门重重掩上，直接整个人缩进了被窝里。

世界暗下来，只有她的心跳声震耳欲聋，而脑子里却亮起一块怎么也关不掉的 LED 红色灯牌般，来来回回只剩几个字——

他……他刚才是亲了我的头发吧？

总不可能，是亲了飞蛾吧？

压片水果糖 ∘∘

这天晚上，因为忙着给某人搬家，延误了一堆工作的沈谕之不得不挑灯夜战。

回到工作室煮了壶咖啡，他便坐在电脑前噼噼啪啪敲击键盘，不时拿过一旁的纸笔写写停停。然而，随手搁在一旁的手机时不时便跳出个推送消息。

深夜三点多的时候，他起身打算再煮壶咖啡，顺手拿起手机看了一眼，却立时轻笑出声。

微博上"悄悄关注"的那位"苏苏 syn"的用户连续点赞了和他相关的不少内容。

他点开这个头像是圣斗士星矢的人，发了条信息："这么晚了，还不睡？"

"睡了，睡了，马上睡！"那边第一时间回了他，却马上又在输入状态。

沈谕之轻啜了一口手边已经微凉的咖啡，果然看到屏幕上又多了一行字："你……你知道我是谁？"

"舒颜的微博关注人里有你，晒美食和自拍时也经常艾特你！"他手指翻飞，嗒嗒的打字声在安静的夜里听来分外清脆。

"那……那你怎么知道我没睡？"

隔着屏幕，沈谕之几乎都能想象出苏一念此刻的愕然表情。

"过去这两个小时里，苏小姐已经点赞了十七条与沈先生相关的微博。"

"虽然我今天为你搬家的行为，的确感人至深，但你实在不必为此辗转难眠，想表达感激的话，下次再请我吃碗饺子也是可以的。"

那边静止数秒，旋即干脆回了他两个字："晚安！"

沈谕之有些懊恼地扶了扶额："看这辗转难眠的反应，难道是今晚偷亲她的事被发现了？"

第十八章
苦瓜难吃，心·弦难松

自从那晚在院中看到沈渝之那个暧昧拥吻的身影后，苏一念这个从来不知失眠是何物的"睡精"，居然开始了每晚没有一个小时都没办法入睡的失眠模式。

一周下来，她感觉整个人都累到变形，偏偏舒颜还在她午睡时打来电话，异常兴奋地告诉她，刚从桑蒙那儿敲诈来了两张《言而有心》的入场券，要带她去 ZTV 看沈渝之的现场录影。

"《言而有心》的入场券？"苏一念精神一振，身为沈渝之的芋圆，谁能拒绝去看现场的巨大诱惑？

但她一想到搬家那晚的事，心下又是一阵纠结，现在的她不知怎么就生出一种不太敢面对沈渝之的怯意。于是，她颓然拒绝："还是算了吧，上次的事才刚刚平静，我怕万一再被人发现我去看他的现场，再惹出什么风波来……"

"你是'吓大'毕业的是吧？有我在啊！我亲自给你变装打扮，保管没人认得出你来！"舒颜信誓旦旦，"再说啦，桑蒙那伙心细得很，给我入场券的时候就说了，给咱们安排的是角落里的位子。你要是实在担心，大不了到时候再让他跟电视台那边沟通一下，别让镜头往咱们座位那边扫，你到时候戴个口罩，谁能注意到你？"

"可我们最近都在加班……"苏一念还有些犹豫，舒颜却不由分说地道，"赚那么多加班费干吗？你要买飞机吗？我就不信你这种劳模级的员工会请不到假！你们那个沈总一看就是个好说话的头儿！"

"但是……"

"明天晚上六点钟，ZTV大厦旁的便利店门口，你敢不来试试！"舒颜耐心用尽，撂下句狠话就挂了电话。苏一念无奈，挂断电话看了看时间，发现离上班打卡的时间也不远，索性从休息室里走了出来率先投入工作状态。

她运气不错，第二天周五的中午，向来体恤下属的沈知遥不仅给大家点了外卖，安排了下午茶，还正式宣布："这周大家都辛苦了，今天周末，下午收工后，想下班休息的可以按时回家，有愿意主动留下来加班的，我晚上请你们消夜！"

大家欢呼一声后，苏一念用了五秒，理智就被直接击倒，一下班就急急忙忙赶去了ZTV。

舒颜显然在路边等了她很久，见她出现，马上从包包翻出个卡通口罩帮她戴了起来，又替她将原本披散的黑长直绾个可爱的丸子头。

"你确定没问题？"苏一念不自在地摸了摸脸上的口罩，又看了看周围，一副做贼心虚的样子。

"我办事，你放心好不好？"舒颜确认变装效果后，就要拉着她往ZTV大厦走。苏一念犹自有点忐忑，刚想拿手机再确认一下自己这一身扮相，却听舒颜忽然激动异常地指着马路正中，"快看，男神的车！"

苏一念定睛瞧去，果然看到了沈渝之工作室那辆低调的黑色座驾，几乎是在她看到车子的同时，这辆车也一个急刹停在了电视台正门前的主干道上。

"电视台门口不是不让停车吗？"苏一念皱眉，见沈渝之从车内出来，一脸焦灼地向身后的方向瞧去，似是在找什么人。她正好奇地顺着他的目光往前看，却发现他马上低头跟车内的桑蒙交代了一句什么，旋即转头朝来时的方向急匆匆地追了过去，而他追逐的正前方，一个身穿黑裙的女孩子正有些慌乱地往前跑去。

"什么情况？"舒颜一愣，苏一念更是拧眉不语。

因为是夜里，人行道上过往的路人不算少。但沈渝之毕竟是公众人物，加之今晚还是《言而有心》的录制时间，路上来往的人群里就有不少是来参加节目录制的。这一幕自然被不少人看见，很快有人认出了沈渝之，并纷纷激动地尖叫议论起来。

"怎么回事？沈渝之追的是上次的商场小姐姐吗？"

"不是吧，看身材不太像啊，这姑娘个子没商场小姐姐高吧！"

"算了，苏苏！"舒颜见桑蒙虽然在电视台门口放下了沈渝之，自己却马上把车开往了车库，忙拉着苏一念往停车场走，"我们先去找桑蒙，他肯定知道男神到底是在唱哪出！"

苏一念心里有一种前所未有的奇怪情绪，却还是一把拉住她，以超乎寻常的平静语气道："这事跟咱们没关系，趁现在大家都在这儿，排队的人一定不多，咱们还能提前进场呢！"

"有道理，还是你聪明！"舒颜见她一副理智在线的样子，才稍稍安心地打消了去找桑蒙的念头，跟着苏一念走了几步才察觉不对，"哎，不对啊，苏苏，反了反了，电视台要走这边吧，咱这还是往停车场走啊！"

苏一念这才反应过来："都怪你，拉着我乱走，害我都绕晕了！"说着，直接抢过舒颜当宝贝般捏在手里的入场券，带她从正门进了电视台。

偌大的三号演播厅里，坐得满满当当的观众们从最初的热切期待，到苦等半个小时都不见沈渝之出现后，已经开始有些百无聊赖，议论纷纷了。

苏一念和舒颜坐在后排最靠边的角落，可以很清楚地看到《言而有心》的编导都有些着急，时不时就会抬腕看看手表。桑蒙更是频频掏出手机查看一番，然后赔着笑脸向那几位电视台的工作人员及其他嘉宾搭上几句话。

"话说，你是不是在生气？"舒颜一脸严肃地看着正仰着脖子咕咚咕咚灌水的苏一念，"你从小到大就这样，越是生气的时候越不表现出来，不是闷头喝水就是闷头睡觉。上次纪小佳陷害你，你就在酒店睡了一天。刚才从看到男神追别的女生起，你就一直不说话，现在更是开始猛灌水。虽然这是人家广告冠名商免费提供的，可你这样喝了一瓶又拿一瓶真的有点丢人……"

苏一念原本举着饮料正咕咚咕咚地猛灌，被她这么一说，一时吞咽不及，呛得剧烈咳嗽起来："你……咳咳……你胡说什么呢？"

"小苏？"离她们两三排远的侧前方忽然站起来一个人，苏一念这才发现坐在一堆女粉丝堆里的沈知遥。

不知是不是因为上次他和苏一念的照片曝光过的缘故，沈知遥居然也戴了个口罩，还换了副款式很低调的黑框眼镜。大概是因为苏一念刚刚那阵咳嗽听出她的声音才发现她的，他起身后冲她挥手致意。

"沈总？"苏一念不自在地拉了拉口罩的带子，没想到这种情况下还会遇到熟人。

沈知遥直接起身走到了苏一念她们这一排，低声跟舒颜身边的女生提出换座位的要求。能换到前排正中间的位置，女生当然兴高采烈地点头答应了。

"嗨！"隔着苏一念，舒颜客气地挥手，跟沈知遥打了个招呼，又压低声音神秘兮兮地问道，"听苏苏说，沈总是男神的堂兄？没想到你们感情这么好，还会来看他的现场呀？"

"我是今天恰好有空，想约他一起回去陪老爷子吃饭的。听说他今晚要录节目，所以绕过来看看，顺便等他下班一起回去！"沈知遥说着，看了看心不在焉的苏一念，"怪不得你今天走得这么急，原来也是赶来捧场了？"

苏一念赧然："在家闲着也无聊，正好小舒有入场券，就陪她来看看……"

"也好！"沈知遥点头，"最近这么忙，公司接下来怕是有很长一段时间都要你们加班……"

"你们别一直谈公事啊！"舒颜在一旁搭不上话，急忙打断他们，压低音量八卦道，"我们来的时候，刚好看到男神在路边看到个女孩子，居然就那么从车里冲出来追出去了。这事是不是有什么内情？是你们家什么亲戚吗？"

"你是说渝之在街上追一个女生？"沈知遥有些愕然，旋即低头沉默了片刻。

舒颜急道："你这是什么表情？难不成，还真是男神的桃花债？"

"桃花债？"沈知遥轻笑出声，"这个我还真不好说，他这么些年，也没什么特别亲近的朋友。倒是我早年间看见他钱包里，有一张折得毛了边的字条。当时他一脸神秘地说，是个女孩子送他的，以他当时的年纪来看，大概是初恋情人吧！"

"初恋情人？这就难怪了！也只有遇见初恋情人，才能让我男神激动成那样了吧？"舒颜脱口而出，却又猛地想起身旁的苏一念，忙捂了嘴去看苏一念，却发现她正低头认真撕着矿泉水的标签，像是压根没在听他们聊天。

苏一念忽然有点明白，为什么自己明明好多次都能感觉到沈渝之对自己的特别，却始终不敢深究他们的关系，也有点明白自己最近为什么不知道怎么面对他了。

因为他那些细心又妥帖地照顾和保护，她对他的态度，早就不是什么粉丝对偶像的倾慕了，她实在是抑制不住自己的心动。可是一想到他的身份、他的优秀和他从未正式告白的暧昧态度，她太怕一切都是自己的一厢情愿和自作多情。

此刻，沈知遥的话让她更加确信，沈渝之也许从来就没忘记过那位能让他在街头疾追的初恋女友吧！哪怕他对自己真有什么一星半点的特别好感，和那个女生一比，也只是不值一提吧？

"只是我个人臆测啦，渝之当时只是一笔带过，我也没好意思打听……"沈知遥大概也察觉到了什么，安慰性地转移话题，"其实，以我对渝之的了解，他绝不是那种会失礼到让整个摄制组等他的人。渝之对感情的态度向来慎重。从目前来看，他也只有对小苏你表现得稍微特别一点……"

苏一念看似平静地坐在那里，心里却仿似摇晃了许久的可乐瓶忽然被人拧开，呛人的泡沫纷纷溢散出来，先前的甜蜜都变成了黏腻的恶心感。

沈知遥说的每句话，落在她耳朵里，都成了另一层意思。

沈渝之那么沉稳的人，居然不顾形象地在街头追一个女孩子，足见那个女生对他的重要意义了！

沈渝之对感情向来慎重，倘若是他喜欢过的人，大概……很久都无法忘怀吧？

后来沈知遥还说了什么，她却是一个字都听不进去了，一颗心像是被人重重推下悬崖般，失重的感觉几乎占据了她全部的意识。

脑中犹如播放幻灯片般，闪现过自己这段时间以来，和沈渝之产生过的所有交集，自己和他认识才不过区区数月，而那个能让他失态的女生呢，想必跟他一定有过颇深的纠缠吧？他也曾经牵着她的手，带她上楼吧？

明明鼻子已经不受控制发起酸来，她却轻笑出声："我们坐在这里干等这么久也挺傻的，不如回去吧！"

"别啊，都等了这么久了……"舒颜一看便知苏一念的情绪不对劲，拉过她的手，还想说什么，苏一念却是不耐烦地看向舒颜，"你明天不用上班？"

"可是……"舒颜还想劝她，苏一念却是去意已决，"那你在这儿等吧，我先回去了，晚点让桑蒙送你回去好了！"

舒颜撇了撇嘴："别别别，我跟你一起走就是了。你等我一会儿，我去跟桑蒙打个招呼！"说着也不管苏一念同不同意，人已经离座朝桑蒙走去。

"你们要走？"沈知遥抬腕看了看手表，也要起身，"不如我送你们吧，反正我也……"

"我和小舒都是骑车来的，一会儿回去的路上说不定还要去商场逛一会儿，就不用麻烦沈总了。"苏一念略带歉意地挥了挥手，从舒颜那边的空位直接绕了下去。

"你记得，男神回来一定要跟他……"原本还在叽叽喳喳跟桑蒙嘀咕的舒颜一看苏一念走近忙闭了嘴，跟桑蒙比了比打电话的手势，桑蒙马上默契十足地点头，冲苏一念笑了笑。

苏一念却骤然想起当初在贺记饺子馆，沈渝之给自己端饺子时，桑蒙也是这样看着自己笑的。

现在想起这一幕，忽然觉得，还不如当初没去过ZTV，压根没碰到过这个人。

隔着屏幕，远远欣赏一下，比起如今这失重的心情，不是好多了吗？

她眼窝一热，忙急急扭过头朝外走去……

"五天了！"

"什么五天？"桑蒙一上午忙得屁股着火，好不容易坐下来吃顿工作餐，正埋头大快朵颐，却冷不丁听沈谕之没头没脑说了这么一句。

沈谕之却并未说出，自己因为某人连续五天没跟自己联系而陷入莫名焦虑的真实情况，只是轻轻端起咖啡抿了一口："舒颜这几天有跟你聊天吗？"

"聊天倒没有，不过我每次发朋友圈，她都雷打不动给我点赞了！"桑蒙说着，颇为怨念地看了眼沈谕之，"不像你，就算我'彩虹屁'吹得炉火纯青，你也没给我朋友圈点过一次赞！"

沈谕之挑了挑眉，像是忽然下定决心般："想个办法，不着痕迹、恰到好处地，给舒颜送两张明天晚上《言而有心》的入场券去！"沈谕之将两张票放到了桑蒙的桌上。

桑蒙刚扒了一口饭，含混不清道："两张入场券？你要请苏小姐她们去看现场吗？"

"不是我要请！"沈谕之郑重其事，"是让你不着痕迹地把票给舒颜送过去！"

"不着痕迹地送？"桑蒙好歹跟了他这么久，看了看起身已经重新打开笔记本电脑的沈谕之，脱口而出道，"人家苏小姐本来就是你粉丝，你想追人家就不能表现得明显点吗？难不成堂堂男子汉，还要她来主动？"

"你懂什么！"沈谕之听力好得吓人，冷冷瞥他一眼，"我要的是她喜欢我，是发自内心地喜欢，而不是粉丝对偶像那种有距离感的仰慕和痴迷。"

"有什么区别吗？喜欢不就行了？我觉得你直接告白，苏小姐肯定拒绝不了！"

"倘若她对我只有粉丝对偶像的感觉，即使带着粉丝滤镜接受我，也不见得是真正的倾心喜爱。况且，以她这种慢热的个性，我唐突告白只会造成她莫大的压力和困扰。"沈谕之说到这儿，瞥了桑蒙一眼才接着道，"在我看来，付出全部耐心和细心，让你喜欢的人一点点知道你的心意，继而接受你，才是一个成熟的男人应该给予爱人的最大尊重。"

桑蒙闻言，嘶着发酸的牙花"啧"了两声："得！你们就慢慢培养感情吧，我什么也没说。"

"况且，她如果只是我的粉丝，就会像舒颜那样，除了看到我会两眼放光，还会管某个小鲜肉歌手或是实力派大叔演员，甚至某个偶像剧的男主角叫老公。而一旦她对我的感情有了回应，即使明晚看到我和那个小鲜肉的嘉宾同框，也只会目不转睛地看我！"

桑蒙原本还嘶嘶的声音立时停了，抿着嘴，竖起大拇指向他比了个甘拜下风的手势。

第十九章
酿醋一缸，苏记秘藏

沈渝之回到ZTV时，整个演播厅的人都走了大半，就连桑蒙都不见了。

电视台的编导看见他，眼中虽闪过一丝不满，但还是满面堆笑地迎了上来："沈先生没事吧？您这一走就是一晚上，可把我们急坏了！"

"对不起，给大家添麻烦了。这两天辛苦您重新安排一下录制时间，我这边一定无条件配合。台里和其他嘉宾那边我明天亲自解释道歉！"沈渝之态度太过诚恳，倒让编导有些不好意思，"事情也没那么严重。台里这边都好说，就是今晚的两位嘉宾，重录可能要另外联系人了。再就是观众们也有点失望。哦，对了，还有桑助理，他半个小时前接了个电话好像出了什么事，急匆匆就走了。临走前还让我告诉你，说是什么苏小姐和舒小姐那边好像出了什么事……"

沈渝之一听，原本便有些晦暗的脸上眉头紧锁："不好意思，我手机落在车里了，要借你电话用一下。"

编导忙拿出自己的手机替他解了锁，沈渝之接过电话，迅速按下早已烂熟于心的一串电话号码，但转念一想，还是把电话先打给了桑蒙。

电话响了好几声才被接通，沈渝之沉声问道："一念没事吧？"

"师兄？"桑蒙一听是沈渝之的声音，顿时长出了一口气，"你可算回来了！"

"你在哪儿？"

"我……我出来找舒颜了。听舒颜说，你去追人的时候，她和苏小姐就在路边，后来她们在电视台又等了你大半个小时。后来，苏小姐和你那个堂兄不知聊了什么，就忽然说要回去了，走的时候脸色特别不好，我……"

"你现在和她们在一起吗？让一念听电话。"沈渝之的声音里透着焦灼。

桑蒙忙道："我现在还在外面找舒颜呢，舒颜在鲜花桥的老宅附近找苏小姐找迷路了，我这找舒颜半天了，也没找到她。这都半夜了，她刚才还在说手机快没电了……"

"你是说，小苏和舒颜分别失踪了？"

桑蒙听出沈渝之声音里的紧绷，只好解释道："苏小姐坚持自己骑车回去，舒颜不放心苏小姐的状态，就一路打车跟在苏小姐后面。她亲眼看见苏小姐把车骑回家后就独自出门，可等她付完车钱想跟上去的时候，发现苏小姐人不见了……"

桑蒙话未说完，沈渝之直接打断了他的话："我现在马上赶过去，你保持手机畅通，有什么消息随时通电话！"

桑蒙有些无语，刚挂断沈渝之的电话，马上又收到了舒颜的微信。

舒颜的声音里都带了哭腔："桑蒙你个大路痴，我都在这儿等你多久了，你怎么还没到！"

桑蒙听得直揉额角："小姑奶奶，到底谁是路痴啊？你跟人把自己跟得迷了路，问你在哪儿，你又半天也说不出个所以然来。叫你发的位置，连路标都没有，我都快把这附近方圆三里地走遍了，也没看到你！"

"你放屁！我都告诉你了，我对面有个什么联的牌子，远处只看得到一个桃什么的酒店……"

桑蒙长叹了一声，这段对白，每隔五分钟，他们就要再说一遍，他已经不指望靠这个女人的提示找到地方了。反正他看过地图，这附近除了刚才他走过的那个烂尾楼，就只有通往南边拆迁区的那片老路没有路灯了。

"你来了吗？"不到一分钟，手机屏幕一亮，舒颜又发了一条信息来，"我手机电量只有百分之三了，我还开着手电筒，你要是再不来，我今晚可就真要露宿野外了！"

她声音里带着哭腔，原就娇媚的嗓音此际平添楚楚可怜的意味。

桑蒙不禁极目望去，前方半人高的荒草丛里，影影绰绰似有一星光亮。他不由自主地加快脚步循着亮光跑了过去。结果刚跑两步，光亮就突然消失了。

桑蒙心下着急，也顾不上深更半夜了，张嘴便打算喊人，结果斜前方传来一个女人刻意压低的粗犷暴喝声："谁呀！"

饶是压低嗓子，仍是暴露了满心的恐惧和慌乱，他原本满脸地不耐烦和焦急，瞬间便只剩心软："是我啦！"

那头的人静默了五秒，草丛里窸窸窣窣一阵轻响，忽地，她又问道："那你说说，我偶像是谁？"

"噗……我的声音你还听不出来是吧？"桑蒙忍不住笑出了声，"真行啊，舒颜，行，偶像是吧，我来数数，你看对不对，沈渝之、江一诚、林洋、宋……"

他掰着手指正数着，冷不丁一阵香风袭来，路边的草丛里扑出个人影，一把抱住了他，"哇"的一声便哭了起来。她边哭还边扬起拳头往他身上砸来："让你找个人找这么久，我男神怎么找了你做助理？你知不知道我在这儿等你多久了？有人骑摩托车过去，我都不敢喊，就怕遇到色狼和变态……"

拳头很小，捶起来也不像当初她把自己当成偷了苏一念电动车的小偷时那么狠，桑蒙也就懒得挣扎，好脾气地安慰道："行了行了，别哭了，是我不好，都是我的错，我这就送你回去，行了吧？"

舒颜闻言顿了顿，旋即松开抱着他的手，擤了擤鼻子："那……那你转过身！"

"干什么？"桑蒙愣道。

"你背我！"她不由分说地扳过他的肩，"我脚软了，走不动，你先背我一段再说！"说着，双臂直接就钩着他的脖子蹿到了他背上，动作轻盈至极，倒把桑蒙吓了一跳。

他双唇动了动，刚想问她怎么不怕自己是坏人，可背上的女人吐气如兰，已经在耳边催促起来："还愣着干什么？赶紧走啊，我还得找苏苏呢！这么晚了，她生着气，一个人在外面晃悠多危险啊！"

桑蒙当下就无语了，这位小姐貌似自己也才刚从恐惧里得救，居然就有工夫去担心别人了。

有心想训她两句，又觉有些逾越。毕竟，这是自家老板心上人的闺密，还是个母老虎，他实在惹不起。

于是，他认命地乖乖背起她，将自己手机往她手里一塞，叮嘱了一句："拿好手机，照着路！"

"知道知道，你能不能走快一点？我知道你没吃晚饭没力气，最多……等会儿找到苏苏，我请你吃消夜好了！你想吃烤鸡腿，还是涮羊肉？"

"哎，你说苏苏会去哪儿呢？我跟司机付个钱的工夫，她就不见了，真是见鬼……"

"我才见鬼呢！"受不住耳边小麻雀般的聒噪，桑蒙叹了口气，"怎么感觉你在我背上越来越重了？你是什么妖怪，还是女鬼变的？还是说，我这是背了一百只烤鸡腿和两百份涮羊肉……"

话音未落，他耳朵被人重重捏住，疼得直龇牙，黑漆漆的乡野小路上，一路都是女人脆生生的威胁和男人的求饶声。

几乎是同一时间，一通暴走回到老宅的苏一念一边揉着发涩的眼睛，一边伸手从包里摸钥匙，却意外发现门前路灯下，停了辆白色捷豹，很像是上次沈渝之开到酒店接自己吃饭的那辆车。

她以为自己眼花看错了，但等她看清车牌号后，居然下意识转头就想跑。

可她刚一转身，便听身后车门一响，沈渝之的声音也随之传来："回来了？"

苏一念颈背僵直，暗骂自己白痴，好端端的心虚个什么劲？居然还尿到想逃，她又没有做错事情，干吗要做出这副见不得人的样子？

"舒颜不放心你，打车跟在你后面，发现你把车骑回家又独自出门。她本来想跟着你，结果没跟到你，反倒迷路了……"他缓步行至她的面前。

"她迷路了？"苏一念懊恼不已，拿出手机就要打舒颜的电话，结果发现手机屏幕一片漆黑，早就不知何时因为电量不足自动关机了。

她一心想去找人，转头要跑，却被沈渝之伸手拦住了去路。

他本就比她高了近十厘米，偏偏动不动就站得离人极近，难道不知道他这么一伸手，会给人造成多大的压迫感吗？

苏一念一面心中腹诽，一面扬起脸，面无表情地看着他："让开！"

他尾音上扬，语气肯定："你在生气！"

苏一念觉得这人实在太坏了，他凭什么就认定她在生气？他怎么不想想，她有什么立场生他的气？就凭她是他的粉丝？

"你在气我去追那个女生吗，还是在意所谓的初恋女友的事？"

苏一念又是生气又是难过："又是舒颜告诉你的？她都迷路了，还有心情跟你说这些事？"

"是知遥哥觉得你走的时候不太高兴，担心自己多嘴失言，特意打电话跟我说了在电视台遇见你们的事。"沈渝之叹了口气，"至于舒颜迷路的事，你也不用担心，桑蒙几分钟前找到她了，现在正送她回家。你不放心的话，可以先确认一下！"他拿过自己的手机递给她。

苏一念却并没有要接手机的意思，只是仰头看向他，被路灯照亮的星眸里有刻意压抑的不快，声音却异常平静："不用了，她没事就好。不过，沈总他谈论的是你们兄弟之间的事，对我来说没有任何意义。你的过往情史对我来说，顶多也就是看了场八点档的肥皂剧，对我这种吃瓜群众来说一点都不重要，我又有什么好生气的！"

沈渝之目光明暗不定，只是默默看着她，约莫是在揣度她这话里有几分可信度。

苏一念却被他这种专注的眼神看得火大："我没有问题要问你，你问我的问题我也回答了，可以麻烦你让开吗？"说完，她看了看他还拦着的手，索性抬手在他手背上用力拍了一下。

"啪"的一声脆响里，是余怒未消的小怨恨。

沈渝之大概没想到她会挥爪子打人，先是一愣，旋即嘴角高高扬了起来，乖乖把那只被她打了的手缩了回去。

苏一念直接三两步去开院门。

沈渝之却是顾不上还有些火辣辣的手背，苦笑一声快步追了上去，仗着腿长胳膊长的先天优势，上前直接单手圈住她的细腰："等等……"

"沈渝之！"苏一念吓了一跳，"你干什么！你……你别以为我不敢打你哦！"

"嗯？"他挑眉，声音里饱含笑意，"你叫我什么？沈渝之？"

若不是此际正在气头，苏一念觉得自己八成又要被他这近在耳根后的低语撩得心慌意乱。可是她现在只觉得自己胸口闷得都要爆炸了："怎么？我叫错了吗？"

见她眼中怒焰燃烧，沈渝之颇有分寸地收敛了表情，有些无奈道："不管知遥跟你说了什么，但你这副理智全无的样子，真的会让我忍不住怀疑你是因为那个女孩子的事在吃醋……"

"你说谁吃醋？"苏一念原本四分的怒气到此刻已经堆积到了六分，反手扣住他的手腕，逐一撬开他环着自己腰间的手指。

沈渝之看她孩子气地坚持要挣开自己，只好妥协："好好好，我吃醋，是我吃醋！我放你走就是了，别恼了！"

他本意是在这发了怒的小祖宗面前服个软，却不料自己这满满的宠溺音，让苏一念心里一酸，立马就抓起了他的手，在他手背上重重咬了一口："谁稀罕你放？我要走便走！真当你拦得住我吗？"说完，用力扔下他的手，转头开了锁又"嘭"的一声将院门掩上，撂下一句狠话，"不准进来，不然我就报警！我真的会报警！"

沈渝之看了看先是被打了一下还在发红的左手，又看了看还留着个牙印的右手，忍不住低笑出声。

这晚，沈渝之的微博更新了状态。路灯下一只摊开的大掌骨节分明修长匀净，可是手背上赫然两行牙印，配文只有寥寥数字——

"原来，兔子咬起人来，会变成一只可爱的兔子！"

微博刚一发布，评论便如潮水般一发不可收拾。

衣不再蓝：完了完了，沈先生荡漾了，猝不及防就暴露了！

吃辣条的兔子：同是兔子，为什么我只配看牙印？男神小哥哥，我也很可爱的，我还会花式咬人，要不要考虑换个宠物？

沐菇凉：这是传说中的三行情书吗？

没故事的舒小姐：报告男神，你家兔子从小不吃糖，牙口一向很好。你要是好这一口的话，以后的生活看来会很享受了！

沈谕之的视线从手机屏幕上移向院内还亮着灯的房间，扶额叹了口气，才给"设故事的舒小姐"回了一句："革命尚未成功，吾辈仍需强援！"

数秒后，对方迅速回了他一个OK的手势。

第二十章
我是你深夜床头那盏灯

苏一念是在半夜的时候，被剧烈的胃痛惊醒的。

作为资深胃病患者，她在醒来的第一时间就准备去找应急的胃药，可她努力撑起身子想拧亮灯，却忘了睡前自己随手把马克杯放在了床头柜上，伸出去的手不仅没拧亮灯，反而打翻杯子发出一声脆响。

顾不上收拾地上的碎片，她索性从另一侧起床。借着窗外的月光摸出放在衣柜里的药箱，手忙脚乱地翻出了胃药，先挑了两勺药粉倒进嘴里，这才按亮大灯捂着肚子去楼下餐厅找水。

慌乱中，不小心又踢倒了料理台边的垃圾桶，一阵乒乒乱响好不容易停下来，灌进一大口水后，她只能蹲在地上等待药效发挥作用。

可惜，从前一两分钟就起效的急救性胃药这次居然也失效了，药咽下去足有五分钟了，胃部的钝痛感不仅没有减弱，反而有越演越烈之势，疼得她额头的冷汗也涔涔直落。

从前听人家说气得胃痛，她还只当是笑话，没想到还真有这回事儿。

就在她决定再撑三分钟，如果还未好转就去医院时，门外忽然传来一阵敲门声，沈渝之的声音隔着大门传来："一念？开门！"

苏一念有心拒绝，但想想以前胃病发作时的惨痛经验，理智提醒她，这种时候去医院才是最明智的做法。

她咬了咬牙，踉跄着去开门。

大门刚一打开，她便对上满脸急切、正在密码锁前举着手似乎正准备试密码的沈渝之。

见她终于开门，沈渝之蹙眉，抬手就扶住了她的一条胳膊，另一只手也极自然地抚向她冷汗涔涔的额头："哪里不舒服？"

"我没事，胃病犯了，是老毛病。"她强撑出一副平静的表情，"我自己去买点药吃吃就行。"

结果话音刚落，沈渝之已经脱下身上的外套要给她披上。

苏一念扭着身子拒绝："我不冷！"

"你出了汗，吹了风容易感冒。"他不由分说地用外套把她裹了个严严实实，又替她将屋门带好后，直接将她打横抱了起来。

苏一念有心挣扎，奈何胃里的绞痛耗尽所有气力，只好闭上眼睛侧过脸，索性不出声了。

他怀中还有车载香水夹杂着咖啡的淡香，她忽然就想起上次在公安局门外，他也是喝着咖啡守了自己一夜。

她忽然很想问他，那个时候，他是为了什么要对才见过一次的自己，那么关切呵护？

还有现在，现在又是为了什么，还要这样守在院外？

她鼻子发酸，喉咙也条件反射般被什么堵住，沈渝之快步走到车门旁，抬膝将她半个身子靠在自己腿上，分出右手拉开车门，才小心翼翼将她扶到后座："躺好，我这就送你去医院！"

她顺势侧躺在后座，心里却禁不住有些为自己的倒霉和没出息恼怒，于是将脸掩在手心里，抹掉刚涌出的泪水。

耳边只听得沈渝之关上车门还不忘替她将院门带上，然后回到车上迅速发动了车子，车厢中这才陷入一片落针可闻的安静，让苏一念觉得痛觉神经都敏感了许多，撑得久了，到底忍不住发出一声低低的呻吟。

她蜷起身子缩在后座，一动不动地咬着牙，不想让自己再流露出半丝弱态，索性咬住自己的衣袖。

沈渝之从后视镜看到她的动作后，眉头拧得更紧，犹豫了一会儿还是开了口："没有第一时间跟你解释事情的原委，是因为我有私心。我真的很想确认一下你是不是在意我在街头去追别的女生。"

苏一念原本微闭的眸子轻轻颤了一下，却依旧不吭声。

"这段时间以来，我从舒颜那里知道了很多你的事情。我知道你从小在孤儿院长大，向来独立，习惯了任何事情都自己面对解决。"他声音轻缓，车子却在深夜的街道上飞驰，只从紧紧握着方向盘的手上看出一丝焦灼不安，在看到路口红灯时，更是忍不住又锁了锁眉，才急急踩住刹车。

见苏一念仍是没有回应，他忍不住侧过身子回头看她，见她微合星眸，面色苍白如纸，强抑住想转身去拥紧她的冲："一念，我想你知道，每个人都要有能抛开铠甲的时候，否则活得未免太过辛苦。我希望以后的日子里，你能把我当成是你夜深人静时能随时拧亮的台灯。你不用对一盏灯有压力或有责任，但你有需要的时候，一定要拧亮它。再不要，一个人，摸着黑……"

他的声音里仿佛有神奇的能量，是真的能燃起荧荧火光，让人温暖的那种能量。

苏一念好不容易止住的眼泪再度无声地自眼角滑至发间，倏忽不见。

心里明明有块坚硬的冰开始缓缓融化，她却哽着嗓子，松开紧咬的衣袖："你的粉丝知道你经常趁女孩子生病脆弱的时候，说这种话吗？"

"他们都知道，遇见你以后我的高冷人设便日渐崩塌了！"他笑容苦涩，黑暗中看不见她的眼泪，却听出她语气中的泣音，"我追出去要找的那个女生，是因为她长得很像我早年在新加坡比赛时遇到的一个选手。那是当年一桩自杀事件的当事人。那件事是我人生的一次转折，所以我看到她很是震惊，第一时间就想求证一下她的身份。至于那么久不接电话，是因为当时手机被我随手放了在外套口袋里，下车太匆忙根本没拿外套……"

"所以，你是为了跟我说这些，大晚上的不回家，一直守在外面？"因为疼痛加剧，苏一念嗓音微微有些发抖。

沈渝之轻笑了一声，右手从前座伸过来，轻轻握住她垂在座椅旁冰冷的小手："傻姑娘，我这是在使苦肉计呢。我是想，等上一夜，等你明天早上睡饱了，气消了，我再一脸憔悴地跟你解释清楚，你心一软，应该就能原谅我啊！"

"呸！"苏一念忍不住啐了一声。

他这回转过头，看了看路口的信号灯，再次发动车子向医院驶去。

苏一念在他转头时，将原本松开的手倏然紧握成拳，另一只按在胃部的手也压得更紧，她强忍着没有发出半点呻吟，眼前的视线却越来越模糊。

"也许，在你看来，我们只是相识数月，我对你的关切和亲近，都显得那么薄弱又突兀，那么没有说服力，"他说完这句话，明显停顿了一会儿，再开口时，语气里又多了几分温柔，"可是对我来说，早在六年前的夏天，在新加坡的晴天烈日下，你便在我的世界里深深扎根，开疆扩土……"

她努力睁大眼睛，看向前座的沈渝之，路灯一盏盏地从车窗外倒退而过，光影下的他侧颜温柔异常，让她不舍得移开视线。

就在这一刻，苏一念发现，自己好像是真的喜欢上这家伙了。

不是她想的举重若轻，也不是他以为的可有可无，而是从前的分分秒秒，点滴涓涓，已如春风化雨般打湿了自己的心，自己却毫不自知。

她意识渐渐模糊起来，恍惚中似乎听见沈渝之急促而紧张的呼唤，可她实在不想睁开眼睛。虽然鼻息间有医院里浓浓的消毒水味，但随着他抱起自己时跑动的摇晃，她明显感觉到自己的脑袋深深埋进了他的怀里，那混杂着柠檬马鞭草的冷香，让她无比安心。

有一次，沈渝之带苏一念出去吃饭，恰好碰上邻桌的一对情侣吵架。

"话说，我们是不是从来没有吵过架？"她发现新大陆般，"是不是有点奇怪？情侣之间吵吵闹闹的才比较正常吧！"

"你很期待跟我吵一架？"沈渝之停下脚步慢吞吞地看了她一眼。

苏一念有点激动："那你要跟我吵吗？"

"好啊！"他居高临下看着她，"可以开始了？"

"啊？"没想到他配合度这么高，苏一念立时有点紧张起来，"可以是可以，不过，我们是不是要先找个吵架的理由……"

话音未落，却是被他直接拖进怀中，深深抱住。

苏一念当场呆住："你……你……你干什么？"

"托家中长辈的福，从小耳濡目染发现了一个道理！"他软玉温香，抱得很是受用，"跟女人吵架是最不明智的行为。事实上，相爱的两个人，任何一方生气了，只要抱住她，多半都没事了！"

　　"嗯……"苏一念无力反驳，本想再矫情一下，沈谕之却松开了双臂，一本正经地退了半步，"现在，换我生气了！"

　　"什么？"

　　"我说，我生气了！"他张开双臂，挑眉看向她。

　　"你这样真的好欠扁哦！"苏一念低骂了一句，人却是极自觉地靠上去。

第二十一章
鲶鱼护卫队的小·粉红

"再喝一点，"沈渝之看着手中苏一念只啜了两口而剩下的大半杯水，"医生给你紧急注射了阿托品，所以会出现一些干渴难受、嗓子不适的情况。护士说了，要多喝水症状才能缓解！"

沈渝之柔声诱哄，语气温软得像哄孩子，叫人无法拒绝。

苏一念只好就着吸管又灌了一口，喉中就像是咽下了一口带刺的仙人掌汁液般。不仅丝毫没有因此得到舒缓，反倒疼得她直皱眉。

"胃还疼吗？"见她表情痛苦，沈渝之才刚舒展的眉又拢出了峰峦。

苏一念看了看墙上的挂钟，发现已经是凌晨五点后，飞快看了沈渝之一眼："我没事，已经不疼了。倒是你，有事要忙的话就先回去吧。"

"眼下照顾好你就是我最紧要的事。"沈渝之替她掖了掖被角，"现在还早，再睡一会儿吧！"

苏一念其实睡意全无，但还是听话地闭上了眼睛。脑海中随之涌来的，便是失去意识前听见的那句话。

六年前？新加坡？夏天？

她细想了想，六年前的夏天，不就是舒颜的母亲在新加坡因为车祸意外去世的那年夏天吗？

犹豫许久，她还是看向了沈渝之："你先前说，你是在新加坡……"

房门却在这时被人敲响，接着便被人推开，护士探头走了进来："苏小姐醒了？要量一下体温哦！"

她说着，例行公事地拿着耳温枪走近苏一念："之前有人在护士站询问苏小姐的情况，因为过了探视时间我没放进来，现在好像是在楼下大厅里等你们了。是沈先生的朋友，还是苏小姐的朋友吗？"

沈渝之这才想起，苏一念昏迷后，自己因为要办理入院手续，又不放心将苏一念一个人扔在病房，曾打了电话让桑蒙过来帮忙跑跑腿。结果电话接通才知道，桑蒙居然被舒颜拉去吃消夜，二人还在外面没回去。

当时情况紧急，他也就没多说，倒是有听到舒颜嚷着他们马上就到，没想到因为过了探视时间，护士站把他们拦了下来。

苏一念一听也急了："啊？他们还在下面等着吗？那……"

不等她说完，沈渝之已经起身往外走去："你一个病人就别管这种事了，我马上下去瞧瞧。让舒颜先回去休息。"

结果他刚到楼下大厅，就瞧见低头打着瞌睡的舒颜正一头撞在桑蒙的肩胛骨上，痛呼了一声后，捂着额头直跺脚。

"早说送你回去，你偏不听！"桑蒙有些不好意思，手却很自然地抬了起来，拉开舒颜的手，看了看她的额头，替她揉了起来，"护士不是说了吗？苏小姐已经没事了，况且护士也说了，住院病人只能有一个陪护，有师兄在那儿陪着，咱们坐这儿干等也没什么用。要不，我还是先送你回去吧！"

"你懂什么？"舒颜乖乖让他揉着痛处，"我每次生病，苏苏不管多忙多累，都会扔下一切来照顾我的。这次她生病，我就算不能进去陪她，也不能像个没事人一样回家睡大头觉啊！"

"那你就在这里睡囫囵觉？"桑蒙好笑道。

舒颜气得赏了他一记白眼："这不是有你师兄在里面照顾苏苏吗？"

"既然你也知道我师兄在里面照顾她，你还有什么不放心的？"

"你师兄可是这次把她气得胃病发作的罪魁祸首，谁知道那个黑裙子女人的事他说不说得清？"舒颜撇嘴，一脸义愤填膺，"要是他真是个三心二意的渣男，就算我舒颜眼瞎，以后对他一生粉转黑！"

"恐怕你不太可能有脱粉的机会！"沈渝之快步走到他们身旁，才开口道。

舒颜面色略显尴尬地站了起来，却还是故作强势地"哼哼"了两声："我家苏苏怎么样了？"

"医生说是急性胃痛，已经处置过了。她刚刚醒过来了，应该没什么大碍，打完针再观察一二天就可以出院了。"沈渝之边说，边冲桑蒙使了个眼色，"一念也让你们早点回去休息，要不……"

"我不走！"舒颜语气出奇地坚定，"你告诉她，探视时间一到，我就上去看她。"说着，人也一屁股坐回到椅子上，一副不动如山的架势。

桑蒙见二人之间的气氛有点不对劲，忙出言打圆场："师兄放心吧，反正也快天亮了，我陪着舒颜再等一会儿好了。倒是苏小姐那边不能没人照顾。今天电视台那边估计会安排咱们补录这期节目，到时候正好就让舒颜陪着苏小姐。"

沈渝之自然明白舒颜突然为何对自己生出这么大的敌意，只是眼下也不是解释这些的时候，只好点了点头，拍了拍桑蒙的肩膀："那就辛苦你们了！"

说着，他又冲舒颜点了点头，才往上楼的方向走去，不多时却又去而复返，只是手里多了两个纸杯，分别递给舒颜和桑蒙："贩卖机的奶茶和咖啡味道可能差一点，凑合喝吧！"

舒颜犹豫了两秒才接过纸杯，等沈渝之真的要走了，才忽然叫住他："别以为做点这样的小事就能收买人心。我先申明一下我的观点，在苏苏的问题上，就算你是我男神，我也是零犹豫地站苏苏那边的！"

沈渝之回头对她微微一笑，却也未多做解释，只是回了一声"好"。

见他这么笃定又干脆，舒颜倒好像有点不好意思起来，端着奶茶原地踱了几步，才重重坐回到椅子上，斜睨向桑蒙。

刚喝了一大口咖啡的桑蒙被她盯得心里发毛："你……你这样看我干吗？"

"你是沈渝之的助理，对他的事一定知道得最清楚了！你老老实实告诉我，他到底交过几个女朋友？都是些什么类型的女生？为什么分手？分手后还有没有联系……"

"慢慢慢！"桑蒙忙举起手来，"据我所知，我师兄还没交过女朋友，所以你后面的那些问题都可以省略了。"

"没有？"她显然不信，"我男神那么帅，条件那么好，怎么可能单身这么久？"

"这有什么？我不也一样？我们这叫宁缺毋滥！"桑蒙"哼"了一声，

不以为然道。

"他是你师兄，又是你老板，你当然护着他！"舒颜有些挫败地垂了头，轻轻啜了口奶茶。

见惯了她古灵精怪的样子，桑蒙看着她这副蔫蔫的模样，一时竟觉得很不习惯。

舒颜揉了揉眼睛，忽然微微侧头靠向他的肩膀："你知道吗？我妈妈去世后，我就暗暗发过誓，这辈子都要像苏苏保护我一样，用我的方式守护她。就算她以后有了爱人，我也要做她的第二层铠甲，除了她以后要嫁的男人，我必须是她最亲近的人！"

"嗯！"桑蒙僵着身子，应了一声，便半天都没敢再动。

就在这一刻，他的心跳忽然有些不受控制，脑子里泛起的是，最近网上极火的那句话——"糟了，是心动的感觉！"

桑蒙有个秘密，藏了很久很久。

直到舒颜在苏一念的婚礼上喝醉，他理所当然送她回家。

把她抱上楼的时候，他心里暗暗发笑，这家伙天天喊减肥，体重好像一点也没有变化。

帮她脱掉鞋子的时候，他发现她脚后跟因为穿着伴娘礼服要配高跟鞋，磨出了一颗红色的小血泡。血泡破了皮，露出肉粉色的伤口，渗着血，算不得严重，却叫他触目惊心。

他翻了好久，才在她家的零食柜里找到药箱。

一瓶开了封，大概只用过一次的碘伏已经过期，好在，还有一小瓶碘伏棉球和一盒花里胡哨的粉红创可贴。

他连忙打来温水，替她洗了脚掌和脚背，怕自己不小心弄湿伤口，他捧着脚擦拭得很仔细，等擦干脚时已经出了一头汗。

碘伏棉球在伤口上从内到外绕一圈时，他明显感觉她的脚缩了一下，抬头看去时，却发现伴娘小姐睡得满脸通红，很是香甜。

做完这一切，他端着机器猫的蓝色小桶去倒水时，看见镜子里的自己一脸甘之如饴，暗暗心惊之余，也忍不住生出一丝不甘。

　　于是，临走时，他鬼迷心窍地盯着舒颜看了好一会儿，鼓足勇气俯身在她唇上啄了一口。

　　谁承想，起身时，不偏不倚对上一双亮得惊人的水眸，吓得他险些一屁股坐地上去。

　　"你偷亲我？"舒颜字字如惊雷，桑蒙只觉晴天霹雳，此生怕是再也无法在她面前挺直腰杆。

小护士见沈渝之离开，神秘兮兮地凑近苏一念："苏小姐，你们是不是正在交往了？"

苏一念吓了一跳："怎么可能？我们只是普通朋友……"

"我懂我懂，苏小姐放心好了，我不会说出去。看沈先生抱着你来医院时紧张的样子，就知道你们感情一定很好了。先前在走廊上，我还听他打电话回家，让他妈妈给你煲粥呢！"小护士说到这儿，冲她挤了挤眼，"都见家长了，你们该不会已经到谈婚论嫁的地步了吧？"

"见……见家长？"苏一念愕然，"你说他让他妈妈给我煲粥？"

"苏小姐这么害羞，我隔着老远都听见沈先生手机里传来的笑声呢！"小护士只当她是在害羞，咯咯笑道，"目前体温正常，有什么不舒服随时按铃就行！"

"哎……"苏一念有心解释又觉得这种时候只怕越描越黑，只好眼巴巴看她离开，心里却七上八下，被百只爪子挠着一般。

好不容易等到沈渝之去而复返，他刚一推门过来，见苏一念坐立难安，还以为她是在为舒颜的事着急，忙安慰道："舒颜是和桑蒙一起来的，他俩本来在一块儿吃消夜的，听说你生病就都赶来了。不过她不肯回去，桑蒙在那儿陪着她应该没事，你放心吧。"

苏一念虽然松了口气，却马上问道："我听刚才的护士说，你……你让你妈妈给我煲粥？"

"嗯，我妈做的瑶柱鸡丝粥味道不错，你胃痛刚好，吃些……"

"这怎么行？"苏一念急得小脸都涨红了，"我跟你妈妈素未谋面，你半夜打电话去麻烦她给我做吃的？她心里会怎么想我呀！"

他在床边的椅子坐下，好整以暇地看着她："苏小姐是在担心，给我妈妈留下什么不好的第一印象吗？"

苏一念被他问得滞了滞，马上否认："这是礼貌问题好吗？半夜的时候不打扰人家休息是最基本的交际常识！"

"以我对我妈的了解，她现在一定正在厨房，系着围裙哼着歌给你做吃的。"沈渝之见她这么着急，反而颇有些幸灾乐祸，"事实上，我父母早就盼着我哪天能带你回去吃饭呢！"

"带我回去吃饭？他们又不认识我……"听他这么一说，苏一念当场石化。

"怎么不认识？"沈渝之挑眉，"早在六年前，他们便知道我在新加坡邂逅了一个女孩，如果不是那个女孩，现在的沈渝之兴许已经是废物了！"

苏一念目瞪口呆，只觉沈渝之口中的一切都开始变得玄幻而不真实："你确定先前说的，六年前的夏天，在新加坡遇到的女生真的是我？"

他似是成心要故意逗她："我看起来，像是那种会随便在大街上遇到个女生，就会上她的车，跟她套近乎的人？"

"可你确实是这么做了呀！"她忍不住呛道。

"苏小姐有进步啊！"沈渝之伸出一根手指，轻轻戳向她的鼻尖，"先是敢直呼我的全名，后是对我动手，现在已经可以面不改色心不跳地怼我了。在你面前，我这个昔日偶像，地位俨然还不如桑蒙了是吧？"

被他这么一说，苏一念好半晌才底气不足地回了句："我说的是事实，事实胜于雄辩！"

"事实是，六年前的 8 月 25 日，在新加坡，我遇见一个女孩子，然后把她牢牢记了六年。虽然她几乎没有正眼瞧过我，可我，准确来说，是我的心，"他看向她，目色从深沉转作清澈，紧紧盯着她的脸，手指从她额头顺着鼻尖轻抚而下，"却暗暗把她的眉毛、眼睛、鼻子，还有笑起来时嘴角上扬的角度，都牢牢刻印下来。以至于在那之后的数年里，她都还会频繁出现在我的梦里！"

苏一念满脸愕然，却像个安静的小兔子，等他继续揭开那段她遗失的记忆。

"那天你扎了个马尾，穿了件领口处有小星星的白色 T 恤，一条洗得发白的小脚牛仔裤，显得腿很长的样子……"

苏一念眼睛越睁越大，一骨碌从病床上坐了起来，半张着嘴，有点不敢相信自己的耳朵。

她的确曾有件领口有小星星的白色 T 恤，六年前的她也确实还是个爱扎马尾的小姑娘，可是为什么？为什么她一点也不记得自己见过沈渝之？

沈渝之看出她的迷茫，从怀中掏出钱包，从里面掏出了一张半新不旧的新币，上面有一行她再熟悉不过的、属于自己的笔迹——"Fight（战斗）！"

在沈渝之的记忆里，那年夏天发生的一切都异常清晰，清晰得如同命运将火热的暑气当作烙铁，把一个女生的笑深深刻进他心底。

当时十八岁的他年纪虽小，却已是国内辩坛的黑马新秀。在几乎包揽了国内所有相关比赛的冠军后，他把目光投向了新加坡举办的超星杯大赛。可是，作为从小把他当沈家接班人培养的沈老爷子却一门心思想让他考入 MIT（麻省理工学院），将来继承 SZ 科技。

那场比赛成了他和老爷子的一场赌局——赢了，他从此随心所欲打他的比赛，但也就此和沈家没了关系；输了，他就得与辩论这件事划清界限，回学校收心读书备考 MIT。

提起那段旧事，沈渝之的声音明显低了下来："人人都知道，那场比赛过后，我成了超星杯大赛历史上年纪最小的冠军，也因此奠定了我在国内辩论圈的地位。可是，没有人知道我如愿以偿得到冠军，却也失去了家人的庇护关爱，还被一场死亡的阴影直接拉进了人生低谷！"

"人生低谷？"因为他这极少流露的脆弱，苏一念语气也柔软下来，"如果你不想提，可以……"

沈渝之摇头，深吸了一口气像是在给自己打气："当年那场比赛里，我将所有的注意力都放在了一个叫姜葵的女生身上，她当时已经连续蝉联了之前两届超级明星杯的冠军。"

他自嘲地笑了笑："我在赛前偷偷调查了她的个人资料，还认真研究了她所有比赛的影像资料。我甚至计算了她打比赛时每一个反扑和攻击的论点辩证节奏。所以一上场我就先把她所有可能想到的有利论点进行了全盘推翻，让她阵脚大乱。

"因为知道她家境不好，父亲曾经坐过牢，在比赛过程中，我还列举了当时新加坡民生新闻中几起近期发生的伤人案件进行例证回击。那场比赛进行到最后，她输得很难看！"

"半大不小的时候，我们都把胜负看得重，你这么拼也是人之常情啊！"苏一念安慰道。

"不一样，我是身体力行地用我的行为，验证了我所主张的人性本恶的论点。姜葵输掉了比赛，最终……选择跳楼自杀！"

苏一念愕然至极："就因为输掉了一场比赛？"

"比赛结束当天晚上，我收到她的短信，她约我到她学校的操场上，说是跟我谈一谈。等我到那儿以后，本来是想打她电话确认一下她的具体方位。结果，就在我站在操场上四处找她的时候，对面教学楼的楼顶像下雪一样飘下大片雪花，一个黑色的影子重重从楼上落了下来……"沈渝之显然在竭力让自己的语气轻松，可惜身体的紧绷和明显微微发抖的声音暴露了他对这件事的真实态度。

苏一念忍不住伸手抱住他，仿佛这样便能分些力量给他来对抗这段阴暗的回忆。

"听说她平素就经常因为家境的缘故被同学排斥，但自尊心却很强。输掉和我的那场比赛后，她肯定受到了很多人的奚落和嘲笑，可能心理上接受不了。"沈渝之转眸看向她，"那些从楼顶飘下来的雪花，其实是她平时为比赛准备的手稿，密密麻麻写满字的手稿，纷纷扬扬地落下来，还有她急速下坠的身体……"

"别说了！"苏一念打断他，"没人会想到，一场比赛会牵扯上一条性命。"

沈渝之笑容苦涩，过了许久才接着道："当时的我忽然对自己产生了巨大的怀疑，我觉得我在比赛那天的状态太过咄咄逼人。而我在赛场上对她进行的反击，也是一种隐晦的人身攻击。用这种卑劣的手段对付一个女生，赢了这场比赛，实在是太恶毒了！"

苏一念默然看着他，终于明白他为什么会有这么重的心结。

"一夜之间，我患上心因性失语。带队老师和其他队友都以为我是生病导致嗓子沙哑，但是我自己心里清楚，我是压根说不出话来了。我瞒着所有人跑去殡仪馆，想在她灵前说一声对不起，想看看有没有什么能补偿她家人的。可是不知道是因为人生地不熟，找错了地方还是什么别的原因，我在殡仪馆等了三天都没见到她的家人……"

苏一念忽然惊呼一声，想起了一个无论如何也没办法和沈渝之联系到一起的人："所以，那时候，我在殡仪馆外看到的那个不会说话、胡子拉碴的哑巴大叔是你？"

当年，身为三春园园长的舒妈妈受邀去新加坡参加一个慈善活动却遭遇车祸意外去世，是她和孤儿院另外两个工作人员陪舒颜去处理园长妈妈的后事。

伤心欲绝的舒颜每天话也不说，饭也不吃，就是趴在她怀里哭，哭累了睡着后，在睡梦里都是哭着说要妈妈回来。

苏一念只好借了民宿老板家的厨房做了舒颜最爱吃的饺子带去殡仪馆。结果，她抱着保温桶刚下出租车，便看到了那个还坐在殡仪馆大门口的"大叔"。

只依稀记得他个子很高，似是穿了件格子衬衫，皱巴巴地团在身上，脚上的鞋子看起来灰扑扑的，像是走了很远的路。

当时，殡仪馆门口的保安正在低声和他说着什么，他始终恍若未闻般一言不发。末了，保安似是终于耐心用尽，开始驱赶他，伸手便将他往苏一念的方向推来。

也不知是绝望还是虚弱，他被推得坐在了地上，仍是一脸执拗地不肯离开。

因为是在殡仪馆，苏一念觉得他当时的状态和正经历着丧母之痛的小舒如出一辙，理所当然地以为他也是遭遇了生离死别之类的困境，一时心软就上前扶他走到一边，小声用英文问他是哪里人，叫什么名字，是不是有什么困难？

对她的提问，那人数次翕动双唇，张开嘴却没发出半点声音，最后，只是摇了摇头又垂下了脑袋。与此同时，苏一念清楚听见了他肚子里发出的嗡鸣声。

那人似乎也有些不好意思，赧然地看了一眼苏一念。大概太久没休息好，严重充血的眼睛、惨不忍睹的黑眼圈和满脸胡须，让当时的他活像个中年大叔。

苏一念拿出了纸袋里的餐盒，将自己的那份饺子递到了他面前，不由分说地把筷子塞给他，拍了拍纸袋里的另一份饺子，继续以英文劝他："你这么坚持不肯离开，不是有想坚持要做的事？既然这样，就更要保存体力啊！我们中国有句俗话，身体是革命的本钱，吃饱才有力气干活！"

似是被她的话触动了，他终于接过餐盒和叉子，挑起个白白胖胖的饺子轻轻咬了一口。

他吃东西的样子很斯文，完全不像是饿了很久的人，一边吃，还一边时不时抬头来看苏一念。

苏一念粲然一笑，柔声宽慰："不着急，我在旁边等你吃完。"

他点了点头，看苏一念坐到离他数步远的花坛另一边，才放心地埋头吃起饺子。

苏一念则在包包里翻出了自己瘪瘪的钱包打开，从一堆零钱里掏出仅有的一张整钞，在上面写了句"加油"，就把钱和字条小心翼翼压在了餐盒的淡绿色盖子下悄悄离开了。

那时的她完全不知道，身后被她当成"穷困潦倒的聋哑大叔"，后来会给她带来命运对她最珍贵的一次回馈。

初秋午后的阳光，穿过淡蓝色的窗帘，照在沙发椅上熟睡的少年脸上，他眉眼干净，呼吸均匀。

沙发椅旁的中年女子轻舒了口气，起身准备把之前的观察日志记录下来时，却在门上的玻璃窗前，发现另一张脸。

她愣了愣，又看了看沙发椅上的少年，有些动容地蹑足走到门前，看着有些不自在的大男孩："又是你陪谕之来的呀？"

"我堂弟他……"

"这次比上周的情况已经略有好转了！"中年女子简短回答，见他咬着唇，仍是一副紧张模样，不由得好笑道，"你是叫知遥吧？你放心，你叔叔和我是老朋友了，不是相信我的专业能力，也不会把谕之送到我这里来。他会好起来的！"说着，还从口袋里掏出一颗薄荷糖递给他，"放轻松！"

沈知遥接过糖道了声谢，这才转身坐回到等待区的长椅上，随手抽出了一本杂志翻看起来。

与此同时，沙发椅上的少年已是深陷梦中。

不同的是，这次，他梦见的不再是那个令他心碎又恐惧的画面。

他梦见了殡仪馆前的那个花坛，花坛里开满了盛夏才有的木槿花，离花坛不远的地方，还有一辆出租车扬起的灰尘在半空中弥散。

花坛边，有人向他走来，扶起了他。

"Are you ok（你还好吗）？"她伸手，挽住他胳膊的那一刹，沈谕之忽然就想了起来。

他在做梦，在那位心理医生的引导下，自己在诊疗室的沙发椅上睡着了。

而现在，他梦见那个女孩了！

他呆呆看着她，听见她用带着中文独有韵调的英文，问他从哪儿来，问他叫什么名字？

梦里，他依旧没能开口，可这次，他没舍得醒转。

第二十三章
你是我再难舍弃的欢喜

苏一念翻来覆去看着自己当年给沈渝之的那张新币："你当时是不是觉得我是个神经病？"

"我发现你离开的时候，想追进去把钱还给你，却被保安拦在了外面。当时情急之中，居然忽然大叫出声了。"沈渝之目露幽怨之意，"虽然是你让我打开心结，重新开口，可是你那时候要是回头看我一眼，我就能告诉你，我也是中国人，我叫沈渝之。那我们也不用浪费六年时间了！"

苏一念哑然失笑："现在知道也不迟啊，这不是还了钱吗？"

"古人有云，滴水之恩当涌泉相报。你那碗饺子和一百新币，连皮带馅，连本带利，我算了算，报之一生亦不为过了！"沈渝之很是配合地将自己的大掌轻轻放在了她的手心，前一秒还认真严肃的语气，忽然变作调侃的玩笑，"把我当利息还给你，怎么样？"

苏一念双唇微抿，故作镇定地回望盯着自己目光瞬也不瞬的沈渝之，眼角微微弯了弯："这么说，你是一早认出我来了？所以才会从在电视台的路口坐上我的车，才会有后来那么多对我异乎寻常的关心吗？"

沈渝之笑意渐浓，促狭意味也更明显："原来你也知道，我对你有很多异乎寻常的关心？"

苏一念也懒得在这个时候跟他耍嘴皮子："不如你老老实实告诉我，后来在公安局旁边的便利店偶遇，甚至你亲自替我装门镜，是不是都是你蓄谋策划的？"

"世上哪有那么多偶然和巧合？不过都是有人想看到你，就多拐了几个弯，山长水远，费尽心机，绕到你面前罢了！"沈渝之答得坦然，盯着苏念的眼里却似盛放了整个银河系的星光，看得她面如火烧，心也柔软得不像话。

苏一念捏紧那张轻飘飘的钞票，虽然低头避过了沈渝之灼热的目光，声音却失了底气："现在都什么年代了，哪有人像你这么老套的？一饭之恩，你还得涌泉相报不成？"

她说到这儿，心情却十分复杂。

虽然在这一刻，总算明白自己为何会成为那个被命运眷顾、可以拥有那么多和他的温暖回忆的人，却也像那些被整蛊节目选上的路人一样，知道真相的一刻，大概也意味着一切都结束了吧。

沈渝之脸上的笑意悄然褪去："你觉得，我对你先前种种，都是为了报恩是吗？"

听出他语气不对，苏一念忙抬头看向他，还没来得及解释，便被他捏住了皓腕："在 ZTV 的路口遇到你，一眼就认出了你后，我才惊觉这么多年你在我心里的分量。当时，我还只是想着至少还你个人情，找机会跟你说说当年的事，感谢你当年对惶茫的我释放的善意和温暖。可是那晚在公安局看到你满身是血时，我被一种前所未有的恐慌包围。我守了你一夜，就在心里认真思考了一夜，我确定你在我心里的位置绝不仅仅是一个曾经帮助过我的故人这么简单。从前我的执念仅止于找到你，找到你后，我的欲望忽然就多了，想多见见你，想你记起我……"

他话音未落，门外又传来一阵敲门声，还没等苏一念慌忙把他推开，病房门便被人从外面推开。

刚才那位来过一次的护士小姐正提着个保温桶和一个大果篮站在门口，待看清床边二人牵着手，几乎要脸靠脸的亲昵姿势时，连忙把果篮举高挡住了脸，很是尴尬地解释道："啊，不好意思啊，刚才有位女士来了护士站，说是沈先生的母亲，让我把这些交给你们，还让我转告沈先生，让您务必尽快带苏小姐回家吃饭，还让我代问苏小姐好！"

这种时候，沈渝之倒是充分发挥了脸皮厚的优势，一脸坦然地上前接过了保温桶和果篮，道了声谢才将护士送了出去。只不过，再度关门时，苏一念清清楚楚地听见了一声"咔嗒"脆响，显然，门被人从里面落了锁。

她原本就心慌意乱，再一听这声音，立马做了个事后想起来都自觉丢人的动作——她一掀被子，把整个头埋进被子里了。

沈渝之回来时看到这一幕，原本告白被打断的不满立时被油然而生的无奈取代，他叹了口气，轻拉了拉被子："出来！"

"我是病人……"苏一念还想挣扎一下，却不防一只手直接从床侧伸了进来。在她惊呼一声时，沈渝之也与她一起挤进了被中，一只手撑在床沿，另一只手却是牢牢钳住了她的脚踝。

"我又没打算拿你怎么样，现在就害羞得躲起来不见我，不觉得为时尚早吗？"沈渝之的声音很近，热乎乎的气息喷洒在她脸畔，只从他支着手肘的被子边缘透进丝丝的光。那点光线不多不少，正好够他们看清彼此眼中明亮的光芒。

"你……你放开我！"苏一念有点着急，伸手便想掀开被子，却不防刚抬起手就被沈渝之的另一只手抓住。

"苏一念！"他语气低沉，竟带了些微请求的急切，"至少听我把话说完，好吗？"

苏一念停了动作，两人便如躲猫猫的孩子，齐齐窝在这充斥着消毒水味的被子里，呼吸交缠地无声对视，这种闷热又暧昧的氛围让她甚至不自觉地咕咚一声咽了下口水。

"我先前设想过好多次了，什么时间，什么地点，什么样的氛围下，向你告白才够完美。没承想，是在这样天时地利全无，人还不和的情况下告诉你这些前因后果。"他说着，捉着她手腕的大掌紧了又紧，"所以，苏一念，往后你若觉得这场告白不够浪漫，不许怪我！"

"告……告白？"苏一念噎了噎，脑子乱七八糟闪过好多念头，都抓不住，最大的感慨便是这人的声音在这逼仄狭小的封闭空间里，听来竟比平时还要悦耳撩人。

"是，告白！"他郑重其事，"我喜欢你。"他说到这儿，毫无预警地扯下头顶蒙着二人的棉被。头顶的晨光从窗边倾泻而下，沈渝之那双专注而清澈，能倒映星光银河的漆黑瞳仁里，在这一刻，只满满当当装着她。

世界从暗转明，她清晰地听见沈渝之宛如盟誓般的声线温柔坚定："是那种，只是看见你，便如拨云见日般，明亮又温暖，从此再难舍弃或忘却的喜欢！"

这一霎，苏一念觉得自己的五感都突然变得异常敏感——空气里细微的温度变化、病房里的消毒水味道，还有沈渝之的声音都鲜明而浓烈。以至于后来，苏一念再听人说起"告白"二字时，都会想起这个场景。

她欣赏、崇拜又喜爱的那个人啊，郑重而真挚地说，他也喜欢她。

沈渝之会知道苏一念的身份证号码，其实是通过自家母亲了解的。

"公司有个女孩子，知遥哥那边的人，叫苏一念，我想看看她的个人资料！"

沈妈妈有些不敢相信地看了看手机上的来电号码："你是渝之？"

沈渝之额角跳了跳："是！"

"你找我打听女孩子的信息？"沈妈妈讶异得连声音都尖了不少，"是我理解的那种打听吗？"

沈渝之扶额叹了口气，却坦然"嗯"了一声："是，是你想的那样，我想知道这个姑娘的生日、电话、家庭住址，越详细越好！"

沈妈妈当时就挂了他的电话，十分钟后，沈渝之的微信收到了十几张照片。

大到苏一念的入职档案、身份证复印件，小到工资发放记录、月度考勤记录，事无巨细，一应俱全。

而这其中，还有一张来自沈妈妈偷拍的照片。

照片里的小姑娘正在公司的餐厅吃饭，不知她身旁光头的中年大叔说了什么，她笑得很是开心。

沈渝之在看到照片的同时，也忍不住嘴角上扬。

翻到最后，才发现自家母上大人，还在最后附了一句话："资料我十分钟内给你查齐了，人，你预备多久带回来？"

沈渝之想了想，只回了两个字："快了！"

第二十四章
沈先生喜提新成就

苏一念虽然在低头吃着沈妈妈送来的粥，可还是明显能感觉到身旁舒颜那暧昧又别具深意的目光。

可她和沈渝之反锁了病房门这事儿，委实无从解释，所以，她决定还是装傻装到底算了。

"味道怎么样？"沈渝之似是看出她的如坐针毡，适时打破了沉默，"我妈厨艺一般，只有煮的粥味道还可以。"

"嗯，好吃！"苏一念点头，没有说出自己现在其实嗓子干涩，吃任何东西都如鲠在喉的真实感受。

沈渝之却看出她吞咽时微微蹙眉的细微痛苦，不放心道："怎么？胃还痛吗？"

苏一念连忙摇头，随便找了个借口："就是觉得你们三个盯着我一个人吃东西，会让我压力很大，众目睽睽之下吃独食，实在是良心不安。"

舒颜大刺刺地白了她一眼："你也不看看这粥是谁送过来的。在座的，除了刚才反锁房门，关在屋里说了一整晚贴心话的你们，我和桑蒙就是闻一闻，那也是亵渎啊！这可是人家沈妈妈送来给未来……"

苏一念实在是怕了她的口没遮拦，在她腿上重重拧了一把，疼得舒颜从椅子上跳了起来，却还是不放过苏一念："得，这有人撑腰的女人就是不一样啊，掐人的力度都比以前翻倍了是吧？亏我还巴巴地在楼下守了你一晚上！没想到你也是个见色忘友的女人！"说着，她一把拉过桑蒙的胳膊，"走，桑蒙，咱们也别在这儿当电灯泡了……"

"哎？可是师兄，电视台那边，已经安排了上午九点半补录……"

"我知道了！"沈渝之额首表示了解，却并没有叫住他们的意思，反倒冲舒颜递去了一个感激的眼神。

舒颜心领神会地拖着桑蒙继续往外走，这下换苏一念着急了："你还真走啊？"

"我还有些话，想再跟你解释一下。"沈渝之看了看腕表上的时间，"电视台那边安排补录，我不方便再耽误，所以一会儿我走了，就要辛苦舒颜在这儿陪你了！"

苏一念听他这么一说，心里隐隐猜到他要说什么，却有些不知所措道："你还有事就只管忙你的，我……"

"刚才舒颜他们来得时机不对，我还没有解释清楚昨晚惹你生气的导火索呢！"沈渝之拉过椅子，在床边坐了下来，"还记得，我先前说的那个跳楼的女生吧？"

"姜葵？"

沈渝之重重点了点头："昨晚我追的那个女生，并不是什么初恋女友。我会那么失态地追出去，是因为在看到她时，我的第一反应就是自己看见姜葵了。她的长相，甚至那条黑裙子，连同她整个人的风格气质，几乎都与姜葵如出一辙。"

"但是你先前说，你是亲眼看见她从楼上跳下来的啊！"

"没错！可是，看到那个女孩后，我没办法不生出许多猜测来，哪怕知道可能只是个长得像的人，也特别想求证一下……"他说到这儿，自嘲般笑了笑，"也许，在潜意识里，我还是不太想接受，自己间接害死过一条人命的事实。"

苏一念看着他，沉默片刻，才接着问道："那你去了那么久，是追上她了，求证过了吗？"

沈渝之摇头苦笑："她没跑多久就钻进超市，反倒是有几个像狗仔队的人很可疑地跟在后面拍着什么。这些人无孔不入，拍到我当街追一个女生，必然会回去编出各种离谱的八卦故事。事实上，会那么晚回去也是因为跟他们交涉了好半天，实在不想因为这种事再闹出什么风波来。"

苏一念"哦"了一声，继续扒动着碗里的瑶柱鸡丝粥，头也没抬道："所以，你一直觉得那个女生是你害死的？"

因为她的这句话，病房里陷入短暂沉默。

苏一念却忽然拿起刚才沈渝之倒水给她喝的那个玻璃杯直接扔在地上，随着"啪"的一声脆响，杯子碎了一地。

沈渝之愣住了，苏一念却仰起小脸看着他："如果你惹我生气，我把这个杯子砸碎了，这笔账该算在谁头上？你吗？可是摔碎它的明明是我啊！"

沈渝之这才明白她的用意，苦笑道："这不一样，一念……"

"怎么不一样？"苏一念忽然激动起来，"我们生而为人，有上百种方式来释放不满的情绪，可最终选择了什么样的方式是每个人决定的，那根本不是你的错！"

大概是没想到她会有这么大的反应，沈渝之有些错愕地看着她，一时竟没有反驳。

苏一念却越发眸光灿灿："我向来觉得，每个人来这世间走一遭，唯一能把握的就是自己的生命。人人都有自己的难处和苦楚，任何一个成年人都该明白自杀是弱者逃避现实的行为，结束一切是她自己的选择。即便你认为你当时的行为是她选择自杀的催化剂，六年的自责也足够证明你的善良。而一个善良的人，不应该背负这份不该你独自承受的痛苦，你懂吗？"

沈渝之静静听她说完这番话，什么都没再说，只是忽然倾身将她牢牢圈进了怀里。

这一抱，足有半分钟他都没动，苏一念咬着唇，也就乖乖由他抱着。

结果，他再开口却是告别的话："好好休息，我晚点过来看你！"

苏一念见他转身打算离开，只好开口叫住了他："等一下！"

沈渝之侧头看她，无声等待她的下文。

"你……你先前说的那些话，是真的吗？"她说到最后声如蚊蚋，心里总有一种不太真实的虚幻感。

沈渝之眸光微闪了闪，缓缓走到了床边。他伸手抚了抚她右侧脸颊，指腹来回温柔摩挲她光洁的皮肤，爱极了她此刻明明慌作一团却强作镇定的矛盾表情："看见墙上那个白色挂钟了吗？"

苏一念点了点头，那个挂钟就挂在正对着病床的墙上，一抬头便能看见。

"告诉我，现在几点？"

"七点二十一分……"苏一念说到这儿，忽然想起上次在自家公寓楼前，他那精确到秒的记忆方式，忙又补了一句，"四十二秒！"

沈渝之低笑了一声，大掌忽然捂上她的眼睛，旋即，苏一念只觉双唇被人轻轻堵上，随之而来的是沈渝之身上独有的男性气息，伴随着呼吸，扑扑簌簌落下来。

她脑中一片空白，维持着僵坐的姿势，却听唇边有人低笑出声："从你睁开眼睛的这一秒开始，我们正式交往，好不好？"

说完，他松开手，苏一念下意识睁开眼，耳畔传来沈渝之奸计得逞般的低笑："很好，七点二十一分零五十九秒，我，沈渝之，获得新的人生头衔——苏一念的男朋友！"

"我……我也没答应啊！"苏一念软绵绵发出一句抗议。

沈渝之却浑然不在意地轻揉了揉她细软长发，视线转向窗外正在缓缓升起的太阳："我之前也曾迷茫怀疑过，为何这么俗套地对一个只见过一面的女孩这样念念不忘，可是现在我觉得我大概是知道答案了。

"这世上每个人的心里，大概都如这昼夜更替，善恶交互，只有遇到合适的人，才能照亮心里的晦暗，变得明亮温暖。而你，大概就是命中注定，那个要照亮我的人。"

他说着又低头轻吻了吻她的发丝："就算你现在不答应也不要紧，除非你选择别人，否则多久我都敢等，也等得起！"

苏一念鼻子一酸，险险忍住了几欲落下的泪水。

舒颜发现，苏一念这个从前隔天洗一次头的习惯不知从什么时候开始变成了不洗头不出门。

"你什么时候变这么勤快了？"舒颜看着一脸生无可恋地坐在那儿吹头发的苏一念，随口问了一句，谁知道，苏一念表情微变，然后居然脸红了。

舒颜瞬间来了精神，一屁股在她身边坐了下来，用力抽动鼻子闻了闻："不对劲啊，我怎么闻到了一股爱情的酸臭味？怪不得人家说女为悦己者容啊！恋爱中的女人果然是不一样……"

"去去去！跟恋爱没有什么关系！"苏一念推了她一把，却怎么也不肯再多说半个字。

打死她也不可能说出，自己是因为发现沈渝之好像很喜欢亲吻自己的头发才开始这么热衷洗头这件事啊。

那不就侧面佐证自己每天都在期待被他亲了吗？

第二十五章
神仙外卖员的锅和碗

苏一念在医院只住了一天，就偷偷办理了出院手续。

倒不是她有多爱岗敬业，而是犯胃病的次数多了，每次都是一样的流程，她也就久病成良医了。

听闻早上还在医院的人，晚上居然又回公司去加班了，沈渝之俊颜一沉，拿出手机的同时，问前排正在开车的桑蒙："接下来还有什么安排？"

桑蒙见他脸色不好，趁着等红灯的间隙，飞快翻出日程本，将他接下来的行程安排做了下概括。

沈渝之"嗯"了一声，拿着手机只听得一通"噼啪"打字声，却是并未再说什么。

桑蒙试探着问道："要不，请顾医生去给苏小姐看看？"

顾医生是沈家的家庭医生，他孙子顾青葙与沈渝之的私交也不错，桑蒙对那位温文尔雅的小顾医生印象一直不错。

沈渝之头疼地揉了揉眉心："先忙完正事儿再说吧！"

桑蒙"哦"了一声，想了想，还是没忍住："那个，你就这么让苏小姐回去上班了？"

"不然呢？还能把她扛回家绑在床上吗？"沈渝之语气不善，直接就火力全开怼得桑蒙小脸一红。

"扛回家就行，绑床上就有点过了吧？你这别是一不小心暴露了真实想法吧？苏小姐要是知道你这衣冠禽兽的本来面目，一定宁愿回医院躺着！"桑蒙开玩笑道。

沈渝之慢条斯理回了一句："一会儿会议记录改由你做，我要的是一字不落的那种！"

"我现在道歉还来得及吗？"桑蒙脸色大变，一脚急刹将车停在了工作室的门外。

"晚了！"沈渝之伸手开了车门，头也不回地推门进了工作室。

桑蒙悔得在自己的娃娃脸上连拍了好几下，才强抑沉痛心情去通知相关人员开会。偏偏这时，还有人按响了工作室的门铃。

他开门一看，却是个穿着某净菜配送中心制服的配送员。

"您好，桑先生吗？您订的食材请您签收！"配送员笑容可掬地将一个牛皮纸袋和送货清单递给桑蒙。

桑蒙看了看清单上的东西：山药、排骨、小米、瑶柱……

"噗！"他一个没忍住笑出了声，关上大门后，他提着纸袋冲众人道，"诸位，今儿个大家有福了，可以亲眼看见师兄为人洗手做羹汤的稀有场面了！"

办公室里正在准备开会材料的沈渝之闻言抬头看了他一眼，那一眼宛若淬了毒液、闪着蓝光的匕首自眼前掠过，桑蒙脸上的笑容逐渐呆滞。三秒钟后，只见他将那袋食材放到沈渝之桌上并以光速逃离，边跑边道："都愣着干什么？开会了，开会了！"

二十分钟后，已经坐等老板许久却不见人的众人终于忍不住开始低声交谈。而工作室二楼，沈渝之正站在灶台前一丝不苟地将炉火转小，抬腕看了看手表才重新下楼主持会议。

几个小时后，SZ科技研发部的办公室里，苏一念跑去洗了把冷水脸，让倦得发沉的脑子稍微清醒了一些后，又去茶水间泡了杯浓茶。

结果她刚回到座位上，阿K就从对面伸出一只手："风油精再借我用一下！"

"你十分钟前才用了吧？"苏一念将风油精递给他的时候，发现顶着两只熊猫眼的阿K两眼无神："我有什么办法，眼皮不听使唤，睁不开啊！"说着，便视死如归般将风油精倒在手指上，一脸慷慨就义状地涂向自己的上眼睑。

"噫，你小子太凶残了！"一旁的光叔看得直缩脖子。

"嘶嘶"的抽气声里，阿K握紧双拳，闭上了眼睛，泪水狂涌而出："不对自己狠点不行啊，你们没发现沈总最近有点低气压吗？新来的姚秘书这一周之内居然被他骂了两次了！"

"有没有可能是新来的姚秘书确实做事不用心呢？"苏一念下意识看了看沈知遥的办公室，结果发现新来的秘书果然耷拉着脑袋，正一脸无精打采。

阿K显然有不同意见，张了张嘴刚要说话，却忽然一脸错愕地指着门口，连拍了好几下苏一念的显示器："这是什么神仙配置的外卖小哥？"

"你干什么？见鬼了？"苏一念半笑半骂着回过头去，却见沈渝之和桑蒙一前一后从外面走了进来。二人手上都提了不少东西，桑蒙更是抱了个外卖保温箱，箱子上赫然印着Z市某著名夜宵城的标志。

"听说你们今晚通宵加班，"沈渝之当然没错过苏一念惊得半张着嘴的表情，绷了半天的俊颜露出微笑，"我是来送温暖的！"

桑蒙飞快打开保温箱："各位别客气，有比萨、炸鸡也有烧烤，盒子上面的便利贴都有标示辣度……"

阿K和苏一念到底是部门里最年轻的两个，闻言一左一右飞扑向桑蒙那边，一个敏捷地抢下了桑蒙刚拿出的那盒小龙虾，另一个则被站在一旁的沈渝之牢牢捉住了不安分的小手。

"你的不在这儿！"沈渝之牵着她走到一旁，将自己手上拎着的保温桶往她桌上一放，"这才是你的！"

"哎，你们给我留点，给我留点啊！"苏一念眼睁睁看着其他人每人抱了一盒炸鸡，又拎走几串烧烤盒里的东西后，急得直跳脚。

"你想都别想！"沈渝之打开保温桶，在热气腾腾的烟气里放柔了嗓音，"你这是还想半夜进一次医院？"

苏一念小脸一垮："我觉得还是炸鸡和烤串更适合我！"

"乖，这才是你的，山药小米粥，最适合胃不好的你了！"沈渝之不由分说地将勺子递给她，三分威胁七分诱哄道，"你也不想我在众目睽睽下喂你吧？"

"又麻烦你妈妈了？"苏一念一脸苦相，认命地接过勺子，"熬粥什么的我自己也会，用不着麻烦她老人家。最多我答应你，这一周都忌口，你下次别……"她一边说，一边不情不愿地扒拉了两口，却发现味道倒是出奇的好。

恰在这时，不知谁忽然喊了一声："对了，沈总还在办公室忙呢，叫他出来一起吧！"

"我给你们沈总带了他爱吃的，我拿去给他就行。"沈渝之拿起一份单独包装的小餐盒，走到沈知遥办公室门口敲了敲门。

沈知遥应了一声"请进"，抬头发现来人是沈渝之，表情有一瞬的凝滞。

"怎么，不欢迎？"沈渝之随手将办公室门带上，提着盒子往前走了两步。

沈知遥将手中的键盘推开，一边揉着太阳穴，一边示意他在对面的沙发里落座："你可是稀客啊，我没记错的话，这还是你这么些年第一次主动来公司吧！"

沈渝之笑着摇头，将手中的盒子放到他面前："我是来确认一下，SZ 的员工手册上，有没有减免病人疯狂加班的条款？一念上午才请的病假，下午就销假回来上班加班，你这种体恤下属的上司，难道就没考虑一下员工的健康状况适不适宜眼下这种高强度工作？"

"我没猜错，你这算是……掳走了我手下得力爱将的芳心，还跑我这儿来耀武扬威了？"沈知遥颇具深意地捏了捏自己的下巴，"合着你小子这是替小苏谋福祉来了是吧？"

"这是其次，"沈渝之这才轻笑出声，故作神秘地压低声音，"主要是想来看看我还有没有近水楼台的情敌需要提防！"

"这可不是你的风格，怎么谈个恋爱谈得自信都没了？"沈知遥"哼"了一声，打开沈渝之拿来的餐盒闻了闻，眉眼微动，"哟，这是新市口的桂花年糕？"

"加双份糖霜！"沈渝之笑着点头，"当年你经常陪我去做心理治疗，每次回家路过新市口都要买一盒，我没记错吧！"

"总算你小子还有点良心！"沈知遥的鼻翼微微翕动了两下，低头夹起一块年糕咬了一口，"年前叔叔私下还找我谈过，担心你是不是因为当年的事产生了什么阴影，为什么这么多年也不见你拍拖？没想到你小子不鸣则已，一鸣惊人。这闪电恋情可是杀了我一个措手不及啊！”

“放心，小苏挺喜欢现在的生活现状的，也很尊重你这个顶头上司。我不会因为自己的私心干涉她的工作。”

“小苏是我一手带进SZ的，我跟她共事一年多了，她的性格我比你清楚。她身上半点没有时下那些都市女郎的精致和细腻。表面看着大大咧咧，实则是个简单得不能再简单的姑娘。”他说到这儿，抬手隔空虚点了点沈渝之，“虽然你是我堂弟，但我还是必须提醒你，如果你是因为一时兴起而追的她，我劝你趁早把这个错误终结，我不想哪天看到我欣赏的女孩子被你伤害。”

沈渝之当然听得出他那句刻意加了重音的“欣赏”，眼底闪过一丝愕然，但马上慢条斯理道：“时间是个验证人心和感情的好东西。”

他语气平缓，像是在附和沈知遥的观点，但微一停顿后，却是接了一句：“知遥哥很快可以把心放回肚子里，我争取尽早请你喝我和一念的喜酒！”

沈知遥倒是并不意外他会有此反应：“耍嘴皮子我不是你的对手，不过，那天在电视台，你扔下观众、嘉宾和整个摄制组去追一个女孩子这事儿还真是让我挺意外的。我实在想不出谁能对你有这么大的吸引力。话说回来，小苏当时脸色可是真心不好，你小子怎么糊弄过去的？”

沈渝之挑了挑眉：“知遥哥交女朋友都是靠糊弄的？”

沈知遥佯怒着放下手中的筷子：“你少给我在这儿得了便宜还卖乖！”

沈渝之这才收敛了玩笑的表情，一本正经地看向他：“其实是你误会了，哪有什么初恋女友。”

正说着话，桑蒙像个小媳妇似的在门口期期艾艾敲了敲门：“师兄，我能不能请个假？家里有点事，我想先走……”

沈渝之点了点头：“那你先回吧，把车子开走，我一会儿让沈总送我一趟。”说着，还不忘斜睁看了看沈知遥，“沈总没意见吧？”

沈知遥翻了个白眼：“你这算是亲自监工，强制性让我解散我们部门的加班小组是吧？我告诉你，我们现在负责的‘猎心’项目可是咱们SZ的转型项目。你要是不想老爷子再找你吹胡子瞪眼拿拐杖追你，就别再跑来我这儿扰乱军心了。逼急了，我可真去老爷子那儿告你黑状！”

"连老爷子都搬出来了，看来我今晚是白跑一趟了！"沈渝之作投降状，眼里却隐下一层淡淡无奈。

桑蒙偷笑着道："师兄，你这得算赔了消夜还吃瘪吧？要不，就别在这儿垂死挣扎了，跟我一块儿走，顺便送我回去吧？"

沈渝之看了看手表，见时间确实不早了，只好从沙发里站了起来："老爷子那边，就烦劳哥你多费心了。我明天一早还约了人谈点事，先走了！"

"行了行了，你放心，"沈知遥像赶苍蝇似的，笑声却极富感染力，"一会儿我就放你的人走，真把她累出好歹，对我也没好处！下次人不用来了，像这样的外卖多来几次就成！"

苏一念正好奇沈知遥刚才的笑声是怎么回事，抬头就见沈渝之从里面出来，忙招了招手，小声问道："你跟沈总说了什么？他刚才不是在笑我吧？"

"粥吃完了？"沈渝之检查了一下，发现保温桶都空了，只有苏一念的碗里还剩最后几口。

"还差一点点！"苏一念成功被带偏，"这粥味道真的很不错，代我谢谢伯母！"

"你喜欢吃就好，"沈渝之笑得一脸高深地凑到她耳边，"不过，你谢错人了，要谢的人是我！"

"你亲自给我煲的粥？"她难以置信地看着他，一面感动，一面却不受控制地在脑中想象了一下他为自己煲粥的画面。

她记得他的手掌大而温暖，握着铲子的时候骨节凸起，一定很好看吧？还有她见识过的他专注的侧颜，在厨房灯光和灶边升腾的热气里，一定温柔又认真。

"知道你在做什么吗？"他直接在她桌边蹲了下来，视线正好与她的脸平齐，目光迎向她望着自己有些恍惚的小脸，眸中盛满宠溺。

"我……我没干吗啊！这……这不是在吃粥吗？"她握紧了手里的白瓷勺子，脸上一片通红，结结巴巴道。

"我分明看见，有人吃着碗里的，还在想着锅里的。"他故意压低嗓音，促狭的声线落在苏一念耳边时，几乎能听出他声带下的共鸣，

"再用这种眼神看我的话，我会提前考虑什么时候把你这包又白又香的生米煮熟哦！"

咕噜——

苏一念猛地咽下一口刚送进嘴的粥，窘得耳垂都泛起樱花般的淡粉色，终于惹来沈渝之忍俊不禁的一阵大笑。

不远处的百叶窗后，有一双眼，静静看着他们……

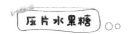

苏一念被人在网上公布了真实信息后，请了好几天的假。

她刚回公司上班那几天还是有点神经质，有几次在茶水间、食堂或者是员工休息室，她老觉得有人在看她。

起初，她没放在心上，直到后来，有一次她因为忙着修改一条代码，去餐厅吃饭的时候误了饭点，到餐厅的时候，餐厅的工作人员都已经在收拾餐具了。

她拿出手机转身就要走，打算自己叫份外卖凑合，却被餐厅那位向来不苟言笑的部长拦住，叫她稍等片刻。

然后没过几分钟，就从里面端出了她平时经常点的套餐。

看着热腾腾的饭菜，苏一念还有点反应不过来："这……这是特意给我留的？"

部长摇了摇头，特别义正词严地说："总裁交代过，技术部的诸位都是公司的中流砥柱，平时加班加点都是为了公司发展。餐饮部在力所能及的范围内，保障你们的后勤福利，是分内之事！"

苏一念虽然觉得莫名其妙，但还是连声道了谢。

结果吃了两口，她嫌配菜的土豆丝不够辣，打算找人要辣油时，经过餐厅那间据说是接待贵宾和总裁们用餐的 VIP（贵宾）室时，却听部长的声音从门缝传来："只准备了苏小姐平时喜欢的套餐……您放心，都是减油减辣的做法了，只把例汤换成了您这儿的花胶鱼肚汤，其他都是一视同仁的菜式！"

"那就好！"里面传来一个温柔的女声，"听谕之说，那孩子害羞，还不让我去骚扰她……"

　　苏一念当时就懵了，飞奔着跑回座位，好半天才缓过神来。

　　敢情先前那些奇怪的被人监视的感觉，并不是她的错觉，而是……总裁夫人在偷偷观察她这个……

第二十六章
狗粮大户的分甘同味

　　沈渝之的工作室是位于某个商业区的独栋两层小洋楼——一楼是工作区，二楼则是沈渝之的私人空间。

　　自从上次苏一念因为胃病发作闹得住了院，沈渝之对她的饮食问题就格外上心，特意带她找了首都军区总医院的老院长顾老亲自给她写了个方子调理胃病，开了七天的中药。

　　苏一念因为听沈渝之说过顾老和沈渝之的爷爷是多年好友，心下总有种间接见家长般的紧张，一直以吃中药太麻烦推脱。没想到沈渝之最后直接放话，如果她不去，他就把人家顾老先生请回家来。

　　最后，苏一念不仅灰溜溜地跟着去看了医生，还拎了七天的中药回家。

　　回程的时候，沈渝之主动揽下帮她煎汤煮药的任务，还提出每天煲好药后会送到公司去亲自监督她吃药。苏一念光是想想公司那些人幸灾乐祸地围观自己在沈渝之的压迫下乖乖吃药的场面，就觉得头大。

　　于是第二天一下班，苏一念就以胃病没好，要回去吃药为由，请了半小时的假，骑上小电驴便自己送上门去"找苦吃"。

　　事先她也没通知沈渝之，本意是想借这个机会偷偷见识一下沈渝之的工作状态。结果，她刚一按响门铃，便有人替她开了门。

　　屋里的暖气一吹，她鼻子微痒忍不住就打了个喷嚏，随着她一声"阿嚏"，屋里刚才还在"嗡嗡嗡"响着的交谈声瞬间停了下来。

　　"对……对不起，我……"她捂着鼻子，有些尴尬地看着给自己开门的桑蒙。

　　"苏小姐，怎么是你？师兄正准备十分钟后出发给你送药呢！"桑蒙一脸惊讶地将她让了进来。

苏一念这才发现会客室里居然坐了四五个十几岁的少年，原本都是正襟危坐地在听沈渝之说话的，但此刻都一个个满脸好奇地看着自己。

"是师母吗？"一个男孩子忽然兴奋地叫了一声，率先从里面跑了出来。

他这么一喊，另外几个人也跟着跑了出来，一个个你推我搡地抢着要跟苏一念握手。

苏一念长这么大，还是头一次像这样被十来岁的少年围在正中，一副围观珍稀动物般的模样。当下虽然愕然，却还是礼貌伸手准备去跟他们握手，结果爪子伸到中途就被沈渝之截住，他淡淡扫了一眼众人，语带警告："有话好好说，别吓到她了！"

一听这话，几个少年居然马上变换队形排起队来，沈渝之则无奈地向苏一念解释道："全国辩论锦标赛开赛在即，这几个孩子资质不错，所以让他们来我这儿做下赛前辅导。"

"哦！"苏一念恍然大悟，本想再伸手跟他们握个手，奈何右手被沈渝之牢牢牵着，半点没有要放的意思，只好尴尬地点头示意，晃了晃小手，"你们好，我……我叫苏一念……"

"不用理他们，跟他们混熟了你就会发现，他们得寸进尺的本事已臻化境。你要是稍微给他们一点好脸色，他们转脸就能把你的耳膜给吵破！"沈渝之说着，给了众人一记警告眼神，"每人把我刚才的命题拟出五条论点来，晚点我再下来验收！"说完，也不顾身后的惨叫和抗议声，直接拉着苏一念便往楼上走去。

苏一念被那些孩子无声捶墙的表情逗乐："他们好像很怕你呀？"

"严师出高徒，没听说过？"他挑了挑眉，开了门便提醒她，"屋里开了暖气，先脱了外套和围巾，不然一会儿出门冷。"

苏一念乖乖把外套脱了，沈渝之则极自然地接过外套挂好，又伸手替她解开了围巾搭在衣帽架上。这套动作他做得行云流水，苏一念却莫名脸热，生出一种老夫老妻婚后日常的感觉，于是心虚地轻咳了两声。

"感冒了？"他拧眉，伸手试了试她脸上的温度，"不是说好了我给你送药吗？怎么自己跑过来了？"

"我没事，哪有那么娇气！我就是对你的工作室有点好奇，想知道你每天在忙些什么，所以偷偷过来看看，"她吐了吐舌头，"不会打扰你工作吧？"

"在我这里，工作永远不及你重要，所以不存在你打扰我工作的说法。"沈渝之满意地点了点头，"而且，我很高兴过去那个侧面打听我、上网搜索我的小芋圆终于进阶，会主动接近我、了解我了。比起之前我单方面宣布交往的待遇，这种进步算是质的飞跃了！"

苏一念一听他那句"单方面宣布交往"就想滴汗，虽说距离他上次在医院告白都过去十多天了，可这已经是他第N次自我解嘲地提出他们现在的关系是他个人单方面宣布交往。话里话外的哀怨，无不暗指她至今尚未明确说过喜欢他。

可她也不知道向来洒脱的自己，为什么在这种事上忽然这么别扭，似乎总也找不到合适的机会和氛围向他表明心迹，当下唯有继续装傻，故作轻松地走到沙发前打量了一下："这么干净，一点儿也不像一个忙碌的单身汉的住所！"

"嗯，早就听说苏小姐在SZ科技研发部是精英一分子，不仅业务能力一流，年薪更是排到了部门前三，俨然就是SZ的明日之星。如果不是考虑到我这人还有个宜家宜室、出得厅堂、入得厨房的小优点，我还真没什么信心当你男朋友。"

苏一念双眸圆睁地看着他："你这是在夸我，还是在夸你自己？"

"在我这里，没有你我之分，只有我们！"沈渝之看她像个小金鱼似的表情，笑得胸腔跟着一阵震动，转身从厨房的养生壶里倒出恒温保存的浓稠药汁，"吃了晚饭吗？"

"特意回家吃了饭才来的。"她闻到空气中散发的中药味儿，不自觉地皱了皱眉，伸手便要去端药。

"几点吃的饭？"沈渝之却拦下她的手，看了看手机上的时间，"饭后半小时才能吃药。"

"知道啦！都吃了快一个小时了！"苏一念轻轻拍掉他的手，端起药碗捏着自己的鼻子将那碗浓黑的药汁一饮而尽，放下碗后却禁不住苦得打了个哆嗦。

"这么苦吗？"沈渝之眉心跟着拧了起来，虽然前几天都是把药送到SZ，但都是苏一念下楼来取了药他就离开。所以这还是他头一次亲眼看她喝下去。

"还好！"苏一念笑道，"我从小就打针吃药两不怕。小时候小舒生病不吃药，我都会被喊去当正面教材，然后帮着捏她鼻子灌她药……"

她话音未落，却不防沈渝之突然捧起她的脸便吻了上来。

"别，苦……"她的低声抗拒悉数淹没在他的唇齿之间。

他的唇只是轻轻吮过她的唇瓣，舌尖温柔又轻缓地绘出她的唇形，似要尝尽她唇上所有残留的药汁。

苏一念脑中先是一片空白，直至明白了他的意图，才想到了一个词——缠绵缱绻。

从前，她对这四个字充满疑问，不懂怎样的亲近才能用得上这个词。

可是此刻的唇齿交缠里，残留在她味蕾里的那些苦被他辗转带走，取而代之的，是山谷里温柔的风、小溪里清润的水，还有他落在她脸庞上，用手捧起的珍视和怜惜，像一块浓郁甜蜜的水果软糖。

她听见他的呼吸渐渐急促起来，也听见自己的心跳怦怦如战鼓乱擂，在他且拥且扶的胸膛里，整个人几乎挂在了他臂弯中。

待沈渝之终于将双唇移至她的脸颊，额头抵着她的额头，气息微乱地看着她满目迷离、双颊绯红的样子时，又忍不住手上一用力，将她更紧地嵌进怀里。

苏一念脸皮薄，手背掩在微肿的双唇上，睁大眼睛看着他嗔怒："都说了刚吃了药……"

"苏小姐知不知道，世上有个词叫分甘同味？"沈渝之嘴角噙了抹笑，只觉她这副娇媚俏容别具风情，忍不住低低凑到她耳边，呢喃般吐出几个气音，"还苦吗？"

苏一念脚一软，只觉这三个字如同羽毛拂在了心尖上，从耳窝里生出一股痒意，蔓延到四肢百骸，顿时越发捂紧了唇，生怕自己说出什么丢脸的话来。

"从今起，往后的苦，我都想代你吃了，你只负责按时给我点甜头尝尝就行了！"沈渝之低低地笑，温暖气息在这呵气成霜的冬夜，暖成一锅温暖入喉的热汤，熨在苏一念的心头。

　　沈谕之还在读高中时，在一次家庭聚会上，误把沈老爷子的半杯茅台当成雪碧，猛灌了一大口。

　　当晚，醉得一塌糊涂的他在反复狂吐后被送上救护车，结果却在车上拉着所有人背了一路的文言文。

　　不光自己背，他背完还要考其他人，抬手一指就坐在自己身边的老医生："这句的译意，你说一下！"

　　老医生尴尬地扶着眼镜劝他："小伙子，你一会儿还要洗胃呢，少说两句吧！"

　　沈谕之生气地"哼"了一声："刚才我就发现了，我给你讲的时候，你根本没在认真听……"

　　沈妈妈看儿子恨铁不成钢地跟个老医生这么说话，很不好意思地按住了儿子："你别闹了，乖乖躺着，喝醉了也没个喝醉的样子！"

　　"妈，你不懂。这是我们下周的考试重点，而且这首诗……"醉酒后的沈谕之异常执拗，话痨般拉着母亲的手又是一通滔滔不绝。

　　这件事后，沈家上上下下，连同沈谕之都有了共识。

　　清醒过来后，看着母亲拍下的自己前一晚对着输液室的垃圾桶分析《琵琶行》的韵脚规律的沈谕之，冷着脸放了狠话："以后家里不许再买酒了，要喝都上外面喝去！"

　　他说到做到，此后多年再也没碰过半滴酒。

　　直到……他重遇苏一念！

第二十七章
非不擅饮，无家属尔

苏一念吃了七天苦不堪言的中药吃得人都不好了，连办公室的白开水入喉都有股苦味，更别提自己身上从毛孔里散发出的中药味儿。

好不容易熬到吃完药，恰好又是周末，她提前一天便约舒颜一起去吃大餐。结果，到了餐厅才发现，来的不只是舒颜，还有沈渝之和桑蒙。

"嘿嘿，我男神说还欠我这个小红娘一顿谢媒饭，所以我又替你省了一笔钱哪！"舒颜一脸坏笑地把苏一念拉到了自己身边小声道，"我听说，你和我男神的感情这几天可是突飞猛进啊！你趁着吃饭的工夫，好好想想是主动坦白你们的进度，还是……"

苏一念在她腰上掐了一把："少八卦多吃菜，不好吗？"

沈渝之对两个女生的窃窃私语倒是表现得很淡定，除了不时给苏一念布菜，询问舒颜还需不需要加菜，便很少开口。

倒是舒颜，听了店长推荐开了瓶青梅酒尝了几口后便赞不绝口，拉着苏一念要一起喝。

"这酒有十二度，小苏胃才刚好，最好不喝！"沈渝之放下仔细看过的酒瓶，一脸正色道。

舒颜贪杯，已经直接干了一大杯的脸上微微有些发红，一听这话笑得分外暧昧："哟嗬，这是还没结婚就开始管媳妇儿了？成，苏苏不能喝，你替她喝！"说着，便把给苏一念倒的那杯酒重重放在了沈渝之面前。

"哎……"桑蒙一看刚想开口说话，沈渝之却抬手制止了他，特别正式地起身端起了杯子："你是一念最好的死党，这杯酒应该我敬你才对。谢谢你在我未出现的这么多年里，一直在她身边陪伴她照顾她！"他神情异常认真，眸光闪动时连苏一念都有些怔住了。

眼见他一仰头便直接给干了，桑蒙却在一旁看得目瞪口呆。

"威武！不愧是我男神！"舒颜一边鼓掌，一边推了桑蒙一把，"你这是什么表情啊，我是让他喝鹤顶红了吗？"

桑蒙张了张嘴想说什么，最后却是耸着肩摇头道："没什么，反正自打认识苏小姐，他也不是第一次破例了！"

苏一念开始还没太把桑蒙这个反应当回事，等饭局结束，舒颜说还约了同事在附近逛街就先行离开了，桑蒙开着车打算先送苏一念回家再送沈渝之回去。可是苏一念很快就意识到，坐在她身旁的沈渝之虽然和平时一样安静，但喝了酒的他脸红得吓人。

苏一念不太放心地问他："你没事吧？"

沈渝之抬起微合的黑眸，看了她一眼才淡淡"嗯"了一声。

"我们是不是应该把车直接开到医院去？"苏一念忍不住伸手摸了摸他的脸，"脸这么红，身上呢？是不是酒精过敏了？"

她不由分说便掯起他的袖子看了看，确定没有什么酒疹或者其他异常后，还是有些不放心，下意识便想拉开他的衣领检查一下身上。结果这一次，直接被沈渝之一把捉住了她的小手："我没事！别乱动！"

"从来都只听说喝醉的人说自己没醉，哪有人像你这样的？才喝了一口，就说自己醉了。"苏一念好笑道。

沈渝之却指了指一旁的桑蒙："你问他，几时看我喝过酒？"

"所有认识师兄的人都知道他滴酒不沾，"桑蒙马上点头，"不过先前他接受采访时，说他是很严重的酒精过敏体质，我以前一直以为是真的会过敏，现在看来好像不是过敏啊，只是会变得满脸通红，有点搞笑而已。"

苏一念一听这话，哪里还放心扔下沈渝之自己回家啊，当下改变主意："算了，我看还是先送他回去吧。这家伙越看越不对劲，别回头真闹出什么急性过敏了！"

桑蒙答应了一声，车头掉转了个方向便往工作室开去。

回到工作室，两人一起扶着脚步虚浮的沈渝之刚一回到位于二楼的卧室，沈渝之便脸色大变，直接朝卫生间冲去，"嘭"的一声关上门后，外面两人便听里面传来一阵干呕。

"他……他这好像真是喝了杯青梅酒直接醉了呀！"苏一念简直不敢相信，"一米八几的大小伙，居然真的喝一口就醉了？"

桑蒙也颇有几分大开眼界的感觉，但这种时候他果断选择撤离现场："那这里就麻烦你了，我去外面看看有没有合适的解酒药买点回来。"说着也不管苏一念答不答应，便"咚咚"下了楼。

苏一念本来还觉得这么晚了，把自己和沈渝之扔在这里有点不太合适，但一想到沈渝之现在的状态还是硬着头皮敲了敲卫生间的门："你没事吧？"

卫生间里除了一直响着的"哗哗"水声外，便再没了其他动静，始终也不见人出来。她只好先去厨房倒了杯热水，打算一会儿晾凉了给沈渝之吃解酒药，可是左等右等，卫生间里依旧是除了水声外，再也听不见其他声响。

"你没事吧？要不要我叫人上来帮忙？"苏一念不放心地把耳朵贴在门上听了半天，只好用力又拍起门来。

连喊了三遍都无人回应后，她脑中已经开始跳出那些醉酒人士在浴室滑倒摔伤脑袋的新闻，于是又用力拍了拍门："你再不说话，我可要叫人……"

正拍着的门毫无预警地被人从里面打开，一只长而有力的手臂居然直接搂住了她的腰，苏一念只觉双脚离地，竟是被直接从门外抱了进来。

她一声尖呼，后背重重抵在了墙上，吓得下意识伸手在空中乱挥了一把，结果不偏不倚，将大灯开关给按灭了。一时间，眼前一片雾气氤氲，空气里充斥着熟悉的柠檬马鞭草的香味。

"没人告诉过你，不要擅自接近未婚男士的卧室和浴室吗？"沈渝之的声音在她颈窝处响起，"容易诱人犯罪的！"

她愣了愣，闻到空气中淡淡的酒香，接着便是落在脖颈上的双唇，温润柔软。

"你……你……你酒醒了？"她结结巴巴开口。

沈渝之低笑了两声，笑声低魅而诱人："放心，没醉。我知道你，认得你，闻得出你的味道，听得出你的声音，你是我的念念，苏一念！"

"念念？"苏一念差点笑出了声，"原来风靡万千少女的沈先生喝了酒会变得这么肉麻的吗？"

话音刚落，她脖子便被轻轻咬了一口，沈渝之语带威胁："还有更肉麻的，你要试试吗？"

苏一念明显感觉得到他灼热发烫的气息落在自己冰冷的皮肤上，连带着刚才咬她时，他最先靠上来的湿润双唇，都好似还烙在颈上。

沈渝之将圈在她腰上的手紧了紧才缓缓放开，苏一念这才发现他刚才在里面这么久其实是洗了个澡。大概是刚刚换上浴袍，头发还湿漉漉的在滴水，皮肤更是在酒精的作用下灼灼发烫。

至此，她才意识到，自己大概又干了件蠢事。

眼前这人，说是美人出浴也毫不过分。

原本白皙的脸庞因为醉酒而呈现大片的潮红，向来清澈黝黑的眸子里，难得露出迷离之色。浴袍的领子有些低，露出锁骨至前胸的大片皮肤。

她莫名觉得嗓子有点发干，提醒自己赶紧找个话题，可是一开口就被自己的问题蠢得想打晕自己："怎么感觉你皮肤比女生都要好？"

"是吗？"沈渝之低头看了看自己的脖颈，又看了看苏一念的脖子，"可能之前在国外待了几年，那边的水土问题？"

苏一念一听，不由得眼珠一转，脸上绽出一抹和煦如风的甜笑："说起来，你在国外读大学的时候，接触过那么多金发碧眼的外国友人，就真没遇到过哪个让你心动的女人？"

沈渝之似是被她这话逗乐："你要这么说的话，我想起来了，确实有的。"

苏一念果然变了脸色，低声咕哝了一句："居然还真有啊，不是说对我念念不忘的吗？"

"她叫 Marple，平时喜欢织织毛线、做做园艺，和大多数女人一样，没事就喜欢购物、喝茶，哦，对了，她还喜欢观鸟……"

织毛线？做园艺？观鸟？

苏一念讶然，稍一细想，有些不确定地问道："等一下，你说的这话，我好像在哪儿听过啊！还有那个什么马普尔小姐……啊！《马普尔小姐探案集》？"

"我就知道，没人会不喜欢阿加莎·克里斯蒂！"沈渝之一本正经地纠正她，"严格意义上来说，我觉得Marple小姐，是阿加莎创作出来的一个她自己的分身……"

接下来的半个多小时里，苏一念只能陪他窝在沙发里，听他用喃喃如催眠般的温和语气，跟她分析起阿加莎作品在英国文学史上的意义。

苏一念正被沈渝之那只揉弄猫咪般在自己头顶摩挲的手弄得睡意昏沉，冷不丁听到被她随手放在一旁的手机忽然振动一下，她拿起一看，是舒颜发来的微信。

"在忙吗？"

"干什么？"她没好气地打出这三个字，犹自不自觉地撇了撇嘴。

"啊！反应这么迅速？难道我男神真的灌了一杯梅子酒，就醉到什么都干不了了？"

"什么？？？"

"桑蒙说的啊，我男神喝醉了，你在楼上照顾他，他买了解酒药都不敢送上去，就怕你们两个在楼上干柴烈火呢！"

"呸！"苏一念低啐了一声，拿着手机的专注态度却惹来沈渝之一记不满的眼风，下一秒，手机被夺走直接扔到了沙发角落。

"哎，别啊，我……我叫桑蒙送解药酒上来呢……"

"没那个必要！"沈渝之说着，一脸意犹未尽道，"我觉得，《谋杀启示》里Marple小姐的表现超越了之前出场的任何一次……"

苏一念看着他这副一本正经的学究样，莫名觉得好笑。

谁能想到呢，那么沉稳的沈渝之啊，居然是个"一杯倒"。一杯倒就算了，她只听说有人喝醉酒撒酒疯或者酒后乱性。结果他倒好，喝醉酒后不吵不闹，抓着人听他掉书袋。

她撑着一边脸怨念无比地盯着沈渝之不断开合的红唇看了半天，心情无比郁闷。亏她刚才看到他洗完澡的样子，还邪念横生，差点以为他想色诱自己呢！

不对！他不色诱她，不代表她不可以啊！

她忽然眼睛一亮，认真看向他："问你一个问题哦！"

"嗯？"

"你喝醉酒后说了什么做了什么，明天还记得吗？"

沈渝之怔了怔，眼底闪过一抹稍纵即逝的笑意，神情却依旧淡定至极："大概不记得吧！"

"你确定？"苏一念神色紧张起来，小手也拉住了他身上的浴袍前襟。

"嗯，我确定！"沈渝之的手指轻跳了两下，然后就眼睁睁看着苏一念深吸了一口气，像鼓足勇气般，笨拙中还透着几分紧张和怯意地在他唇上轻舔了一下。

沈渝之呼吸一滞，双手直接便扣住了她纤细的腰肢，眸色由浅淡星河转作幽深暗谷。

"早就想说了，你一个大男人，唇形和唇色，未免好看得太过分了点吧！"苏一念兀自沉浸在"染指偶像愿终得逞"的刺激情绪里，低喃一声后，食髓知味般，双唇轻抿了抿沈渝之的唇瓣，力度不轻不重，却叫沈渝之轻抽了一口气。

下一秒，他身形一拧，直接将她扑在了沙发上，重重堵上她因为惊讶而发出低呼的唇，辗转品尝她唇齿间清雪细雨般的甘甜。

有人毫无预警地推开了房门："附近药店只有这一种解酒药，也不知道管不管用，先……"

桑蒙的话戛然而止，室内立时一片死寂，苏一念连呼吸都忘了，睁大眼睛看着近在咫尺的俊颜，脑中只剩一个念头。

要是她今晚也多喝了两杯就好了，至少明天早上她可以假装自己是酒后乱性，而现在……现在，她只想找地方挖个洞把头埋进去。

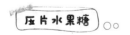

为了捍卫女朋友的主权地位，结婚当天还未开席就宣布自己滴酒不沾的沈渝之，还曾为了摆脱某位大学时期就对他心生好感的"老同学"的纠缠，当着苏一念的面，"豪饮"过一回。

当时是在沈渝之某个美女同学攒的饭局上，中途被沈渝之拉来的苏一念正津津有味地吃着菜，听那位美女同学谈了不少沈渝之在大学时期的风云事迹后，转头不时小声地向沈谕之求证。二人旁若无人、言笑晏晏，倒是把美女同学气得花容惨淡。

最后，美女同学咬牙举杯向苏一念道："今天这杯酒本该敬谕之的，感谢他这次给我们学校的师生带来这么精彩的一堂公开课。但我与谕之相识多年，知道他一直是滴酒不沾的，谕之既然请你来做陪，只好麻烦苏小姐代他……"

沈谕之不等她说完，就端起苏一念面前的半杯啤酒站了起来："我敬各位一杯吧，谢谢大家今天的盛情款待！"说完便在众人的惊诧目光中一饮而尽。

最后，放下杯子，他才正眼看向美女同学："以前不喝是怕自己在不熟悉的人面前醉酒失态。今天有家属在，也就无所谓了！"

第二十八章
小白，好惨一电驴

沈渝之的电话几乎是掐着钟点打过来的。

下班时间一到，苏一念刚关掉电脑，手机便响了起来。

她看了看屏幕上的来电姓名嘴角立时翘起，一边拿过包包往外走，一边接起电话故作高冷地"喂"了一声。

"苏小姐不理我的第四天，我例行打电话来问一下你心情有没有好一点？"

饶是如今早已听过沈渝之各种状态下的声线，苏一念还是对听筒里这把低沉悦耳的磁性嗓音毫无抵抗力。

"顺便说一下，我这几天很努力地回忆了一下那天我喝醉酒后发生的事。"

苏一念刚才还算放松的表情瞬间僵住："你想起什么了？"

沈渝之闻言叹了口气："都这么久了，你还是余怒未消的话，我觉得我那晚肯定做了很过分的事才会惹你生这么大的气。说起来，我那晚虽然喝醉了，可我隐约记得我们在沙发上……"

"打住！"苏一念一听就急了，"你不准胡思乱想，我……我不是生你的气，我……我就是觉得你太不爱惜自己的身体了，喝不了酒就不该逞强，喝那么两口青梅酒都醉得回家大吐特吐，实在是……实在是破坏你在我心目中'伟光正'的美好形象！"

"只是这样？"

"只是这样！"苏一念红着脸从牙缝里挤出四个字后，又义正词严道，"你酒品有多差，你知道吗？喝醉后拉着我大谈悬疑文学，听得我眼皮打架都睡着了，你还要摇醒我继续听你说。我最讨厌别人在我有睡意的时候打扰我！"

沈渝之在电话彼端静默几秒，竟是笑出了声。

"你……你还笑得出来？"苏一念气得想打人，"我跟你说，像你这种人，以后要么一辈子都别碰酒了，要么就休想指望喝了酒有人照顾你！"

"好！"他笑声一收，"以后没得到你的首肯，我一定滴酒不沾！"

她一愣，忽然觉得这话怎么透着一股妻奴味儿？要是让他那些芋圆知道她们的偶像，那么完美高冷的沈渝之是个妻奴会怎么看自己？

这个念头让她心虚得感觉连手里的手机都隐隐发热了，她恼羞成怒道："谁要管你，你爱喝就喝，我……"话说一半，苏一念忽然发现斜前方不知何时站了个熟悉的身影。

居然是纪小佳！

她的样子和离开 SZ 时几乎判若两人，暴瘦了一圈不说，气色也极差，虽然脸上有刻意装扮过的痕迹，但因为气色不好，整个人看起来也有些苍白的病态。

纪小佳显然是一早听见了她的声音，特意堵在通道正中间等苏一念，见她终于看向自己了，马上露出一副皮笑肉不笑的样子："啧啧，这满面春风的劲头，看来还真是小人得志了啊！"

苏一念第一时间捂住电话，不想让沈渝之听见这些阴阳怪气的话，等纪小佳说完，然后小声说了一句："我晚点打给你，临时有点事！"

她直接收了线，皱眉看了纪小佳一眼，却只是熟视无睹地继续往前走。

纪小佳却不打算就这么放过她，继续阴阳怪气道："你找的那个刘律师，是沈总推荐的吧？告我侵权，要我公开赔礼道歉，还要求赔偿精神损失……呵，苏一念，你还要不要脸了？我没跟你道歉吗？你是等着我赔你一笔钱买骨灰盒的话，我倒是可以……"

苏一念原本不打算开口，直接绕过纪小佳的，可是听她越说越难听，还是忍不住停下，厉声打断了她的恶毒攻击："你觉得被告一次不过瘾是吗？"

她实在不喜欢这种被人仇视的感觉，特意紧走几步，打算绕过纪小佳径直去她平时停放小电驴的 C 区。

纪小佳仍旧不打算就这么放过她，见她不理自己，反而变本加厉地骂了起来："我以前还真是瞎了眼，居然跟你这种恶毒刻薄的女人共事那么久。走着瞧好了，苏一念，你以为你是什么仙女下凡？就凭你，也配吗？别以为自己真有什么人见人爱的本钱，总有你哭的时候的！我倒要看你能嚣张到几时！"

她声音很大，在空旷的地下车库激起一阵回音，也惹来不少刚出电梯的其他同事的注目。

苏一念深吸了好几口气，才说服自己不要跟这种疯女人计较。

她走到自己停车的地方，本打算直接骑车离开的，可是右手在包里摸了半天都没找到自己的钥匙，歪头想了好一会儿才记起中午阿K借了自己挂在钥匙扣上的指甲剪，还给自己时，钥匙被她随手放进了抽屉里，刚才自己光顾着接电话忘了拿钥匙了。

无奈之下，苏一念决定绕一大圈，到东面的电梯口回办公室拿钥匙，等她拿到钥匙再下来时，已经是十几分钟后的事了。

虽然估摸着纪小佳应该已经走了，但她委实不想再遇见纪小佳。

她特意走到停车位的内侧，靠着墙壁一边走还一边在心中暗自生气，她这是招谁惹谁了？到头来，居然是她被逼得跟做贼似的。

刚走没几步，她就听见了一个刻意压低的恼怒男声从斜前方传来："谁让你来这里找我的？"

"可你不接我电话……对不起……我知道错了，我真的知道错了……"女人"嘤嘤"的声音带了哭腔，连语气都卑微得可怜。

"上车再说吧！"男人有些气急败坏地说了一句，接着便听"嘭"的一声，大概是女人开车门已经坐了进去。

苏一念听出男人的声音，却因为二人都刻意压低的声音而生出一种紧迫感，她退了两步，弯腰躲到了一辆黑色轿车的车头后，直到听见发动机的声音渐行渐远才走了出来。

和她想的一样，正往出口方向驶去的那辆白色轿车的确是属于沈知遥的。

苏一念有一刹失神，但马上又自言自语道："没什么好奇怪的，纪小佳喜欢他那么久了，就算被解雇，一时放不下感情，跑来纠缠沈总也是人之常情！"

这样一想，她又觉得自己心头那个突然蹿上来的奇怪念头实在是很没有道理，甚至可以说是有点神经质。她耸了耸肩，就此把这件事抛到了脑后。

她跨上自己的小电驴直奔鲜花路的老宅，小电驴转进通往她所住小院的小路后，远远便看见路边的电线杆下停了辆再熟悉不过的白色车子，大约是看见她了，车门拉开，走出个高大身影。

苏一念有点怀疑自己是在做梦，待骑到近前，确定来人的确是本应该在邻市出差的沈渝之后，她忍不住揉了揉眼。

他穿了件黑色的薄呢风衣，颀长的身形被衬托得越发挺拔，见苏一念傻坐在车上，夜风里传来一阵低笑："夜静更深，这位壮士一个人回家，就不怕遇到坏人？"

她心里乐开了花，却佯作矜持地"哼"了一声，将车子一停，背着手下了车："既是壮士，又怎么会怕呢？再说，怕有什么用？我现在不就遇到了一个神出鬼没的坏人？"

"我？"沈渝之好笑地指了指自己，"有人还在生我的气，我实在日夜寝食难安，趁着工作组周末没有安排，偷溜回来负荆请罪的！不过，既然你这么看得起我，那我也不能辜负厚望，就随便打个劫吧！"

苏一念笑得露出两颗小虎牙："敢劫我？看来你是没见识过我的旋风回旋踢了！"

他张开双臂，示意她到自己怀里来："旋风回旋踢就算了，我比较想领教一下这位壮士180度无死角横冲式的熊抱，怎么？敢应战吗？"

"撞翻在地了，你的芋圆们会不会找我赔医药费？"

他嘴角扬起，眉眼里都是鼓励："你只管撞，撞得翻算我输，把我整个人赔给你如何？"

苏一念再也绷不住了，扑上去一头扎进他怀里。沈渝之则一把拥住她，稳稳环住她腰肢的同时，察觉到她被夜风吹得冰冷的鼻尖后，马上将她身后的帽子拉过来："你那小白趁早送人算了，这大冷的天，冻坏了我女朋友，它赔不起的。"

"多有出息啊，巧舌如簧的沈先生都开始打算找辆小电驴索赔了，你的芋圆也不管管你？"

"管我？"他抱紧她，将她双手抓进自己的风衣口袋里，才在她额头上轻吻了吻，双臂结结实实地环住她，毫不掩饰满心的满足，"据我所知，全世界范围内，我只授权了苏小姐拥有这个独家权限！"

自从认识沈谕之以后，身为苏一念唯一的亲闺密，舒颜实力证明了"我是沈谕之狂热粉丝"的身份才是她的真正人设，很多时候都在"找死"的边缘试探她们友谊的底线。

平日里，她隔三岔五地出卖苏一念也就算了，有一次甚至还把苏一念嘚瑟的视频偷录下来发给了沈谕之。

视频中，吃火锅吃出红扑扑苹果脸的苏一念一脸愤然："沈谕之高中的时候是小有名气没错，可我高中时还拿过全国奥数冠军呢！我劝你乖乖抱好我的大腿，别再干卖友求荣的事了。他们那行长江后浪推前浪，等他人老珠黄，谁还要听他辩论？我就不一样了，我有一技傍身，就算七十岁了，也能跟我们沈董一样写代码。指不定以后还是我养他沈谕之呢！"

看完这段视频的沈谕之，很是阔绰地给舒颜发了个大红包，转头就截图发给了苏一念。

"听说有人想包养我？不如，今天的线人费先给我报销一个？"

苏一念看着屏幕，深吸了三口气，很有骨气地回了一个字："滚！"

第二十九章
三春园的梨与绿

晚餐是沈渝之亲自下厨煮的面条。

虽然吃过他煮的粥，喝过他煲的药，但看他系着自己的棕熊围裙，站在自家厨房里切着菜码儿时，苏一念还是有一种不太真实的虚幻感。

"很早之前就想问你了，"沈渝之仿佛背后有眼睛般，头也没回地问道，"我的脸，对你的吸引力真有那么大吗？超过我人格魅力的那种？"

苏一念原本正嘎嘣嘎嘣地咬着苹果，被他这么一问，差点咬到自己的舌头："喀喀……你胡说什么呢？"

沈渝之切菜的动作没停，却回头瞥了她一眼："根据我的不完全统计，我们独处的时候，你偷看我的频率实在有点高得离谱。"

"沈——渝——之！"苏一念红着脸恼羞成怒道，"你谦谦君子的偶像包袱都掉地上摔得稀碎了，你知道吗？谁说我是在看你？我……我……我是在看我新买的水壶，不行吗？"

沈渝之看了看刚下锅不久的面条，索性放下菜刀，缓步走到她面前："你的苹果呢？"

"苹果？"苏一念愣住，下意识举起手上啃了一半的苹果，"在这儿……"

他低头，一口就咬住了她的苹果，眸光深深地看着她，却是叼起苹果将另一边直接凑到了她的嘴边。

苏一念只觉空气忽然被满满的苹果香占据，他的鼻尖轻轻撞上自己，墨色眼眸里满是奸计得逞般的笑意。趁她怔忡着咬住苹果的同时，他也咬下了本就叼着的那一小块，心满意足地踱回到料理台前，慢吞吞地说了一句："下次我再无端挑你毛病挑衅你的时候，知道怎么对付我了吗？"

苏一念呆立原地，唇齿间充斥的苹果汁无端多了几分甜度，她的脸也迅速从发热变成了滚烫。

这算怎么回事？调教她吗？这是对付他吗？这能算对付他吗？

她张了张嘴，最终却只敢乖乖缩回客厅的沙发里，默默盘算了一下自己被他碾压的次数，忽然觉得自己前途堪忧。

但这还不是最可怕的，最可怕的是，想起刚才那一幕，她居然还半点也没有被碾压的人该有的愤怒，反倒斗志全消了。

"祸水！"最终，她暗暗盯着已经端了面条向自己走来的男人，做了最终的总结陈词。

因为刚才抢苹果吃的事，苏一念这回异常安分，以至于桌上她的手机忽然响起来时，她还被吓了一跳。

"哟，这家伙，还敢给我打电话！"苏一念一看电话是舒颜打来的，立时就想起上次的"包养事件"，当下狠狠按下接听键，没好气道，"这个点打电话来，是打算刺探敌情，再给你家男神出谋划策？"

"苏苏，出事了，怎么办？怎么办？"舒颜的声音隐约带了哭腔，"你快点……快点来趟三春园吧！"

苏一念呆了呆，柔声道："你别急，慢慢说，怎么回事？"

舒颜在那边抽泣了两声，才断断续续道："我昨天掉了钱包，今天为了挂失身份证和银行卡就请了一天假。可是刚才赵园长打电话让我回三春园帮忙找人，说是……说是梨子从今天早上起就失踪了……"

"早上失踪为什么现在才发现？梨子才六岁，这么点大的孩子，最多便是躲到哪里去玩了，走不远的！"苏一念语气异常冷静，但脸上的嗔怒笑意悉数不见，取而代之的是眉头都蹙了起来。

沈渝之听出异状，便无声伸出右手轻轻握住她还垂在桌上的左手缓缓收紧。

"从早上起梨子就没去食堂吃饭，赵园长以为他是赖床的老毛病犯了，也没在意。因为莫绿前几天才跟梨子吵了架，赵园长就特意让她拿了些吃的送去给梨子，本来是想让他们自己先缓和一下关系。没想到中午吃饭时，梨子还是没去食堂，赵园长就打算亲自去找他。可莫绿又忽然站出来说是看见梨子在图书室看书，让她给他送饭。赵园长还挺高兴，以为这两个孩子自己和好了。直到晚上大家才发现梨子一整天没出现过时，莫绿才承认她撒了谎，她从早上起就没看到梨子！"

苏一念捂住了嘴，好半晌都没说话。

只听舒颜还在那边哽声道："苏苏，你……你也来好不好？我……我真的很怕……你说……你说梨子那么大点的孩子能去哪儿啊？我总觉得，这事八成还是跟莫绿有关系……"

"别胡说！"苏一念马上出声打断了她的话，"你等我。我现在就往三春园去。跟赵园长说，先报警。莫绿那边先悄悄看好她，但是别吓着她，等咱们到了再说！"

"好，我听你的，你快点！"舒颜连声答应着，这才像是找到了主心骨。

苏一念迅速挂断了电话，刚想叫沈渝之走，却发现刚才还坐在对面的他不知何时已经不在身边了。

"渝之？"她急急站了起来，却没发现他的人影。

"来了！"楼上传来沈渝之的声音，接着便看到他抱了件她的厚棉服从楼上急匆匆下来，"先别自己吓自己，我现在就送你过去。"

"嗯，我知道！"苏一念用力点头，眼圈却有些不争气地发红。

等坐上沈渝之的车，看他开了暖气，又特意在她的催促声里，挑了张舒缓的钢琴曲放进CD机里，她才忽然开口："梨子是去年来三春园的一个小男孩，听说是父亲去世，被母亲遗弃的孩子。家里的亲戚都不愿意做他的监护人，所以才会被送去三春园。"

"是因为姓黎才叫他梨子吗？"沈渝之专注地看着前方，沉声问道。

"当然不是！"苏一念摇头苦笑，"他来三春园的时候，手里抱着个已经烂了的梨子死活不肯放。据说是他妈妈把这么个五六岁的孩子扔在家里三天，孩子在家里只找到一袋妈妈临走前买的梨子，那袋梨子是他当时唯一的口粮。可那孩子一直留着最后一个梨子，想等妈妈回来给他妈妈尝尝……直到被送到三春园，梨子烂了一大块也还是不肯放手，晚上还要抱着睡。最后赵园长她们只好帮他把那个烂梨子放进冰柜里，他每天都要看一遍才肯吃饭……三春园里谁都不敢碰他那个宝贝梨子……"

沈渝之"嗯"了一声："那莫绿呢？"

"莫绿啊！"苏一念说到莫绿，表情更多了几分沉重，"她其实……"

是我和舒颜带回三春园的。"

沈渝之愣了一下。

"她妈妈是个失智妇女。三年前，舒颜生日的时候，我陪她去长青大桥放烟火，在那里发现了莫清兰和当时才六七岁的莫绿。那时候莫绿还没有名字，穿着一件大得拖地的旧裙子，在帮她妈妈赶走骚扰她们的流浪汉。那孩子像个野猫似的，蓬着一头估计从出生起就没剪过的头发，又咬又叫地打着流浪汉。我们拉开他们的时候，她把人家流浪汉的手臂都快咬下一块肉来……"

虽然是寥寥数语，沈渝之的脸色却也凝重了起来："这种孩子，在那种环境里长大，心理和人格发育方面，恐怕很难跟正常孩子一样……"

苏一念苦笑了一声，却什么都没再说，只是将头轻轻地靠向了他的肩膀，缓缓闭上眼睛："我从小就在三春园长大，看到很多像梨子和莫绿这样的孩子。我觉得我比他们幸运多了，所以，我特别感激小舒的妈妈。在我心里，小舒像我的亲姐妹一样，三春园的所有孩子都是我的家人。我要学跆拳道，并不是因为我好勇斗狠或者兴趣爱好，只是希望自己可以强大一点，在自己能力范围内，永远别人添麻烦，做个事事都能自己Hold（掌控）住的人……"

沈渝之单手扶着方向盘，另一只手伸过来却只是轻轻揉了揉她的头顶，无声给她安慰。

苏一念却因为他这个小动作鼻子发酸，哽着嗓子有些好奇地看向他："好奇怪啊，为什么总感觉，你永远都有办法控制我的情绪？我生气了，你能让我第一时间冷静下来；我难过了，你好像随便做点什么，就让我觉得被治愈……"

沈渝之原本还在揉动她头发的手指顿了顿："因为啊，那是我用尽全力在做的事啊！"他说到这儿，趁着前路无人，转头深深看了苏一念一眼，"我常常在想，什么时候啊，能让这么坚强独立的你真正觉得，天塌下来了，也有沈渝之替你顶着，那我便算修成正果，功德圆满了！"

苏一念闻言却是低笑了一声，故意扭头看向窗外时偷偷拿手擦掉了眼角的明亮水泽。

他们赶到三春园时，恰好有辆车几乎是跟沈渝之的车同时抵达了三春园。车子刚一停稳，便见桑蒙一脸焦灼地从车上下来，他一把捉住了正在门外焦灼踱着步子的舒颜："什么情况？你怎么哭成这样了？"

舒颜显然没想到桑蒙会来，但看到他这一脸关切，莫名便是一阵鼻酸，"哇"的一声竟哭出声来。

她这一哭，桑蒙更慌了，沈渝之回Z城正是他开车送来的。因为在邻市这几天太过忙碌，所以一回到家，他就洗了个澡打算睡的。临睡前，他习惯性地打算跟舒颜聊个她最爱的八卦，告诉她沈渝之和自己回了Z城，现在已经去见苏一念的事。

结果电话刚一接通，就听舒颜哭唧唧地说，孤儿院出了大事，没空陪他扯闲篇，然后就直接挂了他的电话。

桑蒙挂上电话，忽然就坐不住了，心里七上八下的，耳鸣般不停回荡着舒颜的抽泣，无论如何也没办法再睡了，这才急急开了车赶来三春园。

没想到见了面，舒颜居然哭得更厉害了，直哭得他心都要拧成一团了，连声求饶道："我的小姑奶奶，当我求你了，别哭了成吗？到底出什么事了？你倒是说句话啊！"

"小舒！"苏一念在车上就看到舒颜这副六神无主的样子了，等沈渝之把车停稳，立马冲了出来。

舒颜一看是苏一念来了，立时像个孩子一样扑向了苏一念。倒是桑蒙，怀里的温暖馨香骤失，一时间有点空落落的，呆呆站在原地，神情复杂。

沈渝之也下了车，见苏一念抱着舒颜，也低声安慰："别哭了，不会有事的！都说三个臭皮匠顶个诸葛亮呢，咱们现在可是四个臭皮匠了！"

"就是，你的臭皮匠男神都来了呢，你就不能注意点形象吗？糊一脸眼泪鼻涕的，像什么呀！"苏一念也顺着沈渝之的话，故作轻松地开了个玩笑。

舒颜只将头往她怀里一埋，含糊道："男神都成自家人了，迟早会知道我的真面目是个屄货的！"

"小舒，我倒不是介意你抱着一念，但外面风大，你们还是进屋再抱也不迟！"沈渝之提醒她们进屋。舒颜却抬头看向苏一念，带着鼻音略有迷茫之意："我怎么觉得，他好像是在吃醋啊？现在是怎样？连我都不能抱你了是吧？"

"都什么时候了！"苏一念掌心在她额头上拍了一下，牵起她便往园内走去。

等他们进了办公室坐下来，苏一念才发现沈渝之没有跟上来，退回到门口一看，却发现沈渝之正拿着手机在走廊上打电话。见她出来，他便低低解释道："我给江锋打个电话，找人这块儿他们应该会更专业。外面风大，你先进去，不用管我。"沈渝之挥了挥手，让她赶紧进屋。

他手臂抬起来的时候，呼呼的夜风吹起他身上的风衣衣摆，清瘦身形看得苏一念心里一软。

她忽然意识到，这一场突发状况里，自己不正在不知不觉地依赖眼前这个人吗？

思及此，她鼻子微酸，大步上前伸手环住他的腰用力抱了一下："谢谢你！"

沈渝之愣了下，刚想回手也抱抱她，她却已经松手牵着舒颜一溜烟小跑回了办公室。

"赵园长呢？"苏一念看了看空空的办公室，小声问道。

"怕其他孩子知道事情会紧张，所以赵园长一开始就是亲自带人去附近找人，后来看实在找不到就去街道派出所报了警。公安局那边也派了人去各个车站、网吧找人，本来是让其他人先回来等消息的，可大伙儿哪里放心？又都出去找人了，只留了我和孙叔在这儿照应孩子。"舒颜在外面冻了一会儿，鼻子微微发红。

"莫绿呢？她还是不肯说她为什么撒谎？"苏一念拿起舒颜桌上的马克杯，帮她倒了杯热水。舒颜接过轻啜一小口，紧张的苍白小脸这才微微放松了些。

"她那个性格，你还不知道？平时除了帮她妈妈洗衣服之外，就是关在她那间小屋子里倒腾她那些从垃圾桶里翻出来的东西。这种时候就更不用指望她主动开口了！"舒颜叹气，"我都在想，要是梨子失踪的事真跟莫绿有关，我们俩岂不是成了罪魁祸首吗？毕竟，她这一年多以来，闯的祸实在也不少……"

"别胡思乱想了，莫绿也只是个孩子，顶多性格孤僻些罢了，不可能做出什么无故伤人的事！"苏一念打断了她，"梨子失踪多半是趁大家不注意偷跑出去了，现在 Z 城的天网监控系统已经全面覆盖市区，既然报了警，警方一定会有发现的。"

陪沈渝之在外面打电话的桑蒙敲了敲门："江队问咱们有没有那孩子的资料？身高体重多少？生活照或者孩子失踪时穿了什么衣服之类的相关信息？他帮我们尽量查查。"

"有有有，照片我们刚才发给辖区民警了，我再转发给你。衣服的话，他少了件深蓝色有美国队长图案的棉服和一条牛仔裤，穿的是黑色运动鞋。"舒颜飞快拿起手机将照片发给了桑蒙。

与此同时，在门口的沈渝之也挂断了跟江锋的通话："好，那就麻烦你了！"

"江队怎么说？"苏一念急切问道。

"他说，既然在辖区派出所报了警，民警们也会尽全力去找的。让咱们先别着急，他试着找人看能不能调出周边路口的监控资料帮咱们找找线索。"

"那……小舒，你和桑蒙在这儿准备相关资料发给江队，我去找莫绿谈谈吧！"苏一念像是做了个极大的决定，起身深吸了一口气，拉着沈渝之便往活动室走去。

沈渝之看了看她主动牵过来的小手，脸上倦色稍褪，取而代之的是淡淡笑意。

苏一念脚步急转穿过回廊，看到其中一个还亮着灯的房间时，才稍稍放慢了脚步。

在沈渝之的想象中，苏一念口中这个叫莫绿的小姑娘应该是个有着一张苍白阴柔脸庞的小姑娘。可是，眼前这个替他们开门的、穿着白色棉衣的小姑娘，却是个五官清秀，眉眼冷厉的女孩。乍一眼看去，目光清亮地打量人时那份超出年龄的犀利，倒与生气时的苏一念颇有些相似。

"这么晚了，怎么还没睡？"苏一念看了看床上发出鼾声的女人，特意压低了嗓音问道。

莫绿在瞧见苏一念后，眸光明显亮了一下，但她旋即就发现了苏一念身后的沈渝之，那点光芒便立时褪去，取而代之的是深深的戒备和探究。

"莫绿是吗？你好，我叫沈渝之！"沈渝之也低声做了个自我介绍，微笑着主动伸出手，语气和态度俨然如对待成年人般郑重。

莫绿显然没想到他会这样跟自己打招呼，看了看他，又看了看苏一念，却是没理会沈渝之伸来的手，转身坐到了书桌前的椅子上。

沈渝之随意扫了一眼这个小房间，发现房间虽然不大，里面收拾得却很整齐。只是墙上不像其他孩子的屋子里，贴满认字卡或者拼音图之类的东西，这个房间的墙上只贴了几张撕得毛了边的人体骷髅图，看起来诡异得很。

"你也是来审我的吧！"莫绿率先开了口，语气里有毫不掩饰的敌意。

"小声点，别吵醒你妈妈了！"苏一念皱了皱眉，看了眼高低床下铺熟睡的女人，发现她睡得很踏实。

"放心，我妈在天桥下睡出来的本事，雷打也吵不醒的！"莫绿自我解嘲地扯了扯嘴角。

"行，那就说说吧，白天大家找梨子的时候，你为什么要撒谎骗人？"苏一念也不客气，一屁股坐在了门槛上。

沈渝之皱了皱眉，趁着莫绿说话的工夫，拖过房间角落一个小朋友坐的小马扎，直接把苏一念从门槛上拎到了小马扎上。

苏一念似是对他的"捣乱"有些不满，拍开他的手，一脸认真地看着莫绿。

莫绿双手的食指来回绞着："我中午是担心园长妈妈知道早上她让我送给那家伙的早餐被我扔在了窗台上，才不让她去找他的。本来嘛，明知道我跟他差点打架，还让我去给他送饭，凭什么是我呀……"

"你的意思是说，你早上说话是不服气，中午撒谎是怕人发现你早上撒的谎，你压根不知道他失踪的事，是吗？"苏一念的眉头微拧，看着莫绿的眼神异常幽深。

莫绿默然低头："该说的我都说了，信不信是你们的事！"

"莫绿，你知道吗？你跟我说，要我教你跆拳道时的眼神，我一直记得很清楚。"苏一念加重了语气，"我虽然不像颜姐姐，天天在三春园照顾你们，但不代表我不关心你。他们找颜姐姐告状，说你最近老喜欢拿根针往芭比娃娃上扎，觉得你很可怕的事，我都知道。可我从来不相信你是无端伤害人家。现在梨子失踪了，大家都很担心。你摆出现在这副油盐不进的样子，对我们来说其实有点伤人。梨子比你还小，你希望看到他一个人流落街头，甚至被坏人利用伤害？你如果知道什么，不是应该第一时间告诉我们吗？"

莫绿原本食指绕圈的动作停住了，她略显局促地换了个姿势，以右手食指不停刮着左手食指的指腹："说什么？大家不都说了吗？我和我妈一样，我妈是大傻瓜，我是小疯子……"

苏一念怔了怔，神色变得颇为无奈："旁人说什么，你都这么在意吗？那我想问一下，你有没有考虑过大家为什么这样说你？你知不知道，年前你从后面用棍子偷袭来三春园领养孩子的张先生，把人家头都打破了。就算你不想去他家，也大可以直接告诉园长和老师，为什么一定要用那样极端的方法？"

"一念！"见她越说越激动，沈渝之忙出声叫住她，以眼神示意她看莫绿的手指。

苏一念顺着他的目光发现莫绿那被自己刮红的手指后，眸光微闪了闪，这才抿紧了唇，努力平复情绪。

"莫绿！"沈渝之开口，声音温和而笃定，"每个人活在这个世界上，都要有一个能让自己完全信任和依靠的人，作为支撑自己的力量。独自行走虽然很酷，但是会比其他人多很多难以言说的辛苦。想学跆拳道的苏苏姐是有想保护的人，我觉得同样也想学跆拳道的你应该也有想保护的人吧？如果有的话，你就不光要学会让强大自己，更要学会信任别人，你懂吗？"

莫绿若有所思地看了他一眼，又看了看苏一念，最终却坚定地摇了摇头："我说过很多次了，我真的不知道梨子去哪儿了！"

"好，今天太晚了，我们就不吵你休息了！"沈渝之仍是笑得一脸云淡风轻，不由分说地拉着苏一念从小马扎上起来，"找梨子的事，原本就是我们大人操心的事。你早点休息，晚安！"

"这样不行的，梨子都失踪这么久了！万一真出了什么意外的话……"苏一念有点抑制不住地焦躁起来。

　　沈渝之温声劝道："我知道你着急，可是这孩子的性格，你再这样问下去，只怕会弄巧成拙。既然江锋答应帮忙，我们就再等等看，说不定一会儿就有消息。只要那个叫梨子的孩子出了三春园，总有机会被监控拍到的。"

　　"那万一要是监控什么都没拍到呢？"苏一念脱口而出，问完自己先狠狠"呸"了一句，"不存在的，现在哪还有监控拍不到的地方。一定会找到的对吧？"说着，将求助的目光看向沈渝之。

　　沈渝之被她这近乎溺水之人想抓住救命稻草般的眼神看得心里发闷，牵紧她的手往办公室走："先回办公室，我们也不是无事可做，我看，先回办公室在微博上发个寻人启事吧！"

　　一听这话，苏一念的眼睛立时一亮："对啊！我怎么忘了，你可是有三千万芋圆的流量大佬啊！！！上次纪小佳黑我那条消息还是发在你微博评论下面的都能被顶成热门。这次你亲自发寻人启事的话，说不定会有很多人提供线索？"

　　沈渝之耸了耸肩："再乐观一点估计的话，也许还会有热心网友帮着一起找人呢！毕竟，这世上还是好人多，对吧？"

　　苏一念用力点头，立刻干劲十足地跑去跟舒颜说起这事来。

　　桑蒙听说沈渝之要上微博发寻人启事，迟疑着小声道："真要是用你的账号发了寻人启事，那就意味着会有各种各样的评论需要我们自己过滤。有用的线索和没用的线索都会掺杂其中，那工作量……可不是开玩笑的！"

　　沈渝之"嗯"了一声表示了解，目光却只是停驻在终于稍稍舒展了眉头的苏一念脸上："这种时候，最糟的状况就是无事可做地干等消息。能忙一点，对她们来说，也意味着希望多了一点！"说着，他轻拍了拍桑蒙的肩膀。

　　桑蒙也看了看一旁的舒颜，一咬牙："成，我知道了，那我这就去买咖啡，咱们做好战斗准备！"

多年以后，有个电视台采访"鲶鱼夫妇"。

"网上流传的消息，说是沈老师对太太一见钟情，是真的吗？"主持人看着新近留了两撇小胡子，平添雅痞气质的沈谕之，两眼放光地问道。

沈谕之微微一笑，却不是看镜头，而是看向身侧的苏一念："是！一见钟情，继而暗恋多年，最后辗转求得，自然倍加珍宠！"

苏一念揉着胳膊做了个恶寒的姿势，眼角却因为笑意微微弯出好看的弧度。

"那沈太太方便透露一下，当时被沈老师这种男神级别的人追求，是什么感觉吗？"主持人满脸艳羡，就差没把话筒凑到苏一念的嘴边。

苏一念看了看沈谕之，又看了看台下那些捧脸状的女孩子，粲然一笑道："大家好奇的话，不如回去看看家里有没有读幼稚园的小姑娘。我们家沈不一今年五岁半，可是你们沈老师只喜欢女儿，所以我想找个童养媳……"

"我是要女儿！"沈谕之郑重纠正，末了又看向众人，"不过，我太太有青梅竹马情结，蓄谋上电视台替沈不一征婚很久了。"

台下一阵骚动，犹如沸腾的油锅，有不少胆大的女生尖声叫道："我可以的，沈不一我也可以的！"

于是，沈不一同学五岁半那年，喜提人生第一枚热搜关键字"沈不一征婚"。

第三十章
刺猬·小姑娘

　　"我能力范围内能调动的人手都调动过去了，分别调看了过去24小时内三春园周边六条街，四个路口的监控录像，确认没有看到过那个孩子的身影。"江锋的电话是在凌晨四点多的时候打到沈渝之的手机上，他声音里有浓浓倦意，但更多的是无奈。

　　"依你的经验，通常这种情况下，是不是要改变侦察方向？"沈渝之的声音压得极低，不放心地看了一眼抱着手机熬了一夜，刚刚才在办公桌上趴着睡着了的苏一念，蹑足推开办公室的门走了出去。

　　"我早上看过地图了，三春园所在的小米街虽然是条死胡同，但街尾那个人工湖是直通大运河的。而这条小路是不在监控范围内的。我们以前接手过不少这样的案例，孩子转眼不见了，到处找不到人，过几天尸体才在附近的水域浮起来。"江锋说到这儿加重了语气，"六七岁的男孩子，正是调皮淘气的年纪，依我看还是先叫蓝天救援队的，沿河道试试打捞看吧！"

　　"好，"沈渝之深吸了一口气，"那你帮我联系一下吧，有什么最新进展随时电联！"

　　"行！"江锋在电话那边很爽快地答应下来，伴着听筒里的应答声，沈渝之却隐隐听得院子里靠墙的方向，似是有一声奇怪的异响。

　　他挂断电话仔细分辨了一下，觉得像是有风吹动了什么包装袋的声音，也就没太在意，长长舒出一口气后，极目看向青黑的天幕。夜风在黑暗中呼呼地吹着，江锋的话却在他耳边再次回响。

　　他想象了一下江锋说的那种情形，几乎能预见倘若担心的事情成真，苏一念会是怎样的反应。当下便觉头疼不已，他轻揉了揉眉心，转身刚要往回走，办公室的门却再次被人从里拉开，桑蒙也从屋里走了出来，小心翼翼地走近他，还没等开口，就听得又是一阵窸窸窣窣声。

这一回，沈渝之听得很清楚，这声音分明像是有人在翻动那种塑料包装袋发出的。

他一把捉住桑蒙的手，做了个嘘声的动作。好在办公室的百叶窗里有丝丝亮光透出来，足够桑蒙看到他这个动作。

二人交换了一下眼神，都悄无声息地紧挨着走廊的墙壁往刚才发出声音的回廊另一边走去。

黑暗中，一个瘦小的身影，正站在差不多与她比肩的垃圾桶前小心翼翼地将手中的东西往垃圾桶里放。

"小朋友，你在干什么？"桑蒙虽然看不真切，但一看这身量，就放松了警惕，直接开了口。

谁知道他一开口，走廊的声控灯便亮了起来，与此同时，沈渝之不仅看清了莫绿那张仓皇的脸，莫绿也显然被吓了一跳，倒退了两步，居然转头就跑。

桑蒙满头雾水，错愕地看向沈渝之："我……我不就熬了个夜吗？至于就变得这么吓人了吗？看见我们跟见了鬼似的！"

沈渝之懒得理他，三两步走到垃圾桶边，发现垃圾桶里，泾渭分明地摆着一个黑色的垃圾袋，装得鼓鼓囊囊。而垃圾袋旁零零散散已经扔了好些果皮和装水果蔬菜的袋子，刚才他听见的声音，大概也是因为有人碰到了这些袋子发出来的。

他视线在垃圾桶中扫了一遍，抬手便捞起了那个黑色垃圾袋。

桑蒙忙上前帮忙，袋子刚打开一角，便露出深蓝色一角。待沈渝之将这个深蓝色的东西从袋中彻底拉出来时，声控灯的灯光虽然不算明亮，但足以让他们看清这是一件深蓝色棉服，棉服正面印着美国队长的图案。

"深蓝色美国队长棉服？"桑蒙惊呼出声，"舒颜不是说那个失踪的男孩子穿的就是这件衣服吗？"

"你们干什么啊？大晚上翻垃圾……"舒颜和苏一念一前一后出

现在了拐角处，一个揉着眼睛，一个皱着眉头，都朝他们这边看了过来。待看清沈渝之手上的东西后，苏一念反应极快，三步并作两步便上前抢过了那件棉服。

"这是梨子的衣服，还是我和小舒一起给他买的！"苏一念声音发涩地看向沈渝之，"你……你们怎么会在垃圾里找到这个？"

"是一个女孩子，就刚才我和师兄听见动静跑过来察看，结果正好看到她把这东西往垃圾底下塞。本来想叫住她问个清楚的，可她一看到我们就跑了！"桑蒙说着指了指其中一扇已经重重关上门的房间，"喏，就是那个房间的女孩子！"

"莫绿？"舒颜满脸愕然，"梨子的衣服怎么会在她那里？"

"那孩子怕是知道什么，大半夜地跑出来藏衣服，怎么整得跟毁尸灭迹似的……"

"桑蒙！"沈渝之沉声打断了桑蒙，"别胡说！"

苏一念眯着眼看着那扇紧掩的门，过了好一会儿才开口道："去拿备用钥匙，别吵醒其他孩子了！"

"哈？"舒颜显然还有点没反应过来。

苏一念索性自己回了办公室，熟门熟路地在赵园长的办公桌下面找到了一大串钥匙。

"我们不拦一下吗？"桑蒙小声问道。

沈渝之沉默地看了看那件棉服，缓缓摇了摇头。

苏一念脚步不停，直接拿出备用钥匙开了莫绿房间的门，莫绿还撑着门想要拦住他们，可哪架得住盛怒下的苏一念？

苏一念一个用力，就直接把她从门后推开。见苏一念就这么冲了进来，莫绿迎着苏一念的目光也变得异常冷漠。

"衣服为什么会在你手上？我们检查过梨子只少了一套衣服和一双鞋子。所有人都以为他是穿着这身衣服失踪的。可现在，它却被你鬼鬼祟祟地扔进了垃圾桶！"苏一念全身都在颤抖，"莫绿，在你心里，苏苏姐就这么不值得你信任是吗？"

"莫绿，你倒是说话啊！到底怎么回事？你想急死我们啊？"舒颜上前一步，还想再说什么，沈渝之却伸手拦住了她，直觉这种情况下，最好不要再去激化莫绿的情绪。

谁也没留意到，床上躺着的莫绿妈妈缓缓睁开了眼睛，视线从床顶移向门口，在看到沈渝之和桑蒙后，居然一骨碌从床上翻了起来。

她抄起枕头下面一根洗衣服用的棒槌突然暴起，光着脚便跳下床，不由分说地冲挡在舒颜面前的沈渝之挥了过去："打死他，打死他！小绿打死他！"

苏一念呆了两秒才反应过来发生了什么，伸手刚要去拦，她对面的莫绿反应比她更快，几乎是在听到身后的声音后，第一时间飞扑着上去拦她妈妈。

一切发生在电光石火的一瞬间，等苏一念的脑子反应过来时，莫绿的脑袋已经结结实实挨了一棒槌，刹那间便有殷红的血涌了出来。

"莫绿！"几人齐声低呼，莫绿妈妈更是被这变故吓得扔了棒槌倒退两步缩回到了床上。

莫绿伸手摸了摸自己汩汩流血的伤口，又看了看打伤自己的母亲，竟是上前两步，冲着母亲惨然一笑："我没事，妈！一点也不痛！"

"我送你去医院！"苏一念伸手要扶莫绿的肩，莫绿却明显瑟缩了一下。

她背对着众人，稚嫩的肩头微微耸动两下，却是回转身来，看向苏一念："你们能不能不找梨子？"

"梨子的事，不用你管了，我先送你……"

"梨子不会回来了，你们不用再找了！"莫绿脸上的血色越发浓艳，她却有些无所畏惧似的轻笑了一声，"那件有血的衣服，是我故意藏起来的。我打了他，像先前拿棍子偷袭那个张叔叔一样,我把他打死了！"

她目光如炬扫过所有人脸上的表情，最后落在了苏一念脸上。

苏一念的双手紧握成拳，连鼻翼也因为愤怒翕动了好几下："你……你知不知道你在胡说什么！"

"胡说？"九岁的莫绿看着她的眼睛里，却已是一片悲凉，"我偷偷藏衣服不是都被逮了现行吗？呵呵，从梨子失踪到现在，园长妈妈问了我四次，刘奶奶问了我两次，还有张老师，在办公室里说我看面相就是个阴狠的……其实大家都觉得梨子的失踪跟我有关吧？苏苏姐不也是这样想的吗？我这种没有爱心又心理阴暗扭曲的家伙，根本就不配待在三春园这种地方……"

"你胡说什么！"苏一念彻底崩溃了，一把捉住她的手，眼睛通红地低叫出声。沈渝之忙拉住她，将她拽进怀里低低安慰道："先别激动，你这样会吓着孩子的！"

说着，他又做了个手势，示意所有人都别说话了，自己则弯腰在莫绿面前蹲了下来，想伸出手轻轻替她整理一下翘起的上衣下摆，莫绿异常警觉地退后了一步。一旁原本吓坏了的莫清兰则明显又躁动了起来，红着眼盯住沈渝之，仿佛随时还会扑上去再挠他一把似的。

"这个世界上，越聪明的成年人，越懂得如何粉饰太平，如何小心翼翼藏好自己的阴暗邪恶。而你，你只是年纪还小，还不懂得如何伪装罢了。"他说到这儿，意有所指地看着莫绿，"像你这样的孩子，小时候经历过什么样的阴影，外人都无法想象。别人说你心性扭曲，是别人的猜想，可那不是真的你。任何一个清醒的成年人都知道，判断一个人是否心性扭曲的标准，可不是看她是不是从小跟着一个傻妈妈长大的。"

莫绿听得双手一下捏得死紧，看向沈渝之的眼神像个愤怒的小兽般："我妈妈不是傻瓜，我做什么是我的事，跟我妈妈没关系！"

"可是你看，"沈渝之忽然话锋一转，指了指她房间墙壁，"你贴的这些骷髅图纸上那些铅笔画的十字架，和你们三春园办公室旁边医务室里的人体解剖图、红十字标志是不是有些像？"

众人一愣，都纷纷看向那张骷髅头。

"从刚才你妈妈的状态来看，再结合小朋友们看见你给娃娃扎针的传言和这些旁证，我有个大胆的猜想。"沈渝之说着，从莫绿身旁站了起来，重新走到苏一绿面前，"有个从小就很懂事的小姑娘，她一直很努力，很努力地，想要保护脑子不太清醒的妈妈。妈妈大概因为以前受过伤害，对异性产生了极强烈的敌意。这种敌意在不知不觉中恶化成了强烈的攻击性。小姑娘作为母亲最亲近的人自然察觉到了，可她不敢说出来。她好不容易从风餐露宿的天桥下来到三春园生活，她害怕面对说出真相后可能被送走的未知未来，所以她一面帮母亲掩饰病情，一面像个小骑士一样，立志保护不清醒的妈妈。希望将来长大做医生，能治好妈妈的病，这才有了那个三春园里，孤僻、冷漠、会拿针扎小人，在自己房间贴骷髅画的小莫绿……"

他的声音很轻，怜惜中又透着几分赞许，莫绿望着他的眼神却从戒备到惊惶，最后眼眶里则溢满了泪水。

苏一念愕然，在她的印象中，莫绿的妈妈莫清兰只是智力低下而已，一个只有三四岁智商的大人，每天像个孩子一样只会傻乐。她还从来没见过莫清兰像刚才那样，突然攻击人的暴力场面。

大概是沈渝之的猜测击中了她的心防，也或许是担心母亲莫清兰的未来，莫绿终于忍不住泪如雨下。她拉住了苏一念的衣袖，仰起满是血污的脸："苏苏姐，我妈妈不是故意的，不管打伤了谁，她都不是故意的。她什么都不懂，她就是觉得有男人出现了，就是要伤害我们……"

"这种事，不是应该第一时间告诉我们吗？你怎么这么傻？"苏一念强忍着鼻子的酸意，随手摘了自己的围巾便按压住她的伤口，"先别说这些了，我送你去医院。"

"不是的，我妈……我妈不能去精神病院的。你们答应我，不能送走她。她没我不行的，她去哪儿我都愿意陪她的。实在不行，你们送我们去坐牢吧，等我们坐牢出来，我也长大了，我就能自己照顾她了……"

她越说越激动，最后更是一把抱着苏一念的大腿说什么也不撒手："苏苏姐，我不想跟我妈妈分开，我知道你最疼我的，我求求你……"

苏一念再忍不住泪水夺眶而出，反手抱住惶恐莫名的莫绿："没人会分开你们，天下间所有的孩子都应该跟着自己的父母的。"

舒颜在一旁看得也是泪眼汪汪，倒是沈渝之看了看还在床上一脸迷茫的莫清兰，又看了看莫绿，轻声道："这样不是很好吗？想哭就哭，想笑就笑，你才多大呀！实在不必活得那么拘谨辛苦，懂吗？"

莫绿半懂不懂，泪眼婆娑地去看沈渝之，却发现他目色如水地看了苏一念一眼，才柔声道："小姑娘，没人要拔掉你的刺，可你要学会自己拔掉它。一个想当医生的人，一定要像你苏苏姐姐一样，不管经历了什么都不妨碍自己有一颗柔软的心。不是因为这世上有人需要你拔掉刺面对他们，而是因为你自己需要有个能抱住你的人！"

苏一念自然听得出他话里的一语双关，只有她自己知道，她这么关心莫绿，很大一部分原因，是因为这孩子确实和儿时的自己很像。她一直以为自己过得很积极乐观，可是沈渝之这番话，让她心中悲恸莫名。

她想起小时候在三春园，努力想让所有人喜欢，却卑微又懦弱得被舒颜嫌弃的自己；想起被人欺负却不敢吭声后，舒妈妈把她接到自己的办公室里，每天单独给自己和舒颜开小灶时，感动得满脸是泪的自己；想起练跆拳道时，咬牙忍着关节酸疼练习，却被舒颜拉着死活不让自己再学时，越发坚定地咬着牙的自己。

那时候，虽然没有一个小哥哥，像沈渝之今天对莫绿这样，温柔地告诉她，没人要拔掉她的刺，却有舒颜和舒妈妈，一次又一次地让她清楚看到自己的幸运，让她长成现在的样子，还能遇到她最大的幸运。

"好了，都别哭了！"沈渝之的一声轻叹，将她拉回现实，"先送莫绿去医院包扎一下伤口吧！"

苏一念连忙点头，扶着莫绿往外走，莫绿妈妈见状，立时吵着也要跟去。最后没办法，沈渝之亲自开车和苏一念一起将这母女俩送去了医院。

值得庆幸的是，莫绿头上的伤口虽然缝了两针，但没有脑震荡，医生虽然建议留院观察一天，但清晨七点多的时候，沈渝之便接到了徐青文的电话，说是梨子找到了，现在正要送回三春园。

一听这话，苏一念和莫绿都坐不住了，同时要求回三春园去。

沈渝之拗不过她们，只好驱车赶回三春园。

看着毫发无损，穿着一件大了一号的粉色女童棉服的梨子，莫绿居然是一脸同情地看着梨子："你不是说去找你妈，再也不回来吗？哭着喊着逼我发誓不出卖你，怎么这么快就回来了？你妈不肯要你？"

"他压根没见着他妈！"徐青文揉了揉虎头虎脑的梨子，"半个小时前，有对夫妻把他送到大正路派出所了。这孩子挺聪明，运气也不错，还记得他自己家的地址，打了辆车找到了以前的家了。可是他妈妈早就不在那边了，房子也卖给别人了。他在人家家门口等了一整天，等那家人下班回来，告诉他房子易主，他还不肯死心。

"本来人家屋主是打算等他家人找上门来带他走的，到后来一直没人来，他们也就只好收留他住了一夜。巧的是这屋主老婆是沈渝之的粉丝，今早起床看到沈渝之发的微博上梨子的照片，才知道这孩子原来都住孤儿院了，这才把人直接送派出所了。"

舒颜听完徐青文的话，又看了看耷拉着脑袋、一脸闯祸后心虚表情的梨子，气得二话不说，上去抓起他的衣服，就在他屁股上狠狠拍了三下才气呼呼道："给我老实交代，你怎么跑出去的？说不清楚我还打！"

一旁的桑蒙看得清楚，舒颜这几下每一下都是高高扬起，轻轻落下。当下就摇了摇头，这女人还真是，除了第一次见到自己时，彪悍得像个母老虎，后来的表现压根就是个小奶猫。爪子凌空挠得再凶，也就是虚张声势。

可想而知，挨了这三下软绵绵的巴掌，梨子越发有恃无恐，挣开舒颜就躲到了莫绿身后。

"是我，是我教他躲到垃圾桶里的，每天早上垃圾都是我和我妈去倒的，只要我不说，我就能把他和垃圾一起倒到路口去。衣服也是我教他换的，我知道你们发现人不见了，要报警。电视里那些寻人启事都会说孩子走失时穿了什么，所以我把自己的衣服给他穿走了……"

"梨子才多大？你就这么让他一个人跑出去，你知不知道这一天一夜的时间里，随便发生一个小小的意外都会让你抱憾终生？"苏一念有些余怒未消地看着莫绿。

梨子一看莫绿挨骂，马上不干了："不关莫绿姐姐的事，她说天下间所有的孩子原本就该跟着妈妈的！她还给了我钱，还教我打车的时候打阿姨的车不要打叔叔的车……"

"你快闭嘴吧！你们俩小小年纪都能互相包庇，各打五十大板好了！"舒颜气得直接就把他推给了早就守在一旁的赵园长身边，"这半年都别让他看电视了，您看这人小鬼大的劲儿，再晚两年都得成精了！"

"凭什么不让我看电视？我就看！说不定我妈回来找不着我，还要上电视发寻人启事呢！园长妈妈，我要看，我要看的！"梨子拉着赵园长便开始撒起娇来。

赵园长无奈苦笑，冲桑蒙和舒颜点了点头，便带着他先去吃早餐了。

舒颜跟在后面叮嘱道："赵姨，不许惯他了，再这么惯着他……"

"行了，行了！"桑蒙看不下去了，"别喊得好像你多有原则一样，当心再吓着孩子了！人回来不就行了吗？先前也不知道是谁，担心得哭哭啼啼，跟个二傻子似的！"

舒颜紧绷了这么久的神经，好不容易放松下来，一听桑蒙跟自己唱反调，脱口便道："你才二傻子呢，你全家二傻子！"

"行行行，我全家二傻子，你聪明，你倒是赶紧回去睡一会儿吧。瞧你这眼睛，好好的母老虎都熬成大白兔了！"桑蒙看了看舒颜满是倦容的脸，心疼莫名，说出的话却还是故意用了玩笑的语气。

舒颜转头本想再说他几句，可一看桑蒙也是一脸掩不住的疲惫，想想他这一晚上陪着折腾，再看桑蒙被自己盯住时有些不自在的表情，不由得起了逗弄之心。

"说起来，我还是应该好好谢谢你的！"她伸出手来，故意搭在他的肩膀上，"你这么仗义，我倒忍不住怀疑你是不是故意引起我的注意，好跟我升华一下感情？"

"升华感情？"桑蒙侧头看了看她搭在自己肩膀上的手，才明白她话里的弦外之音，面色赧然地拍了拍自己衣服上的褶皱，"那个……时候不早了，既然人没事了，那我就先回去了。下午八成还得跟师兄赶回邻市……"

"桑蒙！"舒颜叫住他，"你脸红了！"

桑蒙一听，马上加快脚步一溜烟往外走："我还有事，徐警官我帮你们送回去好了，拜拜！"

"哎，别呀！我……我保温杯里的水喝完了，等我加杯热水啊……"徐青文还想抗议，可惜被桑蒙连拖带拽地拉走了。

桑蒙走的时候连耳根子都隐隐发红的样子，让舒颜忍不住笑出了声。

这家伙，实在是看起来就很好欺负的样子，巧的是，自己好像还挺喜欢欺负他的？

"喂！那你回来了记得告诉我，我请你吃饭啊！"她跳起来，对着桑蒙的背影喊道。

桑蒙依旧没回头，只是原地挥了挥手："好！"

声音很是雀跃，听得出来，是真的很开心。

　　沈谕之最初选择桑蒙当自己的助理，一方面是看中桑蒙的工作能力；另一方面，是因为桑蒙和他一样，是个极重时间观念的人。

　　后来，桑蒙认识了舒颜，他的时间观念，就忽然变得淡薄了。

　　明明是舒颜说要请他吃饭，结果，桑蒙下班后，在工作室等了半个小时都还没走。沈谕之一问，他才憨笑道："小舒路过祥云路，说是新开了一间网红奶茶店，想去打个卡。让我晚点再出发。"

　　沈谕之挑了挑眉没说什么，又过了半个小时，走出办公室就发现桑蒙无聊到已经在桌上趴着打瞌睡了。

　　"你不是约了小舒吃饭吗？"

　　"啊？"桑蒙揉着眼睛看了看手机，松了口气，"她说喝奶茶喝饱了，逛街消消食，等逛好了，再打电话给我！"

　　正说着，恰好电话响了，桑蒙眼睛一亮马上接听，然后喜滋滋地终于拎着包出发。

　　沈谕之看了看手表，貌似距离他们最先约定的晚饭时间，已经过了三个半小时。

　　于是他知道，这家伙，怕是爱惨小舒了。

第三十一章
预付聘礼可还行?

几天后,Z城的高速公路出口处,沈渝之是被一阵刺耳的喇叭声惊醒的。

猛然睁开那双原本紧掩的眸,茫然看向车外的长龙后,沈渝之忍不住揉了揉额头:"堵车了?"

桑蒙发现他醒了,笑着递过去一瓶矿泉水:"师兄肯定是太辛苦了,很少看你能在车上睡着。我刚刚还在想,早知道堵车的话,应该劝你明天早上再赶回来的。"

"辛苦的是你,反正我在车上也睡着了,回去睡和在酒店睡没什么差别!"沈渝之拍了拍他的肩,"你也累了,下车,换我来开吧!"

"不用、不用,我没事,一点儿也不困,下了高速进了市区就快了!"桑蒙嘴上说着没事,却忍不住侧目看了看忽然亮起来的手机屏幕。

沈渝之留意到屏幕上来了条新消息,发消息来的正是舒颜。

他低笑一声:"怎么?跟舒颜进展如何?"

听他提到舒颜,桑蒙立时垮了脸,"呵呵"了两声:"今天上午还夸我是她好兄弟,说等我回来要请我喝啤酒吃炸鸡!"

沈渝之挑了挑眉:"有没有考虑在吃炸鸡的时候顺便表白?"

"啊?"桑蒙吓得连忙摆手,"不……不用吧?万一她没那个想法,直接不理我了,怎么办?"

"她要是实在不喜欢你。你也可以趁早把那些哄女生的心思放回到工作上来。"沈渝之说着,斜了他一眼,"别以为你最近为了讨好她,当我的行动八卦站的事我都不知道。"

桑蒙干笑两声："我那不是为了方便苏小姐了解你的行程吗？"

"一念想了解我的事，有我这个最佳途径，"沈渝之显然不领情，"不用你帮忙！"

"是是是，我错，我改，我回去就写篇一千字的检讨！"桑蒙揉了揉起了鸡皮疙瘩的手臂马上求饶。

沈渝之拿出手机看了看，像是在犹豫要不要给苏一念发个信息，最终还是把手机放回了袋中。

车龙在堵了十多分钟后，终于缓缓移动起来，桑蒙大概也是归心似箭，一路将车子开得飞快，不多时便停在了工作室外。

车子刚停稳，工作室外便传来一阵仓促的脚步声，沈渝之才刚推开车门，便有一堆忽然靠近的长枪短炮对准了他，接着便是闪光灯的一阵"咔嚓咔嚓"。

他一时无语，转头去看也下了车的桑蒙。

"沈先生，您好，我是《文化周刊》的记者。听说，新加坡超级明星杯给您发出了邀请函，邀您加盟下个月在新加坡开赛的最新一届超星杯。您本人目前是如何打算的，方便透露一下吗？"

"是啊是啊，您当年拿下超星杯冠军，一战成名后却拒绝了国内外的所有赛事，低调了好几年。这次超星杯公布的邀请名单上有您的名字，这是表示大赛方面已经和您私下沟通过了吗？"

"各位真是辛苦了，这么冷的天居然还在工作室外面蹲守。"桑蒙屁颠屁颠地转到沈渝之这边，冲众人笑道，"你们也知道，我师兄刚从A城的锦标赛颁奖会回来，实在是很累……"

他正忙着打发记者，沈渝之则靠着车门，一副生人勿近的样子。

偏偏这时工作室的门被人从里面拉开，一个高挑纤细的身影蹦蹦跳跳便从里面蹿了出来，很开心地叫着："你回来了！"

沈渝之一愣，那张距离感十足的俊颜浮现一抹讶然，旋即便似冰雪消融般掠过一丝温柔。

只不过蹦蹦跳跳的人推开大门借着路灯，也终于看到车门旁站着的那些记者，一下子就僵在了原地。

"我说怎么着，这就是沈先生的女朋友啊！你们还不信，她傍晚来的时候，我是不是让你们拍下来了？"

"放心吧，拍了拍了！"

"苏小姐和沈先生果然恩爱啊，这么晚了还在等沈先生回家？"

"怪不得沈先生这么辛苦都连夜从 A 城赶回来了，原来是家里有人在倚门长盼啊！"

几个记者说完，众人顿时发出一阵暧昧的笑声，苏一念更是站在原地，进不敢进，退不能退，只好把求助的目光看向沈渝之。

沈渝之终于开口，绕开众人向苏一念走去："我没记错的话，你们不是来采访我的吗？都盯着她看，我会吃醋的。"

现场静了三秒，倒是桑蒙没忍住，弱弱问道："你说吃醋，是指你不高兴大家这么盯着苏小姐看，还是……"

"不然呢？难道吃醋他们没请我吃话筒？"沈渝之冷"哼"一声，趁着其他人还没反应过来，拉着苏一念便推门径直进了工作室。

"我……我不知道……"苏一念结结巴巴，想解释什么，却被他一个熊抱，牢牢圈进了怀里，充斥在鼻间的熟悉男性气息让她脑子进入短暂空白模式。

"等我很久了？"

"还……还好。我听小舒说你们饭都没吃连夜赶回来，就想着反正回去也是闲着，你们回来估计也饿了，不如来这边等你。"她一边说，一边伸手戳了戳他胸前的呢子大衣，示意他松开自己，"那个，你饿不饿？锅里还有饺子，大家都吃得差不多了。要不，我上去给你也盛点？"

沈渝之这才发现，办公室里他那几个属下正端着碗，一字排开地坐在会议桌前，一手遮脸一手拿着筷子吃着什么，整个办公室里充斥着食物独有的温暖香气。

他微微皱了皱眉："你们……"

"我们懂，我们懂！我们什么也没看见，真的！老大，你还是赶紧上楼吃饺子吧，凉了就不好吃了，我们吃完就麻溜地滚开，保证不打扰你们二人世界！"

沈渝之不为所动地"哼"了一声："临走前，记得自己把碗筷收拾好！"

众人一迭声地应着，沈渝之这才拉着苏一念上了楼，在玄关处时一边换鞋，一边不满道："你做的饺子好歹也是我们的定情信物，你就这么随随便便地请别人吃？"

苏一念差点被自己的口水呛到："你什么时候变这么小气了？那些人可都是你的属下，况且，我做了很多，都给你放在你冰箱冻好了，够你吃很久……"

"比起吃饺子，我比较想把会做饺子的你藏在我家！"他陡然转身，将她堵在门边，温暖气息扑簌簌地落下来，轻轻捧起她的脸，"怎么瘦了？"

"还好吧，可能因为梨子失踪的事情绪上比较激动，加上公司最近很忙，沈总压缩了'猎心'的开发时间，睡眠不太好，吃东西也觉得没什么胃口……"苏一念说着，下意识抚了抚自己的脸，不无紧张道，"是不是熊猫眼很严重？"

"我看看……"他抬高她的下颌，玄关处的蓝色筒灯照下来，照得苏一念素净的小脸上连细小的绒毛都纤毫毕现。

苏一念只觉他的目光灼热而深沉，俊颜越靠越近，须臾后果然还是亲了上来。

苏一念挣了两下，后知后觉地怀疑这个重逢KISS（亲吻）是从他刚才的捧脸和靠近开始蓄谋。

但所有纷乱念头，在他攻城略地般的唇齿索取间，都消弭在他熟悉又好闻的气息间。沈渝之却仿佛想借着这一吻，倾尽数日相思般，直到苏一念觉得呼吸困难，双脚发软才移开双唇，意犹未尽地在她颊畔颈后轻刷而过，最后停在她的颈窝处，气若兰麝，低低问道："这几天，连微信都没办法及时回你，有没有生我的气？"

苏一念轻喘了一声，因为他伴随着呢喃声纷纷不断落在自己颊畔耳边的细吻，发现自己的声音也变得破碎不连贯："怎……怎么会？你在……忙嘛！"

"这么懂事？"他低低笑了一声，与她额头相抵，"都不知道该气你一点都不黏我，还是该难过我的苏小姐好像一点都不在乎我？"

"谁说的？"苏一念隐隐有些不满，自己这样的身高却还是每次都被他居高临下地占便宜，于是伸出手臂一把环向他的颈后，在他脸上重重啵了一下，"这样是不是能感觉到我的在乎了？"

他的眉梢跳了跳，嘴角有笑意几欲浮现："只是这样吗？"

"那……"苏一念咬了咬唇，鼓起勇气盯着他的双唇看了两秒，一踮脚直接将双唇在他唇上印了一下，双眸却是圆睁着看向他，"这样呢？"

沈渝之环在她腰上的双臂一收，将她拦腰抱了起来。

"哎……"苏一念只觉双脚离地，整个人都悬在了空中，惊呼一声后，下意识便伸出长腿直接钩在了他的腰上。

沈渝之眸色深得吓人："看来，有人今晚是想把自己当成饺子端给我了？"说着，在近在咫尺她的雪白颈项上轻咬了一口，"我数到三，就开动了！"

苏一念隐约察觉他身上某处滚烫的异状，瞬间明白发生了什么，也终于意识到自己这个盘腿环着人家腰身的动作有多暧昧，当下尖叫一声挣扎着从他身上跳了下来。结果，脚跟才刚碰到地，便听面前人薄唇微动："三！"

下一秒，她感觉腰间一紧，又被人直接抱了起来。

"你要赖，哪有这样数到三的，我……我警告你，不想吃拳头的话……"她挣扎着，紧张得声音都变了，狠话才放到一半，屁股倒先被结结实实放到了椅子上。

"好饿！陪我吃了饭，再送你回去！"沈渝之说着，松开还扣在她腰间的手，在看到她愕然又窘迫的目光后，忍不住还是在她唇上啄了一口，"放心好了，我这个人向来喜欢挑战高难度。比起吃到某人，我更有兴趣的是什么时候能被某人吃了！"

苏一念僵坐在椅子上，只觉一颗心如同坐过山车般，还在怦怦狂跳，却又一瞬经历了大起大落。听他这么一说后，都分不清自己是庆幸他有过人自制力，还是失落于自己居然没本事让他意乱情迷，理智全失。

正想着，放在桌上的手机却在这时响了起来。

"啊，我接个电话！"她心不在焉地拿起电话，人却溜得分外干脆，走到厨房才接起电话，"小舒？"

"苏一念，我真没想到，你是这样的人！太过分了，我跟你说，你这次真的太过分了！"舒颜在电话里大声叫道。

"干什么？你吃错药了？没头没脑地，乱嚷嚷什么呢！"

"你中了六合彩，居然不告诉我？不是说好了，不管什么时候，不管是谁，只要中了六合彩，奖金都要平分的吗？果然金钱是最好的试金石，关键时刻你还是翻脸不认人了！"

"继续你的表演！"舒颜夸张的哭诉腔，倒让苏一念一脸坦然，恰好沈渝之递来一个刚洗好的苹果，苏一念顺手接过便啃了起来。

"嘁！"舒颜一听这话，果然也没了演戏的想法，愤愤道，"你是不是把全部家当都捐了？你是不是傻？这么多年省吃俭用存点嫁妆容易吗？三春园虽说条件一般，但也不至于要靠你一个人来支撑吧？你用得着对自己这么狠吗？真以为傍上了我男神，就可以退路都不留了吗？万一……"

"等一下！"苏一念停止了啃苹果的动作，越听越觉得满头雾水，"你再说一遍？谁把全部家当捐了？"

"还装傻？我亲眼看到院长办公室的捐款支票了，就是你的名字！有图有真相，我都偷偷拍下来了，你别想抵赖。我太清楚你了，从小到大就爱打肿脸充胖子，天大的事一个人死扛……"

眼见她越说越过分，身后还有脚步声传来，苏一念急了："你胡说什么，谁打肿脸充胖子……"

"小舒，是我，沈渝之！"沈渝之伸手拿过她手中的电话，取消了免提，对着话筒那端的舒颜道，"那笔钱是我用一念的名义捐的。你人在三春园，以后这笔款项的使用情况你帮我留意一下。我懂你们对三春园的感情，但是这笔钱捐出去是为了让孩子们的生活过得更好一些，我希望能专款专用地帮助到真正有需要的人。你是自己人，有你监督，我会更放心，你懂我意思吗？"

电话彼端的舒颜不知说了句什么，就听沈渝之接着道："好，谢谢你，那就先挂了。等我从新加坡回来，再请你吃饭！"

这回，苏一念隔着听筒都听到了舒颜一迭声地"好好好"了，换作平时，她肯定是要再鄙视一下那家伙的，可是此刻，她只觉得百感交集。

"你……你给三春园，捐了很多钱？"

"不多！"沈渝之淡然答道，就着手咬了一口她手上的苹果，赞了一声，"看来，我选苹果的眼光和选女朋友的眼光一样好，都很甜！"

她忽然有些想哭："好端端的，为什么忽然想到要给三春园捐款？"

"为什么啊？"他倚在厨房的推拉门边，"大概是看到莫绿和梨子的时候，会不自觉地猜想，我的小姑娘当年在这里长大，一定吃了不少苦头，然后就有点生气我为什么没有早点遇见她呢？"

苏一念站在原地，却没有动，只是瞪着发红的眼看着他。

他冲她招了招手："这些孩子在成长中都有这样那样的问题，变得那么敏感又尖锐，只有我的小姑娘，长得这么可爱，还这么单纯善良……"他伸长手臂，一点点把她拉进怀里，揉她的刘海，"最重要的是，老天爷还这么好，安排她拯救了我，还让她愿意把心给我。"

"我都没有答应做你女朋友的，谁说我愿意把心给你？"苏一念埋首在他怀里，狠狠擤了下鼻涕。

"没关系！我们来日方长，还有好多明天以后，你慢慢考虑，随时可以反悔……"他话未说完，苏一念抬手一记小粉拳已经捶到他胸口，"什么反悔？你当我是什么人呢！我要真那么想，不就成了纪小佳说的渣女吗？"

沈渝之看着她通红的眼眸，无奈叹了口气："我为你一掷千金啊，你应该高兴才对啊！怎么还在哭？"

苏一念撇了撇嘴，依旧是不说话，只是伸手牢牢抱住他的腰，再次把脸深深埋进他怀里。

"好好好，我坦白，上面那些话都是哄你开心。我就是想，如果将来娶你的话，你父母不在，聘礼也不知道给谁。就想着，既然你把三春园当娘家了，我就先交点首付，好歹让你知道，咱们俩在经济上可以不分彼此……"

他还在絮絮地说着，声音柔软，像哄孩子，却不防怀里的苏一念忽然仰起满是泪花的脸吻上了他……

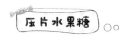

沈渝之第二次给三春园捐款时，苏一念依然不知情。

舒颜为此很是震惊："他花了那么大一笔钱，你这个当家的都不知道，你就不着急？"

苏一念心不在焉地玩着游戏："他赚的钱，他想怎么花是他的自由啊，我才不要管。"

"所以，沈家的经济大权都还掌握在我男神手上？"舒颜神色复杂，"这不科学啊，以我男神的妻奴属性来说，他应该是结婚前就把全部家当给你交了个底吧！"

"交了啊！"苏一念皱了皱眉，用手比画了一下，"这么大个文件袋，又是什么房产，又是什么股权，我哪儿看得懂？全扔回给他了！"

舒颜噎了噎，半晌才挤出一句："喏，咱们是死党，我丑话可说前头了。我男神这样的男人，太抢手了，万一哪天……"

苏一念忽然"呀"地叫了一声，生气地扔开手机，往沙发上一倒："有没有搞错！这是哪儿来的菜鸡……"

"哎，你到底有没有听我说话？"

"安啦！"苏一念抬手，"他不是那种人啦，退一万步来说，就算哪天他真要把我扫地出门，我又不是养不活自己！"

说完，意犹未尽地拿起手机，又新开了一局。

舒颜看了她好半晌，忍不住发了个信息给桑蒙："你们老板去做公证，把个人名下的所有婚前资产全部赠予你们老板娘这事，你们老板娘好像真的完全不知道啊！"

几秒后，桑蒙回她一条信息："老板说了，他想被老板娘包养，你不服气吗？要不你也包养我？"

是夜下班，桑蒙险卒于搓衣板！

第三十二章
人生有百味，但你有我

"小苏？"沈知遥第二次叫了声苏一念，顺便敲了敲桌面，略显无奈地看着神游太虚不知道想什么去了的苏一念，"他们说的组件测试那块的修改方案，你觉得怎么样了？"

"啊？"苏一念这才回过神，当下涨红了脸，"不好意思，我……我走神了！"

"走神？我看是被某人勾了魂吧？"阿 K 贼笑着调侃道，"我可是都看到了，今早娱乐新闻的头条可就是你和沈渝之蜜恋同居的热搜。行动挺迅速啊，都已经同居了，是不是用不了多久，就能吃上你们的喜酒了？"

"放屁！我……我是去找他说点事，没有过夜，没有过夜，没有过夜！"苏一念涨红了脸，平时听他们开别人的玩笑不觉得有什么，这会儿落在自己身上了，才发现不能忍。

"是是是，你说没过夜就没过夜！你们就是纯洁的男女朋友的关系！"阿 K 笑得越发灿烂，"话说回来，你嫁给沈渝之了，以后是不是就不上班了？那完了，沈总招了个男秘书后，你可是我们部门唯一的女神。你要是一走，我们研发部岂不是又变成了'全狼组'？"

这回，连光叔也在一旁帮腔了："不存在的，我们小苏不是那种人。就她这种加班狂魔，怎么可能为了区区爱情放弃赚钱的快感？当少奶奶有什么好玩的？能有我们这群老哥哥陪你抹着风油精喝着正气水来得刺激吗？"

"好了，好了！"沈知遥再次敲了敲桌面，示意众人收敛一下。

苏一念忙给了众人一个活该的眼神，大家这才收了心思，接着开会。随着会议的议程推进，挂钟上的时针也指向了傍晚六点多。

"行了，散会吧！今天就不加班了，都回去好好休息，接下来可还有一个多月的硬仗要打！"沈知遥说着，开始收拾他面前的文件夹，众人也纷纷起身准备离席。苏一念要走时，却被沈知遥叫住了，"小苏，你等一下！"

"哦！"苏一念乖乖坐回椅子上，一边重新翻开自己的记事本，一边拿出笔做出一副要聆听指示的认真模样，倒把沈知遥逗乐了，"现在是休息时间，不用这么认真！"

苏一念有些茫然："不是说工作的事吗？"

沈知遥收敛了笑意："我是想问你，你和渝之真的同居了？"

万万没料到，一向绅士又含蓄的沈知遥也会问出这么八卦的问题，苏一念先是一愣，旋即真有些窘了："老大，怎么连您也被阿K他们带坏了？我昨晚只是听说他出差要回来，我在他工作室等他……"

"那……他去新加坡的事呢？也是假的？"

"那倒不是！"苏一念见他不再说同居的事，这才松了口气，"他这几天为了空出时间去参加新加坡的比赛，已经把原先的行程计划做了改期。听说，下周一就要直飞新加坡了！"

沈知遥若有所思地"嗯"了一声，这才从会议桌前站了起来轻笑道："渝之真幸运，遇到你这么个什么事都支持他的女朋友！"

这话说得有些没头没脑，苏一念听得莫名其妙，于是随口便答道："沈总也会有呀，喜欢你的女孩子多着呢，只是您还没找到合您心意的姑娘罢了。"

"喜欢我的人？"沈知遥像是被她这句话触动了什么不好的回忆，笑容变得有些怪，"还是算了，老天好像偏爱不喜欢我的那类人！"说完，他深深看了苏一念一眼。

这一眼，居然让苏一念生出一种奇怪的感觉，虽然他表情还是和以前一样温柔亲切，可眼底竟有些幽幽的森冷和讽意。

这感觉太过诡异，以至于晚上见到沈渝之后，她忍不住也八卦了一把："我们沈总是不是受过什么情伤？"

"知遥哥？"沈渝之有些讶然，"为什么这么问？他跟你说了什么吗？"

"也没什么，就是觉得他今天说起喜欢他的人时，好像情绪很复杂呀！"苏一念想起沈知遥今天说那句话时的神色，还是觉得很不舒服。

沈渝之眸光微闪，他之前就隐隐觉得沈知遥从一开始就不太赞成自己追苏一念。那次在沈知遥的办公室，他那句刻意加重的"欣赏"似乎也在暗示他对苏一念有好感。但以沈渝之的观察，苏一念对沈知遥好像完全没有任何除了上司和下属以外的其他感觉。也不知道是沈知遥这个上司隐藏得太好，还是苏一念太过迟钝。

他想了想才答道："知遥哥的性格，好像从小到大就是没有什么性格。这可能跟大伯去世早，他从小跟着他妈妈长大有关系。大伯母是国内很出名的钢琴演奏家，知遥哥小时候耳濡目染也弹得一手好钢琴，不过性子温软腼腆，反而不得老爷子的欢心。但他人其实很好，我为了辩论的事跟老爷子闹翻，老爷子让他从维也纳退学，转考 MIT，他半句责怪我的话也没说。后来因为姜葵的事我滞留新加坡，没跟家里人联系，倒是知遥哥，特意提前结束暑期旅行计划，从美国绕道新加坡陪我在医院做了个全面检查。是在那时，我才知道自己当时突然开不了口，是因为患上了心因性失语症。为此，我一回国就被我妈带去进行了近两个多月的心理干预治疗，在这期间也一直是知遥哥陪着我。"

苏一念虽然是第一次从沈渝之口中了解到自己那位顶头上司的事，但对沈渝之的说法却是深以为然："那倒是，他在公司口碑也很好。大家都觉得他没架子，人也很绅士，我那些同学知道我在 SZ 工作有个这么好的上司都很羡慕！"

"至于你说女朋友的事……"沈渝之摸了摸下巴，"我这两年比较忙，跟他联系也不多，倒真是从来没听说他把什么人带回家过。不过好像听我妈说过，知遥哥大概是在等老爷子给他物色合适的妻子人选！"

"商业联姻？"苏一念撇嘴，立时便对这个话题失去了兴趣，"你们有钱人家的无聊想法还挺多。幸好你现在不是 SZ 继承人，不然，我是不是也有机会体验一下，被人拿着支票砸脸上，让我离开你的感觉？"

"拿支票砸脸估计是没希望了，"沈渝之好笑道，"不过帮你请个假，和我去趟新加坡，故地重游一番，苏小姐有没有兴趣？"

"去殡仪馆故地重游？"苏一念直接剜了他一眼，"你怕不是傻瓜吧！也不嫌晦气！"

"小小年纪，还挺迷信！"沈渝之抬手在她脑袋上轻弹了一记，"你想去的话，我应该能帮你要到假，知遥哥那边……"

"不行不行，"苏一念心里虽然有些动摇，但还是义正词严地拒绝了，"我们部门最近人人都忙得屁股着火，我要是扔下大家跟你出去浪，其他人就要分摊我负责的工作，你想想看，同事们会怎么看我？"

"在你心里，我还不如你那些同事？"沈渝之挑眉，分明已经语带威胁。

苏一念眼珠一转，只好主动献上一枚香吻，安抚某人濒临岌毛的幽怨情绪，结果却被意犹未尽的某人直接按到了正平摊在床上的行李箱上。

一屁股坐在行李箱里，两条腿都吊在了箱外就算了，沈渝之还颇为不满地将高大身躯覆上她的上半身，强势吻住她欲抗议的双唇，连同她的小手一并纳入掌中牢牢抓住。直至苏一念双唇都隐隐有些酸痛，他才微微松开她，鼻尖仍抵着她，看着她的眸光火热，声音微微低哑，让苏一念觉得自己周遭的气氛忽然变得异常暧昧起来："想把你打包带走，怎么办？"

"欸？那个……呃，你在打包行李？"苏一念顾不上害羞，撑着双手努力挣了两下，不但没挪动半分屁股，反倒没掌握好力道，主动在沈渝之脸上亲了一下。

"你说呢？"沈渝之挑了挑眉，声音里的不满，因为她这蠢萌的动作稍稍消散了些。

"你……你在收拾去新加坡的东西？"苏一念这下是真急了，"不是下周吗？怎么这么着急收拾行李？"

见她因为即将到来的离别而乱了分寸，他这才将她从行李箱里扶了出来："我去新加坡之前，得提前录好下个月的《言而有心》，还有工作室里琐碎的杂事要提前处理好。接下来这几天只怕都会很忙。趁着现在你在这儿，正好可以一边陪你一边把东西收拾好。可惜苏小姐整晚都把心思放在别的男人身上了。"

苏一念立时举了白旗，想起人家先前帮自己搬家时的卖力劲儿，忙跑前跑后地帮他收拾行李。其间，沈渝之多次意图以言语和肢体动作说服和诱拐她陪自己去新加坡，均惨遭拒绝。

最后，他也终于死了心，乖乖把她送回了鲜花街，只在临走时从车窗里探出头，对已经进了院子的苏一念扔下一句很有水准的恐吓："我认真想了下，你今晚拒绝了我六次，我打算从原本列出来的给你带的礼物清单里画掉六项。"

"欸？"苏一念一听急了，她虽然只去过新加坡一次，对那边的饮食文化还是很有好感的，那天确定沈渝之要去新加坡时，她还暗戳戳和舒颜一起列了个心愿清单，想让沈渝之当职业美食代购呢。

虽然是自己拒绝了和沈渝之一起去新加坡的提议，但这不代表苏一念真的不想去。

恰恰相反，她只是想想，时隔多年自己能和沈渝之同游故地，就觉得百感交集了。只是理智一直在提醒她，"猎心"是 SZ 科技不久前跟国内最大的电商平台合作开发的一款智能购物搜索引擎，由于功能需求大，开发难度高，所以从进入开发阶段开始，研发部的人就都是铆足了劲地闷头苦干，自己这时候要是为了这种事请假，实在是太没职业道德了。

就这么做了许久的心理建设，苏一念才彻底打消了请假的奢望。所以一听沈渝之放了狠话，心里着实不安了起来。

当晚洗澡出来，却收到沈渝之发来的消息："虽然有个工作狂女友会让我醋意大发，但坦白说，一想到这么认真努力又有责任心的小姑娘是我的女朋友，就还蛮骄傲的！"

苏一念心里甜滋滋暖融融，感动于他的细心，总能这么恰到好处地照顾她的情绪，她笑着在床上打了个滚，连发了三个亲亲的表情包给沈渝之。结果沈渝之过了一会儿，才发来一条懒洋洋的语音："真感动的话，别来这些虚的，要不，我现在去找你？"

苏一念想到今晚被他按在行李箱时的那霸道又强势的一吻，犹自面热，当下噼里啪啦回了一句："时候不早了，晚安哟！北北！"

刚要放下手机，沈渝之的回复便来了，五秒钟的语音条，先是无比不屑的一句"喊"，静默两秒后，却是自己低笑出声，然后似乎凑近手机，用气音轻道了一句"晚安"。

最后这一声，几乎是直接黏到了苏一念的耳膜上一般，活脱脱就是他人在身边，咬着耳朵说出来的质感。

只这一句，便叫她脑中闪过无数沈渝之穿着睡衣或者赤裸上身抱住自己说晚安的画面，苏一念"啊"了一声，捂着几欲滴血的脸钻进了被子里。

第二天上班时，她甚至还努力拿出了比平时还饱满的状态开始了一天的忙碌，偏偏邻座的阿K今天特别奇怪，在座位上忙了一会儿，就忽然坐立不安地打开自己的抽屉，拿出份报纸看上一会儿，然后又把报纸塞回抽屉。过不多久，他又像是忽然抽风似的，拿起报纸又瞄一眼。

"你没事吧？"苏一念忍不住问了一句，隐约觉得阿K今天有点不对劲。

阿K大概也早就盼着有人能跟自己说话了，一听苏一念主动搭话，立马将椅子一挪，直接滑到了苏一念身边，神秘兮兮道："你最近见过纪小佳吗？"

"你小子抽什么风呢？好端端的，忽然提她干什么？"坐在另一旁的光叔不满地白了他一眼，又看了看有些出神的苏一念，显然是怕苏一念因为之前的事会心生芥蒂。

"不是，我……我今早赶地铁的时候，随手买了份报纸，结果……"阿K说着，急忙又从抽屉里取出了那份被自己看了好几次的报纸，在苏一念的桌上摊开，指着报纸上一个不起眼的角落，"喏，你们看……看这里……"

苏一眼只好凑近去看，光叔也好奇地直起腰，伸头过来瞄了一眼。

这是一则本地民生版的新闻，占的版面很小，但新闻的配图却让苏一念和光叔都吓了一跳。

"怎么样，怎么样？是不是跟我一样，觉得像极了纪小佳？"阿K一看他们这反应，顿时有一种找到组织般的释然和激动，指着照片中脸部打了马赛克的女子，"这张越看越像是她工作证上的照片吧？这件衣服，她当时不是还炫耀说是什么两个品牌联合出品的限量版吗？你们有没有印象？！"

"明星还撞衫呢，你激动个什么劲儿？"光叔皱眉打断他，"限量款也不是孤品啊，就不许人家有同款啊！"

阿K急了，梗着脖子和光叔争论起来，苏一念却看着新闻里那些触

218

目惊心的字眼，半晌都说不出话来。

"××小区住户跳楼自杀……妙龄女郎……疑因抑郁症轻生，原就职于Z市某知名科技公司……"

苏一念想起上次在公司的地下车库看见纪小佳时，她那张阴沉晦暗的脸以及她说出那些歇斯底里的话时有些失控的表情，心下泛起难以言状的不祥感。

大概是阿K和光叔议论的声音太大，引来其他几个人的围观，大家正议论纷纷的时候，沈知遥的办公室门被拉开："你们手头上的事都做好了？"

被他这么一说，众人忙各自回到座位上忙了起来，阿K小声咕哝了一句："我也希望不是她，可是照片和文字信息跟纪小佳的匹配度高达90%，要说不是她，那才叫奇怪！"

"你还说！"光叔抬手就把那份报纸揉成一团砸在了阿K身上，"不用干活了？"

阿K无奈，只好耸了耸肩，收拾心情重新投入工作。

可是经他这么一闹后，魂不守舍的那个人就变成苏一念了。午后的休息时间，她还是没忍住给徐青文打了个电话。

"喂？"电话响了很久才被接通，一个刻意压低的声音响起，"苏小姐？"

"是，是我！不好意思，我是不是打扰你了？"

"没事没事，我们在开会，我已经溜出来了！"徐青文一边往外走，一边说着，声音也越来越大，约莫是走得比较远了，语气都明显轻松了不少，"苏小姐找我有事吗？"

"我……我是想跟你打听一下，我今早看Z城新闻，好像有个自杀案。我……我怀疑那个死者，是我一个朋……呃，熟人，徐警官能帮我查证一下吗？"

徐青文笑道："多大点事儿啊，你看到新闻里有没有说死者是哪个片区的？我帮你打听打听！"

苏一念下意识点头："嗯，是住在××小区的。"

"行，给我五分钟，马上回你电话！"徐青文答应得很爽快。挂断电话的苏一念却比先前更紧张了，在走廊里来回踱着步子，从来不觉得五分钟有这么漫长。等手机再度响起时，她几乎是第一时间就接了起来："怎么样？"

"查到了，死者叫纪小佳，是Z城本地人，听负责出现场的同事说，死者家里没有外人进出的痕迹。楼道监控显示，事发当天她一整天都没出门，就中午和晚上分别点了份外卖。凌晨时分换了衣服化了妆，看着像是出门约会似的，结果自己独自上的天台。听说家人也确认过了，她最近在吃抗抑郁的药……"徐青文说了这么多，才想起问她一句，"对了，这人是你朋友？"

苏一念感觉自己就像是跌进了冰窟窿一样，陷入一种前所未有的寒凉。

纪小佳死了，就在昨天晚上，她居然跳楼自杀了，还是因为抑郁症自杀的。

她无法抑制脑中瞬间生出的各种念头，如果她没有起诉纪小佳的话，纪小佳就不会那么难堪地被公司扫地出门。纪小佳那么骄傲的人，那次的打击多半是她患上抑郁症的根源吧？怪不得上次在公司的车库，她整个人看起来那么阴沉，那么歇斯底里，原来不单单是因为对自己的不满，现在想来，那天自己针锋相对的态度，是不是也有点太过冷漠……

她越想越难过，徐青文的声音却还在话筒里响彻："苏小姐？苏小姐？苏小姐你还在吗？"

苏一念张了张嘴，用尽全身力气才回道："我在，我……我知道了，谢谢徐警官！"

直到这一刻，苏一念才忽然有些明白，沈渝之当年为何会将姜葵的死揽到自己身上自责这么多年。当一个鲜活的生命暗淡成灰白遗像时，周遭人的心情都会跟着阴沉下来，更遑论与之有纠葛的人。

这天傍晚，由于要去新加坡比赛，沈渝之正紧锣密鼓地忙着提前录制《言而有心》，在台上连续坐了四五个小时的沈渝之虽然也略有疲色，但就在化妆师补妆的工夫，他发现桑蒙拿出了自己放在他身上的手机。

他在工作状态下都是直接将手机交给桑蒙保管，但事实上，他的私人号码知道的人统共也没几个，能让桑蒙接完电话神色复杂地看向自己的人，更是少得可怜。

他目光微闪了闪，联想起先前桑蒙告诉自己的事，眼中的担忧之色更重了几分。

桑蒙接完电话便离开了演播厅，沈渝之不放心地站起来，刚想跟去问问情况，那边导演却拍了拍手，示意大家接着拍摄。

他只好整了整衣袖，重新坐下，面对镜头神色如常地解说了一段刚才发言的那位选手提到的某个历史人物的野史小段子。

他语速和缓，说起这些典故来叙述流畅，宛如亲见，遣词用句更是让人觉得画面感十足，听得台下又是一阵鼓掌，伴着几声迷妹的呐喊。

主持人笑着调侃道："其实我一直很好奇，沈老师平时在看书这件事上到底花费了多少时间？我发现咱们《言而有心》录到现在，上至历史科学下到生物地理，好像就没有您不知道的事，这当辩手难不成还得上知天文下知地理吗？"

"大概是，大家忙着谈恋爱约会的时候，我却困在一个心结里，等一个人出现。"沈渝之眉头微挑，因为视线里出现的某个纤细身影而微微松开了原本一直拢握成拳的手，露出微微轻笑，眸光如春风拂岸般温柔起来，"本着尽可能让自己的生活能专注一点，轻松一点的目的，那段时间我看了不少闲书，虽然没在本质上解决问题，但至少没有让自己耽溺在那些无意义的负面情绪和无止境的假想里！"

刚刚跟着桑蒙走进演播厅的苏一念听了这话，原本沉甸甸的心忽然就好像被人猛地扯开了一道口子，青天朗月倏然就照了进来。

自己先前安慰沈渝之说的那些话，怎么转头到了自己身上，就忘光了呢？沈渝之的心结，在自己看来是庸人自扰的话，自己现在又算是在干什么？

纪小佳人都不在了，自己若是为这种事钻牛角尖，不是自寻烦恼是什么？

想到这儿，她拉了拉自己脸上的口罩，安静地在桑蒙身边坐了下来，隔着人群远远看着台上一身青黑色西服的沈渝之，心里便油然生出一阵自豪感。

约莫半个多小时后，节目完成录制，一众工作人员向观众致谢后，便算是完成了工作。

眼见观众大多退席了，桑蒙这才小声道："没事了，我们走吧。等师兄跟工作人员和其他选手打声招呼就能走了！"

苏一念应了一声，大步跟上桑蒙往台上走。

她才刚走两步，还在台上跟主持人说着什么的沈渝之忽然皱了皱眉，抬手不知说了什么，便大步流星朝苏一念他们这边迎了上来。

桑蒙没留意到这些，仍在边走边和摄像打着招呼。苏一念却眼睁睁看着沈渝之走到近前，直接就在众目睽睽之下弯腰蹲了下来。

因着他这个动作，苏一念才发现自己右脚的帆布鞋不知何时松了鞋带，正松垮垮地散在脚背上。而沈渝之的动作很快，麻利地替她将鞋带系好，还不忘仰头问她："会不会系得太紧？"

苏一念拼命摇头，不用抬头也能感觉到身前身后的视线和那几个走得晚的观众低低的尖叫声。

沈渝之倒是一脸坦然，系好鞋带站起来后，就直接牵着她的手跟众人道别。苏一念乖乖任由他牵着，机械地跟着他向众人颔首，只剩下周遭的议论声。

"咦，沈老师女朋友来探班哦？"

"小姐姐这是拯救了银河系？沈老师帮她系鞋带啊！"

"这旁若无人地秀恩爱，宠妻狂魔本魔没错了！"

苏一念的脑中一片空白，身旁的沈渝之却忽然开口问道："下班后特意跑来电视台找我可不像你的作风，"说着，他特意回头悠然瞥了她一眼，"想我了？"

"嗯！"苏一念几乎是没过脑子地应了一声，才摇头，"不是，我……我是来……来找你有事的！"

沈渝之眼里的笑意如星光点点渐次亮起，直接无视了她的否认，带着她进了自己的化妆间，指了指自己的座位，示意她坐。

苏一念第一次进他的化妆间，好奇地四下打量时，沈渝之则脱下身上那身西服换上了看起来要暖和得多的黑色大衣，对着镜子将大衣的扣子一颗颗扣好。苏一念视线转了一圈回到他身上后，忽然觉得自己绝对是个肤浅的女人，沉迷美色就罢了，连他扣衣服的样子，落到眼里都觉得异常赏心悦目。

"我知道，这个时候我跟你说再多安慰的话，大概都没什么用。以我的经验来说，吃到肚子里的温暖和满足才是最能打动你的，请你去贺记吃饺子好不好？"沈渝之扣好衣服，走到她面前，却是单膝微屈蹲了下来，一只手搭在她膝头上，一只手轻轻拉过她的手，语气轻松却带着安慰意味。

　　"你……你是不是知道什么了？"

　　沈渝之点头："你来之前，徐青文打了电话给我。虽然是桑蒙替我接的，但是之后休息的时候，他都告诉我了，本来我是计划录完节目去找你的。"

　　他大掌轻轻摩挲着她的手："我很高兴你能来找我，这说明你终于知道，你以后再不用一个人面对一切，也不必强撑着去消化所有情绪了。"

　　苏一念将他拉了起来，在他站直身子的同时，将头埋进他怀里："本来还想来敲诈你一顿大餐的，没想到你居然打算用一碗饺子把我打发了？"

　　"怎么？嫌我这碗饺子太寒酸？"他轻捏了捏她的脸，"有我这个和你同病相怜的战友陪你吃饺子，已经是上天最好的安排了。"

　　他一边说，一边将自己搭在一旁的围巾给她系上："我无法劝你不要自责、不要内疚、不要苛责自己，因为我自己好像也还没办法完全做到这一点。人活着，大概就是为了尝尽百般滋味，酸的甜的，喜欢的讨厌的，恐惧、嫉妒、自责、悔恨，那些组合起来，才是我们整个人生，面对它有些困难？"

　　说到这儿，他捧起她的手，在她额际轻轻印下一吻："可是我们有伴了，不是吗？"

压片水果糖

　　"你知道吗？我真的好崇拜沈渝之。"

　　"没跟他在一起前，他在电视上侃侃而谈，说古论今，学富五车的样子配上那张可以当饭吃的脸，就已经够让我痴迷了；跟他在一起之后，我才发现，他简直是个万能的多面手！我衣柜的门坏了，他能修；我找不着的无线耳机，他能帮我翻出来；我说想吃千层，他居然能在家里给我现做……"喝得醉醺醺的苏一念，呢喃地碎碎念着往屋里晃去，进门的时候还险些走错方向，撞上门口的博古架，好在被身边人急急扶住。

苏一念丝毫没察觉自己刚才的危机，扒着扶手往上走："太可怕了！我连他出差好久不回来，我都没办法生他的气。因为他天天都有给我打电话啊、发信息啊……可是小舒，有时候，就是停电了啊，我也会想他！想他在客厅怎么摸我的头，在楼下花坛边捏了我的脸……"苏一念犹自喋喋不休地抱怨，在某人一声叹息后，终于回头看向他。

"小舒？"醉意沉沉的苏一念摸了摸眼前的人，"咦？你怎么长胡子了？"

沈谕之伸手摸了摸她的头，索性将她拦腰抱起，往楼上走去。

怀中人犹自目眩神晕："咦，小舒你看，楼梯都在转啊……好奇怪，我怎么觉得你身上这味道有点像沈谕之？"说着，埋首像个小狗般在他怀里拱了拱，竟是真的认真嗅了起来。她嗅着嗅着，突然叫道，"完了，你胸呢？你胸怎么这么平了？"

沈谕之脚步一顿，哭笑不得地用肩膀撞开房门后，把她扔到了床上，又哄又压地守着她睡着了，才拿出手机，给桑蒙发了条信息："以后出差三天以上的工作尽量推掉！"

第三十三章
小佳之死

"官方行程不是说明天飞新加坡吗？怎么忽然提前了？"苏一念急急在航站楼的人流中找着舒颜说的检票口。

"你也说了，那是官方行程！"舒颜揉着在路上被风吹得生疼的脸，没好气道，"你男朋友不想被记者穷追猛打地问那些没营养的问题，所以打算提前坐夜间航班赶过去！"

"这种事，为什么我这个正牌女朋友，还要靠你这个外人告密才知道？"苏一念佯怒着哼了一声。

舒颜的脸上闪过一丝不自然："那个……我……我严刑逼供，桑蒙才招的。他说男神不想你送机，这不是寒流来了吗？你又在加班，他怕你来回跑，冻……冻着了！"

苏一念闻言猛地停住脚步："不对呀，说到怕冷，你可是比我怕冷多了啊。你紧急 Call 我，让我赶来送沈渝之就算了，你好像没什么必要跟着我跑这一趟吧？"

"我这不是怕你一个人孤单吗？"舒颜一扬下巴做出一副狐假虎威般的强悍模样，"这大晚上的，我能放心你一个人赶到机场来？"

苏一念抽了抽鼻子："不对，不对！我闻到了恋爱的酸臭味，八成是有人春心萌动……"

"哎，你别胡说行不行？我……我跟桑蒙，那是纯洁的战友情谊，这不是寒流来了吗？我家自来水管老化，昨晚冻爆了。你现在是有人罩着的主，我不敢打给你，只好找他了。结果他大半夜的帮我去买水管，又吹冷风又装水管的，好像……好像就给冻感冒了。我……我有点不放心，本来是打算给他送药去的，然后去他家才发现没人，这才知道他们已经到机场了！"

苏一念见她一脸义正词严，不由得好笑道："少来了，别人不知道你，我还能不知道吗？那些平时抢着给你献殷勤的小哥哥呢，你怎么不叫他们，偏偏就找了桑蒙？还这么体贴地给人家送药……"

"去去去，我们这种属于在一个战壕里奋战的战友情，战友懂不懂？你看我在他面前连女神形象都不要的，怎么可能……"舒颜话说了一半忽然顿住，半张着嘴呆看着正前方。

苏一念这才顺着她的视线望过去，发现桑蒙正看着她们，气色看起来确实不太好，戴着厚厚的口罩，所以只露出一双神色复杂的眸子。

"我怕你又迷路了，所以一直在这儿等你们。"桑蒙说话时，带着浓浓鼻音，看来确实是重感冒了。他说完这句，就侧身指了指右前方，"师兄在那边呢，马上就要登机了！"

"我给你带了药！"舒颜忙将手里一直提着的小纸袋急急塞给桑蒙，"有感冒药、退烧药、咳嗽药，还有那个、那个晕机药……"

桑蒙倒也没客气，接过药了了声谢，便转头对苏一念道："我带你们过去找师兄吧！"

苏一念点头，跟着桑蒙找到沈渝之时，他正在原地踱着步子，不时抬腕看时间，显得有些焦灼。

见到她走来，沈渝之快步上前："早知道最后你还是踩着点赶来机场，我还不如早早和你说实话，让你坐我的车一起过来呢！"

"不好意思，是……是我拖苏苏来的！"舒颜心虚地低了低头，看起来人也有点颓颓的。

"谎报军情确实该罚，罚你……"苏一念顿了一下，才笑着轻撞他的肩膀，"回来的时候，给我们多带点吃的！"

"真没生气？"沈渝之盯着苏一念，还是有些不放心。

苏一念嗔怪着横了他一眼："我才没那么小气，倒是你，人家桑蒙的感冒好像挺严重了，到了新加坡，帮着舒颜盯紧点，让他赶紧吃药！"

沈渝之马上挑眉："你赶来给我送机，就为了叮嘱我照顾别的男人？"

"我这不是帮舒颜说的吗？"苏一念笑眯眯转向桑蒙，"辛苦你了，以前爆水管这种苦差事啊，她十次倒有九次是找我的。没想到现在，她遇到问题，倒是第一时间想着去找你了！"

桑蒙倒是低笑了两声，将口罩拉了拉才道："这有什么，这种事本来就应该我们男生来做的。更何况，我这也等于是在帮师兄嘛，理所应当的！"

听他这么一说，苏一念忍不住和沈渝之交换了一个眼神，又都看向了一旁的舒颜。

舒颜的双唇动了动，但想了想还是什么也没说，只是继续低头蹭着地上的瓷砖，一副心不在焉的样子。

就在这时，机场的广播里已经开始提醒沈渝之，他们乘坐的航班开始登机了，沈渝之习惯性地揉了揉苏一念的脑袋："我得走了，乖乖做好保暖防寒工作，按时吃饭。"

"知道了，又不是小孩子！"苏一念噘了噘嘴，还没来得及再说话，沈渝之已经把她拉进怀里，深深抱了一下："落地再给你报平安，我们走了！"说完，松开双臂便接过桑蒙手里的另一个行李箱，径自向登机口走去。

桑蒙也紧随其后跟了上去，走了好几步，才像是想起还没道别，拿着机票冲苏一念和舒颜挥了挥手。

舒颜看着他们进了登机口，轻哼了一声，扭过头去："不就是害他感冒了吗？我不也给他送了药吗？看把他拽得，话都不乐意跟我说了！"

"人家那不是感冒了吗？说不定嗓子不舒服？也或许……是听见你刚才说的话了，心里正黯然神伤呢！"苏一念捏了捏她的脸，"行了行了，小气鬼，送你回家，早点睡一觉，明天保管你什么气都消了！"

舒颜像是被她的话戳中心事，脸色微变，却嘴硬道："我……我又不是说他坏话，他一个大男人要是为这种事跟我怄气，那也太小肚鸡肠了吧！"

苏一念抬手就在她脑袋上拍了一下："在我面前还嘴硬，是他小肚鸡肠，还是你口没遮拦伤了人家的心，你心里没数？！"

由于深夜赶到机场送机，第二天早上嗜睡如命又严重缺觉的苏一念是打着呵欠去上班的，结果她才刚停好小电驴，就见前台的小文急急朝自己跑了过来："小……小苏……出事了！"

"出事？出什么事？"苏一念有点摸不着头脑。

"纪……纪小佳的妈妈来了，说是……你害死了纪小佳，在前台吵着要……要见你！"

苏一念呆了好几秒，才不太确定道："你是说……有人为纪小佳的死来找我？"

这算怎么回事？徐青文不是说纪小佳是自杀的吗？怎么会扯到自己头上来？

"我看她来势汹汹的，很不好惹的样子呢。我们刘经理让我在这儿等你，顺便通知你一下，让你有个心理准备。可是我觉得你最好还是躲一下算了，不然，一会儿顶楼的大 BOSS 们来了，看到这个阵仗就不好。纪妈妈那个架势，显然是来找你麻烦啊……"

小文说这些的时候，视线一直在苏一念的脸上打量着，像是要从她的表情里窥出什么蛛丝马迹般。

苏一念沉吟片刻，将车钥匙放进包包："我要是回避了，就算没做错什么，也变成了心虚逃避。与其那样，还不如众目睽睽下把话说开了。"说着，她径自走向电梯口，看似一脸平静，走进电梯后，才发现自己握着包的手微有些发抖。

她深吸了一口气，对着电梯厢壁上的自己鼓气："不能尿，苏一念，不管讲道理，还是讲法理，问心无愧就行了！"

说完对着镜子扯了抹笑，待电梯门开，她抬步走出电梯，一眼便看见了站在前台大理石台前的中年女人。

约莫是听见电梯门的动静，那个女人也回头看了一眼，自然发现了从电梯里出来的苏一念。

"你就是苏一念？"她眉眼和纪小佳有些相似，只是气质更为凌厉一些，想来应该就是纪小佳的母亲了。

纪母此时正目眦欲裂地看着苏一念，颤声问道。

苏一念做了个深呼吸，才缓缓点了点头："我是！"

话音刚落，就见纪母右手一扬，挥着巴掌就冲自己呼来了。

苏一念抬脚本想避开，但看到纪母那双含泪的眼和那张悲愤的脸，有一瞬又想起了那日停车场里的纪小佳。只这一愣怔的工夫，纪母的巴掌已经结结实实落在了苏一念的脸上，随着"啪"的一声脆响，苏一念被打得脸都侧了半分。

一旁严阵以待的保安们见状都吓了一跳，纷纷上前想要阻止，却看苏一念摆了摆手示意自己没事，她抬手轻拭过火辣辣的脸庞，只觉得口腔内泛起淡淡铁锈味，可见纪母这一耳光，挟了多大的怨恨。

"阿姨来找我，如果纯粹是想找我泄愤的话，那我建议您还是想清楚再动手。先动手打人只会让您更被动，不是吗？"苏一念语气很平静，被打得红了大片的脸颊上，五个清晰分明的手指印异常明显。

纪母像是被苏一念的平静刺激到了，胸前一阵剧烈起伏后，冷笑了一声："怪不得我们小佳被你逼得走了傻路，就凭苏小姐这副泰山崩于前面不改色的本事，她那点直来直去的小聪明根本就不够你看啊！"

"首先，小佳的死，绝不是我想看见的。当时，她不计后果地在网上公开我的个人信息是事实。她对我恶意中伤在先，我追究她、起诉她，都是合情合理合法的。至于她后来因为这些事而患上抑郁症，不在我的意料之中，但也绝不是我期望……"

"苏小姐真是好演技！"纪母气得脸上肌肉都抽搐了几下，才疾声打断她的话，"你发给我们小佳的电邮里，可不是这副任打任骂的嘴脸。我承认，小佳一时冲动把你的信息发到网上确实是她错在先。可是，歉也道了，钱也赔了，你还不放过她，发那么多恶毒的谩骂去侮辱她，你现在还有脸说这不是你期望的？"

"电邮？"苏一念终于听出话里的问题，"你的意思是，我发电邮去骂小佳？"

纪母瞪着她，饶是隔了两步的距离，苏一念都清楚听到她咯咯磨牙的声音，显然是已经气到崩溃边缘。纪母迅速从包里掏出一沓打印纸高高举起："我们家小佳的死确实是自杀没错，可是这世上也不是只有你苏一念是懂法的。原本我还想着，只要你肯认错，答应跟我一起去小佳的坟前磕个头认个错，我们就私下解决。现在看来，就算是拼了后半辈子不得安生，我也绝对不放过你！"说完，她狠狠将东西砸在了苏一念的脸上，便头也不回地转身离去。

前台刚才噤若寒蝉的几个女生见人走了，忙齐齐靠上来："小苏，你没事吧？"

"呀，你脸都肿了！"

"我没事！"苏一念挤出抹笑，低头捡起地上那沓厚厚的邮件随手翻看了两页，便紧紧拧起了眉。

那些邮件通篇都极尽嘲讽之所能地在攻击纪小佳，不仅狠狠嘲笑她喜欢沈知遥是不自量力，更将她为人处世的直接和任性说成低能脑残，说她任性做作又自以为是，不可能有人会喜欢她这种蠢材。每封电邮的内容虽然不相同，但主旨都是一个——辱骂嘲笑纪小佳。

最让她难以置信的是，发件人一栏，的的确确是来自她的邮箱。而且还不是公司统一的邮件收发系统里的工作邮箱，而是她的私人邮箱。

她顾不得那些围着她还在叽叽喳喳问长问短的同事，捡起地上所有打印出来的邮件，迅速回到研发部。

"小苏？……欸？脸怎么肿了？出什么事了？"阿K最早发现了她脸上的伤，马上关切地凑了过来。

"我没事！"她头也不抬地坐到电脑前，飞快打开电脑登录自己那个已经闲置很久的私人邮箱。结果发现邮箱的已发送邮件里，确实满满当当都是发给纪小佳的那些辱骂邮件。

她不自觉地抿紧了唇，眼神却渐渐冰冷坚定起来。

她十指如飞在键盘上不停敲击着，直到半个小时后，有人在她身后站定："怎么样？有发现了吗？"

"这些电邮用的是3369端口方式发出的，追踪起来还需要点时间，暂时还没有什么结果。"苏一念下意识摇了摇头，回答完才讶然回头。只见沈知遥端着两杯咖啡不知何时走过来，见她终于看向自己，才将手中另一杯咖啡放到她的桌上，"以你的技术，忙活这么久都追踪不到，可见对方也是高手啊！"

"老大，对不起，我知道上班时间处理私事是不对的。但是我保证晚点我会加班按量完成手头的分内工作的……"

"行了，行了，我都知道了，我在你眼里就这么不通人情吗？"沈知遥叹了口气，"有什么需要我帮忙的吗？"

苏一念这才发现，因为沈知遥的询问，其他人也都关切地看着自己，光叔更是给了她一个极具安慰意味的眼神。

　　她鼻子微微发酸，却努力绽放一个大大的微笑："你们这是干什么？我没事，真没事……"话未说完，却因为微笑和说话拉动嘴角牵痛了脸上的伤处，疼得她轻嘶了一声。

　　沈知遥见她表情痛苦，也跟着皱了皱眉："要不要先去医院处理一下伤口？"

　　"我开车带你去吧！"阿K忙起身要拿车钥匙。

　　"你们别这样，我真没那么娇气。我就是皮肤不太好，平时小刮擦的愈合程度都比一般人慢。回去后再涂点药，明天就没事了！"苏一念满不在乎地轻抚了抚伤口，眼圈却有点抑制不住地发起热来。

　　"去冰箱取点冰块，先敷一下！"沈知遥难得以不容置疑的威严语气发了话。

　　苏一念看了看还在运算追踪程序的等待界面，只好点头答应。

　　看着她去茶水间开冰箱取冰块，沈知遥又神色凝重地看了看她电脑上还在飞速运转的代码页，最后只交代了阿K一句："把小苏那边的工作转到我这边来吧，我帮她处理。"旋即便径自回了自己的办公室。

　　苏一念原以为最多两三个小时，自己就能把这幕后端口的IP找出来。可谁知道自己这次居然碰到个硬骨头，直到下班时间，她还在盯着屏幕上弹出"错误提示"的窗口出神。光叔过来敲她桌面："还不走啊？你这是准备补班补通宵啊？"

　　"补什么班啊！"苏一念挫败地揉了揉额头，"刚开始发现这些电邮用的是3369端口方式发出时，我还以为能很轻松揪出他。结果跟了一整晚，才发现人家是用肉机转肉机的二次中转，还特意绕开了FTP连接，连后台的入侵日志都被删改得毫无破绽……这个段位，绝对可以算得上大神级的专业人士了！"

　　光叔也听得瞪大了眼："听你这么一说，还真是个行家啊！"

　　"所以啊！"苏一念挠着头，"我今天算是白忙活一天了！"

　　"行了，行了！"光叔直接关了她的显示器，"你看你，一个姑娘家的，肿着脸一天也不担心，眼睛也熬得通红，像什么样子？你这么干耗也不是办法。这都十点了，先回去好好休息，天大的事儿睡一觉再说……"

"十点？"苏一念一惊，一看手机上的时间，惊呼了一声，"行了光叔，你先走，我也马上回了！"

她满心焦灼，她先前便跟沈渝之约定了每晚十点视频通话的，现在已经过了七八分钟了。

光叔看她手忙脚乱地打开手机也就识趣地先行离开了，恰好这时沈知遥也从办公室走了出来，见苏一念拿着手机对着镜头检查自己的伤口，不由得讶然："你这脸怎么还没消肿？"

"对啊！"苏一念心不在焉地摇头，打算找个不容易看到右脸的角度，"一会儿要是渝之看见我的脸，少不得要被问长问短。"

"这么大的事，你不打算告诉他？"沈知遥有些讶然，"我听刘律师说，纪家好像在联系律师，打算正式以侮辱罪向你提出诉讼，这事瞒不了他的。"

"渝之人在新加坡，又是去比赛的，我跟他说这种事不过是给他徒增烦恼。"苏一念对着手机镜头理了理刘海，"等他回来说不定问题也解决了。毕竟我没做过的事，我没什么好怕的。退一万步说，真要是没解决，他回来了再跟他说也不迟！"

沈知遥走向茶水间："最近才发现，小苏你和寻常的女孩子确实很不一样，渝之他果然从小就是人形锦鲤，什么好的都会站在他那边。"

"人形锦鲤？他？"苏一念自嘲地耸了耸肩，"我遇见他之后，好像就一直在倒霉啊！他算哪门子锦鲤？人形乌贼吧！"

沈知遥背对着她轻笑了一声："那你现在后悔还来得及，要不要重新考虑一下？"

"那也不行，我是无神论者，向来相信命运把握在自己手里。就像现在，只要我能证明这些从我邮箱发出的邮件不是我本人发的，我侮辱纪小佳的事也就不成立了。"

他转头看向她："其实有件事，我一直很想问你，渝之上次去追那个女孩子的事，他是怎么跟你解释的？为什么你事后好像全然不在意……"

"他都是实话实说啊，他说他那天在电视台门口看到个女生长得很像他在新加坡打比赛时，一个跳楼自杀的竞争对手……"

"他连这个都告诉你了？"沈知遥很是意外，怔了好一会儿才道，

"那，他跟你说了那个女生自杀的原因了？"

"虽然那位姜小姐确实是比赛后去世的，但是因为那件事，渝之的人生和心理也受到了不小的伤害和影响。从本质上来说，这只是个意外……"苏一念说到一半，手机便响了起来。

约莫是过了约定时间，依旧久等不见她上线，沈渝之的视频电话便直接打了过来。她忙不迭冲沈知遥做了个抱歉的手势，又微微侧了侧脸才按下接听键。

沈渝之在看到出现在镜头里的沈知遥时，先是一愣，旋即点了点头当是招呼，然后看向苏一念，语气温柔："怎么还在公司？"

"我这个上司比较无良，趁你不在抓着小苏能者多劳。等你回来，怕是她就无心工作了。"沈知遥半笑不笑地接了一句，跟苏一念指了指自己的办公室便重新回去并把门掩上了。

"沈总刚才还在跟我说，你大概是个人形锦鲤，从小到大运气都很不错！"苏一念一手托腮遮住右脸，斜过脸故作轻松地看向镜头里端坐在笔记本电脑前的沈渝之，"不知道沈先生在新加坡的第一天是否一切顺利？"

沈渝之并不搭腔，只是静静看着她，过了好半晌才叹了口气："右手放下来，让我看看你的脸。"

苏一念一惊，心虚地干笑两声，坐直身子佯装淡定道："我这可是在办公室呢，虽说今晚其他同事都回去了，可沈总还在……"

"我都知道了，等了一天等你跟我说，事实证明你一点儿也不经夸！前几天才说你有进步，你就又故态重萌！"沈渝之抬起手，食指和中指同时勾了勾，示意她放下手，"让我看看，好不好？乖！"

最后一个乖字，让苏一念心里软得一塌糊涂，只好放下手解释道："其实不疼的，我已经用冰块敷过了……"

"我有眼睛，看得到我那位将'自保能力绰绰有余'这句话挂在嘴边的女朋友的脸被人打得肿了一天！"沈渝之的脸色很不好看，眼光里有怒焰翻涌，"公司的保安呢？那么多人都拦不住一个女人在众目睽睽下逞凶？"

"不怪他们啦，我其实可以躲得开。可是，看纪妈妈难过的样子，加上我心里也确实有点内疚，就觉得挨了这一下，心里可能会舒服点……"

"你现在要是在我面前，我敢保证，你的屁股也会被我打肿！"沈渝之重重哼了一声，拿过一旁的手机噼里啪啦地敲起来。

因为心虚，苏一念声音低了两分："你怎么知道这事儿的？"

"公司向来没秘密，我妈今早上班的时候听见其他人议论，打电话向我求证。结果我这个正牌男朋友什么都不知道，她只好找前台的人问了一下。"沈渝之头也没抬，仍是专注地看着手机屏幕。

苏一念对这个答案倒不算意外，遂小心翼翼问道："那，你就没什么要问我的？"

沈渝之这才看了她一眼，扯了嘴角："你觉得我应该问你什么？邮件是不是你发的？你是在侮辱我的智商，还是在质疑我对你的感情？"

苏一念吐了吐舌头，心里却暗戳戳地因为他这份无条件的信任窃喜起来，但见屏幕上沈渝之还在看着自己，忙收了眼里的欢喜，一本正经道："我就是有点想不通，我又没有什么仇人，为什么最近接二连三被人陷害？而且这次的事明显还是高手干的。黑了我的邮箱也就算了，还给纪小佳发那么多邮件骂她。要说是帮我泄愤出气吧，可我除了舒颜也没什么爱替我出头的朋友；可要说是要害我吧，那人是怎么知道纪小佳一定会因此自杀呢？"

沈渝之倒是没回她的话，只是看着她又叹了口气："这种时候，你觉得我是劝你来新加坡避一避纪家的人呢，还是马上订张机票回去陪着你？"

"哎，不用不用，真不用。我又没做错事，干吗要避开纪家的人？我一走怕是就真要被认为我是心虚逃走了。至于你回来陪我……不是我要小看你啦，怎么你觉得从武力值上来说，你能打得过我吗？"

"那敢问武力值不低的苏小姐，"他一手撑着桌面，一手指了指自己的脸，满眼都是无奈和怜惜，"你脸上这伤，怎么来的？"

苏一念自知耍嘴皮子自己绝不是沈渝之的对手，当下急忙转移话题，问了问他在新加坡的行程，又扯了几句闲篇后，有个保安忽然急匆匆跑了进来，手里拿了个药房的纸袋，笑眯眯地递给苏一念："苏小姐，对面的药房刚刚送来的！"

"给我的？"苏一念一头雾水，却听手机屏幕上的沈渝之哼了一声："先前送你上班时，看到公司对面有间药房就存了个他们的联系方式。原本是想着你什么时候在公司万一犯了胃痛可能派上用场，事实证明，未雨绸缪还是很有用的！"

苏一念捧着药，看着他莫名有点想哭，偏偏对面这人今日心情欠佳出奇地不解风情，见她呆望着自己，不由得耐心用尽地敲了敲桌面："先把药膏抹上，现在，马上，好吗？"

"好！"苏一念忍着鼻酸，低头开始擦药，结果边擦，还听他絮絮叨叨道，"麻烦你对我女朋友温柔一点，回去后煮个鸡蛋趁热滚一滚，过了24小时再用热毛巾敷一下好吗？"

"是是是！"她低低应着，不敢抬眼去看他，生怕他瞧出自己此刻没出息的样子。

"念念！"沈渝之像是听出她声音里的异样，声音也低了几分，"姜葵的事，我已经在学着面对并放下了。这次来新加坡，其实就是为了给自己最后的那点自责一个交代。比赛的事，对我来说其实一点也不重要。你不要逞强，如果觉得委屈或者困难，马上打电话给我。我随时可以飞回去，懂吗？"

"我才没有逞强！"苏一念抬起眸，含着星点泪光迎向他的关切，"有了你这个人形锦鲤的加持，我可是信心倍增，正膨胀着呢。你就不能给我多打打气吗？就知道灭我的威风，打击我的信心！"

"脸都肿了，可不就是膨胀得厉害了嘛！"沈渝之这话一出，苏一念果然炸毛，他却伸手在屏幕上她刘海的位置轻抚了抚，眸光有些不太确定地越过她的脸，看向视频角落某处看不见的方向。

某次晚餐时，沈渝之正并肩与苏一念坐着一边吃饭，一边聊着天。苏一念忽然就动作一滞，轻嘶了一声。

"怎么了？"沈渝之放下筷子，第一时间表达关怀，"卡到鱼刺了吗，还是吃到花椒？"

"咬到舌头！"苏一念用手捂了捂右脸，约莫是确实咬得不轻。

沈谕之无奈摇头："多大的人了，吃饭还能咬到舌头！"

苏一念撇嘴，含混不清道："我都痛死了，你还嘲笑我！"

他笑了笑，突然就倾身吻上她，唇舌温柔撬开她的齿关，在她靠近右侧牙床的舌旁轻舔了一下，大掌还在她头顶轻摸了两下。

末了，他哑声问道："还疼吗？"

"不，不疼，不敢疼了！"

第三十四章
旧时乌云犹遮月

邮箱被黑的事追查不到什么线索，让苏一念异常纠结。

连着两天熬夜都没想出好的应对方式，反倒是纪家起诉她的传票直接寄到了公司。

好在刘律师也跟她沟通过，这种情况下，最坏的情形也只是民事赔偿。而且就她目前的情况来说，既然有了证据证明是黑客盗用她的邮箱发的这些邮件就完全可以洗清污名的，至于追查黑客是谁，这个责任不在她，也没有太大意义。

对别人来说，这也许是个定心丸，但苏一念还是心有不甘。她实在不懂，到底是什么人，出于什么样的动机，给纪小佳发了那些邮件。

然而眼下正是"猎心"项目开发的关口，大家都忙得不可开交，她也只好暂时放下私事，专注地投入工作。

这天上午刚上班不久，她桌上的内线电话就响了起来，沈知遥通知她去一下他的办公室。

苏一念进办公室的时候，正好听见姚秘书在请示沈知遥："沈总，您让我今天提醒您抽出一小时去出入境管理处更换新的护照，您看是上午去，还是下午去？"

"下午吧，你帮我安排好具体时间就行！"沈知遥头也没抬地和光叔在研究什么，随口就答了一句。

等听见苏一念进来的脚步声，他抬头看了一眼忙招手道："光叔这里测试环节的数据出了点问题，咱们一起讨论一下……"

讨论了光叔的问题并商量出解决方案后，苏一念和光叔便回去各自忙碌起来。到下午苏一念整理好修复后的测试数据准备交给沈知遥时，却发现沈知遥办公室没人。

她走到办公桌前，打算像以前一样将那份测试数据的文件夹直接放在办公桌上。结果文件夹放下的同时，似乎压到了什么不平整的东西。

她拿起文件夹看了一眼，发现沈知遥的办公桌上还放着大约是刚从入境管理处带回来的相关资料和一串车钥匙。

苏一念随手拿起那沓文件准备挪个位置，却有一本剪角的过期护照直接从文件里掉了出来。

她急忙弯腰捡起护照，随手翻了下这密密麻麻的记录，视线忽然就被其中一条2012年8月中旬新加坡的出入境记录吸引。

她明明记得沈渝之先前说，出事后沈知遥才特意从美国赶回来带他回家的吧？

"咦？小苏？"姚秘书从门外走了进来，一看苏一念站在办公桌前看着护照发呆，忙提醒道，"找沈总吗？沈总去董事长办公室谈点事了，应该很快回来。"

"哦，没事！我……我有份文件等着要给他看。先放他桌上了，一会儿沈总回来了，你帮我跟沈总说一声！"苏一念忙敷衍了两句，心神不定地出了办公室回到自己的座位上，隐隐觉得事情有点不太对劲。

她给沈渝之发了条信息：你当年去新加坡比赛，沈总有没有陪你一起去？

原以为沈渝之会过很久才回复自己，没想到他这次回得出乎意料的快："没有，我当年已经十六岁了，况且有国辩协会的老师带队，不需要家人陪同。"

苏一念暗暗蹙眉，想了想决定进一步求证："那你知不知道，当年你在新加坡备赛期间，沈总在忙什么？"

沈渝之显然察觉到异样，索性直接打了电话过来："出什么事了？"

"你先回答我刚才的问题，当年你出事之前，沈总人在哪里，你知道吗？"

沈渝之的语气有些迟疑："我没记错的话，上次告诉过你，知遥哥当年是和几个朋友到国外旅行去了。他来新加坡是因为一直有关注比赛结果，得知我夺冠了，特意打我电话恭喜我。但我当时因为无法说话，加之事情刚刚发生，十分无助，只能以短信方式告诉他我说不了话，并把事情的经过告诉他了。也正因如此，他是家里最早知道那件事的人。他当时很担心我的情况，所以提前结束旅行，绕道新加坡把我直接接回了家。"

苏一念听完，神情变得异常凝重起来，沉默了很久，久到沈渝之都不放心地追问了一句："到底怎么了？"

"我觉得我可能发现了一点你不知道的事情，"苏一念小心斟酌怎么措辞，"我今天在沈总的办公室，无意中看到他换下的过期护照，里面居然有一项记录，是当年你在新加坡比赛期间，他在新加坡的出入境记录。"苏一念说到这儿，又觉得自己可能有点过度紧张，"其实，好像也不能说明什么。但是……但是我就是觉得他刻意隐瞒这一点好像有些奇怪，你觉不觉得有点蹊跷？他当年去新加坡接你的时候，就没说他人一直就在新加坡？"

沈渝之那边，过了许久都没有吭声，似是陷入了沉思。

"渝之？"苏一念不放心地唤他，"你在想什么？"

"呃？"沈渝之这才回过神来，"他提前去新加坡，也可能有他的私人原因。这种事也算不得什么大事，别胡思乱想！"

听他这么一说，苏一念也只好"嗯"了一声。毕竟，他们是一家人，只凭一条出入境记录，就无端地怀疑沈知遥，确实也有点站不住脚。

苏一念原以为，这件事就是自己一时神经质，结果当天晚上和舒颜一起吃火锅的时候，居然接到徐青文的电话。

得知他是想把调查纪小佳一案的案件资料送给自己时，苏一念还满头雾水："案件资料？不是说已经确认她是自杀了……"话到一半，她马上想到另一种可能，遂试探道："渝之让你查的？"

"沈先生明明是拜托我们老大私下调查的，结果我们老大一推四五六，自己跟大案去了，倒把这事甩手扔我头上了。"徐青文在电话里尽是不满，"你在哪儿？我把卷宗给你送过去吧？"

苏一念看了看一旁凑在电话边听了几句便坐回自己座位的舒颜，无声笑了笑，才道："长天街的海鲜火锅城，赶紧来，顺便请你吃火锅感谢你。"

徐青文痛快应了一声便挂了电话，苏一念却有些不怀好意地看向舒颜："我记得你以前好像说过，你喜欢孔武有力，能给你安全感的男人？一会儿来的徐警官可是标准的阳光少年，要不要……"

"不要不要，男人没一个好东西！"舒颜不等她说完便直接挥手反对，一副怨气冲天的模样。

苏一念叉着手靠在桌边："你和桑蒙到底怎么了？"

舒颜翻了个白眼："好端端的，扯我干什么？现在是在说你的事！以你的技术，邮件的事居然追查不到一点线索，是不是不太正常啊？"

看出舒颜不愿意提桑蒙的事，苏一念也只好跟着她转了话题："我看过了，那些邮件的发送频率很有规律，每周五一封，明天就是周五了。如果对方是我身边的人，肯定就会知道小佳死了，自然也不会再做这种多此一举的事；可如果对方不知道小佳的死，还要往她邮箱发送邮件的话，我也有特意加工过的防火墙在等着他。只要他敢露面，我就绝对能逮出他……"

舒颜很是鄙夷地瞥了她一眼："不是你身边的人，谁会这么无聊骂纪小佳？你这个计划简直 Low 爆了！！"

她反手从包里摸出本小册子，往苏一念面前一推："喏，打开看看还有没有什么要补充的？"

"这是什么？"苏一念翻开本子一看，差点惊掉下巴。

只见上面居然是大学期间，追过苏一念或者对苏一念表现出过度热情，最终被她疏远拒绝的男生名字和联系方式。

"你……你怎么会有这些人的联系方式？"

"你关注的点不对，"舒颜敲着桌面，"我是让你看看，还有没有哪些是我不知道的，好叫你添上来。"

"怎么可能还有？你把我当成什么人啊？这个韩图星根本不算好吗？他跟我总共也没说过几句话……"

"谁说没有？"舒颜一脸你不懂的不屑，"你上大学的时候，这家伙经常半夜偷窥你的 QQ 空间，绝对是对你有意思。而且我觉得他嫌疑最大，看他空间的感觉很像是那种性格阴沉孤僻内向的人。你们是同门，你得全国计算机大赛冠军的时候，他就是亚军。论技术手段，他应该不比你差多少，说不定他暗中打听到你上次被人陷害的事，要替你教训纪小佳呢？"

"你这么好的想象力，不去当编剧真可惜了！"苏一念哭笑不得，眼见她越说越离谱，索性把册子扔回给她。

二人就这么有一搭没一搭地互怼了一通彼此学生时代的绯闻史，就见徐青文笑盈盈冲她们走来，手里还拿着个文件袋，边走边掸着衣服上的雨雾。

苏一念忙给他倒了碗蛋花甜酒酿递过去："不好意思，大晚上的，又下着雨，还要你跑这一趟。"

徐青文接过苏一念递来的甜酒酿，连声道谢："我发现我认识的这么多人里，还是苏小姐最有爱心，这大冷天的来杯甜酒酿，简直是人生一大享受！"

"一碗米酒而已，怎么被你这么一说，好像我干了什么特别厉害的事似的？"苏一念被他的夸张表情逗乐。

"你不懂，像我们这种在警校被虐过几年，出来后又要被工作虐的人，平时接触的不是哭着喊着的死者家属，就是黑头黑脸、动不动能骂得你飞起来的上司，最受不得有人对我们好了！"徐青文说着，彬彬有礼地跟舒颜也打了个招呼，便在小方桌的另一边坐下，打开了手里的文件袋，从里面抽出一沓文件，逐一摊到苏一念面前。

舒颜好奇心重，不等文件摆好便凑过头去看了起来。

"由于纪小佳的死已经确认了是自杀，所以我们这边拿到的资料也很有限。加上这案子不是我们所在片区的，有些情况调查起来也费了些周折。但从现在的结果来看，还真是有一些挺可疑的情况！"徐青文说着，指了指苏一念左手边一份厚厚的通信清单。苏一念拿起来一看，居然是近三个月的纪小佳的所有通话记录。

"依照惯例，我在电信局打了一份纪小佳的通话记录，结果发现她近两个月和一个159开头的电话联系频繁，但多数情况下是频繁呼出却并没有接通。"徐青文指了指其中一个用荧光笔标记过的电话号码，"这个号码我也查过了，是个太空号，并没有实名登记，打过去也一直是关机状态。"

"这是什么？"舒颜拿起另一沓复印的图片文件。

"这是纪小佳跳楼那天的现场照片，当时在现场有一部她随手携带的手机，被我们的人作为证物带了回来，本来案件定性为自杀后就应该还给家属的。可是现场遗物也就这么一部摔得四分五裂的破手机，纪家也没人来取，就一直丢在证物间了。我也是实在无处下手，抱着试试看的心态拿去找技术人员试着修复了一下，最后通过技术手段还真是发现了不少东西……"

徐青文翻开最上面的两张后，里面都是大段大段的聊天记录截图。

他做事细致，列印出的都是他觉得可疑的地方，而这些内容，很明显都是纪小佳和一个备注为"高岭之草"的男人的聊天记录。

苏一念随手一翻便发现其中几乎有大半的时候，都是纪小佳用接近自言自语般神经质的语气在跟对方说自己的状态，然后一遍遍地质问对方："你怎么还不来？""为什么不接我电话？""为什么不回我信息"……

这个语气……

苏一念的脸色蓦然变得极其难看，她想起来，就在纪小佳出事之前，就在公司的停车库，她曾亲耳听过这番话的。

当时纪小佳说出这句话的对象正是沈知遥，而且那天，自己还亲眼看见纪小佳是坐上沈知遥的车离去的。

"你怎么了？"舒颜看出她表情的变化，也紧张了起来，"你知道这个'高岭之草'是谁？"

徐青文故作神秘地掏出自己的手机："猜不到也不要紧，估计我放段东西你们就知道了！"

说着，他翻出一段转存到自己手机里的视频，直接点下播放。

视频是用手机在桌底偷拍的，镜头里其实看不到任何人的脸，只有两个人的一段交谈，这段交谈的其中一方自然是纪小佳。

视频一开始，便是纪小佳在软磨硬泡地想从对方口中探知之前苏一念个人信息暴露的那晚，那群记者到底有没有拍到沈知遥留在酒店过夜的证据。显然她对于沈知遥和苏一念的真实关系实在很在意。

而视频的最后，在得到纪小佳拿出的一笔"情报费"后，那名自称

《东明娱乐周刊》的记者抛出了一个重磅炸弹："纪小姐你这么痛快，我也就实话跟你说了吧。这个男的其实把人送到酒店不到十分钟就走了。别说过夜了，连女生的房间他都没进。我那照片虽然拍得都很暧昧，可是明眼人在现场一瞧就知道他俩压根没什么。"

"真的？"纪小佳听闻这话，连语气都轻快了起来，"我就知道，我就知道，他怎么可能真喜欢那个女人……"

"不过，你也别高兴得太早了！"男记者语带不屑道，"这件事呀，其实是这个男的自导自演的，虽然不知道他是什么目的，但这家伙真不是什么好东西。他从头到尾都知道我们的人在跟拍，那天晚上，我们根本不是从那个女孩子家跟拍到酒店去的，是有人打电话给我们爆了料，让我们去酒店车库蹲守偷拍的。他大概不知道，我们社所有爆料热线都是自动录音的。当时我还挺好奇，那姑娘就是和沈渝之扯上了关系，这条新闻在当时才比较有噱头。这个爆料人怎么会知道这么两个其实根本不算什么名流网红的人的行踪，所以特意找出录音想听听打电话的是男是女？那个声音根本就是在车库里和那个女孩子说话的男人嘛！而且你想，是他送人家女生去的酒店，除了他还有谁能确定那姑娘当时会去住哪里？"

最后这句话像道惊雷，一瞬间劈在了苏一念的心上。

她脑中甚至有些嗡嗡作响，好多念头齐齐涌现，让她心乱如麻。犹豫了一会儿，她才收起卷宗，佯作随意地问向徐青文："你把调查报告拿给我这事儿，是你们老大吩咐的，还是……"

徐青文正低头涮着肥牛，自然也没发现她的异常："我们老大没时间操心这种小案子，直接把案子扔给我处理了。我刚才打沈先生的电话，一直是关机状态，反正你们的关系都官宣了，这个纪小佳又是你的同事，我估摸着应该是你要查这事儿，所以就直接给你送来了！"

"对，他这么麻烦你们主要也是想让我安心。"苏一念松了口气，顺着他的意思点头道，"既然卷宗给我了，那他要是问起来，你就说手头案子太多还没弄好。这事就等他回国之后我自己跟他说吧，省得害他分心影响比赛。"苏一念说着，端起面前的甜酒酿，"来，我再敬你一杯，老这么麻烦你们，我都不好意思了！"

徐青文笑着挥手："没问题，放心好了！沈老师这次也算是去为国争光，我们老大都等着他二度夺冠回来请客呢！"

舒颜在一旁却是看出了苏一念的真实情绪的，等吃完火锅，又送走徐青文后，她一把拉住了苏一念，一脸关切道："刚才那个警察的话是什么意思？是说那次你和沈总在酒店的照片，是你们那个沈总自己找人拍的？"

"现在还不能确定，我们不可以乱说。你在桑蒙面前都不准透半点口风，懂不懂？"苏一念半哄半吓道。

舒颜白了她一眼，只是恨恨磨了磨牙："要是查清楚了真是他的话，那我这双眼睛也就算是瞎了。亏我先前还一直觉得他长得又帅气质又好，超有风度超级绅士呢！"

苏一念无心跟她敷衍，再三叮嘱舒颜不可以将这事告诉给桑蒙和沈渝之后，便和舒颜分别打车回家。结果她前脚刚到家，后脚就接到了沈渝之的视频电话。

"不是说今晚约了舒颜吃火锅吗？怎么这么早就回来了？"沈渝之见她在家里还颇为意外。

"吃过了啊，外面下雨，所以早点回家。"苏一念满脑子都还是纪小佳的那段录音，心不在焉地答道。

"纪小佳的妈妈这两天没再来骚扰你吧？"沈渝之不无忧色道。

"没有！"苏一念垂着眼睛，"她打算起诉我，我就等她起诉了。反正我身正不怕影子斜！"

"我本来是想提醒你，吃完饭让舒颜陪你一块儿回家算了，夜里别让自己落单。"沈渝之叹气，"不管怎么样，你现在在国内，平时上下班自己一个人的时候，都要多留个心眼儿。别仗着自己有点拳脚功夫就大意了，处处警醒着点，好歹等我回去了，你再放松警惕，行吗？"

"知道了！"苏一念佯装不耐烦，嘴角却不由自主地扬了起来，"你自己照顾好自己，在那边一切小心才是！"

听她这么一说，那头的沈渝之已经笑了起来："请苏小姐把这句话，一字不漏拷贝给你自己一份，存到心上！"

"行了，行了，知道你是知名辩手，用不着每次都跟我显摆。"苏一念边说，边故作疲倦地揉了揉太阳穴，正犹豫着怎么开口结束今天的电话，却听沈渝之那边传来一阵敲门声。

沈渝之愣了愣，看了看手表才皱眉道："我还约了人谈点事。你要是累了就早点睡，我们明天再聊！"

"哦，好，那你忙！"苏一念连连点头，心中也暗暗松了口气，她实在是心虚得厉害，便准备关掉视频。沈渝之却似是有些着急，直接将笔记本一合，便先行离开了。

不过他走得匆忙，笔记本虽然按了一下，却并没有彻底合上，就在苏一念准备关掉视频时，却听见手机里隐约传来一个男人的声音，是一句带着浓郁客家口音的蹩脚华语，来人称呼沈渝之："沈先生，您好！您托我们调查的事，已经有结果了！"

调查？苏一念一愣，沈渝之会请人调查的事，应该就是当年那个叫姜葵的女孩的事吧？可他才刚到新加坡几天而已，这么快就请了私家侦探，还调查出结果了？这是在查什么？

苏一念唯恐这边的声音会露出破绽，忙戴上了耳机盘腿坐到了沙发上。

"按照您提供的信息我们查过了，2012年，姜葵在和您比赛后确实于当晚跳楼自杀了。至于她的家人……她母亲在她离世后第二年就因病去世了。她奶奶也没挨多久，差不多半年不到就也撒手人寰。除了还有个仍在牢里服刑的父亲，她家基本没什么直系亲戚了。"

"这么说，我在国内见到的那个女孩子，可以确定和姜葵并没有任何关系了？"沈渝之的声音有些沉重。

"是的！"男人同意了沈渝之的话，"但是，当年，她的家人坚称她那天晚上回家时，很冷静也很清醒，完全没有自杀的征兆。虽然心情不太好，但还是很冷静地跟家人说了比赛的结果。最后拿了比赛手稿说去学校一趟，临走时还告诉家人会很快回来。"

"你的意思是，她家人不接受她自杀的死亡原因？"

"对，这也是您当年在殡仪馆没有等到姜家人的原因所在。"

"所以，事后她的尸体是被送去警方解剖了？"沈渝之对这一结果倒是显得非常意外。

"没错！"男人说到这儿，换了个比较油滑的语调，"您应该能想象得到，当时那个跳楼事件给校方造成了不小的麻烦，校方认为姜家只是想用她的死讹诈学校一笔钱。事实上，事发后，学校方面确实也赔偿了一大笔钱！"

沈渝之沉吟了片刻，才接着问道："那当时警方那边有查到有价值的消息吗？"

"我们找到一个当年参与案件的退休老警察问过了，根据他的说辞，当年警方内部和校方的看法差不多。现场是座六层的教学楼，当时教学楼附近洒了满地的纸屑，全都是比赛期间姜葵亲手写的稿纸，其家属也确认是她的笔迹没错。所以，最后警方的结论还是自杀！"男人说话时的口音太重，苏一念听得频频皱眉，只能囫囵着联系前言后语，猜测他的话。

"那警方那边的案件资料，你们能拿得到吗？"

一阵稀里哗啦的声音后，男子才接着道："这里是我们这两天的调查报告，所有的相关调查过程，和证人的联系方式都记录在报告里。有任何疑问之处，您还可以直接联系他们。至于您说的警方那边的档案资料，我太太的二哥就是在公安局工作，这次能联系上那位退休老警察，也是通过他的途径。要是您确定需要那些资料的话，我回去就请他帮帮忙，尽量试试看。但这种事毕竟不合章程，不能保证一定办得到。"

"好的，那就辛苦朱先生了！"

"您太客气了，这是我应该做的。这单 case 后续再有任何进展，我会第一时间通知您的！"

二人又寒暄了几句之后，男人便起身告辞，接着便听得房门开关的声音。

苏一念心里一紧，忙摘了耳机，因为怕挂断后的通话时间会暴露自己偷听的事，她只把手机放到桌上，自己则索性跑去洗了个澡。

洗澡时，她将自己已经知道了的所有线索拼凑整合了一下，再联想到最近发生的这些事，心里忽然有了个可怕的猜想。

等她洗完澡回到房间才发现沈渝之居然还开着视频，只不过他并没有守着屏幕，而是坐在电脑前翻阅着手里的东西。

"欸？你没关视频的？"她一边揉着湿漉漉的头发，一边故作惊讶地问道。

沈渝之听见声音才抬头看向她，似笑非笑道："我记得我从来不会先挂你的电话。"

苏一念脸一红："我……我回家的时候鞋子湿了，所以匆匆忙忙去洗澡，忘了挂断。"

"这个理由听着还挺冠冕堂皇的！"沈渝之努了努嘴，"姑且就当是想多了吧！"

"想多了？"苏一念立时心虚起来，"你……你想什么了？"

"特意开着视频让我听见哗哗的水声，还让我看了美人出浴图……"沈渝之说到这儿，刻意停顿了一下，食指轻搓了搓自己的下巴，"你觉得，我能怎么想？"此话一出，果然成功引爆苏一念的脸蛋。

原本就被热腾腾的水汽蒸得双颊泛红的苏一念眼波一横："你不会以为我是故意想色诱你吧！"

"不不不，你只是鞋子湿了，急着洗澡忘了关视频！"沈渝之一本正经道，"以你的胆量，最多也就是趁我喝醉了偷偷亲亲我罢了。色诱这种高胆高能的技能点，可能还要等结婚以后，我亲自调教指导你！"

苏一念脸色先是由红转白，等想通了这句话，瞬间又涨回猪肝色，然后大叫了一声"沈渝之"后，磨着牙关了视频。

沈渝之脸上的笑意这才缓缓收敛，低头看了看手中的案件调查报告，抬手重重揉了揉眉心。

"在很久很久以前，广袤银河系的某个神秘蓝色星球上，有一支鲶鱼护卫队。队长呢，是一个集美丽、可爱和聪明于一身的美少女战士。她从成年以来，就肩负着守护鲶鱼王子的光荣使命。为此，她发展下线，扩大规模，释放她无与伦比的魅力，壮大了鲶鱼护卫队的同时，还招募到了一个宝里宝气的副队长……"

"哎，等一下，等一下！"一旁忙着给婴儿床上的孩子冲奶粉的桑蒙忍不住回头抗议，“都是被留下来照顾孩子的，凭什么到我这儿，就成了宝里宝气的副队长了？我哪里宝气了？”

“那不重要！”舒颜捞起床上小宝宝肉乎乎的小爪子，斜睨了他一眼，“重要的是，队长就喜欢宝里宝气的副队长啊，你有意见？”

桑蒙一愣，握着奶瓶的手明显颤了一下，旋即马上低下头来，笑容从腼腆到绽放，最后“嘿嘿”两声：“没……没意见！”

婴儿床上的孩子，似乎被空气中某种甜蜜的气氛感染，睁着忽闪忽闪的眼睛，居然笑了一下。

“哎，他笑了，他刚才对我笑了……哈哈哈！”舒颜惊呼一声，急急拿起手机迅速对焦，拍下这历史性的一刻发给了半个小时前，扔下嗷嗷待哺的孩子，跟老公忙着去庆祝结婚周年的苏一念。

“我干儿子对我笑了！他人生中的第一个笑容居然是献给我这个干妈的！”

几秒后，她的笑容逐渐凝滞，鼻子猛吸了两下，忽然从床边弹了起来：“桑蒙，你有没有闻到什么不好的味道？”

与此同时，她手机屏幕一闪，收到一条回复：“恭喜这位干妈，根据我近一个月的观察和分析，你干儿子每次拉臭臭时，都会猥琐一笑哦！考验你的时候到了，加油！”

第三十五章
深渊与陷阱

苏一念知道沈知遥向来守时，每天都会在上班前十分钟左右赶到公司。但是这天一早，她提前半个小时就坐在了沈知遥的办公室里。

大家都以为她是有事要跟沈知遥汇报，连姚秘书都笑说她今天的工作态度空前认真。苏一念只是故作轻松地跟众人应付了两句，便坐在沈知遥办公室的沙发上翻着一沓商业杂志，这一翻才发现其中一本《青年时代》杂志的封面居然是沈渝之。

封面上一身白色西服的沈渝之坐在深灰色沙发里，身后夜幕如画。他眼神清冽，看向镜头时，虽无倨傲之色却颇有几分睥睨一切的从容高远，莫名便让苏一念忐忑的心稍稍安定。

沈知遥一进办公室便听小姚笑着汇报，苏一念早早就在办公室等着向他汇报工作。

他脚步没停，只是眉尾跳了两下地推门进了办公室，看到坐在沙发上的苏一念出神地看着杂志封面上的沈渝之时，语带调侃道："渝之要是知道他女朋友想看他的专访都舍不得自己掏钱买，要上我办公室蹭书看的话，不知会作何感想？"

苏一念忙放下杂志从沙发里站了起来："沈总，早上好！"

"早上好！"沈知遥深深看她一眼，像是好奇她今天这异常的客气拘谨。待脱下外套挂好，才发现苏一念居然替自己把办公室门都带上了。

"这么客气地守着我上班，还神神秘秘关门聊，这可不是你的风格。怎么，想提加薪申请？"他笑着走向自己的办公桌，刚一坐下，便听苏一念单刀直入地开了口，"小佳去世前不久，我在公司的车库里见过她

249

一次！"

　　苏一念双眸紧盯着沈知遥，生怕遗漏他脸上任何细微的表情。

　　这话一出，果然看到他整理桌面文件的动作一顿。

　　"沈总虽然很不开心她来公司找您，但还是让她上了您的车，跟她走了，是吗？"苏一念继续提问，颇有几分咄咄逼人的气质。

　　但沈知遥只是略停了一瞬便恢复如常，他不疾不缓将那些批示好的文件分类："以纪小佳的性格，如果离开公司就和我断联，那才奇怪吧？毕竟同事一场，她找到公司来了……"

　　"小佳纠缠您当然不奇怪，我奇怪的是沈总当时的态度。以我对您的了解，您从前在公司时对小佳的态度就很公私分明，我实在想不出有什么理由，会让您在她以那种方式离开公司后，反倒跟她纠葛不断起来！"苏一念语气明显凌厉了几分。

　　沈知遥的神色也凝重了几分，但他还是耐心答道："她那时候已经表现得有些喜怒无常，言谈举止都很神经质。我建议她去看心理医生，她才给我看她吃的抗抑郁药。基于人道主义，我不可能像以前那样，以简单粗暴的狠绝手段对待她。我不觉得这有什么可质疑的，换作是你，知道她患了抑郁症，可能也会改变对她的态度吧？"

　　苏一念轻舒了一口气："那么，关于《东明娱乐周刊》的偷拍事件，沈总是不是需要跟我解释点什么？"

　　沈知遥听到"东明娱乐周刊"几个字后，眸光一闪，盯着苏一念看了许久才忽然低笑了起来。

　　他整个人都换了个极轻松的姿态倚向椅背，眯起了眼看向了苏一念："看来，小苏你一大早过来不是向我汇报工作的，而是来审犯人的！"

　　"我不是警察，没有那个权限。但我觉得沈总说不定能就这件事，给我一个合理的解释。"苏一念迎向他的目光，毫无退缩之意。

　　沈知遥的笑容越发灿烂起来，他拿起桌上的一个水晶摆件笑出了声："解释？解释什么？你这咄咄逼人的架势和满眼的戒备，很显然是有了自己的判断啊！你在想什么，小苏？不妨明说！我向来最欣赏的就是你的直率和简单了。"

　　苏一念犹豫几秒便说了出来："显然纪小佳对您执念太重，离开公司也始终不肯死心。最后她甚至跑去《东明娱乐周刊》求证当初我是否真的和您在酒店过夜。于是就有了那段她和《东明娱乐周刊》记者的谈话视频。"

沈知遥点头表示认同，却并不开腔。

"以我对她的了解，她肯定会拿着这段视频来找您，而如果您不想让我和渝之知道这件事的话，难保您不会答应她什么过分的要求，或者做出其他的妥协……"

"比如，答应和她交往，甚至和她结婚？最可怕的是，如果我受她胁迫的假设成立了，纪小佳的死就很耐人寻味了，对吗？"沈知遥脸上满是自我解嘲般的苦笑，"说不定，你还会把纪小佳的死跟我联系到一起？你觉得我做了什么？杀人灭口吗？"

苏一念听他如此坦然地说出自己的猜测，心里倒有些不安起来，尤其是沈知遥此时看她的眼神，一改往日的温润，反添了几丝讽刺意味："为了一段这样的视频就值得我抛下大好前程，铤而走险？小苏，姑且不论那段视频从始至终没有确切证据证明曝料者是我，退一万步来说，即便是我，那又如何呢？"

"如果您承认《东明娱乐周刊》的事确实是你自导自演，那我就要重新审视您做这件事的动机了！"苏一念抿了抿唇，努力拿回话题的主导权，"您明知道纪小佳当时在网上公开我真实信息的事已经让我很难过了，你一边帮我，一边却联系记者拍下那种误导大众的照片，为什么？"

"是啊！为什么呢？你好好想想，小苏，"他反问她，却指了指自己的脑袋，"当时是因为渝之，你才成为大众关注的焦点，成为他那些脑残粉的攻击目标。我不过是想用这样的方式转移大众视线，顺理成章地在公众视线里撇清你和他的关系，让所有人知道，你苏一念名花有主，让那些骂你配不上他的人知道她们骂错了人，选错了嫉妒的目标，不就无形中替你洗清了那种莫须有的罪名和谩骂吗？若说我和沈渝之在解决这件事上的区别，不过就是我没他沈渝之聪明，手段没沈渝之高明罢了！"

"不对！"苏一念拧眉沉吟片刻，却马上揪出了他话里的漏洞，"那晚，您从小区接到我就一直和我在一起。您打电话给《东明娱乐周刊》爆料在前，送我去酒店的路上您确认我和渝之不是恋人关系在后。也就是说，您在舒颜通知您去接我时，就已经想好了要让他们拍下您送我去酒店的照片，不是吗？如果当时在车上我告诉您，我和渝之真的是情侣关系呢？那你的这些举动就太过多余。渝之是您堂弟，他有没有处理好这件事的能力您不可能不知道。"

一旦理顺了逻辑，苏一念的语气便越发笃定："即便我和渝之不是恋人，以我和他当时的关系来说，假如不是您离开之后不久，渝之不放心我，随后赶去酒店找我，看到新闻的他很可能就会因此误认为我和您真有什么，不是吗？以您向来处事周全的性格不可能没有考虑到这一点，可您还是在第一时间选择那样做了。这其中的动机太耐人寻味了！"

在她说这些话的时候，沈知遥已经起身从办公桌后向她走来，他面容依旧清俊儒雅，苏一念却下意识伸臂挡住他继续靠近自己："为什么？沈知遥，你的动机是什么？"

这是她第一次连名带姓叫沈知遥的名字，几乎是她叫出沈知遥三个字的同时，她的手腕也被沈知遥一把扣住。

他目光咄咄，却是不答反问："你觉得你有多了解渝之？如果不是我无意中告诉了你，我和他是堂兄弟，你觉得要过多久他才会告诉你他的家世背景？这不公平啊，小苏，人人有私心，他不也有瞒着你的事吗？你又有多大的把握，他身上还有多少秘密是你不知道的……"

苏一念用力推开了他，退开好几步又握紧了双拳，摆出一副标准的防御姿态："至少，渝之不会像你这样以伤害别人的方式来达到自己的目的。他不告诉我他和 SZ 科技的关系是因为在他心里，为了辩论他放弃过 SZ，他的自尊心不允许自己再从 SZ 科技得到任何好处。他并不吝于在我面前展现他的怯懦和私心，可是你呢？"

"你看，你喜欢一个人，这样全身心地相信他，而我呢？像纪小佳那样宣称喜欢我的人，给我最后的爱就是把我推进一个深不可测的深渊，让我面对这样的质问和怀疑。"沈知遥说到这儿，毫无征兆地伸出手，牢牢钳住她的手腕，眸色复杂地盯着她看了许久，"你刚才不是问我做这一切的动机吗？我建议你可以直接问问你的沈渝之，他在你眼里不是各种'伟光正'吗？以他的聪明，没准能给你一个满意的答案的！"

苏一念深深呼出一口气，对沈知遥这间办公室有了不一样的感觉。

明明一如往昔的宽敞明亮，此刻却让她觉得压抑莫名，她甚至不想再被沈知遥用这种黏稠的目光看下去。

于是，她转身向外走去，走到门口时，才停住脚步头也不回道："纪小佳的自杀和你有没有关系，还有那些从我邮箱里发出去的谩骂和侮辱她的电邮到底是谁发的，也许只有你心里清楚。但如果真让我找到了证据的话，我一定会向当初对待纪小佳毫不手软一样地对你的！"

说完，她一拧门把，努力挺直脊背走了出去。刚才被沈知遥捏过的手腕处传来隐隐的胀痛，她捋起袖口一看，手腕上赫然一圈深红色的印记，宛若枷锁，牢牢嵌进她的整个手腕。

走出办公室后，大家倒是没有察觉什么异常。苏一念虽然还是照常工作，但是眉宇间那挥之不去的低气压还是被离她最近的阿K发现了。

到下午开部门会议的时候，向来位置靠前的苏一念特意选择坐在离沈知遥极远的最角落时，整个研发部的人就都察觉出二人之间的暗涌了。

好不容易熬到下班，苏一念拿起包正准备下班，就接到了舒颜打来的电话："苏苏，我跟你说，我今天人品爆发，祖马珑专柜特意打电话来，说我是这个月的幸运会员，让我来专柜领取任意一瓶香水正装奖品……"

"是吗？恭喜恭喜！"苏一念心不在焉地敷衍着，却听舒颜在话筒里不满道，"你这是什么语气啊！"

苏一念扶额，酝酿三秒才换了个感同身受的欢快语气："是是是，恭喜舒小姐好人得好报，大奖领不停，行了吧？"

"这还差不多！"舒颜哼了一声，却忽然神秘兮兮地压低了声音，像是用手捂住了话筒，"不过，我可不是为了刺激你才打电话给你，你猜我刚才看见谁了？"

苏一念最先想到的便是沈渝之是不是又提前回来了，转念又记起今早才看到他给自己发视频，显摆新加坡的早点，提醒自己按时吃饭，遂没好气道："谁？"

"你们那位沈总啊！"舒颜神秘兮兮道，"他和一个漂亮女生在一块呢，那姑娘瞧着还有点面熟，忘了在哪儿见过。不过看情况好像是对你们沈总有意思啊，一直拉着他放电，你们沈总倒是全程黑脸。真没想到他看着那么温文尔雅的一个人，还是个宝藏男孩啊！"

苏一念听得也有些好奇起来："面熟的女孩子？你总共也才见过沈知遥几次？怎么会有你面熟的女孩跟他在一起？"

"是真的面熟啊，应该是你们公司的人吧。你不信啊？我这就拍给你看！"舒颜说着居然直接挂了电话，苏一念"喂"了两声，拿下手机正要回拨过去，微信却收到一张她发来的图片消息。

苏一念顺手一点，照片上一个年轻女孩子正拉着沈知遥的胳膊，笑靥如花地跟沈知遥说着什么，齐刘海，小圆脸，看着一副元气少女的模样。可是苏一念看着这人，却立时如坠冰窖："是她？"

她喃喃握着手机，仿佛有什么东西的闸门被忽然打开。

她扔下手机，转身便冲回办公室，打开电脑后，手指在键盘上一通噼噼啪啪声，不多久，电脑里便忽然发出一种类似警报提示音的哔响。

"不是说今天要回家蹲守，看沈老师初赛吗？掉了魂似的冲回来开机，搞得电脑都响警报了，你干吗呢……"阿K好奇地从邻座探出个头来，看清苏一念屏幕上的界面后，却惊得张大了嘴，"呃？这……这不是我们协助网监部门和刑侦系统联合开发的人脸识别系统终端的服务器基站吗？不是要等他们那边的手续批下来，才正式启用吗？"阿K还想说什么，却被苏一念狠狠瞪了一眼，只好压低嗓音继续道，"小苏，你……你疯了？人家可是跟咱们签了保密协议的，我们没有这个权限……"

这次苏一念直接拿自己中午从餐厅带上来却没顾得上吃的一个苹果塞住了他的嘴，中止了他的聒噪："我查件很重要的事，只要你不说就不会有人知道！"

她神情严肃，加之屏幕上的背景转换成了黑色，不断有或清晰或模糊的人脸跳跃闪烁，衬得她连眼神都十分凝重。

阿K大概也看出了她的焦灼，拿着苹果啃了两口，才敲了敲格子间的挡板："那个，同事一场，别说我没提醒你。我刚去厕所刷微博的时候，发现你和你家沈渝之好像同时被纪小佳的妈妈黑了！"

"什么？"苏一念还有点没回过神来。

"她在十分钟前发了条新微博声讨，连带着挖出了不少沈渝之的旧事。不仅发了好多你给小佳的电邮内容截图，还不知道从哪儿找到沈渝之当年在新加坡参加比赛时发生的一起跳楼事件。说你和沈渝之是天生一对，跳楼组合……"阿K不无同情地看了她一眼，才指了指自己的手机屏幕，"反正，就是说你们俩没人性，利用法律的漏洞逼死了人，还逍遥法外之类的。喏，这才十来分钟，转发已经过万了！"

苏一念接过他手里的手机，飞快扫了一眼那条微博的内容，脸色变得有些苍白。

阿K见状，大概有些后悔自己的嘴快，忙安慰道"不过，你也不用担心，什么样的人圈什么样的粉，之前沈渝之没有官宣的时候，他的粉丝那么黑你，被他一通电话公关操作后，除了少部分女友粉脱粉外，大家基本也都接受你们的恋情了。况且，沈渝之的粉丝数量多，脱几个粉也不怕。不是也有好些人在说纪小佳的妈妈血口喷人，蹭你们的热度呢！"

苏一念却是失神良久，她忽然有种极其不安的预感，视线却紧盯着屏幕。

半个小时后，结束手头工作的阿K打了个招呼，发现苏一念依旧全神贯注地看着屏幕，压根没听见自己说话，只好摇头叹了口气先行离开。偌大的办公室里便只剩苏一念还坚守在电脑前。

屏幕上惨白暗淡的光，给坐在电脑前的她也平添了几丝鬼气森森的苍白。好在这长久的等候终于迎来一阵"叮咚"的提示音。苏一念精神一振，点开了屏幕上一个女孩子的微博头像。

头像被苏一念点开放大。女孩梳着中分长发，对着镜头微微闭着双眸，确实就是先前让她吓了一跳的那张脸。

微博主人的认证资料上明确写着——龚蓓，天使传媒平面模特，二十二岁。

这是她通过天网的人脸识别系统和网监部门的云端人像搜索引擎过滤出的十几个相似人选中，选出的最有可能的一个。

苏一念犹豫片刻后，直接发了条私信给她："龚小姐您好，我是某某网的新闻网编，想约您做个小访问，不知道您现在方不方便？有没有时间咱们谈谈？"

出乎意料的是，龚蓓的回复来得相当迅速："网编？什么访问？什么情况？"

"您好，龚小姐！"苏一念精神一振，十指翻飞地敲击着键盘，"我手上有一张之前在 ZTV 大楼拍到的照片，照片里似乎是沈渝之在追你，我想确认一下当时照片里的人是您本人吗？"

对方顿了好一会儿，才回了一句："是我没错，不过……你怎么找到我的？"

苏一念想了想，给出了一个最稳妥的回答："龚小姐是做车模的，自然有很多经纪公司有您的联系方式。您放心，我找您也没别的事儿，就是想跟您确认一下您跟沈渝之到底是什么关系！"

"事情都过了那么久了，你现在才来打听？这新闻职业工作者的敏锐度也太差了点吧？我跟沈渝之没有任何关系，也拿不出什么实锤好料给你，你要是想挖这种八卦就还是算了吧！"大概是察觉到苏一念的访问并不能给自己带来什么实质利益，所以对方并没有想继续聊下去的意思。

苏一念忙补充道："不不不，事情虽然过去了这么久，不过我最近得到消息，这件事好像是被刻意安排的是吗？龚小姐，我可以给您支付一笔情报费，您也知道，业内这种情况也很普遍。今天沈渝之更是被翻出新黑料，热度很高，我们这不是也想挖点冷门的料嘛，您手上只要掌握了跟他有关的消息，都可以卖给我们啊！"

"你出什么价？"

苏一念被这份直接噎了噎，犹豫了一会儿，弱弱试探着报了个数。

对方回了她两个呵呵后，附送了一个再见挥手的表情。

苏一念只好咬牙，又翻了一倍，并补了一句："这是订金，如果消息属实，会再付另一半给你！"

这次，那边许久都再没有消息。

苏一念急了，有点后悔没要一个她的电话号码，转瞬却又想起，不久之前舒颜还拍到她跟沈知遥在一起。假如两人还没分开，那自己现在跟她套话的聊天记录该不会沈知遥也看到了吧？

这样一想，她越发坐立难安起来，犹豫了一会儿，她直接把价格又翻了一倍，并准备加上一句"不能再多，不行就算了"时，龚蓓的回复却发了过来。

"沈渝之那种人，不可能会跟我这种十八线的小车模有关系的。不过他的团队还是挺大方的，上次的事，虽然出了点问题，没操作成功，但好在给钱痛快，出手大方。"

"他的团队？"苏一念又喜又气，气的是自己沉不住气，早知道就不报出翻倍的价格了，喜的是对方似乎接受了自己的诱饵。

"对呀，那阵子他不是闹绯闻吗？好像是他女朋友的个人资料被曝光了吧。当时是他经纪人找到我，说是沈渝之怕女朋友再被脑残粉骚扰，想炒个热度转移大家的视线。当时的要求很简单，就是让我在ZTV附近绕几圈，他们会安排沈渝之出现并当街追我，而我只要负责在他追我的时候转身跑开，别让他追上就行。听说沿途有安排人拍摄，事后他们自己会买好通稿，就说我才是沈渝之的正牌女友什么的……"

"你说的沈渝之的经纪人，是不是这个男人？"苏一念心中对事情的来龙去脉已经有了个大概的了解，随即发了张沈知遥的照片给对方，只是握着鼠标的手微微有些发抖。

"是他！"那边马上发了段语音过来，声音娇滴滴的，透着鄙夷，"之前我当车模的时候，在一次公司的车展活动上见过这家伙的。当时他一直盯着我看，分明对我有意思嘛，我看他穿得跟个商务精英似的又开着豪车，还特意给他留了个电话号码，想说给他机会。结果人家压根没再联系我，一直到前不久才找我帮忙，说是给沈渝之炒热度，问我有没有兴趣。我那阵正好刷爆了信用卡急等用钱，就答应他了。谁知道当晚付过钱后，他居然直接把我拉进黑名单了，真是莫名其妙。"

苏一念试探着问道："那你们后来就没有其他接触了？"

"跟这种人能有什么接触，说来也是邪了门，今天我收到一条香水专柜的信息，说是领取会员礼，让我去百盛广场，结果我去了才发现是骗子信息。不但没领到香水，还又碰到这家伙。本想相识一场，打个招呼也好，谁知道他摆着张臭脸，一副不认识我的样子，爱搭不理的样子，简直有毒……有钱了不起吗？"

苏一念长舒了一口气，请她提供了个支付宝账号，就直接把钱给她转了过去。

做完这些后，她将身体重重扔向椅背，闭上眼睛将所有事情的经过捋了一遍后，她急急拿起手机给沈渝之打了个电话，可惜电话那边只响起一个机械的女声，提示她所拨打的电话已关机。

无奈之下，她只好给沈渝之发了条微信："渝之，我缕清了，我都缕清了！从纪小佳公开我三次元信息开始，沈知遥就开始做一些意想不到的小动作。他曝料给《东明娱乐周刊》，所以才有了我和他在酒店被拍的照片。全网大赞你危机公关手段高明时，他可能是在公司听说我和舒颜要去ZTV看你录影，特意安排了一个长相酷似姜葵，名叫龚蓓的车模在ZTV大楼出现，于是有了我们第一次误会；纪小佳的死虽然表面看来确实是自杀，但是那些以我名义发出的电邮，极有可能就是出自沈知遥的手笔。在我身边又了解我和纪小佳的瓜葛，且计算机技术胜我一筹的人只能是他啊！我昨天才跟他开诚布公地对质过，今天纪妈妈就发出了我们两个害人跳楼的微博，把你正式扯下了水。联系上次我在他办公室里看到的出入境记录，我觉得，他从一开始要针对的人就不是我，而是你！事实上，要不是舒颜今天看到他和龚蓓在一起，我可能……"苏一念说到这儿，脑中忽然有根弦"锵"的一声绷断。

舒颜、香水专柜、龚蓓、中奖信息……这几个字眼与舒颜打电话给她时，兴奋地说自己中奖的声音交织在一起。

下一秒，她几乎从椅子里跳了起来，面无人色地喃喃道："天哪，舒颜！"

她手抖得厉害，终于知道心中那隐约不安的感觉是来自何处了。

是舒颜，舒颜给她发了微信后便再没有了消息，那根本不是舒颜一贯的行事风格。

她遇上这种八卦，最爱打破砂锅问出个究竟。可是自己收到图片后，她居然都没有发条微信来确认一下自己到底认不认识那个女生，这太不合理了。

可自己却直到现在才发现！

苏一念抓起手机给舒颜打过去，忍不住小声地一遍遍祈祷："接电话，拜托，小舒，接电话啊。"

然而，电话那端居然和沈渝之的电话一样，只有冰冷女声提示她所拨打的电话已关机。

苏一念再也坐不住了，她将手机和钥匙胡乱收进包包里便往外走，一边走，一边将电话直接打到了徐青文的手机上："徐警官吗？我是苏一念，不好意思，这么晚又要麻烦你，我……"她说到这儿，却忽然停了下来。

舒颜电话只是打不通，这种情况下找徐青文只怕太过儿戏了。

见她忽然不说话，徐青文反倒很是体贴道："喂？怎么不说了？我在听呢。我今天休假，在家闲得很呢，是不是又要约火锅？上次那家不错啊，不如今天我请你们……"

虽然苏一念可以选择像下午那样再破解一次公司为交警的天网系统搭建的服务器基站密码，从中追踪出沈知遥的车行驶路线，但眼下舒颜的安全情况无从得知，她实在没有时间，也没心思来做这种耗时费力还冒险的事了。

迟疑了几秒，她还是厚颜请求道："火锅还是我请，不过要改天。我打电话给你，其实还是想麻烦你能帮我查一下，看看能不能找一找，晚上七点半左右，有一辆曾出现在恒大百盛广场，车牌号为ZT0659的私家车现在在哪里……因为我……我朋友联系不上，我怀疑她……她可能出事了，可……"

她说得有些语无伦次，徐青文却听出她的急切，二话不说便答应了下来："成，你等着，我帮你找交警部门的朋友打听一下吧！你等我电话！"

"好！"苏一念由衷感激，挂上电话看着青黑色的天幕，心里却沉得几欲崩溃。

某个周末，沈谕之陪苏一念去三春园，给某个孩子过生日。
其间有个小游戏，是画手指画。
沈谕之兴致颇高，也递给苏一念一张纸："来，我们也画一个！"
苏一念虽然觉得沈谕之这种男神居然会参与这么幼稚的游戏有点违和，但也不好扫他的兴，于是把手往纸上一拍，拿起铅笔绕绕转转，飞快画下了自己的手印。

沈谕之画好自己的，还不忘凑过头来看了看苏一念的："欸？你的画得很好啊，线条这么流畅！"

说着，直接就把二人的画交换了一下，一副研究古董的架势，居然认真观摩了起来。

多年以后，苏一念在沈谕之书房的抽屉里看到这幅画。

画的下方密密麻麻写满了数学公式，公式的结果，是她无名指的指围。

"还骗我说是靠感觉推算的！呸！"她轻啐了一声，却是耳根子都红了起来。

第三十六章
为你千里奔走，心悬一线

沈渝之其实第一时间就知道了纪小佳的母亲在微博上发布的内容。

当时他刚结束初赛，在从会场出来的第一时间就被一众记者拦住了。

"沈先生，国内今天有人因为您女朋友害旧同事跳楼的事，而提及当年超星杯上因为和你PK输掉比赛而跳楼自杀的姜葵。您对这件事还有印象吗？能不能具体谈谈当时的情况？"

"沈先生，听说当年是您最早发现了姜葵的尸体，这是不是表示她的自杀真的和您有关？方便解释一下您当时为什么会出现在现场吗？"

"沈先生，此前六年您一直拒绝再参加超星杯，是否也和这件事有关啊？"

沈渝之脚步不停，只是面色平静地拨开众人往前走去，直到一个女记者忽然挤到前面，拼命将话筒往他身上递："沈先生，您女朋友发的那些谩骂电邮，您看过了吗？针对您女朋友的这种行为，您是怎么看的？"

沈渝之听见这话后，脚步顿了顿，忽然伸手接过了那个女记者的话筒，迎着她身后的摄像机镜头，语气出奇的温柔："很多人大概不知道，我六年前一度因为目睹姜葵自杀而患上心因性失语，也的确曾怀疑自己当年在比赛时太过言语咄咄会不会是造成她自杀的其中一个原因。我为此滞留新加坡不知所措，是我女朋友的出现将我从茫然自责的深渊里拉了出来。"

他一开口，所有人都安静了下来，周遭的快门声更是此起彼伏响个不停。

"在我看来，苏一念是种在我星球上的玫瑰花。你们当然可以因为恶意地揣度怀疑她，那是你们的权利。但逝者已逝，究竟为什么选择放弃自己，我就算自责一辈子也不会有答案。至于，你们要问我对我女朋友的行为有什么看法和立场，我只能说，她曾用善良和温暖驯服过我。而我想用余生，尽最大的努力，为她撑起屏风和花罩，挡住一切风雨！"他说着，将手中的话筒还给那个女记者，又微微点头道了声谢，便在众人的愕然中大步流星地走了出去，边走边交代桑蒙马上给他订一张回国的机票。

出了这种事，苏一念又被牵涉到害死纪小佳的舆论旋涡里，他要赶回去桑蒙倒是很能理解，二话没说就给他订了机票，只是送他上飞机时，没忍住问了一句："这个时候回国，那决赛你还来吗？"

"我会尽量赶回来，毕竟，不战而退这种事，我还挺不喜欢的。"沈渝之答得很随意，"不过，既然留了你在这儿善后，你就做好准备。如果赶不上，就按照规则，在比赛开始前四个小时帮我申请退赛。"

桑蒙点了点头："放心吧！"

"没把我回国的事告诉她们吧？"沈渝之临走时忽然又想起什么，回头看了桑蒙一眼。

"没有，没有！"桑蒙当然明白他说的"她们"是谁，有些赧然地摆着手，"苏小姐要是知道你回国八成又要去接机。这种天气，又是夜间航班，我有分寸，没跟任何人说的！"

沈渝之这才满意点头，拿着机票过了安检。

然而，他下了飞机重新打开手机时，却发现有两个未接电话来自苏一念，还有一条长达58秒的留言。他神色一凛，点了语音条，听完苏一念那段推理和发现后，悔得狠狠捏紧了拳头。

他屏息，立时回拨给苏一念，可惜这次却是换成苏一念的手机处于关机状态。

他顾不上多想，又拨出了第二个号码，是打回SZ研发部的。可惜电话响了许久都无人接听。

第三个打给舒颜的电话也被告知关机后，沈渝之忍不住低咒了一声："该死！"

俊颜上露出急切神色，沈渝之眉头深锁，急急往外赶。刚走没几步，桑蒙的电话便打了过来。

"师兄，你到了吗？刚才组委会这边抽签结果出来了，你在A组，跟宋成林搭档打决赛……"

"桑蒙！"沈渝之打断他的话，"你听着，我现在刚下飞机，一念这边好像跟沈知遥正面对质了。半个小时前，她给我打了电话，可惜我在飞机上没接到。根据她的微信留言，事情好像还把舒颜卷了进来，现在她俩的手机都关机了……"

"舒颜的电话也打不通？"桑蒙一听急了，在电话那端脱口而出道，"那我也坐下一班飞机赶回去……"

"桑蒙！"沈渝之一听出他话里的不安，脚步不停，语气却已明显冷静了不少，"你放心，小舒是一念最重要的朋友。你回不回来，我都会尽最大努力，绝不让她们俩出事的！"

"我……我知道了！那……那师兄，拜托你了！"桑蒙说着主动挂了电话。沈渝之也不耽搁，甚至都没来得及绕去车库取自己先前停在机场的那辆白色捷豹，而是直接拦了辆出租车便往市区赶。

在车上坐定后，他第一时间打了个电话给江锋。

电话响了许久才被接起，江锋的男中音在电话里略显不耐烦："不是去新加坡为国争光了吗？怎么这么晚了还来骚扰我？"

"我遇到点麻烦，要你帮忙！"沈渝之也不客气，开门见山地把情况简短介绍了一下。

江锋听完却有些为难："你目前说的这种情况，我这边很难立案。首先，苏小姐关机的可能，我随便就能说出三五个，不见得就是出了事。不过，我知道我要是什么都不做，你肯定没办法放心。这样吧，你不是怀疑你堂哥吗？我让徐青文去一趟技术科那边，找人定位沈知遥的手机信号位置。如果苏小姐和舒小姐确实找不着人，我再亲自找几个人帮你一起找，行吗？"

"谢了！"沈渝之的感激化作简短的两个字，却听江锋喊了一声，"大老爷们还谢来谢去的，你恶心谁呢？等我消息！"说完，"啪"地挂了电话。

沈渝之看着手机，摇头苦笑了一番，才将视线转向车窗外。做了好几次深呼吸后，他将电话直接打给了沈知遥："知遥哥吗？"

"这么晚了，找我有事？"沈知遥的声音很清晰，隔着话筒几乎都能听到回声。

"我刚结束录影，就看到网上那些消息了。一念的手机关机了，我联系不上她。你们还在公司加班？"沈渝之的语气轻松，问得近乎漫不经心。

"她应该还在公司吧，我约了朋友谈点事，今晚没加班。"

"是吗？看来她又忘了给手机充电了。"沈渝之笑了一声，眼角的余光却留意到司机正从车后镜里偷偷瞄着自己。

因为在等红灯，车子正停在路口，明亮的路灯将车后座的他照得一清二楚。镜子里的自己脸色苍白，表情僵硬得吓人，若是此刻自己是真正面对沈知遥只怕不消开口，便已落了下风。

沈知遥只是"呵呵"笑了两声，电话里安静了数秒，才听他接着问道："比赛还顺利吗？"

"嗯，顺利，今天举行了八强入围赛，后天晚上就是总决赛了！"他应了一声，马上便听沈知遥轻笑道，"我就多余问这一句，从小到大，就没有你想做没做好的事。"

沈渝之的黑眸蒙上一层淡淡的阴影，车子滑过路口，后视镜里倒映出一盏盏倒退的路灯打出的光影。

"不是的，"他开口，"这些年，我一直在想，当年我如果能有现在一半成熟，大概就不会把老爷子气成那样了。他那几年身体不好，一半是被我气的，一半也是为 SZ 的未来忧心造成的！单凭这一点，我就远不如你！"

"你想多了，老爷子心里，不管怎么生你的气，怎么恼你骂你，即使是在生病住院，昏迷状态里，听见动静最先喊的总是渝之……"他说到这儿，又怪笑了一声，像是在感慨什么，又像是在劝沈渝之，"也难怪的。你从小是他亲自培养，情分自然格外深！他现在整天闲在家里，除了养鸟种花就是下棋画画，无聊得很。上次我去看他时，在走廊上遇到叔叔，我们聊起你和小苏的事，他明明在里面竖着耳朵听，等我一推门进去，就马上装出一副满不在乎，对人爱搭不理的样子……"

"知遥哥！"沈渝之忽然打断他，"你还记不记得，当年每周都是你开车接我去看心理医生？那时候我经常整晚整晚地想，到底姜葵的死是不是我造成的，抱着这样的想法，即使睡着了，我也只能不停地做噩梦。梦里的她血淋淋地站在赛台下看着我。那么艰难的日子里，有你陪着我走过来，每次进医生的诊疗室关上门，都能看见你在外面冲我微笑。门一开，你依旧坐在那个绿色的小沙发里冲我笑，好像连姿势都没有变过一样。"

　　电话那端安静得能听得见沈知遥的呼吸声，好一会儿他才开口："那么久的事了，我都忘了。"

　　"可我记得，那时候我年纪小脸皮薄，一直没好意思跟你说句谢谢！这次来新加坡，老是会想起当年你半夜赶到新加坡，气喘吁吁地跑到酒店敲开我的门时，风尘仆仆的样子……"

　　沈渝之还想说下去，对面的沈知遥却以一阵低低的笑声打断了他："渝之，别演了，小苏都告诉你了吧？她的手机打不通，你怕了，是吗？"

　　沈渝之握着电话的手一紧，指节发白，双唇也蓦地抿紧。

　　"怎么不说话了？现在才来打感情牌，会不会太迟了点呢？"他说完，笑声由低转高，桀桀不断，宛若夜枭在死寂深夜里饱餐后得意地欢歌。

　　沈渝之也静默了片刻，再开口时，语气也恢复了平素的冷静淡然："你知道为什么你一直觉得老爷子和我更亲近，对你却很疏离吗？我告诉你答案吧，因为你从来不敢让他看到真正的你，你自己选择在所有人面前扮演一个乖巧懂事又有风度的沈知遥，没准在你心里，连你自己都觉得真实的沈知遥是个卑微又不堪的可怜虫！"他说到这里明显感觉到电话那头的沈知遥连呼吸都变得急促了几分，于是刻意放慢了语速，"所以，你觉得，这样的你，有什么资格，值得我害怕呢？"

　　说完，他便毫不犹豫地直接挂断了电话，然后以左手紧紧压住了自己还握着电话却在发颤的右手。

　　"苏一念，你说过的，你有自保能力的，你说过的！"他低低呢喃，垂下眸子，掩住了眸中深不见底的恐惧。

苏一念每逢周末，只要有时间，都会回三春园教孩子们跆拳道。沈谕之对此虽然一直支持，但由于工作忙，除了尽量抽空亲自送她往返，一直没什么机会看她动手。

直到某天，他提前从一个活动现场离开，绕到三春园接苏一念回家。

一下车便听见院子里传来孩子们出拳的呼喝声，走近铁门处，适逢夕阳斜下，他看见他心爱的姑娘穿着利落的白色道服，长马尾随着一记漂亮的旋风踢划出一道优美的抛物线，收获孩子们一片掌声时，忍不住也低笑了一声。

他悄悄走进院中，对着看见自己的孩子们做了个噤声的动作，难得的童心大发想吓吓她。可惜孩子们到底年纪小，有几个没崩住，眼神时不时就往苏一念身后瞟。

苏一念只当是舒颜想在后面整蛊作怪，佯装不知，继续一本正经地跟孩子示范着分解动作，然后趁着转身时偷瞄了一眼地上的影子和自己的距离，出奇不意一旋身，长腿朝身后这人架去。

沈谕之吓了一跳，但反应还是极快，一把捉住了她近在咫尺的脚踝，惹来孩子们整齐的一声惊呼。

远处，端着刚洗好的水果从办公室出来的舒颜恰好目睹这一幕，"哇"了一声，飞快掏出手机定格这一幕。

一分钟后，苏一念放在办公室的手机屏幕一亮，多了一条微博消息。

"新鲜出炉，沈太太腿咚沈先生高清无码照，付费一毛即可查看！"

这天夜里，舒颜看着微博里五位数的收入，惊得摔下了床。

第三十七章
舒颜失踪后的暗涌

徐青文的电话打来时，苏一念正骑着小电驴风驰电掣地赶往舒颜家。

呼呼的夜风在耳边刮出吓人的空响，放在口袋里的手机刚一振，苏一念就将车靠到了路边的绿化带旁，急急接了起来："喂？"

"中天街的十字路口，"徐青文迅速报出个地址，"这是你说的那辆车最后一次出现在监控里的地方。"

"中天街？"苏一念以为自己听错了，中天街离 SZ 科技只隔了两条街，上次沈知遥送她去的正是中天街的宝丽酒店。

难道他把舒颜带去了宝丽酒店？

苏一念出发前还给三春园打过电话，确认舒颜下班后便没再回去，现下如果人不在家，电话又打不通，最大的可能便是下午那场相遇的戏码出自沈知遥的精心设计。倘若舒颜失踪，沈知遥带着她去到中天街，难道是想带她去酒店？但以舒颜的性格，她不可能跟人去那种地方的，除非……除非她失去了自主能力。

这个念头一生出来，再联想到舒颜最后发照片给自己的时间，距离现在已经过了两个小时，苏一念不由得手脚发凉。

徐青文却是异常亢奋："苏小姐，你最近一直查这个查那个的，是不是真的对纪小佳的案子有什么看法？是掌握了什么外人不知道的内情吗？方不方便跟我透露一点？"

"你误会了！"苏一念心中烈火烹油般地焦灼，却不得不苦笑道，"我要是知道什么外人不知道的内情，还用得着一而再地麻烦你吗？"

"别呀，我刚刚看了，你查的这个车牌的车主就是沈知遥。这个名字熟得很，我记得纪小佳的调查资料里就有他的名字。他是不是跟纪小佳的死有关？"徐青文说到这儿，已经很是有些摩拳擦掌的意思了，"你知道吗？这可是已经被定性的自杀案，我要是能把这案子推翻，再找出真凶亲手擒获，那可就是大功一件了！运气好的话，我还能分到三组去当个组长。到时候，我和我们老大可就平级了，他再也别想像使唤小狗似的使唤我，奴役我，虐待我……"

苏一念深吸了一口气，知道自己当务之急是要先确认舒颜的安全，于是委婉道："我现在正赶往舒颜家，确认她是不是回去了。就在棕榈路的揽月华庭，要是你不嫌麻烦的话可以一起赶过来，正好咱俩可以一起……"

"得嘞！"徐青文不等她说完，高兴得声音都变了。电话里都能听到他兴高采烈"嘭"的一声关上门，然后就是下楼梯的脚步声，"揽月华庭是吧，你在门口等我哈，我们公安局宿舍离那里不远，二十分钟内一定赶到……啊！我手机！"电话里，徐青文忽然发出一声悠长的悲呼，接着便听手机里呼呼一阵风声响过后，便是"啪"的一声巨响，电话就这么直接断了线。

苏一念愕然，看了看亮起的手机屏幕，这是继上次手机被盗后，又摔了手机？

不过眼下，她也顾不上这些了，将手机揣回口袋后，便急急往舒颜家赶去。

到了舒颜家，屋里漆黑一片，根本不像有人。苏一念在门外敲了半天门依然毫无反应，她一颗心直往下沉，下楼跨上电动车就往小区门口的岗亭走。

她强抑下焦灼，跺着脚在小区门口等了一会儿，就在她准备再打个电话催催徐青文时，远远就看到一辆男式机车轰鸣着由远及近。

及至近前，车上的男人将头盔一摘，赫然正是徐青文。

"还好还好，赶上了！"徐青文见她一看自己来了，马上跨上电瓶车，忙问道，"哎，我们去哪儿？"

"舒颜失踪了，我怀疑沈知遥带走了她，先去宝丽酒店探探情况！"苏一念说着便想骑上自己的电瓶车，徐青文却将车头上的另一个头盔递给了她："坐我的，我的快！"

苏一念也不婆妈，接过头盔便直接将电瓶车锁在了小区门口，跨上徐青文的车。刚把头盔戴好，徐青文就比她还激动地一拧油门，车子如同离弦之箭冲了出去。

"沈……知道你大半夜……女孩子在外……蹿着找人吗？"徐青文的声音隔了头盔和夜风，即使近在咫尺也被吹得支离破碎。

苏一念这才想起自己发过那条微信后，沈渝之至今没回过自己的电话。她心里一急，摸出电话按了好几下，屏幕上却是全无反应。

"我手机又没电了！"她一急，当下拍了拍徐青文的肩，"借你手机给我用一下！"

徐青文被她拍得放慢速度，听清她是要手机后，有些不好意思地呃了两声："我……我来的时候跑得太急，手滑了一下，手机又摔坏了！"

苏一念叹了口气，忍不住抬头看了看乌沉沉的夜空，无星无月，当下心情又沉重了几分："今晚还真是诸事不顺，渝之一会儿忙完收到我那条微信却联系不上我，肯定要急疯的！"

"不怕不怕，一会儿到了宝丽酒店，你先找地方充电，我去找那辆车！"徐青文安慰道。

苏一念却没有这么乐观，倘若舒颜真因为自己和沈知遥的事而被牵连受到伤害，自己这一辈子都不可能原谅自己了。

在苏一念的坚持下，徐青文把机车直接开到了酒店的车库前。保安听见机车发动机的轰鸣后，只觉眼前一道红光闪过，然后才看清是一辆机车从侧面的人行通道里蹿了过来，当时就吓得变了脸。可等他站起身来想找车时，车上已经下来了两个人急匆匆朝自己跑来。

"先生，不好意思，这里不可以停……"保安惊魂未定地站出来，话说到一半便看见了徐青文冲他晃了晃手中的警官证："麻烦帮忙查实一下，是不是有一辆 ZT0659 的白色保时捷在你们的停车场。"

保安一看他手中的警官证，忙换了副表情，一脸积极配合状："好的好的，我这就查！"

"麻烦您快点行吗？"苏一念急得头盔都忘了摘，瓮声瓮气地催道。

保安好奇地看了看这两人，一迭声地答应着，打开了岗亭工作间的电脑："很快的，我们的停车场有智能车牌识别系统，顶多半分钟……哎，你看，找到了，停在C区第十九号车位呢，是晚上8点06分的时候……"保安说着，有些得意地朝岗亭门边看了一眼，却发现刚才还一脸焦灼地站在门口的两个人已经一前一后朝车库跑去了。尤其是长腿的小伙子，跟个钻天猴似的健步如飞。

跑了几步的苏一念忽然想起手机的事，转身又跑了回来，气喘吁吁地摘下头盔，看了看保安："大叔，您带了充电宝吗？"

"我天天坐保安室，要那玩意儿干啥？你上前台啊，大堂前台有！"

苏一念有些无奈，只好道了声谢，转头却发现徐青文已经跑出去老远，忙边跑边喊着追了上去："等一下，你跑错了，不是往那边……"

恰在此时，一辆出租车忽然拐了进来，在看到突然跑出来的苏一念时，发出一声刺耳的急刹声。

司机心有余悸，实在没想到大晚上的，这车库进出口居然有人，摇下车窗没好气地冲苏一念骂道："不要命了？大晚上的，在车库出入口乱跑……"

他没骂完，苏一念也因为那声刹车声转头看了过去，但她旋即睁大了双眼，下一秒，人已经飞快地向车子奔了过去。

她眼圈发红，不要命地狂奔架势看得司机胆气一虚，以为自己碰到个女疯子，这是要找自己撒疯了。正想升起车窗息事宁人，却听后座车门被人重重一关，眨眼间那女孩已经越过驾驶座，直接扑向了从车里下来的男人。

两人什么话也没说，只是紧紧抱住了对方，仿佛丢失多年的珍宝重回掌中。

司机呆呆看着这二人，从沈渝之渐渐恢复血色的脸上，终于找到自己为什么觉得他眼熟的原因，一拍大腿："我想起来了，你……你不是那个……"

"你们干吗呢？"徐青文被苏一念叫停，转头却发现战友居然不进反退地朝一个男人怀里扑去，当下恨铁不成钢地喊了起来，声音在空旷的下行车道里激起一连串回音。

苏一念这才忍着心中的狂喜，急急擦掉刚才夺眶而出的眼泪，仰脸看向沈渝之："你怎么回来了？"

沈渝之摇头不语，将早就准备好的整钞递给司机："不好意思，刚才吓到你了！辛苦了！"

"啊，好好好，我给您找钱，还有发票……"司机还想着撕下发票顺便请他签个名回去跟老婆女儿邀功，谁知他找到笔的时候，人家已经走了。

徐青文对沈渝之的突然出现虽然有些意外，但更关心的却是查案子，所以，他急急指着南边的方向："C区应该是往这边……"

"我们不是来找车子，是来找人的！只要核实人确实来酒店了，就可以直接坐电梯上去找人了！"苏一念哭笑不得地看着他，"你转头就跑，害我也跟着你瞎跑。"

徐青文这才挠了挠新理的寸头："对哦，光想着问问车子是不是真停这儿了，倒忘了我们是找人不是找车了。"

"你手机呢？"沈渝之拉着苏一念直接往酒店正门走去，"你们江队打你电话，一直联系不上你。就他那个一点就着的暴脾气，我要是你一定先回他个电话……"

"啊？"徐青文一听江锋在找他，立时慌了手脚，"完了完了，我手机摔坏了，老大这么晚找我，一定是出事儿了。这下死定……"

沈渝之只好拿出手机，拨通了江锋的电话后塞给他，徐青文忙接过手机。

趁着他打电话的工夫，苏一念扯了扯沈渝之的袖子："你听见我的微信赶回来的？"

沈渝之叹了口气："你发微信给我的时候，我已经在回国的飞机上了。下飞机看到信息后，却一直联系不上你和舒颜，我心里就彻底乱了。你俩同时手机关机的巧合可能性近乎为零，我只好做了最坏的打算。"

"你以为我被沈知遥抓了？我又不是小舒，哪有那么容易……"苏一念话说一半，接触到沈渝之无言的眼神，立时虚弱地垂下头，"我以后一定改掉手机总是忘充电的坏习惯！一定！"

"我联系江锋，让他帮忙定位知遥手机信号的位置，又拜托鲜花桥那边的居委会大妈去58号看了下，确认你不在公司也没回家后，江锋告诉我，知遥的手机信号定位显示他人在宝丽酒店，我只能往这儿赶……"
他说到这儿，犹自心有余悸地抬起苏一念的下颌，另一只手的指背轻轻
自她那张其实已经看不出任何异常的右脸抚过，"脸还疼不疼？"

"我没事！真没事！我没你想的那么冲动，至少我还找了个援兵
啊！"苏一念摇头，顺势拍了拍身边已经挂了电话跟着他们走进酒店大
堂的徐青文，"我还特意找了徐警官来，有个警察叔叔罩着我，你还有
什么不放心的？"

沈渝之毫不客气地看了看一脸苦相的徐青文："这个警察叔叔的话，
我还确实是不太放心！"

"怎么连你也这样说？我们老大刚才也说什么不放心沈老师单独行
动。我不是人吗？好像我这么个大活人在这里就是空气似的。你们说说看，
我们三个人一起行动怎么能算是单独行动？"徐青文大概刚刚在电话里
被江锋削了一顿，满脸生无可恋，"不过……老大说了，他会马上来，
另外还有几个我们同组的兄弟也在陆续赶过来。"

"好，那我们当务之急是先确认一下知遥和舒颜是不是在这里！"
沈渝之深吸了一口气，看着徐青文，神色凝重道，"这事儿还是要麻烦
小徐你去跟前台那边沟通一下，如果确定知遥确实在这里，就先开个房间，
最好是他对面或者隔壁的房间！"

"没问题！"徐青文拍了拍胸口，苏一念和沈渝之便站在电梯口等着，
只见他拿出证件一脸严肃地跟前台沟通了一会儿工夫，便拿了张房卡跑
了回来，"确认过了，沈知遥是独自带着舒小姐回来的，就住 2022 号房。
前台对他们还有点印象，房间应该是沈知遥提前预订的，但是来入住的
时候，舒小姐看起来有点不舒服，但人还是清醒着的，只是脸色苍白没
说话。当时还有大堂经理上前询问是否需要帮忙，沈知遥说她只是低血糖，
让人准备果汁送去他们房间。"

"他们确定人还在房间吗？"苏一念忧心舒颜的安危，最关心的就
是她现在是不是在房间里。

"前台让楼层负责人去看了，2022 号房的门卡是使用中的，门把手
上还挂了'请勿打扰'的牌子，人应该就在房间！"徐青文说着，又忍
不住有些摩拳擦掌，"这种情况下，其实就算是我一个人，也可以妥妥

地搞定沈知遥那种文弱书生。要不，你们俩在这儿等着，我直接上去救人吧！"

"先到房间再说吧！"沈渝之按下电梯，俨然是一副早已计划好一切的淡定表情。

苏一念和徐青文对视一眼，都乖乖跟着他走进电梯。徐青文表现得比他们俩还要紧张："一会儿出了电梯，为防沈知遥也突然出门，我先打头阵，你们俩跟在我后面，注意隐蔽……"

饶是先前这家伙帮过自己很多次，苏一念也忍不住翻了个白眼："你是不是看太多 TVB 的警匪片了？这又不是黑帮火拼。"

"还是听青文的吧，小心一点总没错！"沈渝之这次倒是一副深以为然的样子，出电梯时还不忘拉紧苏一念，与她错开一步挡在她前面。

20 楼的走廊静悄悄的，厚厚的地毯踩上去让人有种莫名其妙的虚弱感。等进了 2022 隔壁的 2023 号房，徐青文才长舒了一口气，一脸急切地看向沈渝之："怎么样？沈先生有什么计划说出来听听？我是直接破门而入，还是……"

"我不同意你去！"沈渝之直接一票否决了徐青文的提议，"事到如今，知遥的目标很明确，他做了这么多事情，唯一想针对的人就是我。所以，一会儿你和小苏就待在这里……"

"你别傻了！"苏一念不等他说完，就在桌边坐了下来。她从包包里掏出手机连上酒店的充电设备，又转到穿衣镜前，整理自己的头发，眨眼的工夫便利落地将长发绾了个半丸子盘在头上。

徐青文发现，从沈渝之出现后，苏一念似乎也一下找到主心骨般冷静了下来。此刻二人镇定自若的样子，倒让他觉得他像个多余的菜鸡。

"我们为什么明知道他人就在隔壁，却不敢轻举妄动？"苏一念回头看了徐青文和沈渝之一眼，"不就是因为不能用舒颜的安危冒险吗？我们现在还不清楚他挟持小舒的意图，万一稍有不慎刺激到他，做出什么过激的行为怎么办？从这个角度来看，你一露面就是对他最大的刺激，所以，你不能去！"

"但是现在被他挟持的人是舒颜，你如果去了，不可能做到完全冷静。届时一切都有可能发生，你是觉得舒颜一个人被牵扯进来还不够，还要让我眼睁睁看你自己往火坑里跳？"沈渝之难得表现出半步不让的强硬姿态。

"要不，我们就再等一会儿好了。"徐青文一看气氛不对，习惯性站出来和稀泥，"老大不是说他会带人过来部署吗？这种情况下交给警方来处理才是最合适的吧！"

"就算江队带人来了，也不可能在有人质的情况下破门而入吧？"苏一念轻舒了一口气，忽然上前抱住沈渝之，"渝之，你冷静一点想想看，我们现在最难的就是进入房间救出舒颜……你突然出现在这里，他第一时间就会怀疑你是通过江锋的渠道获知他的详细方位的。这种情况下，万一他狗急跳墙，对舒颜下手怎么办？"

沈渝之蹙眉，他不是没想过那种可能，他只能保证，但凡有机会，不管沈知遥提出怎样的要求，哪怕是自己豁出性命，他也绝不想再经历一次那种眼睁睁看一个生命在自己眼底破碎的事。

但这话他不能说出口，尤其，是在苏一念面前。

见他沉默下来，苏一念反而越发平静："我今天跟他摊了牌，我找不到舒颜，直接打电话给他就很合理了。只要他敢让我来酒店，我就有把握在进入房间后，找到时机制伏他！"她说着，伸手握住沈渝之，"求你了，信我一次，渝之……"

沈渝之只是一径摇头，气氛因此近乎僵持。

与此同时，与他们只有一墙之隔的2022号房的卧室里，舒颜脸色苍白，嘴巴被胶带封了个严严实实，双手双脚被尼龙捆扎带绑坐在一把沙发椅上。虽然眼睛每隔几秒就忍不住看一下不远处的沈知遥，脸上却还是极力维持着平静恍惚的神情。

这是当年苏一念学跆拳道后没多久教她的。

遇到坏人时，千万不要摆出可怜兮兮地求饶样子，那样只会激起坏人更强烈的攻击；也不可以大呼小叫去激怒对方，消耗对方的耐心；最好的办法是把自己的存在感降到最低，蓄势而行，等有求救机会时再力求一击即中。

卧房里只开了盏壁灯，沈知遥并没有坐在沙发里，而是背靠着阳台玄关一侧的玻璃推拉门，半张脸都隐在了壁灯的阴影里，表情也因此模糊难辨。

不久之前他接到了沈渝之的电话，初时表情还是胜券在握的，后来也不知沈渝之说了些什么，他整个人忽然就变得躁动起来。直至他挂上电话又暴吼了一句"沈渝之"，愤愤将手机重重砸向地上后，就一直维持着这个一动不动的姿势，约莫已经有十几分钟了。

舒颜有点搞不懂，明明自己这个人质就在身边，沈知遥的神情为何会如困兽般紧张焦灼。

她将视线转向沈知遥身后的阳台，阳台外的夜景很美，街边的路灯照得藤制小桌上透明的高脚杯和天鹅造型的水晶烟灰缸异常闪亮。倘若是仲夏夜，能在这种地方和朋友喝喝酒聊聊天，应该是很惬意的事吧？

她幻想了一下那个场面，想借此消除一些自己的紧张和恐惧。可惜现在时值深冬，北风呼呼地顺着开了半边的推拉门丝丝缕缕灌进房间，饶是开了暖气，也吹得二人的脸色都不太好。舒颜就坐在正对着阳台的地方，更是冻得手脚都有点发木，鼻涕不知不觉就顺着鼻腔滑到了唇边，她实在忍不住，吸了吸鼻子。

"舒小姐比我想象的好像要镇定得多啊？"沈知遥像是被她吸鼻涕的声音吸引，忽然转过头来看着她，"难得你还这么沉得住气，不哭不闹，怪不得小苏会跟你成为好朋友了。某些方面，你俩还真是有点像！"

舒颜竭力让自己看来还处于药物的麻醉状态，对他的话不做任何反应。

沈知遥轻笑了一声："别装了，这药是我在网上买的。之前我亲自试过效果，我迷倒你的手帕上只放了三分之一的药量。这药虽然直接吸入会很快起效，但这种剂量喝下去，药效不会超一个小时，你早该恢复力气了吧。我要是现在撕掉你嘴上的胶带，你肯定会大声呼救逃跑！"

舒颜心跳得极快，却依旧维持着刚才绵软无力的恍惚状态。

"知道我为什么抓你来吗？"沈知遥见她无动于衷也不生气，终于从门边起身，像只蹑足的猫一般，悄无声息地走近她，伸出冰冷的手摸了摸她几无人气的苍白小脸，"你是小苏最好的朋友，如果你因为她而受到不可挽回的伤害，你觉得她会怎么样？难过个三五天，重新开始她的新生活，还是忧伤个三五年后，就把你忘得一干二净？"

他眼中闪烁起极其复杂的情绪，像愤怒又像痛苦："等她以后回忆起你，还会不会自责痛苦？依你对她的了解，她知道一切都是因为沈渝之而起的话，他们会怎样？还能像现在这样，情真意切甜蜜如初吗？"

说到这儿，沈知遥面颊的肌肉明显抽搐了几下，那张俊秀的脸庞因为神经质般的失控情绪平添了几分病态的狰狞。舒颜却听得通体冰冷，难以置信地看向他。

他却对她这个反应很是满意，笑着捡起刚才被他扔出老远的手机。随着几声按键音响过后，开了外放的手机里，传出一阵短暂的"嘟嘟"声，舒颜听到了再熟悉不过的女声。

"喂？"苏一念很快接起了电话。

"你终于开机了？"沈知遥像是松了口气。

"在公司的时候太忙，忘了充电，"苏一念的语气有点冷淡，带着几分刻意的疏离，"这么晚了，沈总找我有事？"

沈知遥看了看正拼命扭动身子发出"呜呜"声的舒颜："渝之在找你，知道吗？"

"我才刚开机，正准备回他电话呢。沈总没什么事的话……"苏一念像是打算挂断电话，沈知遥却笑了起来，将手机挪到舒颜面前。

"唔……唔唔……"舒颜正努力想发出声音，沈知遥也凑近话筒笑着道，"听说，你和舒颜是从小一起长大的死党？刚才那么含糊的几声，你能听出是你好朋友无助地求救吗？"

听他这么一说，舒颜像是又想起什么，挣扎得更加激烈了，拼命发出"呜呜"声。

"舒颜在你那里？"苏一念的声音这才有些掩不住的慌乱，沈知遥却是轻笑道，"你不是都看到了吗？我跟龚蓓在一起的照片，你的好朋友不是微信发给你了吗？不过，她居然对我很是警惕啊！亏我本来还准备哄她喝下我买的奶茶，结果她居然拒绝了，逼得我不得不跟踪她，用手帕迷倒她……对了，以你的本事，这么久了，没理由还没查出来龚蓓是我找去的吧？"

"你说得没错，我确实知道了，可那不是你故意让我知道的吗？你设计她们俩同时出现在商场，让小舒看到你和龚蓓继而通知我的目的，不就是为了让我起疑去调查这件事吗？"

"是，是我设计的，可你既然知道了，就不该再在我面前演戏了。毕竟，你好朋友的生死现在可是捏在我手上，你要是再不坦诚一点的话，后果你想得到吧？"

"就因为我知道了《东明娱乐周刊》的事？就值得你这样铤而走险吗？"苏一念声音高了几分，但又马上竭力平静了下来，"沈总，这可是非法禁锢，这么愚蠢而不划算的行径，可不是你一直以来的行事风格！"

"嗯，这么着急撕破脸的确也不是我的本意。"沈知遥轻松避开了努力向自己撞来的舒颜，起身走向了阳台的最边上，迎着夜风呼出了一口气，"所以，你可以选择不接受我的威胁。我在宝丽酒店的2022号房挖了个坑等你来跳，至于要不要跳，是你自己来跳，还是报警带人来跳，都由你自己决定。我唯一能答应你的，就是尊重你的决定！"

沈知遥说完之后，脸上才恢复了先前的几分自得之色。

他挂上电话转头看向舒颜，笑容温柔又绅士，他甚至还伸出双臂，以一个标准的公主抱将舒颜从椅子里直接抱了起来。

但舒颜的脸上满是掩不住的深深恐惧，她强忍着泪水，睁大双眸看着沈知遥，拼命踢动双腿挣扎。但很快她就停止了这种无意义的挣扎，因为沈知遥直接将她稳稳地放了阳台一米多高的罗马柱围栏上。舒颜清清楚楚地感觉到自己身下是二十层的凌空之境，呼呼的风声让她有一种自己随时都会"随风而去"的危机感。

"唔唔……"她的视线不自觉地扫向四周，清清楚楚地看到身下的路灯和街道，当下泪水夺眶而出。

"你哭了？"偏偏沈知遥动作很是温柔，"别怕！"他露出两排森森白牙，宛如修罗恶魔般掏出个真丝眼罩，"戴上这个就不怕了！"说着，他温柔地替她戴上眼罩，还整理了她的头发，拉紧她棉服的拉链，最后还不忘"体贴"地伸手拉过一把藤椅垫在了她的脚下。

好歹脚下有了实物，舒颜心里的恐惧稍稍减轻了一些，却听沈知遥轻笑了一声："咦，你鞋带松了？"

说着，舒颜隐约觉得脚上的鞋带似乎的确被重新系了一次，她脑子有点乱，猜不透他到底想干什么，却也不敢乱动，只能呆坐在原地，听着耳边呼呼的风声，忽然就想起了远在新加坡的桑蒙。

那天晚上，他也是冒着这么大的风去替她买水管的。

可惜，那天在机场，他好像生她的气了。

她隐隐猜到他为什么生气，为什么忽然疏远自己，可她没问。她想着，自己怎么会喜欢那么个榆木疙瘩？难不成还要她一个女生主动去找他表明心迹吗？

原想逼他再主动一点的，结果呢？好像都没有机会跟他说，她也喜欢他了。

算了，这样也好，要是今天，真把小命交待在这儿，也省得他为自己难过伤心了。

这样一想，她泪水涟涟，越发止不住了。

桑蒙从来没跟舒颜提过，她这一辈子经历最刺激的那件事时，远在新加坡的自己接到沈谕之的短信得知她被沈知遥挟持后，他经历了怎样的煎熬。

在那之前，他知道自己喜欢上了这个虚张声势的单纯姑娘，可他总想着挑个合适的时机再跟她告白。没想到一拖，便在临去新加坡的机场里，亲耳听到舒颜跟苏一念说，跟他只是战友情。

桑蒙当时便觉得一颗心凉透了，他甚至都决定，从此要和她保持渐行渐远的疏离关系，他从来不是个可以和喜欢的姑娘做朋友的人。所以，到新加坡后，哪怕他收到好多条她小心翼翼试探自己是否生气，是否故意不理她的微信，他都选择忽略，或者客气地回上一句：不好意思，太忙了。

可是，知道她可能身陷危机那一刻，他忽然后悔了。他第一次忤逆沈谕之的意思，偷偷买了回国的机票。

他在飞机上给她写了长长的一封情书。

他告诉她，舒颜，今天是我的生日，给你的这封裹脚布般冗长又无聊的情书，就当是我吃过今年的长寿面了。我想提前预支我此生此后每一年的生日许愿，许一个念力最强的愿：

我希望有生之年都能看到，我喜欢的，那个叫舒颜的姑娘，平安健康地活着！

第三十八章
吹不开的夜幕

"你去走廊上等江锋，一会儿我们到了知遥门口，从动手敲门开始，我就会先让手机跟江锋保持通话状态，方便你掌握那边的情况。你让江队派人在门口守着，一有任何失控的情况，你们就马上行动！"沈渝之说这话时神色平静，末了还不忘叮嘱徐青文，"记住，假如情况危急，你们的营救顺序是舒颜、一念，然后是我！"

因为说服不了彼此，这是他们最后唯一肯妥协的方案，那就是一起去。

苏一念听得鼻子微微有些发酸："正常情况下，男主角不都是把女主角的安危摆在首位吗？"

"那是因为，我知道我的女主角有多在乎她的好朋友！"他笑了笑，拿出手机打给江锋，"你那边情况如何？"

"花了点时间调派人手，现在已经到楼下了。我们马上上来，你们在哪儿？"江锋的声音一如既往的沉稳。

"你来了就好！接下来的事情，就全靠你了。记住，从现在起手机保持通话状态。其他的事，你随机应变吧，一切就拜托你了！"沈渝之牵起苏一念往外走，并随手将尚在通话的手机塞到了西服内侧的口袋里。

苏一念深深吸了口气后，跟他出了 2023 房，原以为他要带着自己直奔隔壁房间，谁知道，沈渝之在走廊的拐角处，忽然一把将还欲前行的她拉进怀中，紧紧拥住她靠在了壁角处。

"害怕吗？"他声音很低，像是害怕没挂断的电话里，江锋能听见这不合时宜的亲昵和关切。

苏一念摇了摇头，仰起脸来看着他。

怀抱里熟悉的气息和这突如其来的霸道拥抱，让她有些不受控制地脸上发烫："我都敢一个人去了，怎么可能会怕？你不要总把我想得那么娇弱……"

　　沈渝之挑眉，颇有深意地低笑了一声，忽然捧起她的脸轻轻吻了上来。

　　苏一念只觉刚刚还在跳动的心脏骤然就顿住了，整个胸腔被沈渝之身上的柠檬马鞭草的香味填得满满当当。

　　她明显觉得到沈渝之的左手拥住了自己的腰，也能清楚地看到，他那双点漆般的黑瞳里，满是温柔闪亮的光。明明脑子里有个声音在提醒自己闭上眼睛，可是她却一点也舍不得将眼前这人关在自己的视线之外。

　　沈渝之似乎比她更加肆无忌惮，哪怕唇齿间的交缠里彼此的呼吸越来越重，哪怕苏一念的脸，因为他反反复复、密密实实的吻而泛上越来越深的绯色。他右手轻托着她的脸，指腹爱怜般轻娑她光洁的脸颊，看着她眉眼一点点柔软低垂，片刻也不舍得移开。

　　直到不远处，隐约传来电梯门清脆的一声叮响，沈渝之才似餍足的野兽，松开了环在她腰间的左手。

　　苏一念全身酥软，大脑的反应自然也慢了半拍，乍失扶持，险些腿软跟跄，好在沈渝之的手马上重新扶住了她，旋即满是促狭意味地轻笑了一声："不娇弱的苏小姐，你有半分钟的时间调整呼吸，稳定心神，然后跟我去敲门。"

　　苏一念恨恨瞪他一眼，屈肘便在他肋下一撞，见他吃痛皱眉，才满意地哼了一声，轻轻拍了拍自己的脸，径自上前敲响了沈知遥的门："沈总？"

　　2022 房内，传来沈知遥的声音："门没锁，直接进来就行了。"

　　苏一念和沈知遥都有些意外，对视一眼后，沈渝之握住门把轻压了一下，推门进去时眼角余光正好瞥见走廊的拐角处，似是江锋带着几个人正朝这边转来。

　　因为是套房，房间里一目了然，外间空无一人，只有沙发上还放着沈知遥的一件外套。

　　虽然做了十足的心理准备，但一进房间苏一念才觉得，自己其实十分紧张，被沈渝之牢牢握着的手心里，已是汗湿一片。沈渝之的神色看起来倒是比苏一念要镇定许多，只是略扫了一眼，确定沈知遥不在外间，便牵着苏一念向卧室走去。

就在他们往里走的时候，沈知遥在屋内幽幽说了一句："我记得你有随手关门的好习惯的！"

苏一念转头，有些无奈地将房门带上，随着"咔嗒"一声轻响，沈知遥道了声谢。

卧室的光线也很暗淡，仅有的一盏壁灯映照下，沈知遥正站在阳台边点燃了一支香烟。

这是苏一念第一次看到沈知遥抽烟，在此之前，她一直以为沈知遥是不抽烟的。可是现在，看他指间的红点明灭一闪后，悠闲地吐出个烟圈，眨眼被风吹开，姿态老练。

"来得比我想的还要快嘛，我还以为……"沈知遥缓缓转过头来，却蓦然发现了站在苏一念身侧的沈渝之。

他的脸色瞬间变作青白，狠狠将手中的烟掐灭在围栏上的那个烟灰缸里。

不知是灯光昏暗的缘故，还是心态的变化，苏一念隐隐觉得，他周身都多了一种阴恻恻的气息。

"呃……唔唔！"阳台上的舒颜，听到苏一念的声音显得很是激动，拼命发出呜呜声。

"小舒！"苏一念听着声音，心脏如被火苗燎了一下似的，上前两步就想冲过去救人。

沈知遥却将露台的玻璃推拉门重重一关，站在了推拉门前摆出了一夫当关的架势。

沈渝之拉住明显乱了阵脚的苏一念："别太紧张，知遥哥没想伤害舒颜。他的目标从头到尾都是我，对吧？"

沈知遥闻言冷哼了一声："这可不好说，你要是真觉得我的目标只是你的话，又何必防贼似的放下你从前视为人生中最重要的理想和比赛，跟到这儿来？"

沈渝之挑了挑眉："只有做贼心虚的人，才会觉得别人看自己都像

282

防贼吧。"

"这么说，我又自讨没趣了？"沈知遥极具嘲讽意味地轻笑了一声，"也是，和传说中的话术魔法师耍嘴皮子，我还真是不自量力！"

"你又错了！"沈渝之神色轻松，自顾自走到一旁的冰箱边从里面取出瓶矿泉水，仰颈喝了一口，才拧着瓶盖，拉着苏一念在沙发上坐了下来，"我和一念今晚来这里都只有听的权利，要说的那个人是你。"

沈知遥笑了起来："说什么？事情走到这一步，我已经没什么好说的了。从你决定前往新加坡那天起，我就猜到了你的意图。你是不是以为，再回一趟新加坡，重新查一查当年的事，就能让你解脱了？没用的，沈渝之，姜葵的死是你一手造成，你就是罪魁祸首！如果不是因为你，她不可能会死！不管过去多少年，调查多少遍，这都是铁一般的事实。"

沈渝之只是静静做了两次深呼吸，然后以一种异常复杂的眼神看着他："六年了，你好像再没去过新加坡了吧？我这次去新加坡，亲自去墓园祭拜过姜葵，听说她母亲和奶奶在她出事的隔年就都死了。但姜葵有个好朋友，当年是个梳着中分头发、皮肤黝黑的女生。我这次找到她了，她叫梁倩倩。"

苏一念一直盯着沈知遥，所以很清楚地看到从听到沈渝之说起墓园祭拜后，他眼底就源源涌上恐惧和痛苦。

"她现在在新加坡的源全街开了一家很有名的咖啡厅。我找到她的时候，她请我喝了咖啡，一起说了很多姜葵的事。"沈渝之的声音低沉，却不带任何攻击性，"比如当年出事前，姜葵如何拼命为比赛做准备，连她这个好朋友都没好意思打扰姜葵。"

"够了！"沈知遥蹙眉，胸口一阵剧烈起伏。

沈渝之却像没听见一般，兀自继续道："她告诉我，姜葵曾在赛前的某个下午，破天荒地拉着她一起逛街，买了条黄色的裙子，并信心满满地告诉她，等蝉联第三届超星杯冠军后，一定要好好谈场恋爱。"

"我说够了！"沈知遥愤而怒吼，目眦欲裂的狰狞面容把苏一念都吓了一跳。但她很快发现沈知遥因为刚才的情绪变化，身子移动了些许，正好可以让她看见推拉门外的露台上，舒颜缩紧了身子坐在阳台的围栏上，戴着个黑色眼罩，脸上的妆容早已被泪水染花，整个人几如悬空一般抖得厉害。

她原本就因为紧张而绞紧的双手，一时青筋浮凸。

沈渝之却是丝毫没受沈知遥情绪的影响："再比如她曾如何目睹自称要去医院给母亲取药的姜葵，坐上了一辆明明是载客状态的出租车。车上，还有个长得很帅气的男孩子，冲姜葵微笑点头。她当时就站在路对面的便利店门口，目送着那个男孩子……"

"别再说了！"沈知遥终于怒了，他一个箭步上前，猛地朝沈渝之冲了过去，扬手便是一拳，冲沈渝之的脸上砸去，"我让你别说了别说了，别再说了！"

几乎是在他挥着拳头扑向沈渝之脸上的同时，苏一念也一个箭步冲他原本站立的阳台奔去，门"哗"的一声被拉开的同时，屋里也发出一声低沉压抑的闷哼。

苏一念不用回头也知道那是沈渝之生生挨了一拳发出的声音，她眼眶发热却顾不上这些，急急扑到舒颜面前："小舒，别怕，我来救你了，没事的……"

"你们觉得我这么不计后果地把她弄来，就是为了把你们逼来见我？"沈知遥打完人后，回过头去冷冷看着正在手忙脚乱拉下舒颜的眼罩，并吃力地准备弄开捆扎带的苏一念，"在你眼里，我就这么无脑？"

苏一念的手脚一僵，再看舒颜睁大眸子拼命摇头挣扎的样子，才意识到她似乎从自己开门过来后，就一直拼命摇头，勾着脚让自己看身后。

"渝之好像一直都很喜欢看侦探小说是吧？不如我给你三个提示，看你猜不猜得出来，我想干什么。"沈知遥颇为自得地笑道。

"Tips1，我买了盒最大拉力的渔线。

"Tips2，这盒渔线，在阳台的第二根栏杆上绕了六圈，打了个渔人结后，就被我扔下去了。

"Tips3，酒店隔壁那家琴行门口，停了辆黑色的特斯拉，是小苏向我求证《东明娱乐周刊》的事后，我特意新买的。"

"特斯拉有无人驾驶功能，第二根栏杆就是现在舒颜现在坐着的地方。"沈渝之的瞳眸急缩，突然疾呼出声，"一念，别动！"

苏一念侧头看来时，只见沈知遥半举着手，右手食指吊着把黑色的车钥匙，笑得分外得意："我数学不错，一旦开启自动驶出功能后，大概只用五秒，车子发动驶出，轮毂上的渔线就能收紧，直接将渔线另一头的舒小姐拖出去了！"说着，他不无怂恿之意道，"小苏，五秒哦，你看，我还是给你留了时间救人的！"

"你敢！"苏一念气得脸色铁青，却再不敢轻举妄动，抿紧双唇看向小舒，以眼神询问她。

舒颜却绝望地摇了摇头。她努力回忆着，如果沈知遥说的是真的，从进入酒店后，他碰过自己的地方太多——头发、衣服、鞋子。五秒的时间，别说是解开渔线，单是找出位置只怕都不止五秒。

"我给了你选择的机会的，你可以试试，你开始寻找，我则按下车钥匙的自动驾驶，五秒内找到渔线，解开它，如何？"沈知遥说到这儿，很是得意地低笑了一声。

苏一念僵立原地，双手紧握成拳，舒颜看得出来她现在愤怒到了极点，却只能拼命忍住眼泪朝她摇头。结果苏一念却是将自己身上的棉服解开，上前给舒颜披上紧紧抱住了她。

舒颜急得拼命发出"唔唔"的声音，苏一念却死死抱着她不肯放："你别动了，再动咱俩就一起掉下去摔死算了！"

舒颜一听这话，再忍不住把头埋在她肩窝处无声哭了起来。

沈渝之从沙发上站了起来，看着阳台上被冷风吹得发丝飞扬的两个姑娘，额上青筋轻跳两下，眼中漫溢森冷寒霜。

他将满嘴铁锈味的血气咽下肚去："你抓舒颜无非是想逼一念来见你，而你针对一念，说到底，还是因为我。既然如此，又何必这么大费周折呢？让她们走吧，我留在这里陪你，把咱们俩的账清算清楚就是。"

"你见过有人在赌桌上，一开局就把自己的筹码扔掉？"沈知遥冷笑一声。

"你会走到这一步，就足以证明你已经输了。输这件事，本身已经很不好看了。"沈渝之轻拭嘴角的血渍，满是肃杀的眸盯着沈知遥，"再将自己的失败转嫁到女人身上，就真的太让人瞧不起了！"

"瞧不起？"沈知遥重复了一遍这三个字，旋即哈哈笑了起来，"说得好像你瞧得起过我一样，你如今这副虚伪的嘴脸，比小时候更叫人讨厌了！"

沈渝之浑不在意地点头："我倒是也很想拿面镜子来，让你看看你现在的样子！"

"我是什么样子用不着你说，倒是你，从前的你不是锋芒毕露，不可一世，恨不得全世界的人都知道你沈渝之有多优秀吗？"提起旧事，沈知遥的表情又从得意转作扭曲，"我记得你所有的嚣张，记得你儿时每一次被老爷子拉到身边时得意的笑。直到姜葵自杀，我陪你做了一整个疗程的心理治疗，看着你仿佛变了个人，即使是在你明明很讨厌的人面前，你也能挤出卑微又虚伪的微笑了。你再也没有像以前那样，任何时候都要跟人据理力争分出高下的胜负心了。那时候，我心里真是开心极了！"

"我还以为，你最开心的时候是陪我做心理治疗的时候呢！"沈知遥刚才那一拳用尽全力，沈渝之的嘴角都有些开裂，随着他说话的动作，仍有血水涸成细线，他却语调平缓地直视沈知遥，"你最清楚那段时间对我来说，有多煎熬，也最清楚我对姜葵的死抱了多深的自责和内疚。现在想想，原来你这么恨我，你当时常常流露出感同身受般的表情都是强抑下心头的暗爽装出来的吧？如果从这个角度来看，你也的确是很辛苦了！"

沈知遥的脸色异常铁青，眸底泛起回忆时独有的寥落："能有多辛苦？辛苦得过每次回老宅，明知老爷子不喜欢我，却不得不讨好你，想借此多得到一点他的注意？你明明双亲健在，只不过因为他们都忙着公司的事没空顾及你，老爷子就把你接去老宅亲自照顾。而我……我没有爸爸了，由妈妈独自照顾后，便仿佛不是沈家人般被他漠视。他就从来都不多看我一眼。你考试得了第一名，他夸你聪明，不愧是他沈从容的孙子。可我呢？我在别人眼中再优秀，都不配得到他多看一眼。我总在想，到底我比渝之差在哪里，为什么明明人人都赞懂事谦逊的我，一到老爷子面前，就变成了个不受待见的可怜虫？"

沈渝之听出他语气中深深的怨念，不由得叹道："老爷子的喜好如何，不代表你我之间的良莠……"

"你懂什么？"沈知遥打断他的话，"你是他的宝贝孙子，自然可以轻轻松松说出我不该为了他的眼光和喜好而活的屁话！凭什么你做什么都是对的都是好的，仿佛你做一切事都可以驾轻就熟，世间一切都要为你让路？你从小争强好胜，老爷子就宠着你，早早宣布要把你当成 SZ 的继承人来培养，只等你考去麻省理工，一毕业就把 SZ 交给你。可你中途改变心意一门心思要进辩论圈了，他表面上跟你断绝爷孙关系，对你凶悍又专制，可结果还不是遂了你的愿？"

沈知遥说到这儿，眼中还有隐含的愤懑："他拍着桌子跟我说，既然你不稀罕 SZ 科技，以后 SZ 科技就跟你没关系，从今往后他要把 SZ 科技交到我手上时，根本不明白他这句话对当时的我来说意味着什么。我从小练琴，当时已经考入维也纳音乐学院深造学习。他却因为你心血来潮的一个爱好，否定我十几年来的努力。难道你沈渝之不稀罕的东西，我沈知遥就该奉若珍宝地全盘接受吗？"

他抬起手："我这双手，是为了黑白琴键而生的手，却因为你的自私变成了一种工具，一种为沈家卖命的工具。你告诉我，我应不应该恨你？"

"所以，你当年才会极力推荐我去新加坡参加超级明星杯，甚至鼓动老爷子和我打赌，逼我答应，如果输了这场比赛，从此就不能再提辩论的事，安心备考 MIT。你以为姜葵这个前两届的蝉联冠军就一定会取得三连胜，你期待她像之前打败其他人一样，狠狠挫挫我的锐气，然后踏踏实实地回去继续做老爷子的好孙子。而你自己则以旅游为名，偷偷在比赛前就来了新加坡。"沈渝之的双唇紧抿，眼神中也只剩一片寒凉，只眼角的余光不断看向阳台上的苏一念。

提到姜葵，沈知遥抿紧了唇，沉默许久，才再次开口："我提前找到她，只是想让她全力准备比赛的事。我知道她家境不好，生活琐事太多，所以我给她妈妈请了个医院护工，并且告诉她只要她赢了比赛，以后每个月会按时给她一笔钱……"

"她知道你是我的堂哥吗？"沈渝之蹙眉问道。

沈知遥的声音变得有些喑哑起来："她不需要知道这种事。至少我告诉她的话都是真的。我确实看了她的比赛，也很欣赏她，我也是诚心诚意为她加油打气的，我对她第三次夺冠蝉联冠军充满信心……"

"不如我换个更准确的说法吧。"沈渝之冷冷一笑，"你以仰视者的姿态出现，凭借自己的外形气质和救赎者般的行为让那个情窦初开的少女爱上了你。而这个粉红色的泡沫，在她输掉比赛后，被你亲自戳破了！"

"我没有！"沈知遥异常激动地摇头，"我和她统共也只认识十来天，比赛结束那天我买了晚上离开新加坡的机票，原本我们约定比赛结束后，在她学校的楼顶见面帮她庆祝的。后来比赛虽然输了，可我还是依约去见了她。那晚，她把她比赛期间准备的所有手稿都带来给我看，似乎这样才能证明她虽然输了比赛，但确实是认真努力过的。可我根本没有要怪她的意思。我知道，以她的家境，她渴望赢这场比赛的决心比我更大。我告诉她，我和你的关系和我提前来新加坡接近她的真正意图，不管你信不信，我当时其实已经认命了……"

沈渝之无声回望着他，目光一片寒凉。

沈知遥大约觉得他眼神太过冰冷，恼羞成怒道："我走的时候明明告诉过她，我答应她的一切都还作数。她母亲的医药费我会负责到底，还告诉她以后有什么经济上的困难都可以找我。她当时明明很平静，还很有骨气地说以后不用麻烦我了。我以为我都说清楚了才走的，可我走到楼下时，她……她居然就那么从楼上跳了下来……"

沈渝之眼中闪过片刻讶然，但很快便明白过来："你的意思是，当年我赶到学校的时候，其实她已经死了？那，我当时看到的那个从楼上坠落的东西……"

"那是意外，是意外，你懂吗？我根本没想到她会跳下来，我当时受到的冲击绝不比你少半分。"沈知遥似是陷入极大的痛苦中，不停用力揉搓着脸颊，"当时是晚上，又是暑假期间，学校除了个值班守夜的保安根本没有其他人。我一个人呆站了很久，才反应过来要打电话叫救护车或者报警。也是那时我才猛然醒觉，我不能报警，一旦报警，我来新加坡的事家里的人就都会知道，而且我根本没办法解释我为什么会在那里，更没办法解释我和她的关系！"

"所以，你把我找来当你的替罪羊？"沈渝之只觉一阵齿寒，从前沈知遥那温文体贴的面容和此际他麻木又恍惚的脸重叠在一起，仿佛一张模糊却阴鸷的京剧脸谱。

"我原本只是想上去删掉她手机里和我的通信记录。可是，拿到手机后，我却鬼使神差想到了你……"

"你不仅想到了我，还直接以姜葵的名义给我发了信息。你把我叫到了学校，我到了学校打电话确认地址时，你就在天台。你确定了我站的位置后，将那些姜葵带来的手稿从楼顶抛了出去，以此引起我的注意？"

"你从远处跑到楼下时，我也迅速下楼，捡起我扔下楼的行李袋躲到了楼道后的草丛里……"

"因为一个行李袋被扔下楼而自责了六年的我，"沈渝之自我解嘲地低笑了一声，"在你眼里，是不是看着特别解气？"

"你以为我就不痛苦了吗？"沈知遥的声音很低，"你当年经历的噩梦何尝不是我的噩梦？你还可以光明正大地去看心理医生，我却要把这个秘密埋在心里日夜不能提。好多次，我梦见姜葵站在天台上，冲我阴森森地笑……"

"那是你活该！"沈渝之压抑许久的怒火终于爆发，他上前一步盯视沈知遥，"你动机不纯地接近她，明知道她会误会你对她的好是有别的原因，却还是放任她沉溺。结果她输掉比赛，最不安的状态下，把真相赤裸裸地撕碎扔到她面前。你甚至都没有安慰她半句，而是像施舍一样，强调你不是吝啬钱财的人。你所谓的承诺对她来说根本没有任何意义，她为什么自杀你不知道吗？她是在沙漠里迷路很久，负重前行，以为找到绿洲却转头发现自己陷入海市蜃楼的骆驼，而你对她的欺骗是压倒她的最后一根稻草！"

"不是，我不是，我不是！"沈知遥倒退数步，拼命摇头，而在阳台上，察觉他情绪越来越激动的苏一念早已在一旁蓄势已久，眼看他神情恍悟地朝自己退来，眼睛瞬间清明，猛地上前两步劈手便夺下了他手中的车钥匙。

他侧头看了看身旁长舒了一口气的苏一念，此际因为拿到车钥匙，解除危机，她眼中居然蓄满了泪水地奔向舒颜："没事了，没事了，小舒，我这就让人送剪刀来……"

沈渝之虽然还是一脸余怒未消，但看见车钥匙被夺下，也明显松了口气，大有危机解除后的如释重负之感。

只不过，沈知遥这次很安静，安静地看了看他们俩的表情后，还笑了起来："渝之，"他突然叫沈渝之的名字，"至少，这一回，你输给我了！"

说完，他转头冲向阳台，一脚踩上了之前给舒颜垫脚的藤椅，抓起阳台围栏上那个烟灰缸，纵身便往楼下跳去。

这一切发生得太过突然，以至于刚刚才将紧绷许久的神经松下来的苏一念和沈渝之都完全没反应过来。

苏一念正拉着舒颜的手，准备将她从围栏上扶下来，只觉身旁人影一闪，等沈知遥说出那句绝望的"我不欠你了，小葵！"向下坠去时，她才猛然惊觉舒颜的手居然毫无防备地从自己手中滑脱。下一秒，她披在舒颜身上的黄色面包棉服整个飞脱出去，而她也终于看清沈知遥先前说的渔线。

那条渔线，被系在了舒颜的鞋带正中，此时正瞬间收紧，直接将舒颜身子提转了一个方向，只是一个眨眼，舒颜整个人便迎着风飞了出去。

"啊！"苏一念只觉心脏瞬间紧缩，难以抑制地发出一声尖叫，眼见舒颜即将从视线中消失，眼前的世界也似要彻底熄灭……

沈渝之的超级芋圆们都很好奇，他儿子为什么要叫沈不一？

隔三岔五就有人在评论或者超话里提出这个疑问，次数多了，有一次在某综艺访问里，主持人也问了出来："大家都知道你和沈太太很恩爱，不一的名字是暗含了什么对太太的心意吗？"

"我太太这一辈子最亲近的人是我，沈不一只是我们爱情的衍生品。他除了和我们有血缘关系之外，其他方面是完全独立的个体。我和太太的感情也不需要通过给儿子取名这种事来巩固或寄望！"见他答得一本正经，就差没告诉全世界，我儿子是什么东西？能和我老婆比吗？

坐在一旁的苏一念生怕这段录像被长大后的沈不一看到，伤害父子感情，忙拉住沈谕之的袖子，笑着抢过话头："其实，沈不一的名字是我取的。没别的意思，就是希望他这辈子不要当第一，高处不胜寒，枪打出头鸟……"

电视机前的沈不一同学，一脸平静地扒了口刚从微波炉里拿出来的剩菜剩饭，重重叹了口气。

怪只怪自己投胎时择母不慎，出生后才发现为父不仁……

第三十九章
他留下的谢幕曲

苏一念是在急救车里醒来的，睁开双眼时，沈渝之正紧紧抱着她，一直在唤她的名字。

可是一睁眼，她就想起了自己昏过去前眼睁睁看着舒颜下坠消失的画面，当下缓缓闭上眼睛，泪水簌簌落下。

"一念？"沈渝之一只手牢牢捉住她的手，另一只手用力捧起她的脸，甚至都顾不上去擦她脸上的泪，"听我说，小舒没事，宝丽酒店对面的公寓楼里有人看到小舒坐在阳台上，又看到你急急忙忙去拉她的衣服，以为你俩发生冲突，唯恐出事就报了警。公安局打电话到酒店询问情况得知江锋也在后，双方交换了掌握的信息后，马上在楼下给救生垫充气！"

苏一念一听这话，立时便坐了起来，满眼是泪道："真的？"

"是真的，是真的！"沈渝之用力点头，却是伸手轻轻将她拉进怀里，声音里也是深深的无力感，"知遥骗了我们，那根渔线一头系在舒颜鞋带上，另一头却不是系在车子的轮毂上，而是绑在那个水晶烟灰缸的天鹅底座上的。他带着烟灰缸跳下去的时候，舒颜才被带了下去。因为渔线比较长，她摔下去的时候，救生垫正好因为知遥下落时的重力变化而变形鼓起，她运气不错，落点极好，反而起到了最大的缓冲作用，所以伤势不算严重。急救人员现场检查过了，除了颈椎有点错位，再加上惊吓过度和三唑仑的药物后遗症，现在她已经被急救车送去医院了。我们现在也在往医院赶，一会儿你就能见到她了！"

苏一念有些不敢相信，生怕沈渝之是为了安慰自己才故意哄骗，牢牢拉住他的衣袖："你别骗我，你要是骗我……我……"

沈渝之眉头一拧，不等她把威胁的话说完，便将她用力抱在怀里："我向你保证，她还活着，虽然受了伤要在医院躺一段时间，但绝对没有性命之虞。"

　　苏一念这才真正放下心来，靠在他怀里，忽然有一种再世为人般的感慨。也是这时，她这才意识到自己还在疾驰的救护车上，身旁还坐着两位医护人员，都有些不好意思地扭头看向车外。

　　这种时候，她也顾不上害羞了，双唇嚅动了几下，有心想问问沈知遥的情况，可犹豫许久还是没有问出口。

　　苏一念只要一想起沈知遥在最后那一跳，犹不忘抱起烟灰缸把舒颜拖下去的险恶用心，就觉得后怕不已。

　　她倒不是不能理解沈知遥对沈渝之的嫉妒和仇视，可他哪怕是把自己拖下楼，苏一念都没那么恨他。毕竟，他的目的是让沈渝之痛苦，而自己是渝之的女朋友。可舒颜在这整件事上，根本就是无辜的池鱼，她实在没办法原谅沈知遥的这种做法。

　　她靠在沈渝之的怀里，伸手摩挲着他的手，满足地发出低低的一声喟叹，沈渝之却似乎走神了，径自看着窗外的车景若有所思。

　　好不容易到了医院，苏一念急急赶去舒颜的病房，想看看她的伤势如何。结果才刚到病房外，就听见里面哇哇的哭声，伴随着桑蒙低低的安慰："没事了，没事了，医生也说了，只是静养个把月就能恢复了，好在有惊无险，就当是放假好了……"

　　"你这个人，到底会不会安慰人啊？我都说了我吓死了！我真的以为我死定了嘛！我现在就要哭，必须哭，不哭出来，我心里的恐惧不发泄出来，我怎么安心养病？"舒颜抽抽搭搭，但声音听起来确实是中气十足。

　　苏一念透过病房门上的玻璃窗，清楚看见了桑蒙端了杯水站在床前，一脸无可奈何的表情："好，你哭，你哭！别哭太久就行，先喝口水再哭行吗，小姑奶奶？"

　　"喝水就喝水，你这是什么表情？嫌我哭得难看是不是？"舒颜得理不饶人，接过杯子的同时，还不忘拉过桑蒙那件卡其色的风衣的袖子擦了擦自己的眼泪。

桑蒙倒是满脸后怕地任由她擦着，一声不吭的同时，视线也自始至终不曾离开她的脸，看得苏一念倒有点不好意思推门进去了。

　　"咱们坐下来歇会儿吧！"沈渝之似是看透了她的心思，扶着她的肩坐到了一旁的长椅上，"桑蒙不放心舒颜，坐了比我晚一个小时的航班，下机之后得知舒颜出事，立时就赶到了医院。就让他们多聊一会儿吧，那小子先斩后奏，下了飞机才跟我发信息，说是确定舒颜没事，他明天一早就回新加坡……"

　　苏一念并没有接话，只是静静坐着，听沈渝之絮絮地说着桑蒙的事。

　　他其实不是多话的人，会忽然说这些琐碎的事，只能证明他现在的心情复杂，没了往日的淡定从容。

　　见她一直不说话，沈渝之也终于不再开口。二人都在沉默里静寂了许久，苏一念才轻声问道："你怎么了？在担心他的伤势？"

　　沈渝之当然明白这个"他"指的是谁，当下深吸了一口气，才开口道："楼层太高，他掉下来的时候是头部朝下，由于着力点太小，压力过大，救生垫被他砸穿了一块，当时人就不行了……"

　　苏一念脑子有些发懵，事情发生到现在，她一直在紧张舒颜的情况，在得知舒颜的伤势不严重后，也下意识地以为沈知遥大概也没什么大碍。

　　然而，此刻听到"当时人就不行了"这几个字，心里还是猛地抽搐了一下，难以置信地看着他："你说什么？"

　　"你醒来前，救护人员当场就宣布死亡了，他……纵身一跃，求仁得仁，以他自己的方式了结了这件事。"沈渝之努力挤出了抹笑，眼圈却还是微微发了红，"江锋他们在他身上找到了一封遗书和一个U盘。遗书里，他承认了自己用三唑仑迷晕小舒，蓄意谋杀舒颜以此达到让我自责一辈子的目的。"

　　"那纪小佳的死呢？也是他的手笔？"

　　沈渝之摇头："他坦承因为不堪忍受纪小佳的纠缠和威胁，又察觉出纪小佳有抑郁症倾向后，就一直冒充你的名义发了那些电邮来羞辱她。纪小佳出事那天，确实曾经以死相逼，要他去陪她，被他拒绝并恶言相对后纪小佳才跳楼自杀的。但他觉得纪小佳的死只是意外。会告诉纪小佳的母亲我和姜葵的事，则是我曾无意中在他面前透露了想去新加坡找梁倩倩的事，他怕我查到什么对他不利的事，所以才让纪妈妈来找你的麻烦。他很清楚，用你牵制我是最有效的方法，只要你这边出了状况，我肯定会不顾一切赶回来……"

就在这时，走廊尽头最西边的太平间里，忽然传来一阵撕心裂肺的哭声。

沈渝之的身形一僵，连带着右手都微微动了动，他起身站了起来，不无忧色地看向声音的来源处："是大伯母，大概是江锋他们通知她过来的，我……我过去看看！"

"要不要我陪你？"苏一念也跟着站了起来。

她记得曾经在公司见过一次沈知遥的母亲，是个穿着中式旗袍、气质优雅温婉的中年女子。苏一念很难想象，像她那样的人会发出这样绝望而凄惶的哭声。

"不用了，你不是要看舒颜吗？先去病房陪陪她吧，我处理完这边的事就过来！"沈渝之匆匆拍了下她的肩膀，便朝走廊尽头太平间的方向奔去。

苏一念想了想，还是没忍住，也悄然跟了上去。

沈渝之走到西侧最靠内的太平间前，一把搀住了瘫软在地的沈知遥的妈妈，将她从地上扶了起来。

"我们已经整理了沈先生的遗物，他身上有一封遗书算是他的自白书，另外有个U盘，里面有段录像大概是给您的。我们有同事已经发过来了，您可以看一下……"江锋的话依旧不多，但这种时候，他这种不带任何情绪的说话方式倒给人一种无形的庄肃之感。

沈知遥的妈妈半个身子都是靠着沈渝之扶着的，颤抖着伸出一双修长好看的手，紧紧接过江锋递来的平板电脑，一看到屏幕上的画面，泪水如断线的珠子。

苏一念看不到内容，但在这只剩抽泣声的太平间门口，还是清楚地听见平板电脑里的声音。

"妈，还有两个多月是您的生日，提前给您送个生日礼物好不好？"沈知遥的声音很轻松很温柔，但和苏一念印象中的沈知遥又有点不一样，"好多年没碰过了，也不知道还能不能弹得好！不过，我的钢琴是妈妈您手把手教的，弹得最差劲的时候你都见识过，我不怕！"

随着几个试探性的音符响过后，安静的走廊里响起了一阵优美的旋律，是一首再经典不过的《恰似你的温柔》。

苏一念其实不懂钢琴，但听得出来旋律很流畅，只是这样一首忧伤的旋律，在这种氛围里听来，更仿佛在无形中洒下了一把催泪剂。

一曲终了，不等众人回过神来，沈知遥的声音便又响起："这些年，很努力地想代替爸爸照顾您，保护您，陪伴您，可是到头来，我好像还是做不好任何事！"

他顿了顿，声音明明有些哽咽，却笑出了声："以后每年的生日，不能再亲自给您庆祝了！我知道您不会怪我，但还是想说一声，对不起，妈妈！"

"妈妈不要对不起，妈妈要你，"一声悠长的哭号响起，沈知遥的母亲抱紧手中的平板电脑，仿佛抱住了自己无论如何也不想放开的希望，"妈妈要你啊！"

苏一念再忍不住，靠着墙缓缓蹲了下去，说不上是难过还是惋惜。

她想起沈知遥跳下去的那一瞬，夜风里传来支离破碎的那声小葵。

也许，早在当年失去那一刻，他就知道，用死亡仓促终结一切的话题，会让人从此日日夜夜，没有答案不得安宁。

他拖着皮囊，彻底失去了爱人的能力，只是让自己活得越来越晦暗而已。直到黑暗彻底占据他自己，他才选择把自己埋进这黎明前的绝望里。

因为沈知遥的猝然去世，沈家上上下下都受到不小的打击。因为怕沈老爷子知道此事，沈知遥的母亲只简单地通知了几个家人，便将沈知遥葬进了城西的墓园。

葬礼当天，苏一念也去参加了。只不过她特意选在了众人都离开墓园后独自出现。

静静看着墓碑上，笑容温润如玉的沈知遥，她鼻子酸得厉害，心里五味杂陈，说不出的难受，身侧却有人忽然轻轻握住了她的手。

沈渝之抬起她的手，轻吻了吻她的指尖，声音略略沙哑："大伯母让我代知遥跟你说声对不起。她在知遥的遗物里，发现了厚厚一沓心理诊疗病历。我想，知遥会那么在意我恋爱，那么紧张我重回新加坡，大概都只是因为我打破了他心里的安定感。他也许确实有点嫉妒我，但最初的时候，他只是想保护他自己的梦想。结果姜葵的死，将他推入了一个不可挽回的深渊。他把一切责任推到我身上，以求让自己得到心理上的安慰。可潜意识里，他很清楚当年发生了什么。这也是他拼命回避当年在新加坡发生的一切，并且对于我重回新加坡这么排斥和紧张……"

"所以，他做的那些不好的事情，是因为他从未走出过姜葵自杀的阴影，只是他一直刻意逃避，最后反而扭曲了自己，是吗？"苏一念戴着口罩的脸上拢着淡愁，"这样去想，一切好像就不那么让人无法接受了。毕竟，这几天，每次想起他害舒颜坠楼的事时，随之浮现的就是他在公司时，跟我们谈笑风生的画面……"

沈渝之轻"嗯"了一声，替她将围巾紧了紧，却被苏一念牢牢环住了腰："幸好，你没有和沈知遥一样，因为那场变故变成这么可怕的人！"

"那还不是托你的福？"沈渝之回抱她，紧紧将她嵌进怀里，"在那场黑暗里，我对人性，对生命，对自己和未来都充满了怀疑和恐惧。如果不是适时遇见你的善良和温暖，说不定我还不如知遥哥！"

"好了，这次为了回来保护我，害你跟最终决赛失之交臂，我心里也怪过意不去的。"听出他语气里难掩的沉重和失落，苏一念深吸了一口气，决定转移话题，"不如，我请你吃饭？"

沈渝之怎会看不出她的用心，当下微笑点头，牵着她一起往墓园出口走去。

约莫大半个小时后，从超市回到家，将苏一念买好的食材往厨房提时，沈渝之才皱了皱眉："我们居然买了这么多？你这是打算在冰箱囤一周的口粮吗？"

苏一念将最后一袋菜抱在怀里，边走边道："不多啊，去的路上我就列了单子了，一样都没多买！"说着，掰起手指就开始跟他算，"土豆烧牛肉、火腿焖石鸡、清蒸鲈鱼、蒜蓉基围虾、三汁鳝段……"

沈渝之将各种食材堆上料理台，再听她报出的这一串菜名，不由得举手投降："OK，我懂了，看来你这是打算化悲痛为食量……"

"乱说！"苏一念瞪了他一眼，不客气道，"小舒昨天还在抱怨医院的营养餐不好吃，我正好给她做点喜欢吃的菜，一会儿给她送过去！"

她低头就自顾自打开水龙头，准备清洗起那些菜来。

就在她忙着清洗鱼的时候，冷不丁一个身影走到身边，将一杯果汁放到了她的手边："喝点东西再忙，唇膏都不用，嘴唇都起皮了哦！"

苏一念下意识地伸出舌头舔了舔唇上的死皮，却发现沈渝之还盯着自己一脸戏谑，没好气道："没人告诉你这样说自己女朋友的糗态，会激起她强烈的反感吗？"

沈渝之脸不红气不喘地摇头道："我只听说过情人眼里出西施！"

苏一念立时涨红了脸："去去去，没看我在忙吗？哪有时间喝水？"说着，用力掀起水龙头，将手里的鱼放到水柱下冲洗起来。

沈渝之却只是笑了笑，端起放好了吸管的果汁杯直接凑到了她的唇边。

"我说不用……"

"不喜欢我这样喂的话，我不介意换个方式喂！"沈渝之生怕她听不懂似的，"偶像剧里那种，男主角给生病或者昏迷的女主角喂水的那种方法！"说着，就想将杯子移到自己嘴边。

苏一念一向不太看偶像剧，初听这种威胁，一时还没反应过来，等沈渝之真的仰起头喝了一口，并作势捏住她的下颌要凑近时，终于明白了他的意图。

"我喝，我喝！"她脑子一热，直接抢过他手中的杯子将剩下的果汁一饮而尽，再递还给他，"动不动就想欺负我，简直无耻！"

"谢谢夸奖！"沈渝之看了看杯口那淡淡的唇印，意味深长地点了点头，"虽然是殊途同归，不过我还是觉得女朋友容易害羞也是件非常有情调的事！"

说完，拿过杯子便打开另一边洗碗槽的水龙头，认真洗了洗杯口。随着他的动作，苏一念才意识到，二人刚才共用一个杯子喝了同一杯饮料的事实，顿觉又被这人挖了个坑。

沈渝之倒是神色自若，洗好杯子便自顾自拿起了菜刀，抓起她刚才洗好装入盘中的红椒切了起来。

他的手指修长，切菜的动作也出奇的熟练，鲜红的菜椒在他手下迅速成圈，继而切成了薄厚匀称的环形。

"这里不用你了，你去客厅看电视好了！"苏一念梗着脖子，趁他停刀的时候下驱逐令。

"又脸红了？"沈渝之看着她，伸手便以指背轻蹭她发烫的脸，"早说过了，厨房烟气腾腾太热了，乖乖在外面等不好吗？"

"我是生气，你在这里捣乱，我生气了自然脸红啊！"她虚张声势地瞪了他一眼，想夺下他手里的菜刀。沈渝之却停下动作，将菜刀平放在一旁，才一脸认真道，"有件事，我上次就想告诉你了！"

"什么？"

"我发现，我可能吃不惯你做的东西！"沈渝之神色异常严肃，"你做的东西，我吃起来只尝得出一种味道，所以，以后你还是离灶台远一点，不要再荼毒我的味觉了！"

苏一念脸色微变，眼底生起一片薄愠："你什么意思？嫌我做菜不好吃？咸了还是淡了，辣了还是酸了，你说！"

"恰恰相反！"沈渝之一本正经地看着她，"吃你做的东西，我总觉得自己在吃黏黏糯糯的红糖糍粑，又热又甜，还是从心底一路暖到嗓子里的那种甜！"

"嘭！"苏一念当下手一滑，那条鱼直接又摔回了水槽里……

"所以，厨房这种地方，你还是少待！"他边说，边解下她身上的围裙，把她往外推，"你的好手艺留着在我出差的时候照顾自己就行了！"

苏一念被他推出厨房，还想抗议，却被他在唇上重重啄了一下："乖！"说完，厨房门一关，把她正式赶了出来。

隔着玻璃门，苏一念看着屋里背对自己继续切菜的高大身影，深深吸了口气，只觉俗世红尘，眼看就要春暖燕回……

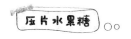

苏一念怀上沈不一的孕晚期，因为肚子太大，经常是沈渝之帮她洗头。

某次不知怎的聊起ZTV大厦外重逢的第一幕，沈渝之修长的手指轻轻从她头皮抚过："你记不记得，当时我坐上你的车，你说你超喜欢我的辩论风格，我是怎么回答你的？"

"又想考我？都说了我不记得在新加坡见过你，是因为你当时胡子拉碴太像中年大叔，我压根没把你俩想一块儿去！"苏一念撇嘴抱怨了一句，却还是没忍住显摆了一下自己的记忆力，"我跟你说，那天你回了我一句，超喜欢就好！我当时还觉得你人真的超级好！"

沈谕之半笑不笑道："你误会了，我当时说的超喜欢就好，是指把你说的这句话里超喜欢后面的那五个字去掉就好。"

"去掉超喜欢后面的五个字？我说的是……我超喜欢你的辩论风格！"她掰着手指，逐字念了出来，又倒着把五根手指收回去，"那不就是我超喜欢你……"

"欸？"苏一念当时就怔住了，旋即睁大眼睛看向举起了花洒的沈谕之，刚想发表一下看法，有人却捏住了她红透的小耳垂："乖，闭上眼睛！"

"可是……"她还想说什么，却见他另一只手已然拿起花洒，温柔地替她冲去头上的泡沫，目光比那流过发丝的热水还要温柔七分，热情三分，趁她不满噘嘴的时候，倾身又是一吻。

第四十章
鲜花掌声皆归你，你归我

"我没记错的话，早年在超星杯上，对方辩友曾经以当时一桩刑事案件作为切入点向您的对手发问。不知对方辩友还记不记得您当时的原话？"

"我当然记得！"沈渝之起身站了起来，面向对方微微弯腰以示尊敬后，才看着台下的观众，"当时，站在我对面的是曾经蝉联两届超级明星杯的冠军，十分优秀的姜葵小姐。彼时，我请她回答，如何看待拦路劫车的罪犯，抢夺他人财物却最终致使车上乘客失血过多而死的事。"

"不止如此，您还质问她，当时人性中的善为何没有让那名罪犯奋起劳作，养家糊口？他的善为何没在他拦住路边车辆，以砖块砸向车主时阻止他？是什么促使他将那个被他以砖头砸碎车窗，被玻璃划破颈动脉的伤者独留在车上，自己夺路而逃的，对吗？"作为这季压轴的《言有而行》的嘉宾，刚刚拿下本届超星杯冠军的男子扶了扶鼻梁上的眼镜，很是有几分得意，"那么，六年后的今天，同样的这个问题，不知道沈先生有何见解？"

"我的见解嘛……"沈渝之微微一笑，双眸自左到右依次扫过在场的所有观众，才缓缓道，"善和恶，是我们身体里的骨骼和血肉，生而有之，兼而并存。懒惰是恶，逞欲是恶，贪婪是恶，不可否认，恶是火，一星亮，一口气，便可燎原！可善不同，我们为什么说人性本善？善是什么？善是我们一出生便呱呱坠地的啼哭。刚落地的孩子，他哭什么？哭母受难，这第一声哭，就是善！善是水，是涓滴成海的汗水和泪水，是我们身体里汩汩的热血啊！"

他略做停顿，语气也就此变得激扬起来："我们当然见过坏人逞凶，我们还见识过大自然的逞凶呢！可我们为什么还贪生怕死？难道是为了走在路上被人打劫，还是为了能杀人放火尽逞口腹之欲？当然不是！我们贪生怕死，是因为这世上总有那些迎着冲天大火、地震海啸、危险辛苦，永远逆向而行的善良的人。是因为我们知道，天灾人祸也好，病痛贫穷也罢，总有一些善，让我们恋栈红尘，不舍得放手啊！不然我们为什么活着呢？"

他的声音初时轻松低沉，待说到善恶势如水火时，便渐渐高亢起来。

他站在台上，黑眸里闪烁着光芒，让人笃信的同时又觉温暖。尤其是最后那几句掷地有声的话，让整个会场都静默三秒，旋即爆出掌声。

苏一念看着手机屏幕里的沈渝之，险些忍不住鼓起掌来。

就在她激动不已的同时，她也察觉到了身后不时有目光在打量自己。手机里的掌声暂停后，还隐约听得到低低的议论声。

"真的是她耶！"

"听说男神这次放弃超级明星杯的决赛，就是为了回国帮她平息她害死抑郁症前同事的事啊。"

"我们沈先生也是妥妥的护妻狂魔啊！那可是超级明星杯啊，六年之后的穿越之战，说不比就不比了！"

"话说回来，先前那个指责男神和小姐姐是跳楼CP的纪妈妈昨晚好像公开道歉了？"

苏一念忍不住回头看向那几个并排坐着的女孩，她还没注意到纪妈妈那边的动静，所以对这个消息格外在意。

那几个女孩一看她主动看向这边，立时来了精神，小声"嗨"了一句，便指了指手机上一条娱记大V的微博内容："小姐姐，网上有消息说害死你同事的真凶落网了，纪家人才知道真相，是真的吗？"

"没人害死她，她死于抑郁症，是自杀！"苏一念说着，深深叹了口气，苦笑着将杯里的牛奶一饮而尽，便跟她们挥了挥手，急急走出了餐厅。

为了照顾舒颜，她让沈渝之帮自己请了整整半个月的假。在此期间，她甚至连大家的电话都没敢接，她不知道怎么跟大家解释沈知遥的事，也不敢想象再回 SZ 的话，自己还有没有勇气去看沈知遥那间从此空置的办公室。

可是昨天，光叔在打了她六个电话都被她搁置不接后，给她发了个信息。说是新经理放了话，她要是再不销假回公司的话，以后就不用再来公司了。

苏一念被光叔说的新经理吓了一跳，再一细想，他们现在负责的"猎心"项目是公司的年度重点项目，不可能因为沈知遥的死就此彻底搁置停摆。

会迅速找人接替沈知遥也很正常，只是不知道这新来的经理会是什么人。要是真把她给炒了，她岂不是真的要成为被沈渝之圈养的小宠物？

这么一想，她只好硬着头皮回到公司上班。

刚一进公司的大门，前台的小文很是热情地跟她打了个招呼："小苏？你回来了？呀，怎么瘦了一圈？"

"还好吧？"苏一念抚了抚自己的脸，极不自然地挤了抹笑，因为沈知遥的死没有公开，她自然没办法告诉其他人这半个月发生了什么事。

就这么想着，她脚步不停地转向研发部的办公室，一进门便发现办公室里居然全员都到齐了。而且所有人都在自己的座位上"噼里啪啦"地敲着键盘，一副忙得不可开交的样子。

"小苏？"阿 K 眼尖，最早看见她，腾的一下站了起来，"我的小姑奶奶，你总算回来了。"

"啊，对，我……我回来了。"苏一念心虚地应了一声，视线不自觉地看向经理办公室的方向。

"你怎么回事啊，这么久了不上班，也不接我们电话？公司可都传疯了，说你怀了沈总的孩子，跟沈总跑去苏丹秘密结婚，真的假的？你之前不是还跟沈渝之好好的嘛……"

"怀……怀了沈总的孩子？"苏一念差点被自己的口水呛到。

"对啊！你不是和沈总同时失踪吗？没两天，总裁办公室那边就说沈总是因为公务繁重身体出了点问题，去国外养病了。然后说你是有点私事，请了假……"

"去国外养病？"苏一念错愕地重复了一遍，这是什么情况？

"这么有空闲聊天，事儿都办好了吗？"一个苍老的男声忽然响起，语气不善地问了一句。

阿K脸色一变，居然二话不说就回了座位。苏一念脑子还有点没反应过来，脱口便回了一句："这不是离上班时间还有十多分钟吗？公司这是上班时间提前了，还是……"

她话说到一半，忽然发觉刚才那个声音很陌生，最重要的是，声音听起来极具威慑力，让她马上联想到光叔说的那个"新经理"。

她缓缓转头，目光所及处，是一个穿着中式对襟长衫的清瘦老人，浓眉花白，眸光犀利，正上下打量着她："你就是苏一念？"

"我……我是！"苏一念看着眼前这张与沈渝之有着三分相似的眉眼，心中暗暗叫苦，有点猜到这人的身份，也想通了为什么公司上上下下都不知道沈知遥出事的事。

"公司上班时间没提前，不过，他们得提前工作。因为他们没一个完成我昨天布置的任务，我给他们的任务是要求在按时下班的情况下必须完成的。他们完成不了，自然就得提前来公司补救！"老人背着手往办公室走去，"你跟我来办公室！"

眼角余光里分明看见众人向自己投来的同情目光，苏一念心里不由得有点发慌，可还是硬着头皮跟着老爷子进了办公室。

"把门关上！"沈从容声音不大，待苏一念将门关上后，却满是不容置疑地开口道，"无端端请假这么久，是仗着自己是沈渝之的女朋友就以为自己有特权了吧？"

苏一念忙毕恭毕敬地弯腰道歉："对不起，沈总，我朋友受了伤，在医院没人照顾，我和朋友都没有其他家人了，我没办法扔下她在医院不管。我先前耽误的进度会和大家一样，在这周全部补上，一定保证按时完成的！"

"你确定？"沈从容挑眉，显然对她这个说法持怀疑态度，"你可是请了快半个月的假……"

"我确定！"苏一念极有信心地点头保证。

沈从容盯着她又瞧了一会儿，这才稍稍缓了缓脸色："你和渝之的事我都听说了，他是我一手带大的，也是我亲手赶出沈家的。我要告诉你的是，我这SZ将来可是跟他沈渝之没有半毛钱的关系。你别看他现在好像风光得很，这辩论可不是能拿来谋生的行当。现在喜欢他的这些人，一半是因为我沈家的基因好，给了他一副好皮相；另一半则是因为我这从商多年遗传下去的利嘴，他呀，哼，说不定哪天就一文不名了……"

"您这是想告诉我，渝之的前途远不像现在看上去的那么光鲜，好让我考虑清楚，跟渝之分手？"

沈从容扯了扯嘴角，笑容有点高深："如果我是这个意思呢？"

"那您出什么价？"苏一念一副饶有兴趣的样子，倒让沈从容的眉头猛跳了两下。

"我出什么价？"他眸光一冷，"你觉得我应该给你开个什么样的价才公道？一百万，还是一千万？"

"在您眼中，渝之就值这么点钱？"苏一念撇嘴，"您这当爷爷的，还真是够可以的。刚刚才说是您自己亲手带大的嫡亲孙子呢！您这么低估他，是瞧不起您自个儿的基因呢，还是对自己的教育方式太没信心？"

沈从容脸色阴晴不定，却没说话，只是静静看着苏一念。

苏一念则满不在乎道："不瞒您说，我喜欢渝之吧，还真是因为像他这么帅的没他这么会说，有他这么能说会道的又没他这颜值。所以呀，您用金钱怕是打动不了我，不如考虑下美色吧。要不，您给我再介绍几个比渝之还好看的青年才俊？"

"你想得倒是很美！"沈从容眼中明明暗暗，盯着苏一念像要看进她骨头里似的，末了，却是把身子往真皮椅里一靠，"我叫你来，是想告诉你，既然是自家人，你这想躲懒偷闲的心还是揣回去好好收着。打从今儿个起，好好地帮忙把研发部的事打理好。至少，在知遥回来前，帮着我把'猎心'做起来，学学怎么独当一面总不是坏事。这样一来，以后就算渝之养不了家，你还能靠着一技之长养活他！"

苏一念睁大眼睛，几乎要怀疑自己听错了。

"还愣着干什么？"沈从容敲了敲桌面，"话说完了赶紧干活去啊，把你之前负责的部分解决了以后，做一份关于'猎心'的设计进度汇总报告给我看看！"

"好的，沈总！"苏一念强忍着心头哭笑不得的复杂情绪，摆出一副专业的公事化口吻。

结果，还没等她转身就听沈从容哼了一声："没大没小，臭小子跟我怄气，好多年都没叫过我了。你也想学他气死我是不是？下次没有外人的时候，要叫爷爷！"

苏一念的脚步停了下，忽然就有点眼热，缓缓转头冲他露出一抹甜笑："是，爷爷！"

这天下班刚一到家，苏一念就发现自家厨房的灯是亮着的。

她眼眸一亮，急急进了门，在玄关处便大声喊道："看来，有人是把这非法入室罪一点也不放在眼里啊，最近这不请自来的戏码可是上演得越发得心应手了！"

沈渝之听见声响，从厨房端出一盘刚洗好的草莓直接压到她手上，邪邪一笑："我这不是听说有人今天在公司被老爷子请进办公室单独约谈了吗？我可是特意赶来慰问安抚的。"

"你别哪壶不开提哪壶，以前只听说老爷子身体不好，结果呢？他老人家亲自上阵，坐镇研发部了。要不是因为这么大的事你也没提前告诉我一声，害他对我的第一印象极其不好的话，认定我是个爱摸鱼偷懒的人，现在也不会把我一个人当三个人用了！"一听他提到这事儿，苏一念重重将盘子往玄关柜上一搁。

沈渝之拿起一颗草莓就往苏一念嘴边递去："苏小姐好像忘了，我又不是SZ的人，公司的事，我从来不过问的。"

听他这么一说，苏一念又想起沈从容让自己喊爷爷时，那略有些辛酸的语气，当下换了鞋，急急坐到沈渝之身边的沙发上："其实，你跟老爷子又没真发生什么不愉快的事，我看你也挺在乎他的，现在知遥不在了，你真不考虑考虑跟老爷子低头道歉跟他和好吗？"

"你很在意这个？"沈渝之似笑非笑地靠向身后的沙发，一手支颐地看着她，"老爷子跟你说了什么吗？"

"那倒没有，我听阿K他们说，他一到研发部就立了新规矩，不许我们加班，说加班都是没能力的人才干的事。SZ养的应该都是潜力无限的人，自从他来了以后，我们部门每天都要花十分钟开早会，跟他汇报每天的工作计划。超过三天没完成任务的就要在部门会议上跳一段独舞！超过七天的，就到公司前台的大厅去跳。连续十天完不成任务，就可以卷铺盖走人！"

沈渝之闻言撇嘴："嗯，还真是老怪物的作风！"

"老怪物？"苏一念被他说得哭笑不得，"哪有你这样说自己爷爷的？"

沈渝之两手一摊："我出生那年，知遥的爸爸因为车祸去世。老爷子其实很看重大伯，大伯的死让他大受打击，接受不了这种事，连带着也就刻意疏远了大伯母和知遥哥。他跟知遥哥不亲近，很大原因是他怕看见他们触景伤情。那几年，我爸妈不得不站出来分担公司的事务。之后那几年，他们一个成了技术骨干，一个则成了业务高手。我于是就被当成治疗老爷子丧子之痛的膏药，贴在老爷子身上了。他从来不像寻常祖孙相处时那样呵护我，小时候他带我去钓鱼，总要我拿个网兜站在河边，只要一有大鱼，他控线把鱼钓到岸边，我就得负责用网兜把鱼拉上来！好几次，我被带下水，差点淹死。他呢，叉着腰在岸上骂，说什么小孩子多泡几次水，自然就会游泳了！"

苏一念一脸星星眼："老爷子好酷哦！"

"小没良心！"沈渝之伸手在她额头上轻敲了一下，作势要打她，"这种时候你不是应该觉得我很可怜，安慰一下我吗？"

苏一念不以为然："有什么好可怜的？人的潜力就是这样被逼出来的呀！老爷子这样对你，恰恰说明是真疼你呢！"

说到沈知遥，二人都忍不住一敛脸上的笑意，沈渝之落在她头上的手，下意识揉了揉她柔软的发丝："有件事，我觉得还是先告诉你比较好！"

"什么？"

"当年大伯的意外，让老爷子变得很重传承，这也是为什么我爸妈还这么年轻，他就着急要让后辈接手公司事务的原因。他总担心万一家里再有人出了什么事，很怕自己一朝到老，却因为旦夕祸福使得自己一手创立 SZ 的心血付之一炬。"他叹了口气，"为了让他相信知遥哥是去国外治病，大伯母特意给他看了知遥哥的那些病历，自己也以要去美国照顾知遥哥为由，搬去国外定居。这件事的好处就是老爷子确实相信了这个说法，但以老爷子的聪明，一定能猜到，知遥哥会忽然扔下公司的事离开，必然是病情相当严重了。这也就意味着，研发部这边可能又要重新放回到我爸手里。而沈家目前，除了你这个现成的专业人士，已经没有其他的储备力量了！"

"等一下！"苏一念瞪眼，"你……你的意思是……"

沈渝之点头："是，就是你猜的那个意思，身为未来沈太太的你，在不久的将来可能会被委以重任接替知遥的工作。"

经他这么一提醒，苏一念想起沈从容今天那番独当一面的话，惊得后背都有点冒冷汗了，她一把捉住了沈渝之的袖子："那怎么办？我……我码码代码，干点笨活还成，真要我当管理者我真的不行的。"

沈渝之嘴角上扬，低低的语调似吹气般呵向她的耳根，声音无比邪魅，身体也靠向她，无声将她压向沙发的靠背："人的潜力不就是这么逼出来的吗？刚才是谁说风凉话来着？"

"我错了，我错了，我真的知道错了！"苏一念立时尿了，抓住他袖子的手更紧了，"你一定帮我转告老爷子，我绝对担不了这种重任！"

"转告老爷子这种事，我恐怕帮不上你！"沈渝之说到这儿，一脸为难地叹了口气，"不过，想想看，要是以后，你也跟我妈一样，为了 SZ 做牛做马，我也有些于心不忍！"

"你是不是有主意了？"苏一念眼眸一亮。

"主意是有，不过，就不知道你愿不愿意了！"

"我愿意，我愿意，只要能让我继续当个废材小程序员，让我干什么我都愿意！"苏一念只要一想到自己要坐在沈知遥的办公室里，听光叔和阿 K 他们喊自己经理，就觉得全身每个毛孔都在抗议。

"确定了？"沈渝之眼底升腾起温柔笑意，见她拼命点头，才起身走到窗前一拉窗帘，一大蓬米色气球簇拥着一只心形的粉色小气球就飘浮在窗外半米处。

沈渝之勾了勾手指，示意苏一念过来。苏一念被这突如其来的浪漫惊得目瞪口呆，好奇地也朝窗边走来。

沈渝之长臂一伸，直接将气球拉到了窗边，伸手取过那只粉色气球后，居然直接将系着粉色气球的红绳解开了。

粉色气球立时瘪了下去，如同枯叶般弹飞坠向楼下。

苏一念看得目瞪口呆，等那只气球消失在视线里，才低呼了一声："沈，沈渝之，你想干吗！"

沈渝之抬眸扫了她一眼，将原本绑着粉气球的红绳系在自己的尾指上后，才将红绳的另一头递向苏一念："为了庆祝我求婚成功，苏一念小姐愿不愿意余生与我共进每一顿早餐、午餐和晚餐？"

"求……求婚成功？就……就刚才？"

"怎么？才刚点头就想反悔？"

"这……这算是求婚？"苏一念急了，"这怎么能算？我刚才压根没听清楚，况且，没花没戒指，偶像剧不是这样演的，小说也没有这样写的，沈渝之，你有没有诚意的？"

她话音刚落，沈渝之已经低笑出声，只见他伸手将那串米色气球又往上拉了拉，苏一念这才发现，气球下方赫然还绑了个花篮，篮子里满满当当一篮花。

苏一念眼尖："等下，这个花，我今天在电视上看到，是你录节目时，粉丝上台送你的吧？"

沈渝之从篮子里取出花后，变戏法般从窗帘后面取出个小盒子，亮出里面的戒指双膝跪地："从这一刻起，不管我在外面收获了多少鲜花掌声，回到家里，鲜花归你，掌声归你，连同我和我的一切，都归你！"

苏一念顿时没了词，垂眸看了看那枚钻戒，发现戒指的造型居然是一枚小小的饺子。她眸中隐有红色潮气，却故作不满地嘟囔道："什么嘛，你这明明是借花献佛也就算了，还先哄我说了同意，又用上了红绳，这是要把我拴住套牢吗？哪有你这样求婚的？"

"被套牢的明明是我！"沈渝之轻笑着，直接将红绳的另一头在苏一念手腕上绕了两圈后，大掌直接握住她的手，连同红线一并收入掌间，

"只是请你今后把我拴在你心上，拴牢些，拴紧些罢了！至于同意这事儿……本次求婚，不接受反驳的。毕竟，时间不等人，你不想接手SZ的话，我们很有必要尽早启动造人计划，给老爷子贴张新膏药了！"

尾声
共你看尽余生风景

半年后。

人工智能搜索引擎"猎心"的正式上线发布会后，SZ 科技在清江酒店举办了庆功宴。不仅接待了大批媒体工作者，还邀请了不少娱乐圈明星作为嘉宾出席。

庆功宴由 SZ 现任研发部经理沈从容亲自主持，沈老爷子一身白色西装配上清瘦矍铄的面容，在一众俊男美女的酒会上，气场丝毫不逊色场内的小鲜肉。

只不过他在台上声如洪钟地介绍"猎心"项目时，苏一念正忙着在会场里找了个没人的角落吃东西填肚子，正当她和一颗圆滚滚的海盐冰激凌球奋战时，不知谁喊了一声："沈渝之来了！"

苏一念一噎，抬头便见一身蓝色暗纹西服的沈渝之正从电梯间那边走进来，会场里那些记者则更是闻风而动，瞬间便全从里面奔了出来，围着他拍起照来。

沈渝之却熟视无睹般，只一径在人群里扫视。待找到极力压低存在感，刚用纸巾擦过嘴还有些惊魂未定的苏一念时，他嘴角才微微勾起一抹笑，径自向她走来。

"沈先生，早前便有传闻说您是 SZ 科技的少东家，您之前从来没正面回应过，现在正式出现在 SZ 的庆功酒会上，是不是表示您默认此事了？"有记者率先发问，其他人也马上跟着七嘴八舌地抛出一堆问题。

沈渝之摇头，顺便一把捉住了见到人多便想逃的苏一念："我未婚妻是 SZ 的员工，我今天只是作为苏小姐的家属来参加 SZ 的庆功宴，蹭吃蹭喝顺便长长见识的，对吧？"

苏一念听得愣住了，但对着一众记者好奇的眼光，还是艰难地点了点头。

"沈先生上次为了苏小姐错失超级明星杯的冠军，有没有打算明年再战呢？还是对未来有什么新的目标和打算吗？"一旁的女记者闪着星星眼看着沈渝之，异常亢奋地问道。

沈渝之看了看苏一念，似征询意见，又像是宣誓心愿般扬起二人交握的左手："未来的话，可能工作的重心会稍微转移一下。"

"欸？莫非网上传言说您要进军演艺圈是真的？听说名导宋大宝已经向你伸出橄榄枝，想请您客串一部民国的谍战剧，是真的吗？"一众记者顿时来了精神，连苏一念都听懵了，瞪圆了眼睛盯住沈渝之。

他要进军演艺圈？她怎么不知道？当男演员的话，那是不是表示以后要有吻戏床戏之类的一系列问题？思及此，她目光不由得犀利了几分，嘴角笑容却是微微扬起："沈先生现在已经这么受欢迎了吗？"

沈渝之似笑非笑地看了她一眼，旋即望向众人："我刚才说的转移重心并不是说要转战其他领域。事实上，我是打算暂时改变一下人生规划，争取早点结婚，名正言顺地宠妻晒娃，至于工作赚钱打比赛什么的，以后就是养老婆孩子的兼职任务了！"

"咦？"一众记者顿时惊呼连连，视线齐齐看向了苏一念平坦的小腹，"难道苏小姐已经……"

"没有没有，不存在的！"这回换苏一念急了，她把头摇成了拨浪鼓，急急拉住了沈渝之的袖角，"我们清清白白的，哪儿来的孩子，对吧？"

沈渝之闻言眼中笑意加深，浓得化不开的宠溺几欲从眉梢溢出来。

他毫不避讳身周的摄像头和相机，凑近她以只有二人才能听见的低声道："清白？你确定？"旋即伸手捧起她那张因为焦急而微微泛红的小脸，在一阵阵耀眼的镁光灯下，倾身在她唇边轻啄了一口，给了众人一个再清楚不过的答案。

背向镜头的那一边，他却低低笑了一声："偷吃冰激凌，我逮到了哦，回去再跟你算账！"

苏一念想起他最近"算账"的方式,脸倏地一红,殊不知这一眼娇羞,是沈渝之想烙在心上珍爱一生的风景。

——全文完——